AF223248

Martina Naubert

Zeit der Weichenstellung
Buch 3 der Serie
Illustrierte Ausgabe
Das Erbe der Frauen

Für kommende Generationen

Über das Buch

1920 sind Maria und Ida bald 21 Jahre alt. Trotz einiger Neuerungen, die den Frauen mehr Rechte gebracht haben, besteht das Patriarchat fort, die Vormundschaft für die jungen Frauen geht nahtlos vom Vater auf den Ehemann über. Nach den schweren Jahren des Ersten Weltkrieges und trotz der immer wieder aufflammenden, politischen Unruhen geht es in der Weimarer Republik zunächst aufwärts. In dieser Zeit werden sowohl im Land als auch im Leben der jungen Frauen die Weichen für die Zukunft gestellt. Marias und Fritzens Liebe trotzt allen Widerständen. Sie heiraten. Maria schwebt im siebten Himmel. Doch dann kommt alles anders, als sie es sich vorgestellt hatte. War ihre Familie vom Krieg verschont geblieben, so ereilen sie jetzt im Frieden wahre Dramen. Während Maria lernen muss, sich ihr Glück im Sturm der Ereignisse zu bewahren, wird die Trauung von Ida und Gottfried immer wieder verschoben. Der Tod des Vaters raubt ihr die letzte Sicherheit der bürgerlichen Familie. Nach einem Streit flüchtet Ida völlig verunsichert in die Schweiz. Ihr Verlobter reist ihr nach, doch zeigt wenig Interesse, den Hochzeitstermin zu erneuern. Sie versucht festzuhalten, was nicht zu halten ist, fällt von einer Verzweiflung in die nächste. Erst eine Reise nach Berlin, wo Gottfrieds Bruder ein Tanzcafé eröffnet, zwingt sie, völlig loszulassen. Es bringt endlich die Entscheidung. Die Hochzeitsnacht entpuppt sich für Ida dann als eine einzige Komödie.

Mit der Romanserie „Das Erbe der Frauen" verwebt die Autorin wahre Ereignisse der eigenen Familiengeschichte und Zitate von Zeitzeugen mit gesellschaftlichen Entwicklungen, den Blick stets auf die Liebe, das Leben und das Wirken der Frauen gerichtet, die über Generationen hinweg ein wenig bewusstes Erbe an ihre Töchter weiterreichen. Geschichtliche Ereignisse werden in diesem historischen Roman aus Sicht der Frauen berichtet. Obwohl die Buchreihe sich mit der Frage beschäftigt, welchen unbewussten Anteil Frauen daran haben, ein Patriarchat wider ihre Interessen zu stützen, erzählt die Romanserie auch von Entwicklungsschritten, Rückschlägen und dem Mut, der die Frauen nicht verlässt.

Über die Autorin

Martina Naubert hat sich in dem Land niedergelassen, welches der Deutschen liebstes Reiseziel ist: Italien. Sie wurde 1960 in Kanada geboren, wuchs in Neumarkt i.d.Opf. auf, ist viel gereist, siedelte im Jahre 2007 nach Bologna über. Sie lebt heute mit Ihrer Familie in Desenzano. Ihre Ausbildung in Transaktionsanalyse beeinflusst ihre Arbeit maßgeblich. Sie veröffentlicht ferner Märchen zur Entwicklung der Persönlichkeit auf Basis der Transaktionsanalyse.

Cover/Illustrationen

Helene Häring als junge Frau. Das Datum der Aufnahme ist unbekannt.

Stammbaum

Die Darstellung der Familienstammbäume entspricht nicht den klassischen Formen der männlichen Erblinie, sondern versucht alle Verbindungen und Verzweigungen der Familien aufzunehmen und im Besonderen auch Frauen zu berücksichtigen. Daten sind – soweit bekannt – darin verarbeitet. Im zweiten Weltkrieg sind zahlreiche private Unterlagen, sowie kirchliche und städtische Archivdokumente in Neumarkt verbrannt. Manche Daten konnten von Fotos und Aufzeichnungen rekonstruiert werden, andere sind geschätzt. .

Martina Naubert

Zeit der Weichenstellung

Das Erbe der Frauen
Buch 3 (1920 – 1923)

Zeit der Weichenstellung
Buch 3 der Serie ‚Das Erbe der Frauen‘
Illustrierte Ausgabe

ISBN: 978-3-7693-5598-7

Verlag: BoD · Books on Demand GmbH,
In de Tarpen 42, 22848 Norderstedt, bod@bod.de
Druck: Libri Plureos GmbH, Friedensallee 273,
22763 Hamburg

Inhaltsverzeichnis

Ich dachte immer, jeder Mensch sei gegen den Krieg,
bis ich herausfand, dass es welche gibt,
die nicht hingehen müssen."

Erich Maria Remarque
deutscher Schriftsteller (1898 – 1970)

Was bisher geschah

Im Jahr 1916 sind Ida Heym und Maria Häring gerade knapp achtzehn Jahre alt. Ida, die Bürgerstochter aus wohlhabendem Hause, und Maria, die Tochter einer einfachen Bauernfamilie, leben beide in einer kleinen Stadt in Bayern, Neumarkt in der Oberpfalz, und in derselben, sich rasant verändernden Zeit. Im Alltag haben sie keine Berührungspunkte, außer dass sie beide ihren Freiwilligendienst im örtlichen Lazarett leisten. Und doch verbindet sie ein ähnliches Schicksal, denn ihr Leben ist stark von ihren Schwestern und der Religion ihrer Familien geprägt.

Als Töchter aus gutem Hause genießen Ida und ihre jüngere Schwester Martha auch in Kriegszeiten noch viele Privilegien, leiden aber sehr unter der Ungerechtigkeit ihrer harschen Stiefmutter. Ihr strenger, aber wohlmeinender Vater lässt als vielbeschäftigter Brauereidirektor seiner zweiten Frau in der Erziehung weitgehend freie Hand, und so erfahren die fast erwachsenen Töchter im Gegensatz zu ihren beiden jüngeren Stiefgeschwistern oft unangemessene Repressalien. Ida sieht sich mit einer weiteren familiären Benachteiligung konfrontiert: Ihr Vater hat ihre Schwester Martha zu seiner Lieblingstochter auserkoren, was sie gefühlt oder tatsächlich allzu oft schmerzlich zu spüren bekommt. Doch so sehr sie unter der mangelnden Wertschätzung des Vaters leidet, so wenig beeinträchtigt dies die innige Beziehung der Schwestern. So steht Ida auch zu Martha, als diese sich heimlich mit dem katholischen Medizinstudenten Heinrich verlobt. Im streng protestantischen Hause Heym wird eine solche Liaison jedoch nicht geduldet. So werden sowohl Martha als auch ihre Mitwisserin Ida nach Bekanntwerden der Beziehung hart bestraft. Noch problematischer wird die Situation, als Martha erfährt, dass ihr Verlobter Heinrich, der sich freiwillig an die Front gemeldet hatte, gefallen ist, zumal sie sich inzwischen in anderen Umständen befindet. Sie flüchtet sich in den Gedanken, in ein Kloster einzutreten, um eine Lösung für ihre Sorgen zu finden. Die Eltern, die über die Umstände im Unklaren gelassen werden, verurteilen diese Hinwendung zum katholischen Glauben. Auch Ida zweifelt. Doch Martha setzt sich über alle Hürden hinweg und hält an ihrem Plan fest, auch als sie ihr ungeborenes Kind verliert. Ida steht zum ersten Mal vor der Aufgabe, ihr Leben ohne ihre Schwester an ihrer Seite meistern zu müssen.

Auch Marias Weg wird immer wieder von unvorhergesehenen Ereignissen im Leben ihrer älteren Schwester Anna gekreuzt. Während sie auf dem streng katholischen elterlichen kleinen Hof arbeitet, hat Anna eine Anstellung in einem noblen Nürnberger Hotel gefunden und gilt als Vorbild für ihre jüngeren Schwestern Walli, Maria und Helene. Als Anna sich in einen jungen evangelischen Mann verliebt, von ihm ein Kind erwartet und eine Familie gründen will, verbieten ihr die streng katholischen Eltern, den evangelischen Vater des Kindes zu heiraten. Stattdessen sucht die Mutter per Zeitungsannonce einen Mann ihrer Konfession. Doch der Plan, die Schande abzuwenden und Anna noch rechtzeitig katholisch zu verheiraten, scheitert an der Abneigung der zukünftigen Schwiegermutter. Anna muss ihr Kind allein und heimlich in Nürnberg zur Welt bringen. Zudem entpuppt sich der vermeintlich wohlhabende Katholik aus dem kleinen Oberpfälzer Ort Hemau, der auf die Zeitungsannonce geantwortet hat, kurz nach der Hochzeit als gewalttätiger Trunkenbold. Entsetzt erkennt die Familie die Wahrheit, als es längst zu spät ist. Maria und ihre Schwester Walli werden bei einem Besuch in Annas neuer Heimat Zeuge einer Gewaltszene, bei der Anna ihnen in ihrer Verzweiflung ihre kleine Tochter überlässt.

Wie Ida steht auch Maria ihrer vom Thron des Vorbildes gestoßenen Schwester so weit es möglich ist, in allen Schicksalsschlägen treu zur Seite. Während Anna ein zweites Kind zur Welt bringt, dessen Vater sie verabscheut, und dieses Gefühl auf das Kind überträgt, hält Martha trotz veränderter Umstände und trotz Idas Entsetzen an ihrem Plan fest, dem katholischen Kloster beizutreten.

Im Jahr 1918, mit nun knapp zwanzig Jahren ist die Jugend von Maria und Ida geprägt vom Krieg und einem Leben mit wenig Vergnügungen. Inmitten dieser wirren Zeiten verliebt sich Maria in den Soldaten Friedrich, den sie im Lazarett kennenlernt. Sie behält ihr Glück zunächst für sich, fürchtet vor allen Dingen, dass dem Soldaten, der, kaum genesen, wieder an die Front zurückgeschickt wird, etwas zustoßen könne. Ida hingegen ist über ihren unverhofften Verehrer Gottfried, der in der protestantischen Kirchengemeinde als hervorragender Violinist zu Achtung gekommen ist, zunächst irritiert, dann doch geschmeichelt.

Der überraschende Friede 1918 wird von der Bevölkerung mit Freude und Erleichterung aufgenommen, doch die heimkehrenden Soldaten bringen den Krieg mit sich nach Hause, und manche von ihnen haben nicht die Absicht, damit aufzuhören. Deren traumatische Erfahrungen prallen auf das, was an der Heimatfront in ihrer Abwesenheit geschehen ist. In Neumarkt beobachtet man aus der Distanz, was in den großen Städten Berlin und München passiert. In der Kleinstadt ist man eher mit den zunehmenden Sorgen des Alltags beschäftigt. Aber die Auswirkungen der politischen Ereignisse kommen bei allen Bürgern des Landes auch im Privaten an.

In der Familie Heym wächst die Angst einer Entwicklung wie in Russland. Man befürchtet Enteignung und Lynchjustiz, denkt sogar an Flucht, während Familie Häring den Zusammenbruch des Kaiserreichs in Orientierungslosigkeit erlebt. Umso wichtiger wird der Halt in der jeweiligen Religion.

Beide, Fritz und Gottfried, kehren gesund von der Front zurück. Maria und Fritz schmieden Zukunftspläne, alles entwickelt sich zum Besten. Maria schwebt auf Wolken, als sie entdecken muss, dass ihr Bräutigam der anderen Konfession angehört. In Panik löst sie die Verlobung und versucht sich ihre

Liebe aus dem Herzen zu reißen. Fritz, überrumpelt von dieser Reaktion, unternimmt zunächst nichts weiter dagegen. Doch dann überrascht er Maria mit eisernem Willen, sich gegen alle Widerstände durchzusetzen und das Mädchen seiner Träume zu heiraten. Mit Unterstützung ihres Onkels gelingt es Maria schließlich, ihre Eltern zu einem Umdenken zu bringen. Doch ihre Zusage zu dieser Ehe ist an Bedingungen geknüpft: Die Kinder der Ehe müssen katholisch werden, und Fritz muss es sich gefallen lassen, dass seine Frau ihr Leben lang bestrebt sein wird, ihn zum rechten Glauben zu führen.

Gottfried hingegen gehört der gleichen Konfession an wie Ida. Er entgeistert sie mit einem Antrag, der von beiden Eltern Heym anscheinend intensiv unterstützt wird. Doch Ida fühlt sich überfahren. Sie weiß nicht, ob sie hinreichend Gefühle für Gottfried empfindet, um so einen Schritt zu tun und bittet um Bedenkzeit. Sie vermisst ihre Schwester als Ratgeberin an ihrer Seite, denn diese kämpft weiter darum, dem katholischen Glauben beitreten und im Kloster bleiben zu dürfen. Briefe, der einzige Austausch zwischen den Schwestern, können das persönliche Gespräch nicht ersetzen. Ida fühlt sich verlassen und allein. Aber die Lage in der Familie Heym spitzt sich noch dramatischer zu. Direktor Heym stirbt überraschend an einem Herzinfarkt.

Der älteste Sohn Achilles muss ab sofort die Verantwortung für die Entscheidungen in der Familie übernehmen. Sowohl Martha als auch Ida finden sich nun dem Bruder gegenüber, der als neues Familienoberhaupt alle Fäden in der Hand hält und auch über ihr Schicksal bestimmen kann.

Reise nach Leipzig
Familie Häring, Februar 1920

Hauptbahnhof Leipzig, 1920-iger Jahre;

Noch während Friedrich ihr den Stuhl zurechtrückte, hingen Marias Augen wie gebannt an der mit Holztafeln verzierten Decke des Restaurants. Alles an diesem neuen Leipziger Bahnhof, so auch das elegante Restaurant, in das Fritz sie eingeladen hatte, war glänzend, mächtig und weitläufig, schien wie vom Krieg gänzlich übergangen. Als hätte er diesem gedient und wäre deshalb ausgezeichnet worden. Durch die bodentiefen Fenster konnte man in die Halle blicken. Nie hatte Maria so viele Reisenende auf einmal gesehen! Wo wollten all diese Menschen nur hin? Wie mochte sich erst die Stadt präsentieren, wenn schon der Bahnhof so beeindruckend war? Hatte sie bisher den Nürnberger Bahnhof mit seiner runden Kuppel, der bedeutenden Eingangshalle und der Oper gleich nebenan immer als weltstädtisch betrachtet, so ließ der erst fünf Jahre alte Leipziger Hauptbahnhof ihn nun beinahe provinziell erscheinen. Das sollte also ihre neue Heimat werden? Es war beeindruckend, aber auch sehr fremd.

„Sie werden dich mögen, du wirst sehen!", setzte sich Fritz ihr gegenüber an den, mit einem makellos weißen Tuch gedeckten Tisch.

„Hm", lächelte Maria, nickte wie unter Hypnose, presste die Lippen zusammen. Sie war sich da nicht so sicher. Zwar konnte sie keinen vernünftigen Grund vorbringen, der Zweifel an den Worten ihres Verlobten begründet hätte, trotzdem war sie beherrscht von einer erdrückenden Empfindlichkeit. Es war wie eine Migräne, die den heranstürmenden Föhn schon im Vorfeld spüren lässt.

Er klappte die Speisekarte auf, die ihm ein Ober in schwarzem Frack sogleich beflissen gereicht hatte. „Wollen wir doch sehen, was heute auf der Karte steht…"

Maria fröstelte trotz der angenehmen Raumtemperatur. Sie rieb sich die Hände in ihrem Schoß und betrachtete ihren Rock. Fritz hatte sie komplett neu eingekleidet: Schuhe, Rock und Bluse, und sogar einen Wintermantel hatte er ihr gekauft. Die Verkäuferin bei Ambach & Kraus, dem führenden Bekleidungshaus ihrer Heimatstadt Neumarkt, hatte die Kundenbetreuung an die Chefin des Hauses abgeben müssen, als diese begriffen hatte, dass Fritz tief in die Tasche greifen würde. Maria war es peinlich gewesen, aber er hatte darauf bestanden, dass ihre Verlobung und die Reise zu seinen Eltern dies unumgänglich machten. Das hatte nicht zu ihrer Beruhigung beigetragen. Dafür war der Ring an ihrer linken Hand schlicht genug gewählt. Sie hatte einen schmalen Goldring mit drei kleinen Rubinen ausgesucht, den sie nun versonnen betrachtete.

Sie richtete sich in ihrem Stuhl auf. Was machte sie sich nur so verrückt? Fritz hatte immer wieder beteuert, dass seine Familie entzückt sein würde von ihr. Und ihre Konfession würde kein Hindernis darstellen, das hatte er ihr auch immer wieder versichert. Wovor hatte sie eigentlich solche Angst? Vermutlich lag es daran, dass sie ihr Glück einfach noch nicht fassen konnte. Schließlich waren es ihre eigenen erzkatholischen Eltern, die Andersgläubige als Religionslose betrachteten. Diese hatten sich vermutlich selbst damit überrascht, ihrer Verbindung mit dem protestantischen Friedrich letztendlich zugestimmt zu haben – wenn auch mit gewissen Auflagen, die natürlich doch wieder Anlass zu Unruhe gaben. Ihre Gedanken drehten sich im Kreis, sie bemerkte es selbst.

Maria griff beherzt nach der Speisekarte, die vor ihr auf dem Tischtuch lag, aber sie las nur oberflächlich darin. Klare Brühe. Thüringer Bratwurst. Sauerkraut. Knödel. Pflaumenmus. Bier. Sie hatte keinen Appetit. Wo gab es denn so etwas! So viele langentbehrte Leckereien und sie hatte keine Lust auf diese Speisen? Reiß dich zusammen, Maria! Sei dankbar! Noch nie in ihrem Leben war sie so glücklich gewesen wie in diesen Wochen. Nach Monaten des Bangens wider Erwarten offiziell verlobt, allein mit ihrem Bräutigam im Zug in die vornehme Weltstadt Leipzig zu fahren, fühlte sich an, als wären sie schon auf Hochzeitsreise. Und sie ruinierte sich selbst diese Freude, verbot sich dieses Glück, nachdem es ihre Eltern und sogar der Herr Pfarrer doch zugelassen hatten!

„Wie wäre es mit einer Schweinshaxe mit Kraut?", schaute Fritz mit leuchtenden Augen auf und schmatzte dabei ein wenig, so sehr schien ihm das

Wasser im Munde zusammenzulaufen. „Das ist heute das Tagesgericht. Eine Haxe, meine Güte! So etwas habe ich schon lange nicht mehr auf dem Teller gehabt!" Er vergrub wieder seine Nase in der Karte, ohne Marias Unentschlossenheit überhaupt bemerkt zu haben.

„Klingt verlockend", murmelte sie geistesabwesend, was von Fritz ebenfalls unbeachtet blieb. Haxe, las sie. Schlachttag, dachte sie. Es war eine Wende um hundertachtzig Grad gewesen, die sich so plötzlich in ihrem Leben vollzogen hatte. Am Schlachttag hatte der Onkel mit ihrer Mutter gesprochen und diese Umkehr ihres Schicksals damit eingeleitet. Fast ein halbes Jahr war es nun her, dass ihre Eltern daraufhin ihre Meinung geändert und Fritz trotz seiner Konfession als zukünftigen Schwiegersohn akzeptiert hatten. Nie hatte sie damit gerechnet! Es hatte sie in einem solchen Ausmaß überrascht, dass sie selbst jetzt noch hin und wieder von Momenten des Zweifels überfallen wurde.

Fritz war in all der Zeit nur ein einziges Mal, und das nur kurz, in seine Heimat gefahren. Er hatte, nachdem er aus dem Krieg direkt zurück nach Neumarkt zu Maria gekommen war, ein Zimmer im Schwarzen Bären bewohnt. Als gelernter Steuerberater hatte er dort die Buchhaltung des Wirtes gegen Kost und Logis gemacht, die Steuererklärung von Marias Eltern und die ihres Onkels Wolfgang, des Vaters ihres Vetters Andres vom Hennenhof, und auch die Buchhaltung und die Steuern ihres Onkels Andreas, der den Gasthof Oberer Ganskeller führte. Als die Nachbarn davon Wind bekommen hatten, waren auch sie vor der Tür gestanden. Alles Freundschaftsdienste, er nahm bis heute kaum Geld dafür, hin und wieder eine Naturalienspende, was ihm allgemeines Wohlwollen eingebracht hatte und einen reich gedeckten Tisch im Hause Häring.

„Ich denke, wir bleiben bei der Haxe, was meinst du?"

Fritz klappte die Karte zusammen wie ein Pfarrer das Messbuch.

„Gerne", nickte Maria, obwohl sich ihr Magen schon beim Gedanken an das Fleisch zusammenrollte wie ein erschreckter Igel. Es musste die Nervosität sein. Das bevorstehende Treffen mit seinen Eltern schüchterte sie ein. Wohin war nur dieses herrliche Daseinsgefühl verschwunden, dass sie seit Wochen durch die Lüfte getragen hatte? Sie war so stolz auf ihren Fritz gewesen, hatte sich grenzenlos gefreut. Sie war glücklich gewesen, dass er zurück zu ihr gekommen und geblieben war, dass er sich so viel Zeit für sie genommen hatte, dass sie sich besser kennenlernen konnten. So glücklich, dass sie für nichts anderes mehr hatte etwas empfinden können. Die Welt war ihr bunt und leuchtend erschienen, in Farben, die ihr in all den dunklen Jahren unvorstellbar gewesen waren. Sie war von der Überzeugung durchdrungen gewesen, dass sich das ganze Universum in diese Wonne stürzen müsse. Friede und Liebe hatten nach diesen grausamen Kriegsjahren die Erde erobert, das christliche Gebot hatte über den Schiffbruch der Nation triumphiert! Der

Filter der Liebe hatte sie umhüllt wie das schützende Netz einen Imker, hatte sie blind gemacht für Elend, Hunger und Krankheit, die noch immer im Land herrschten. Sie selbst war in dieser Zeit aufgeblüht wie eine Pfingstrose, die nach einem langen Winter endlich die warme Maisonne aufsaugt. Seitdem strahlten ihre Gesichtszüge, ihre Haut war wie Honig, ihre Wangen rosig, ihr Haar glänzend, jede ihrer Bewegungen schwingend. Sie besaß eine natürliche Schönheit, die aller Künstlichkeit entbehrte. Fritz und die Blicke der anderen Männer auf der Straße bestätigten ihr das jeden Tag. Bis gestern noch hatte sie sich gefühlt wie ein Schmetterling, der aus seinem Kokon schlüpft und in der Frühlingsluft von Blüte zu Blüte flattert.

„Warum treffen wir deine Eltern hier in Leipzig? Warum nicht bei euch zu Hause in Eisenberg, wo du aufgewachsen bist? Das wäre doch schön gewesen. Ich hätte gern gesehen, wo du gespielt hast, wo du zur Schule gegangen bist, und wir hätten uns das Geld für das Hotel gespart."

„Wir sind nachher hier am Ort bei meinem Bruder Emil zum Kaffee eingeladen", erklärte Friedrich. „Da kommen auch meine Eltern hin. Vater hat in der Stadt zu tun. Er meinte, so wäre die Reise für uns weniger anstrengend und ich könnte dir Leipzig und das Völkerschlachtdenkmal zeigen. Auch mein anderer Bruder Ernst wollte mit seiner Frau aus Weimar kommen. Aber nun ist er unabkömmlich, wie das so ist mit den Beamten." Er lächelte sie an. „Aber Emil will dich unbedingt kennenlernen!"

Er drehte sich nach dem Kellner um, der sofort diensteifrig herbeieilte und die Bestellung aufnahm.

„Kommt deine Schwester auch?"

„Nein. Sie ist auch verhindert. Elfriede lernst du beim nächsten Mal kennen. Außerdem laufen wir in ihrer Gegenwart Gefahr, dass sie uns mit einem ihrer Gedichte langweilt. Diese Erfahrung wirst du noch früh genug machen, glaub mir!"

Maria rang sich ein verständnisvolles Lächeln ab und nickte ebenfalls. Aufgewachsen mit ihren drei Schwestern Anna, Walli und Helene, hätte sie sich mit einer anderen jungen Frau am Tisch bestimmt wohler gefühlt. Mit ihr hätte sie vielleicht die richtigen Gesprächsthemen gegenüber ihren vornehmen, zukünftigen Schwiegereltern und dem viel zitierten Schönheitsarzt Emil gefunden. Sie wusste nicht, worüber man in solchen Kreisen sprach.

Ihr Verlobter griff über den Tisch nach ihrer Hand, drückte sie und zwinkerte ihr zu. „Du brauchst keine Angst zu haben, Maria! Meine Familie, weißt du, das sind auch nur Menschen. Wir beide haben so große Hindernisse überwunden, den Krieg und deine Eltern – wobei ich nicht weiß, welches das schwierigere von beidem war?", frotzelte er. „Es kann nur noch leichter werden!"

„Und wenn deine Familie mit den Bedingungen meiner Eltern nicht einverstanden ist? Wenn sie auf keinen Fall akzeptieren, dass ihre zukünftigen Enkelkinder katholisch erzogen werden?"

„Das brauchst du nicht zu befürchten", ließ er ihre Hand los und winkte ab. „So protestantisch bigott sind sie nicht." Als er sah, wie sie die Stirn runzelte schickte er gleich hinterher: „Versteh mich nicht falsch! Sie sind gläubige Christen, keine Sorge! Sie gehen auch regelmäßig in den Gottesdienst, aber vielleicht nicht ganz so häufig wie deine Familie. Sie sind, lass es mich so sagen, in dieser Hinsicht etwas toleranter, als du es von Zuhause gewohnt bist. Und das ist auch gut so, findest du nicht? Schließlich sind wir alle gläubige Deutsche und leben nach den gleichen christlichen Werten. Schau, Maria, meine Eltern haben mich nicht einmal nach deiner Konfession gefragt, als ich ihnen von unserer Verlobung erzählt habe".

„Tolerant nennst du das, soso", griff Maria nach dem Glas Wasser, das ihr der Kellner gleich zu Beginn aus einem Krug eingeschenkt hatte. Fritz folgte ihrem Beispiel und nahm einen großen Schluck aus seinem Bierglas.

„Aber es stimmt schon", überlegte Maria dann, „du hast recht! Meine Eltern haben es uns nicht leicht gemacht. Es hätte nicht viel gefehlt und alles wäre in die Brüche gegangen. Wenn ich daran denke, wie viele Tränen ich vergossen habe! Deshalb bin ich so nervös, verstehst du?"

„Natürlich verstehe ich das!" Er stellte das Glas ab, wischte sich mit der Serviette den Schaum von den Lippen. „Aber du übersiehst bei all dem ein wichtiges Detail, Maria, Kätzchen: Ich bin ein erwachsener Mann! Wen ich heirate und wen nicht, das ist allein meine Entscheidung! Und außerdem sind wir bereits verlobt, daran ist nicht mehr zu rütteln."

„Eine Verlobung kann man auch wieder lösen."

„Jetzt hör aber auf!" Es klang nach Zurechtweisung und sie senkte sofort den Kopf, weil sie fürchtete, zu weit gegangen zu sein. Doch dann kam überraschend sanft das „Vertraust du mir denn nicht?" und sie hob wieder den Blick.

„Natürlich vertraue ich dir, das darfst du nicht denken! Ich bin so glücklich, so unsagbar glücklich! Dass wir hier sind, wir beide ganz allein auf großer Fahrt, dass wir in einem so feinen Restaurant essen, und überhaupt, dass wir heiraten werden, alles, alles macht mich so unglaublich glücklich, dass es mir Angst macht!"

Er tätschelte ihre Hand, wie man den Kopf eines Hundes tätschelt, den man für sein gutes Benehmen lobt. „Morgen wirst du selbst darüber lachen, wie unglaublich überflüssig deine Sorgen waren. Völlig überflüssig!"

Das Gespräch wurde von zwei Tellern unterbrochen, die von dezenten Händen vor ihnen platziert wurden und prall gefüllt waren mit elefantenfußgroßen Schweinshaxen auf Sauerkraut und Kartoffeln.

„Du meine Güte", lachte Maria laut auf, „wer soll das denn essen? Dass es solche Portionen überhaupt noch gibt! Wo sind wir denn hier gelandet? Im Schlaraffenland?"

Doch ihr Magen teilte diese Meinung nicht.

***

Ein Dienstmädchen mit frisch gestärkter, blendend weißer Schürze nahm ihnen die Mäntel ab und führte sie durch einen geräumigen Korridor in einen Salon, wo eine Kaffeetafel mit feinstem Porzellan auf sie wartete.

„Der gnädige Herr lässt sich entschuldigen", schenkte das Hausmädchen den Gästen auf einem kleinen runden Tischchen jeweils ein Glas Wasser aus einer mit kunstvoll geschliffenen Ornamenten verzierten Kristallkaraffe ein. „Er hat noch Patienten. Er kommt so bald wie möglich. Ich sage den anderen Herrschaften inzwischen Bescheid. Bitte setzen Sie sich." Damit verschwand sie leise wie ein Windhauch zur Tür hinaus.

Maria ließ ihren Blick schweifen. So ein perfekt eingerichtetes Zimmer hatte sie noch nie gesehen, nicht einmal bei den wohlhabenden Dreichlingers, wo sie einige Jahre im Haushalt gearbeitet hatte. Die Wände hielten sich trotz des kräftigen Apricot dezent im Hintergrund und überließen den beigefarbenen, bodenlangen Vorhängen an den hohen, weißen Fenstern den Vorrang. Sie gaben den Blick auf einen Park mit alten Bäumen frei. Zu dieser Jahreszeit waren sie zwar kahl, aber man konnte das Konzert der Frühlingsvögel fast hören, so einladend schien die Wintersonne durch die frisch geputzten Scheiben.

Dienstmädchen, Isaac Israëls (1865–1934); Rijks Museum, Amsterdam;

Ein unermesslich großer, geschliffener Spiegel reflektierte das Licht von der anderen Seite des Salons wie die Sonne selbst, so dass die hohe Palme neben der Vitrine von allen Seiten mit Helligkeit genährt wurde. Der gedeckte Tisch stand haargenau ausgerichtet unter dem modernen, funkelnden Messingkronleuchter, dessen Fassung von einer weiß getünchten Stuckrosette umrahmt wurde und die Mitte des Raumes markierte. Der Parkettboden glänzte wie frisch gebohnert, was er zweifellos war, wie Maria fachkundig feststellte. Sie hatte diese mühsame Arbeit mit dem schweren Eisenblocker[1] früher selbst oft genug verrichten müssen, um das nicht sofort zu erkennen.

„Mein Bruder hat vor dem Krieg sein ganzes Erbe in die Einrichtung seiner Praxis in Dresden gesteckt", erklärte Friedrich, der ihre Sprachlosigkeit bemerkte. „Er war so erfolgreich, dass er hier in Leipzig eine zweite Niederlassung aufmachte. Diese Räume und seine Praxis standen die Jahre seines Feldlazarettdienstes leer. Er arbeitet jetzt sehr hart, versucht, wieder an die Erfolge anzuknüpfen, die er vor dem Krieg mit den Damen der vornehmen Gesellschaft hatte."

Maria, die wusste, was Lazarettdienst bedeutete — schließlich hatte sie selbst vier Jahre lang unbezahlte Pflicht als Hilfsschwester geleistet —, wusste nicht, was „harte" medizinische Arbeit an den Patientinnen der feinen Gesellschaft bedeuten sollte. Sie hatte oft sechzehnstündige Doppelschichten geleistet, die Ärzte mit blutüberströmten Armen in stinkenden Gedärmen gesehen, hatte rotglühende Fieberkranke mit amputierten Gliedmaßen gepflegt, Männern, die trotz aller Bemühungen wie die Fliegen unter ihren fiebrig arbeitenden Fingern gestorben waren. Immer wieder war das Lazarett konfrontiert worden mit einem nicht enden wollenden Nachschub dieser Elenden von der Front. Nach dieser Erfahrung stellte sie sich die ärztliche Versorgung der verwöhnten Damen der feinen Gesellschaft geradezu als Erholung vor.

Maria hatte ihren Blick bei diesen Gedanken ohne große Absicht auf den Ornamenten des Seidenteppichs zu ihren Füßen ruhen lassen. Irgendwo musste man ja hinschauen, wenn man solchen Überlegungen nachhing. Dort saßen Pfauen und Vögel auf filigranen Zweigen zwischen Blüten, die sich, farblich auf das Thema des Raumes abgestimmt, wie ein Rahmen um die freie Fläche legten, auf der der Tisch genau in der Mitte stand. Wie nebenbei hatte sie auch dieses Detail aufgenommen.

„Gefällt dir der Teppich?", drängte sich ihr Verlobter in ihre Gedanken. „Wenn sich meine Steuerkanzlei einmal gut etabliert hat, kannst du dir auch so ein Wohnzimmer einrichten. Würde dir das gefallen?"

„Du spinnst doch, das ist viel zu teuer!", lachte Maria, stellte sich aber trotzdem vor, dass sie ihr Speisezimmer in Beige oder Grün gestalten würde, einer Farbe jedenfalls, die nicht so schmutzempfindlich war und nicht so schnell von der Sonne ausgebleicht wurde.

„Immer schön auf dem Teppich bleiben, nicht wahr?", stimmte nun auch er in ihr Lachen ein, allerdings mehr über sein eigenes Wortspiel.

In diesem Moment öffneten sich zwei Türen gleichzeitig: Die Flügeltür direkt vor ihnen, die ein älterer Herr in hellgrauem Anzug mit beiden Händen vor sich öffnete wie das mittlere Fenster eines Weihnachtskalenders. Auf der

---

[1] Bis zu 7 kg schwerer Bohnerbesen mit Borsten oder Bohnertuch überspannt.

anderen Seite balancierte das Mädchen ein Tablett mit duftendem Kaffee, Tee und einem Teller Canapés durch einen schmaleren Eingang herein.

„Friedrich!", ging der stattliche Mann mit ausgestrecktem Arm in langen Schritten freudig auf seinen Sohn zu. Dieser erhob sich sofort und eilte in gleicher Haltung seinem Vater entgegen. „Endlich stellst du uns deine Braut vor!"

Das gänzlich ergraute, aber volle Haar verlieh seinem Vater einen weisen Ausdruck, der durch die Eleganz seines Anzugs noch unterstrichen wurde und ihm unmissverständlich die Aura desjenigen verlieh, der hier das Sagen hatte. Er war frisch rasiert und duftete stark nach Rasierseife. Maria konnte es bis zu ihrem Platz auf der Chaiselongue riechen, obwohl Vater Naubert einige Schritte von ihr entfernt stehengeblieben war, noch bevor sie sich zum Gruß erheben konnte.

„Aber Vater, ich habe es Ihnen doch gleich berichtet", ergriff Fritz die Hand mit einem förmlichen Gruß und einer Kopfneigung.

„Das ist also das vielgepriesene Fräulein Maria!", erhob sich die Stimme der Mutter aus dem Hintergrund über die Köpfe von Vater und Sohn hinweg. Mutter Naubert war erstaunlich wohlgenährt, was in diesen Tagen nur wenige von sich behaupten konnten, mit kleinen, flink herumblickenden Augen in einem runden Gesicht. Ihr Haar war schon weißlich, aber überfärbt, so dass es einen seltsamen gelblich-braunen Schimmer hatte. Maria war ein wenig irritiert. Ihre eigene Mutter wäre nie auf die Idee gekommen, so etwas zu tun, geschweige denn dafür Geld auszugeben. Nicht einmal ihren Töchtern hätte sie das erlaubt, selbst wenn sie es sich hätten leisten können. Schminke und gefärbtes Haar, das war etwas für Schauspielerinnen, aber doch nichts für ehrbare Frauen.

„Guten Tag, gnädige Frau", reichte Maria ihr die zitternde Hand. Der Gruß war ihr wie von selbst über die Lippen gehuscht, eben genau so, wie sie die Damen des Hauses Dreichlinger einst zu grüßen gehabt hatte. Nun schoss es ihr durch den Kopf, dass dies als Verlobte möglicherweise unangebracht war? Vielleicht sollte sie ihr doch lieber die Hand küssen, wie es bei Hofe üblich war?

Doch bevor sie einen weiteren Fehler begehen konnte, war Fritz schon bei ihr. „Das ist meine Braut, die zukünftige Frau Naubert", verkündete er stolz, legte den Arm um sie und strahlte seine Eltern an, als präsentiere er ein Kunstwerk, das er in langer, harter Arbeit eigenhändig geschaffen hatte. „Sie ist das bezauberndste Mädchen, das ich je gesehen habe! Und sie ist so erfrischend natürlich! Man kann sich in ihrer Gegenwart nur wohl fühlen. Das ist der Grund, warum ich sie mir vom Fleck weg geschnappt habe, bevor mir ein anderer zuvorkam!"

Maria errötete, senkte den Kopf und murmelte ihm ein lächelndes „Geh' Fritz! Übertreib' nicht so!" zu.

„Durchaus! Schnell warst du", bemerkte sein Vater trocken, und als Fritz nicht reagierte, fügte er deutlicher hinzu: „Du hättest sie uns wenigstens vorher vorstellen können. Das hätte der Anstand verlangt, meinst du nicht?"

„Der Krieg, Herr Papa", entschuldigte sich der Sohn achselzuckend, ganz wie ein Zauberwort sprechend, das jedes Argument entkräftet.

„Der Krieg wird nicht immer alles verzeihen."

Vater Naubert manifestierte den Satz wie ein Pastor die Sünde vor der Kirchengemeinde, und so, als könne man ihn nicht oft genug wiederholen.

„Setzen wir uns doch! Der Kaffee wird kalt", mahnte die Dame des Hauses, obwohl die Kannen sorgsam auf Stövchen standen und sogar noch aus ihren Schwanenhälsen mit angebrachtem Tropfenfänger dampften wie Industrieschornsteine. Sofort griff das Mädchen nach einer Kanne, um den Gästen einzuschenken.

Die kleine Gesellschaft gehorchte und gruppierte sich um den Tisch. Maria versuchte, ihre glühenden Wangen durch einen gesenkten Kopf zu verbergen. Es war ihr peinlich, so im Mittelpunkt der Aufmerksamkeit zu stehen und auch, wenn die Kritik des Vaters an den Sohn gerichtet gewesen war, fühlte sie sich davon direkt betroffen.

Vater Naubert nahm am Kopfende des Tisches Platz, seine Frau links neben ihm, so wie sie es offenbar zu sitzen gewohnt waren, gleichwohl auch sie sich in diesem Haus als Gäste bewegten. Friedrich hatte Maria den Platz direkt gegenüber seiner Mutter zugewiesen und ließ sich nun neben ihr nieder. Das Mädchen servierte bereits beflissen und fragte Maria, ob sie Tee oder Kaffee wünsche.

„Ja, bitte", hörte Maria sich schneller antworten, als sie nachdenken konnte. Warum hatte Fritz sie nur neben das Familienoberhaupt gesetzt, direkt gegenüber seiner Mutter? Wie umzingelt saß sie an diesem Tisch! Jede ihrer Bewegungen wurde von vier Augen gemustert, unter die Lupe genommen, wie ein Kalb, das man auf dem Markt zu kaufen gedenkt und bei dem man sicher sein will, dass es aus einem guten Stall kommt und keine Krankheiten mitbringt.

„Kaffee oder Tee?", hakte das Mädchen höflich nach.

„Kaffee ... Kaffee bitte ...“ Waren ihre Befürchtungen bisher eingebildeter Natur gewesen, so fühlte Maria mit diesem kleinen Fauxpas tatsächlich alle Augen auf sich gerichtet.

„Maria hat freiwillig und den ganzen Krieg über als Krankenschwester im Lazarett gearbeitet“, lenkte Fritz die Aufmerksamkeit auf sich, aber mit einem unpassenden Satz, wie Maria fand, denn der Inhalt der Nachricht ließ sie sofort wieder zum alleinigen Objekt des Interesses werden.

„Das ist sehr lobenswert“, lächelte Frau Naubert ihr distanziert zu und legte den Kopf leicht schräg. „Werden Sie auch nach dem Krieg Ihre Arbeit in einem Wohltätigkeitskomitee fortsetzen? Es gibt noch so viel Elend unter den Menschen, dagegen muss man etwas tun.“

„Äh, nein“, murmelte Maria und sah Fritz einen Moment irritiert von der Seite an. Wie kam die Frau darauf, dass sie in ein Komitee der Wohlhabenden gehörte? Hatte Fritz ihnen nichts von ihr erzählt?

„Vielleicht werde ich im Frauenbund tätig werden“, ergänzte Maria nach einer Weile des Schweigens, obwohl sie diesen Gedanken nie, nicht einmal ansatzweise, in Erwägung gezogen hatte und es auch jetzt nicht tat. Sie hatte kürzlich von diesem neugegründeten, kirchlichen Frauenverein gehört, und irgendwas musste sie ja antworten. Die Familie Häring hatte genug damit zu tun, das eigene Überleben zu sichern, und auch, wenn sie nicht gerade die Zielgruppe der Hilfsempfänger dieses Vereins waren, so war ihre eigene Zeit doch genug mit Arbeit ausgefüllt. Diese kleine Lüge würde sie nun wieder beichten müssen, dachte sie beschämt. Gleichzeitig fürchtete sie, dass Hochwürden ihr die Teilnahme an genau diesem Bund dann als Buße auftragen könnte.

„Frauenbund? Sie meinen den Katholischen Frauenbund?“

Abermals warf Maria ihrem Verlobten einen Seitenblick zu. Diesmal als wortlose Botschaft, die so viel aussagen sollte wie: ‚Genau, ich wusste es! Da haben wir es! Jetzt kommen sie auf die Konfession zu sprechen und stellen unsere Verlobung in Frage! Ich wusste, dass es so kommen würde!

Aber Fritz saß in aller Ruhe da und aß seinen Kuchen. Er reagierte nicht, schien nicht einmal zu hören, was seine Mutter sagte. Er griff nach seiner Tasse, trank, ohne den stummen Hinweis seiner Verlobten auch nur ansatzweise zu bemerken.

Maria hob zum ersten Mal den Kopf. Mutig schaute sie der Älteren in die Augen: „Ja, den Katholischen Frauenbund.“

Wenn es etwas gab, das sie diesen Leuten gegenüber standhaft verteidigen musste, dann war es die Bedingung ihrer Eltern. Ihre zukünftigen Kinder mussten katholisch erzogen werden, wenn sie Fritz heiraten wollte. So lautete die Vereinbarung. Und das wollte sie! Ihn und keinen anderen.

„Es ist doch völlig gleichgültig, wo sie sich engagiert!“, mischte sich Vater Naubert energisch in das Gespräch ein und brachte seine Frau damit zum

Schweigen. "Das Land hat noch Jahre harter Arbeit vor sich! Mehr als uns lieb ist! Das, was Bismarck einst in Versaille geschaffen hat, das reibt man Deutschland nun hin[2]! Es ist empörend! Man zwingt uns einen Vertrag auf, der nicht nur meine Enkel für den Rest ihres Lebens knebeln und versklaven wird, sondern auch deine, mein Sohn! Es ist eine Schande, dass dieser Noske eine so hochgeachtete Elitetruppe wie die Marinebrigade Ehrhardt mit sechstausend Mann, die des Generals Lüttwitz und die Freikorps, auflösen will![3] Diese Elitesoldaten stehen alle von heute auf morgen auf der Straße! Das sind exzellent ausgebildete Truppen, die für unsere Nation ihr Leben aufs Spiel gesetzt haben, und nun will man sie einfach alle entlassen. Nur, weil dieser Schandvertrag das von Deutschland verlangt! Das kann man doch nicht einfach so hinnehmen! Aber unsere Regierung tut es! Die nimmt es hin!"

Maria atmete innerlich auf, weil sie das Gespräch auf politisches Terrain gelenkt sah. Religion schien in dieser Familie tatsächlich nicht sehr im Vordergrund zu stehen. Ihr fiel ein Stein von solchem Ausmaß vom Herzen, dass sie förmlich in ihrem Stuhl zu wachsen schien. Zu Politik hatte sie als Frau nichts beizutragen, das wurde nicht erwartet. Das verschaffte ihr eine Atempause. Nun vermochte sie sogar mit einem sanften Lächeln das kleine Kuchenstück entgegenzunehmen, dass ihr ihre zukünftige Schwiegermutter von dem Mädchen auftun ließ.

„Im Moment müssen wir das wohl ertragen", stimmte Fritz seinem Vater zu, ob aus taktischen Gründen, um ihn für dieses Treffen gefügig zu stimmen, oder aus echter Überzeugung, konnte man nicht erkennen. „Es sind immer die Sieger, die diktieren. Dagegen kann Deutschland derzeit nichts machen. Man kann nur hoffen, dass die Siegermächte in ein paar Jahren ein Einsehen haben werden. Es kann doch in niemandes Interesse sein, dass Deutschland auf Dauer als Handelspartner komplett ausfällt. Dafür ist unsere Industrie zu wichtig."

„Genau das ist doch der Grund!", polterte sein Vater. Er schien geradezu wütend zu sein, dass sein Sohn eine für seine eignen Verhältnisse so naive Haltung an den Tag legte. „Es reicht ihnen nicht, dass wir den Krieg verloren haben. Sie wollen unsere Industrie in die Knie zwingen! Die ist doch vor allem den Engländern schon lange ein Dorn im Auge! Du glaubst doch nicht im

---

[2] Der ‚Vorfrieden von Versailles' wurde am 26. Februar 1871 zwischen Frankreich und dem Deutschen Reich im Schloss Versailles geschlossen. Frankreich verzichtete damals auf weite Teile seiner Départements Haut-Rhin, Bas-Rhin und Moselle sowie zwei Arrondissements des Départements Meurthe zugunsten des Deutschen Kaiserreichs, das während des Krieges gegründet wurde. Ferner verpflichtete sich Frankreich zur Zahlung einer Reparation in Höhe von fünf Milliarden Goldfranken. Die übrigen Artikel des Vertrages regelten unter anderem die Räumung besetzter Gebiete, die Auswanderung von Einwohnern der abgetretenen Gebiete.

[3] Die Siegermächte forderten von der deutschen Regierung die drastische Reduzierung des deutschen Heeres.

Ernst, dass sie das je ändern werden? Niemals, sage ich dir! Niemals! Deutschland ist versklavt! Wir sind versklavt! Den Rest kannst du dir denken."

Fritz stach ein Stück von seinem Kuchen ab und Maria tat es ihm gleich. Sie hatte auf ein Zeichen gewartet, dass es erlaubt sei. Sie schmeckte sofort, dass dieser Kuchen nicht mit schlechter Kriegsmargarine gebacken worden war. Hier waren nur gute Zutaten verarbeitet worden. So etwas Leckeres hatte sie schon lange nicht mehr auf der Zunge gehabt.

„Gute Butter", richtete sie das Wort lobend an ihre künftige Schwiegermutter, froh darüber, endlich etwas unverbindlich Freundliches sagen zu können. „Was für ein feiner Kuchen!"

„Ja, nicht wahr?", stimmte ihr Gegenüber erfreut zu, „ich habe neulich ganz überraschend von einem Bauern gute Butter kaufen können. Das schmeckt doch gleich ganz anders."

„Nichts wird so heiß gegessen, wie es gekocht wird, Herr Papa", ignorierte Fritz das Gespräch der Damen, entschlossen, seinen Standpunkt zu behaupten.

Die Stirn seines Vaters legte sich in Falten. Dann räusperte er sich betont und trank aus seiner Tasse. „Unsereins wird es nicht mehr erleben, wer von uns beiden Recht behalten wird", setzte er die Tasse geräuschvoll ab. „Ihr aber schon. Was sagt denn Ihr Herr Vater dazu, Fräulein Maria? Ich darf Sie doch Maria nennen?"

„Natürlich", schluckte Maria schnell hinunter, um nicht mit vollem Mund zu sprechen, was sie in der Eile, eine Antwort zu geben, bereits getan hatte. Sie ließ die Kuchengabel sinken. Was hielt ihr Vater von diesem Friedensvertrag? Warum fragte Friedrichs Vater sie das? Was sollte sie sagen, unverfänglich genug, um weder ihren Vater in ein schlechtes Licht zu rücken, noch ihren zukünftigen Schwiegervater zu verärgern?

„Ich glaube, er ist Ihrer Meinung, Papa", kam ihr Fritz zu Hilfe. Maria schwieg, denn sie dachte, ihr Verlobter wüsste besser, welche Antwort seinen Vater besänftigen würde. Es war ihr wichtig, dass der Vater des Bräutigams den zukünftigen Vater der Braut später mit dem gebührenden Respekt begegnen würde. Schließlich sollte ihre Hochzeit ein Freudentag werden.

„Nun, er scheint ja ein vernünftiger Mann zu sein", wandte sich das Familienoberhaupt wieder an Maria. „Was macht ihr Herr Vater beruflich?"

„Er arbeitet am Ausschank und ...."

„Ihre Familie besitzt ein Restaurant?", unterbrach er sie, weil sie einen winzigen Moment gezögert hatte. „Na, da haben Ihr Herr Vater und Ihre Frau Mutter aber eine harte Zeit hinter sich! Wir alle haben weiß Gott schwere Zeiten hinter uns, und es ist noch nicht vorbei."

„Mein Vater ist Landwirt", korrigierte ihn Maria höflich.

„Landwirt? Nun, da haben sie wenigstens in den letzten Jahren nicht gehungert", erwiderte der Vater, ohne auf den Widerspruch in Marias Antwort einzugehen. Stattdessen reichte er seiner Frau den leeren Teller und bat sie, wie um seine Worte zu unterstreichen, ihm in Abwesenheit des Mädchens noch ein Stück Kuchen aufzuladen. Unbeirrt sprach er weiter. „Die Kriegsindustrie und die Grundbesitzer waren die einzigen, denen es in den letzten Jahren noch ganz gut ging. Das wollen Sie doch nicht bestreiten, oder? Wie viel Hektar Land bewirtschaftet Ihr Vater denn?"

Wieder ließ Maria die Kuchengabel sinken, doch diesmal überkam sie eine plötzliche Klarheit. Die Eltern ihres Verlobten schienen zu glauben, ihre Familie sei mindestens so wohlhabend wie sie selbst. Statt zu antworten, drehte sie sich mit dem ganzen Oberkörper zu Fritz. „Was hast du deinen Eltern von mir erzählt?"

„Vater!", ermahnte dieser den Fragesteller über ihren Kopf hinweg, anstatt ihr zu antworten. „Sie bringen Maria mit Ihren bohrenden Fragen in Verlegenheit. Ich bitte um etwas Zurückhaltung!"

„Hättest du uns deine Braut vor der Verlobung vorgestellt, müssten wir jetzt nicht so viele Fragen stellen", erwiderte dieser prompt und keineswegs in der milderen Form, um die der Sohn gebeten hatte.

„Es tut mir leid, dass ich mich nicht an das Protokoll gehalten habe", entgegnete der Sohn in gleicher Form. „Aber die Umstände waren solche, dass ein schnelles Handeln von Nöten war."

„Welche Umstände?", horchte die Mutter auf. Man sah ihrem verstörten Blick an, dass sie sich dazu allerhand in Gedanken ausmalte. Ihre Augen sprangen nervös von links nach rechts und zurück, als ob es irgend etwas im Raum zu entdecken gegeben hätte. Kritisch blieben sie dann an Maria hängen, musternd, ob sich an deren Erscheinung etwas entdecken ließ, dass Umstände erklären würde.

„Der Krieg", wiederholte Fritz ungehalten. „Die Umstände, die dieser Krieg hervorgerufen hat! Und ..."

Während die Mutter hörbar aufatmete, zeigte der Vater, der sich seinem Kuchenstück zugewandt hatte, keine Reaktion. Fritz fühlte sich zu einer weiteren Erklärung bemüßigt: „Es ist nämlich so ..."

Maria befürchtete, dass ihr Verlobter von den enormen Schwierigkeiten erzählen würde, die ihre Eltern im Vorfeld gemacht hatten, und das wollte sie auf keinen Fall. Deshalb legte sie ihm beschwichtigend die Hand auf den Arm. und murmelte ein "Fritz, bitte!"

„Nun, mein lieber Friedrich", fiel ihm nun auch seine Mutter ins Wort, wohl weil sie die Männer in der Familie kannte und eine Eskalation fürchtete, „wir müssen es akzeptieren, wie es ist. Nun seid ihr schon mal verlobt. Jammern über verschüttete Milch bringt nichts. Aber du musst auch verstehen, dass wir etwas genauer wissen wollen, wer unser neues Familienmitglied sein wird, und mit welcher Familie wir in Beziehung treten werden, nicht wahr?"

Sie sprach in der Zukunftsform, ganz so, als ob die Möglichkeit bestünde, dass sich diese trotz Verlobung noch anders darstellen könnte. Maria war in dieser Art der Kommunikation nicht geübt, aber sie spürte intuitiv, welche versteckten Botschaften hinter diesen höflichen Worten verborgen lagen. Obwohl sie sich dadurch alles andere als willkommen fühlte, musste sie den beiden älteren Herrschaften am Tisch Recht geben. Es wäre die Pflicht ihres Verlobten gewesen, seinen Eltern zumindest vor ihrer Ankunft von ihr und ihrer Familie zu erzählen. Natürlich war sie davon ausgegangen, dass er das getan hatte. Aber Fritz machte selbst jetzt noch den Eindruck, dass er sich mehr auf einen verbalen Machtkampf mit seinem Vater konzentrierte, als auf das, was wirklich wichtig war.

Also ergriff sie das Wort. Es kostete sie Überwindung und Mut. Sie bemühte sich, klar und deutlich zu sprechen, keine Dialektausdrücke einfließen zu lassen und ihre Tischnachbarn dabei direkt anzusehen.

„Unser Hof hat mehrere kleine Felder und einen Wald. Insgesamt etwa ein Hektar, mit dem Wald vielleicht eineinhalb. Mein Vater arbeitet noch im Gasthaus Bärenwirt, vor allem im Winter. Meine Mutter ist Hausfrau und Bäuerin. Sie stammt aus einer Gastwirtsfamilie in Nabburg. Ich habe drei Schwestern, eine war Köchin in einem Fünf-Sterne-Hotel in Nürnberg, ist jetzt verheiratet und hat zwei Kinder. Die anderen beiden sind noch ledig. Eine lernt im Hotel Elefant in München, die andere war Büroangestellte in den bekannten Fahrrad-Expresswerken bei uns am Ort, arbeitet aber jetzt wieder im Haushalt, weil sie ihre Stelle einem Kriegsversehrten gegeben haben. Wir sind eine katholische Familie und meine Eltern haben es zur Bedingung gemacht, dass unsere zukünftigen Kinder in diesem Glauben erzogen werden".

Maria hatte in einem Atemzug gesprochen, kaum mit den Augen geblinzelt, den Kopf so steif gerade gehalten, dass sie jetzt einen Schluck Wasser trinken musste, um nicht ohnmächtig vom Stuhl zu gleiten. Vor allem der letzte Satz hatte sie mehr Kraft gekostet, als sie aufbringen zu können glaubte. Sie rechnete fest damit, dass nun ein protestantisches Veto kommen würde, auch wenn das Thema vorher übergangen worden war.

Alle starrten sie mit offenen Mündern an, auch Friedrich, der von ihrem Ausbruch noch mehr überrascht zu sein schien als seine Eltern. Eine zu Boden fallende Stecknadel wäre in diesem Augenblick niemandem entgangen. Es entwickelte sich einer jener Zeitzustände, die Maria nur zu gut kannte. Auch in ihrer Familie kam es hin und wieder dazu. Niemand sprach dann, jeder wartete darauf, dass ein anderer die Stille durchbrechen und etwas Erlösendes sagen würde, etwas, das die Zeit wieder in den richtigen Rhythmus versetzen sollte. Aber für gewöhnlich fand niemand den passenden Satz. Selbst Fritz schien ergriffen, denn er rang nach Worten, das konnte sie deutlich sehen.

Schließlich fand das Familienoberhaupt seine Stimme wieder. „Nun, das war eine ausführliche Auskunft", stellte Vater Naubert karg fest. Er schob den leeren Kuchenteller beiseite.

Wieder herrschte Schweigen.

Maria saß wie auf einer glühenden Ofenplatte. Noch immer reagierte niemand darauf, in welcher Religion die Kinder erzogen werden sollten. Dieser eine Punkt konnte alles wieder ruinieren. Was, wenn Fritz sich doch irrte und seine Eltern auf eine protestantische Erziehung der Kinder pochen würden? Vater Naubert schien ihr genau der Mann zu sein, der sehr unnachgiebig sein konnte, wenn er seine Sichtweise durchsetzen wollte. Dann stünde ihr Glück wieder auf Messers Schneide! Sie hatte sich zu sehr auf Friedrichs Urteil verlassen, als dass ihr dieser Moment nun nicht in die Glieder fahren musste.

„Wenigstens wissen wir jetzt, woran wir sind", ließ Frau Naubert nach einer weiteren, sehr lang erscheinenden Weile verlauten. Es klang weit weniger freundlich als alles, was sie bisher von sich gegeben hatte.

Fritz griff nach Marias Hand auf dem Tischtuch, so dass auch sie die Kuchengabel weglegen musste, um die Tischwäsche nicht zu beschmutzen. Es hätte gerade noch gefehlt, dass sie das kostbare Damasttuch befleckt hätte. Sie fühlte sich ohnehin schon als Alleinschuldige an der Missstimmung. Ihre bloße Existenz schien Grund genug dafür zu sein, und leider hatte ihr Verlobter bisher nicht viel dazu beigetragen, die Situation zu entschärfen.

„Maria ist sehr fleißig und eine ausgezeichnete Hausfrau", meldete sich dieser, als ob er ihre Gedanken lesen könnte, schließlich zu Wort.

„Ganz gewiss ist sie das", versicherte seine Mutter sofort mehrmals, und sein Vater fügte hinzu, dass niemand daran zweifele. Sie sprachen, als ob Maria nicht im Raum wäre.

Nach einer weiteren, Maria unendlich lang erscheinenden Pause, räusperte sich Vater Naubert mehrmals, schluckte, als hätte er einen Kloß herunterzuwürgen, hob den Kopf und sah seinen Sohn mit strenger Miene an.

„Wie hast du dir eigentlich gedacht, deine Familie ernähren zu wollen? Ich gehe davon aus, dass du dir darüber Gedanken gemacht hast."

Maria war so erleichtert, dass kein Wort über den Glauben verloren wurde, dass sie die Botschaft dieser Fragen zunächst gar nicht richtig aufnahm. Die religiöse Erziehung der Kinder schien ihnen tatsächlich nebensächlich zu sein. Die Erleichterung überkam sie so sehr, dass sie zu lächeln begann. Das Thema ‚Familie ernähren' hatte Fritz bereits das ein oder andere Mal erwähnt, aber sie hatten es nie vertieft. Damit vertraute sie ihm völlig.

„Ich werde mit meinem Erbteil eine Steuerkanzlei eröffnen", erklärte er nun mit fester Stimme. Er hatte sich alles schon genau überlegt, er war mit diesem Plan aus dem Krieg zurückgekommen, Maria erinnerte sich gut daran. Ganz genau hatte er ihre gemeinsame Zukunft schon erwogen. Damals war sie ein wenig überrumpelt davon gewesen, doch jetzt war sie froh darüber, dass er durchdacht davon sprechen konnte. Er war kein blauäugiger Mensch, der sich in Wolkenkuckucksheim eine Frau nahm und alles dem Zufall überließ. Fritz zeigte Verantwortungsgefühl und dagegen konnte sein Vater nichts sagen. Das musste er anerkennen.

„Entweder in Erfurt oder hier in Leipzig, vielleicht auch in Eisenberg, das weiß ich noch nicht", fuhr Fritz fort, während seine Eltern ihn mit immer größer werdenden Augen und einer gewissen Unruhe darin betrachteten. „Die Kanzlei muss ich wohl dort ansiedeln, wo ich Kunden finden werde. Emils Kontakte könnten mir dabei hilfreich sein. Darüber wollte ich mit ihm sprechen." Fritz drehte sich mit den letzten Worten fragend in Richtung der Flügeltür in seinem Rücken, hinter der auf der anderen Seite des Korridors die Praxis in einem abgeschlossenen Bereich angesiedelt war. „Wo ist er überhaupt? Warum kommt er nicht?"

„Spät, aber besser als nie, kommen wir endlich zur Sache", überging Vater Naubert die Frage nach dem Bruder und erhob sich abrupt. Er ging zur Anrichte an der Wand unter dem Spiegel, warf sich darin selbst einen bedeutungsschwangeren Blick zu, den Maria zwar auffing, aber nicht verstand, und zog eine Zigarre aus einer Holzschatulle.

Sein Sohn hingegen griff in seine Jackentasche, kramte ein Päckchen Zigaretten hervor, klopfte eine heraus, erhob sich, ging zu seinem Vater und ließ sie sich von dem Streichholz anzünden, das dieser bereits brennend in der Hand hielt. Vater und Sohn nahmen ein paar Züge, bis sie sicher waren, dass die Glut ihrer Glimmstängel nicht erlöschen würde. Der Vater reichte dem Sohn wortlos einen Aschenbecher, der neben der Zigarrenkiste stand, und setzte sich wieder.

„Was deinen Erbteil betrifft, so habe ich schlechte Nachrichten für dich", eröffnete Vater Naubert mit fester Stimme die unmittelbar folgende Hiobsbotschaft. „Das meiste Geld war in Kriegsanleihen angelegt, und die sind jetzt wertlos."

Maria sah vom Vater zum Sohn und wieder zurück, denn sie verstand nicht sofort, was das bedeutete, aber sie konnte am Gesichtsausdruck der Mutter erkennen, dass es keine gute Nachricht war.

Fritz war gerade auf dem Weg zurück zu seinem Platz und blieb nun mitten im Schritt so abrupt stehen, dass die Glut seiner Zigarette auf den Teppich fiel. Maria sprang erschrocken auf, warf sich auf die Knie und wischte schnell mit ihrer Serviette über die brennende Glut.

„Pass doch auf, Fritz!", mahnte sie, ohne auch nur von ihrer Bemühung aufzusehen. Zum Glück war sie flink genug gewesen, die Asche verschwand wie von selbst zwischen den feinen Knoten. Das war ein echter Teppich, dachte Maria erleichtert. Der verzeiht so etwas. Die Serviette hatte nun zwar ein kleines Brandloch, aber das war immer noch besser, als den teuren Bodenbelag ruiniert zu sehen. Sie stand auf und zerknüllte verlegen das Tuch in ihrer

Hand. Niemand beachtete sie, nicht einmal Frau Naubert, die als Hausfrau der Familie ihre Bemühung hätte anerkennen müssen.

„Alles?", fragte Fritz, ohne sich von der Stelle zu rühren.

„Fast alles. Ein kleiner Teil ist in Goldbarren gebunkert. Aber das wird nicht reichen, um eine Kanzlei zu gründen. Dein Erbteil an unserem Haus ist dir eines Tages natürlich sicher", fuhr sein Vater indes fort. „Aber das Haus ist im Moment alles was wir haben. Wir sind sogar gezwungen, dein Zimmer und das deiner Brüder vorübergehend unterzuvermieten, um überhaupt ein Auskommen zu haben. Das ist schwer genug zu ertragen, wie du dir vorstellen kannst. Sicherlich geht es vielen so wie uns, aber man muss schon sehr über seinen Schatten springen, um diesen Schritt zu tun."

„Weiß Gott!", seufzte seine Frau von der anderen Seite.

Fritz ließ sich wie von Kugeln getroffen auf einen Stuhl sinken und hing dort so reglos in der Lehne, dass Maria zu ihm eilte und ihm die brennende Zigarette aus der Hand nahm.

In diesem Augenblick öffnete sich mit einem Ruck die Flügeltür. Die Vorhänge blähten sich kurz auf wie Ballons, und ein kühler Luftzug drang vom Flur in das Zimmer, rüttelte an den Fenstern.

„Entschuldigt meine Verspätung! Aber ich hatte eine Patientin, die einfach nicht fertigwerden wollte, mir ihre Beschwerden zu schildern. Was kann man da machen?" Emil kam lachend an den Tisch, während sich die Tür hinter ihm von außen wie von Geisterhand wieder schloss.

Genau das gleiche Lachen! Wie Fritz, dachte Maria. Der Bruder ihres Verlobten sah diesem so ähnlich, dass sie glauben wollte, er sei sein Zwilling, nur etwas älter. Der einzige Unterschied war das fehlende Schnauzbärtchen. Es war diese Ähnlichkeit, die ihn ihr auf Anhieb sympathisch machte. Sie konnte nicht anders, als diesen Bruder gleich zu mögen, noch bevor sie ein Wort mit ihm gewechselt hatte. Emil kam direkt auf sie zu, ignorierte die Stimmung im Raum oder hatte sie einfach noch nicht registriert.

„Sie sind also die geheimnisvolle Braut!" Maria konnte gerade noch die Zigarette in den Aschenbecher befördern, da ergriff er schon ihre Hand und schüttelte sie kräftig. „Ich freue mich, Sie endlich kennen zu lernen, gnädiges Fräulein! Wir haben lange darauf warten müssen."

Er verbeugte sich nicht, stellte sich nicht vor, hielt den Kopf gerade und musterte sie ungeniert von oben herab, so wie er vermutlich seine Patientinnen mit prüfendem Blick durchbohrte, um zu verstehen, was ihnen fehlte.

„Maria, bitte nennen Sie mich Maria." Sie war von seiner Präsenz überrumpelt. Er war mit der gleichen Dominanz in den Salon gekommen, wie sein Vater vor ihm. In wenigen Augenblicken hatte er die Herrschaft im Raum übernommen und unmissverständlich klargemacht, dass dies seine Räumlichkeiten waren und alle anderen nur Gäste darin. Ihre voreilig entwickelte

Zuneigung zog sich erschrocken zurück. Er mochte aussehen wie ihr Verlobter, aber sein Wesen war alles andere als das ihres Friedrichs.

„Eine moderne Frau, sie raucht", bemerkte er mit einem Blick auf die Zigarette. „Nicht gesund, meine Liebe, nicht gesund! Eine Frau sollte nicht rauchen."

Noch bevor Maria eine Erklärung stammeln konnte, ließ er von ihr ab, wandte sich seinem Gedeck und dem Kuchenteller zu, tat sich ein Stück auf, ging um den Tisch herum und setzte sich neben seine Mutter. Diese hatte ihm bereits Tee eingeschenkt und die spärlich gefüllten Milch- und Zuckerkännchen, von denen Maria aus diesem Grund nichts genommen hatte, in seine Reichweite geschoben.

„Was ist denn mit dir los?", richtete er das Wort an seinen Bruder und betonte dabei das Pronomen. Dieser saß immer noch wie betäubt auf seinem Stuhl.

Emil Naubert (siehe gemalten Pfeil) während des 1. Weltkrieges im Einsatz;

Maria ließ sich leise neben Fritz nieder, bereit, ihm zu Hilfe zu eilen. Sie konnte sehen, dass er von der Nachricht, die sein Vater ihm überbracht hatte, erschüttert war. Sie hatte begriffen, dass er mit dem Geld gerechnet hatte, aber erst sein anhaltendes Entsetzen darüber machte ihr klar, dass dies schwerwiegendere Folgen für ihre gemeinsame Zukunft zu haben schien, als sie zunächst angenommen hatte.

Die schroffe Anrede seines Bruders weckte Fritz aus seiner Starre. Sie verlieh ihm sogar eine feste Stimme, und er rutschte mit seinen Worten in eine aufrechte Haltung. „Vater hat mir soeben eröffnet, dass mein Erbteil bis auf das Haus dem Verfall der Kriegsanleihen zum Opfer gefallen ist. Wusstest du das?"

„Aber das weiß doch jeder, dass alle Investitionen in Kriegsanleihen jetzt wertlos sind." Emil sah bei seiner Antwort nicht einmal auf, schüttete drei Löffel Zucker in seinen Tee und rührte mit mehr Aufmerksamkeit in der Tasse, als er dem Gespräch zu widmen schien.

Maria war entsetzt. Drei Löffel! Zu Hause tranken sie ihren Kräutertee ungesüßt, nicht einmal ihr Vater nahm Zucker in seinen Morgenkaffee. Zucker war noch ein viel zu großer Luxus.

„Natürlich weiß ich das!", antwortete Friedrich ein wenig irritiert über die Gelassenheit seines Bruders angesichts dieser tragischen Tatsache. Und über die Unbeweglichkeit seiner Eltern, die inzwischen wieder relativ gefasst wirkten, wie Maria fand. „Aber ich wusste nicht, dass mein Erbteil ganz in Kriegsanleihen angelegt war!"

„Wenn es dich tröstet ...", Emil schob die mit Kuchen beladene Gabel in den Mund, schloss mit einem „Hmmmm-köstlich-Frau-Mama!" kurz die Augen in Richtung seiner Mutter und fuhr erst fort, als er die süße Speise endlich hinuntergeschlungen hatte, „...mich hat es auch getroffen. Alles, was ich mir vor dem Krieg erarbeitet habe, alles weg! Ich fange wieder bei Null an. Die Praxis in Dresden musste ich vorerst aufgeben. Ich werde viel arbeiten müssen, um sie wieder aufmachen zu können."

„Aber du hast hier eine voll ausgestattete Praxis! Ich habe noch keine Kanzlei. Und das ist ein Problem, verstehst du? Ich habe fest mit dem Geld gerechnet."

„Das kann ich gut verstehen." Emil schaute seinen Bruder zum ersten Mal direkt an und machte sogar ein nachdenkliches Gesicht. „Aber deine junge Braut bringt doch bestimmt auch etwas mit in die Ehe? Auch wenn das Geld vielleicht für andere Zwecke gedacht war, in so einem Fall muss man Prioritäten setzen. Eine Investition in deine Kanzlei hat sicher Vorrang."

„Das ist, unter den gegebenen Umständen, nicht zu erwarten", streute Vater Naubert trocken in das Gespräch seiner Söhne ein.

„Welche Umstände?", wollte Emil sofort wissen. Er schien sich in der Tat keine Umstände vorstellen zu können, die seine These widerlegen könnten.

„Nun, ein Hof von kaum einem Hektar Land und vier Töchtern versprechen nicht gerade eine üppige Mitgift, mit der dein Bruder rechnen könnte. Und er hat es ja nicht für nötig befunden, vor seiner Verlobung mit mir zu sprechen!"

„Vater!", ermahnte Fritz mit erhobener Stimme und blitzenden Augen, „Sie beleidigen meine Braut! Ich muss doch sehr bitten!"

„Keineswegs!", entgegnete dieser und schaute dabei Maria direkt an, die sprachlos der Entgleisung des Gesprächs folgte. „Das ist keineswegs meine Absicht! Sie nehmen es mir nicht übel, Fräulein Maria, aber man muss die Dinge beim Namen nennen." Er erwartete offensichtlich keine Antwort von ihr, denn gleich darauf wandte er sich wieder seinem Sohn an ihrer Seite zu. „Und wenn du die Sache vorher mit uns besprochen hättest, wie es sich gehört hätte, dann wäre das etwas anderes gewesen!"

„Wollen Sie damit andeuten, ich hätte Maria nicht als meine Verlobte wählen können, weil das nicht Ihre Zustimmung gefunden hätte?", fuhr Friedrich von seinem Stuhl auf, als hätte ein Zahnarzt ohne Lachgas in den Nerv seines Patienten gebohrt. „Das wäre eine beispiellos impertinente Annahme! Nichts und niemand hätte mich von dieser, ich betone, meiner Entscheidung abgehalten!"

Maria sah dankbar zu ihm auf. Es war angebracht, dass er sie verteidigte, auch wenn sie sich nicht ganz sicher war, ob sein Zorn nicht zum Teil auch daher rührte, dass man an seiner Autorität kratzte. Wahrscheinlich war es eine Mischung aus beidem, aber im Moment genügte ihr das.

„Ich meine, es wäre nicht nötig gewesen, dass deine Braut dieses Gespräch jetzt mit anhören muss. So etwas bespricht man unter Männern!", belehrte ihn sein Vater in ebenso barschem Ton. „Es geht schließlich um deine Existenz! Da muss man offen reden, und die Weiber verstehen das nicht. Die kriegen das nur in den falschen Hals."

„Setz dich doch, Friedrich!", bat ihn seine Mutter so leise, als wagte sie es als Angehörige der bezeichneten Weibsleute jetzt kaum, die Stimme zu erheben.

Auch Maria zupfte Fritz sanft am Jackenärmel und warf ihm einen flehenden Blick zu. Sie war es gewohnt, sich in Männergespräche nicht einzumischen. Obwohl sie und ihre Familie der Grund für diesen Eklat waren, versuchte sie, Verständnis für die Eltern ihres Verlobten aufzubringen. Fritz hatte sich falsch verhalten, daran war nicht zu rütteln. Er hätte früher mit ihnen sprechen müssen. Er hätte sie längst vorstellen müssen. Und, auch wenn es an ihrer Situation nichts geändert hätte — ihre Mitgift bestand nur aus ein paar Bettlaken und ein wenig Geschirr, das ihre Mutter über Jahre mühsam für sie und ihre Schwestern zusammengespart hatte —, Vater Naubert hätte vielleicht verständnisvoller reagiert.

„Ich habe keine Geheimnisse vor Maria! Sie kann alles hören!", verkündete Fritz mit erhobenem Kopf, immer noch stehend, wie Cäsar vor dem Senat kurz vor seiner Ermordung.

„Setz dich endlich hin!", fuhr ihn sein Bruder ungehalten an. „Menschenskind! Sei vernünftig, Fritz! So änderst du die Sache nicht."

Fritz ließ sich von Maria wieder auf den Stuhl ziehen. Er wirkte, als hätte ihn jemand anders hingesetzt. Er zog die Zuckerdose quer über die Tischdecke, schaufelte ebenfalls drei Löffel in seine und Marias leere Tasse und schenkte ihnen selbst Kaffee nach.

Maria sah ihm erstaunt zu. Sie wollte keinen Kaffee mehr, nicht einmal gesüßten; ihr Herz klopfte schon wild genug. Aber sie ließ ihn gewähren. Fritz kippte die halbe Tasse hinunter wie einen Schnaps. Er machte eine Miene, die von reger Gedankentätigkeit zeugte. Er schien seinen Handlungen gar keine Aufmerksamkeit zu widmen.

„Kannst du mir wenigstens vorübergehend Kredit geben? Mit dem Erbteil des Hauses als Sicherheit?" Hoffnung schwang in seiner Stimme mit, als er sich damit wieder an seinen Bruder richtete.

Emil hob die Augenbrauen und sah ihn erstaunt an: „Kaum! Mein letzter Pfennig steckt hier drin!" Er ließ den Arm symbolisch über Wände, Decke und Türen gleiten, während er weitersprach. „Ich muss einen gewissen Standard wahren, sonst verliere ich die wenigen noblen Patientinnen, die ich noch habe." Er suchte nach Verständnis im Blick seines Bruders, der ihn aber weiterhin erwartungsvoll ansah. „Es sind verwirrende Zeiten. Wer heute das Geld hat, ist nicht mehr derselbe Adel wie früher. Alles ist im Wandel! Jetzt verarmte Bürger, die einst das Rückgrat der Gesellschaft waren, können sich meine Dienste nicht mehr leisten. Die Neureichen könnten das, aber die haben keinen Anstand im Leib und daran muss ich mich erst noch gewöhnen. Diese Klientel muss ich trotzdem erreichen, auch wenn es nicht meine Welt ist. Das braucht Zeit und macht viel Arbeit, das kannst du mir glauben!"

„Gut", brummte Fritz nachdenklich und ließ seinen Kopf lange nicken, bevor er wieder aufsah. „Dann könntest du uns vielleicht die Räume unten in diesem Haus hier vorübergehend mietfrei zur Verfügung stellen, damit ich dort meine Kanzlei eröffnen kann?"

„Hier?", wunderte sich Emil und blinzelte ihn an. Mit diesem Vorschlag schien er nicht im Entferntesten gerechnet zu haben. „Aber wo wollt ihr denn wohnen?"

„Im anderen Zimmer."

„Das kannst du deiner Frau doch nicht antun, in so einem kleinen Raum zu hausen! Also wirklich, Fritz! Das geht doch nicht."

Maria lag es auf der Zunge zu erwidern, dass sie das gewohnt sei, aber sie konnte sich gerade noch zurückhalten.

„Maria kann für dich kochen, sie ist eine ausgezeichnete Köchin! Dann kannst du dir das Mädchen sparen."

„Wie stellst du dir das vor?" Jetzt war es Emil, der aufgeregt vom Tisch aufstand und im Zimmer auf und ab ging. „Das Dienstmädchen gehört hier zum Konzept! Meine Patientinnen erwarten, dass ihnen ein Mädchen in schneeweißer Schürze die Tür öffnet. Nein, das Mädchen ist weiß Gott kein überflüssiger Luxus!"

„Dann behalte sie", winkte Fritz ungeduldig ab. „Das ist mir egal. Diese beiden Zimmer unten für eine Weile mietfrei, das wäre Starthilfe genug. Ich zahle dir Miete, sobald es geht. Und wenn es einigermaßen läuft, suchen wir uns sowieso eine eigene Wohnung. Die Zimmer stehen doch leer, oder? Du brauchst sie nicht."

Seine Familie schaute ihn schweigend und mit starrem Gesichtsausdruck an, so wie sie Maria nach ihrer kleinen Rede angestarrt hatten. Maria blickte von einem zum anderen, verstand nicht, was der Grund für diese plötzliche Stille war. Auch wenn ihr der Gedanke, hier in dieser fernen Stadt, bei diesen fremden Menschen, ohne Garten und ohne die Möglichkeit, wenigstens Gemüse anzubauen, in einem einzigen Raum zu leben, nicht sehr verlockend erschien, so war es doch immerhin ein Anfang, wenn man die Situation bedachte. Fritz bemühte sich, eine Lösung zu finden, und sie verstand nicht, warum seine Familie ihn dabei nicht unterstützte. Sie war bereit, jeden Schritt zu tun, so lange sie mit ihm zusammen sein konnte.

„Friedrich", murmelte seine Mutter schließlich, „das kannst du deinem Bruder nicht antun! Du ruinierst ihn!"

Nun war es an Fritz, sich irritiert umzuschauen. Erst jetzt schien ihm zu dämmern, was Maria schon eine ganze Weile wahrgenommen hatte: Seine Familie saß wie ein einziger Block fleischgewordener Distanz da.

„Er kann doch auf die zwei Zimmer verzichten", drängte er in die Stille. „Es ist ja nicht für immer! Wir werden so bald wie möglich Miete zahlen, das habe ich doch gesagt."

Emil atmete tief durch, trat an eines der hohen Fenster und blickte, die Hände hinter dem Rücken verschränkt und den Mund zusammengekniffen, über den Park wie ein Feldherr über das Schlachtfeld.

„Verstehst du denn nicht?", rang Mutter Naubert sichtlich gequält um die richtigen Worte. „Dein Bruder führt hier ein sehr nobles Etablissement. Sogar die Kaiserin Zita steht in seiner Kartei, stell dir vor!"

„Das war einmal, Mutter", ertönte es vom Fenster, ohne dass Emil sich umdrehte oder gar an den Tisch zurückkehrte.

„Himmel noch mal!", donnerte Vater Naubert schließlich los und machte dabei ein unwirsches Gesicht. Niemand hätte sich gewundert, wenn er dabei mit der Hand auf den Tisch geschlagen hätte, was er jedoch nicht tat. „Stell dich nicht so dumm, Friedrich! Muss ich so deutlich werden? In diesem Haus verkehrt die feinste Gesellschaft aus ganz Europa! Diese Leute haben Erwartungen! Die muss man erfüllen! Das verpflichtet. Diese Leute sind empfindlich wie Mimosen! Geld ist scheu wie ein Reh und seine Besitzer folgen ihm, ohne mit der Wimper zu zucken. Beim geringsten Anlass wechseln sie den Arzt, beim geringsten Anlass. Dein Bruder war auch im Krieg und jetzt kämpft er an dieser Front! Was würden diese Leute zu einer Einraumkanzlei sagen, in deren Hinterzimmer du haust wie ein Tagelöhner? Noch dazu mit einem *Bauernmädl*!"

Fritz verharrte regungslos, nur der linke Augenwinkel zuckte leicht. Seine Gesichtsfarbe verdunkelte sich um eine Nuance. Die Flügel seiner Nase blähten sich wie die Nüstern eines Pferdes, ohne einen Laut von sich zu geben.

Seine Wangenmuskeln verhärteten sich sichtbar. Aber er stand immer noch regungslos da.

Auch Vater Naubert rührte sich nicht mehr, er saß wie in Zement gegossen. Seine Frau presste die Lippen so fest aufeinander, dass sie dünn und weiß wurden und ihr den Ausdruck einer verbissenen Furie verliehen. Alles Runde und Weiche war aus ihrem Gesicht getilgt. Emil schien ganz im Hintergrund verschwunden, nur ein leises Knarren des Parkettbodens verriet, dass er noch da war.

„Fritz", Maria erhob sich langsam und sprach ihren Verlobten so ruhig an, dass er sogar den Kopf in ihre Richtung drehen und sie ansehen konnte, „bitte bring mich ins Hotel! Ich bleibe keine Minute länger in diesem Haus!"

Damit drehte sie sich um und ging so aufrecht wie es ihr möglich war zur Tür, ohne auf ihn zu warten. Sie zitterte am ganzen Leib, ihre Knie drohten zu versagen, aber sie ging weiter, Schritt für Schritt und drehte sich nicht mehr um. Niemand hielt sie auf.

Die Alliierten des Ersten Weltkriegs akzeptierten den Vorschlag Deutschlands, angeklagte Kriegsverbrecher vor deutsche Gerichte in Leipzig (Foto: Landesgericht Leipzig um 1900) zu stellen. Dabei galt die Vereinbarung, dass diese Regelung so lange gelten sollte, wie der Eindruck entstand, dass die Prozesse in gutem Glauben geführt würden.

Pleureuse[4] und Putsch
Familie Heym, 13. März 1920

Altstadt Regensburg; Blick über die Donau;

„Das sieht aus wie ein Gefängnis!"

Achilles steckte die Hände in die Manteltaschen und blickte die massive Mauer hinauf und an ihr entlang bis zur Straßenecke, wie jemand, der versucht, eine geheime Tür in einem Festungsgürtel zu finden, der ihm den Weg versperrt.

„Warte nur, bis du es von innen siehst", unkte Ida und zog an der Glocke.

„Sie kann doch nicht den Rest ihres Lebens hinter diesen Mauern verbringen wollen?" Achilles schlug den Kragen seines Mantels hoch, denn ein kalter Luftzug pfiff über die Straße und blies ihm direkt in den Nacken. Sie waren mit den ersten warmen Strahlen der Märzsonne in den Zug gestiegen, aber hier im Schatten, wo sie nun vor dem großen Tor auf Einlass warteten, war es immer noch winterlich kalt, besonders in der flussfeuchten Luft Regensburgs.

„Das darfst du mich nicht fragen!", zog Ida die Brauen hoch, senkte die Augenlider und schüttelte gleichzeitig den Kopf. „Ich verstehe es auch nicht." Dann drehte sie ihrem Bruder das Gesicht zu. „Aber ich gebe die Hoffnung nicht auf, dass sie es sich noch anders überlegt. Sie hat sich nicht endgültig entschieden, odr[5]? Und es kommt öfter vor, als man denkt, dass eine Anwärterin feststellt, dass sie doch nicht so gut für das Klosterleben geeignet ist wie sie gedacht hat."

Achilles konnte nicht mehr antworten, denn sie wurden eingelassen und in das Besucherzimmer im ersten Stock des Klostergebäudes geführt. Ida und er folgten der alten Dienerin schweigend. Achilles, weil er betreten die dicken, weiß gekalkten Wände, die Gitter, die in dunklen Farben gehaltenen Ölgemälde mit christlichen Motiven und die schlichte Einrichtung der Räume betrachtete; Ida, weil sie mit diesem Ort keine guten Erinnerungen verband. Hier ruhte Marthas Geheimnis, das nur sie beide kannten, hier hatte Martha ihr Kindlein verloren, das kein Grab und keine Gedenkstätte besaß. Vielleicht

---

[4] Zu Beginn des 20. Jahrhunderts wurde Federschmuck an Frauenhüten so bezeichnet, später wurde der Begriff zu *Plöröse* eingedeutscht und auch für Federboas verwendet.
[5] Schweizerdeutsch: oder, wird eher als Füllwort verwendet.

war das der Grund, warum Martha um jeden Preis hierbleiben wollte? Ida versuchte, das beklemmende Gefühl zu verdrängen, das sich in ihr ausbreitete wie Tinte im Wasser.

Seit dem Tod ihres Vaters war das, was früher allein unangenehme Erinnerungen gewesen waren, Episoden, die man mit zunehmendem Alter zu vergessen versucht, zu einem einzigen, bleischweren Brei zusammengequollen. Marthas Geheimnis war eine Zutat in diesem Brei. Idas eigene bittere Erfahrungen taten den Rest. Ihre Umgebung hielt ihre immer wieder unerwartet auftauchenden Tränen für die berechtigte Trauer einer Tochter, aber Ida wusste es besser. Sie trauerte nicht um den Verlust des Vaters, sondern um den Verlust der Hoffnung, dass dieser Vater eines Tages all die schlimmen Erinnerungen doch noch in Ordnung bringen würde. Aber er war gegangen, ohne es zu tun. Er hatte sie in ein Loch gestürzt, aus dem sie kaum herausschauen, geschweige denn herauskriechen konnte.

Zum Glück war ihr Bruder Achilles da. In seiner Gegenwart bewegte sie sich wie auf Bewährung, sie atmete frei, sie lebte, aber sie konnte nicht daran denken, was sein würde, wenn er eines Tages wieder gehen würde. Denn das hatte er bereits angekündigt: Er wollte in die Schweiz zurückkehren, sobald alles geregelt war. Dann würde sie allein mit ihrer Stiefmutter und ihren beiden jüngeren Halbgeschwistern zurückbleiben. Sobald sie daran dachte, wurde die Verlobung mit Gottfried der einzige Silberstreif am düsteren Horizont ihrer Zukunft. Aber auch dieser leuchtete nicht besonders hell. Immer wieder überkamen sie Zweifel, ob sie die richtige Wahl getroffen hatte, als sie den Ring an ihren Finger gesteckt hatte?

„Achilles! Ida!"

Martha stand bereits auf der anderen Seite eines großen Innenfensters, das den Besucherraum mit engmaschigen weißen Gittern vom Klosterinneren trennte, und winkte ihnen über das gedämpfte Gemurmel der anderen Besucher im Raum hinweg zu. Fast jedes der vier großen Innenfenster war mit Gästen besetzt.

Ida lief freudig auf sie zu und griff mit beiden Händen und allen Fingern in das Gitter: „Martha! Wie schön, dich zu sehen! Geht es dir gut?"

Martha legte ihre Hand von der anderen Seite auf Idas und scherzte: „Nicht so stürmisch! Du drückst noch das Gitter ein! Wie geht es Gottfried?"

Ida zuckte mit einem "gut" die Schultern und legte Schal und Mantel ab. Eigentlich konnte sie das gar nicht behaupten, denn sie und ihr Verlobter hatten sich lange nicht gesehen. Er hatte eine befristete Stelle im Landeskirchenamt in München angenommen. Sie korrespondierten zwar, aber ihre Briefe waren bisher oberflächlich geblieben, so als schreibe sie immer noch an den Frontsoldaten.

Achilles stand im Hintergrund und beobachtete die seltsam anmutende Begrüßung seiner Schwestern, bis Martha endlich auch ihren Blick auf ihn richtete: „Achilles, schön, dass du gekommen bist!"

Ihr Bruder trat ebenfalls an das Gitter. Er streckte die Hand zum Gruß aus, ließ sie aber auf halbem Weg in der Luft hängen. Er stand da wie eine dieser Modepuppen, die bei Ambach & Kraus im Fenster die neue Frühlingskollektion präsentierten. Martha streckte ihm einen Finger durch das Gitter entgegen und winkte, als wolle sie ihn anlocken.

„Mein Gott, Martha!", entsetzte er sich, fasste diesen einen Finger mit zwei Fingern seiner Hand und schüttelte ihn, „man kann dir nicht einmal die Hand geben! Das ist schrecklich! Warum sperrt man dich so ein? Muss das denn sein?"

„Niemand sperrt mich ein, Achilles. Die Regeln der Dominikanerinnen sind ein wenig streng, aber das hat alles seinen Sinn", erklärte sie lächelnd.

Das Tor am Judenstein 10 zum Kloster Hl. Kreuz in Regensburg;

„Setzt euch doch!" Sie deutete auf den bereits mit Kaffee und Hefezopf gedeckten Tisch auf der Besucherseite.

Achilles legte seinen Mantel über eine Stuhllehne und ließ sich nieder. „Dass du nicht zur Testamentseröffnung kommen konntest, ist ja noch zu verschmerzen. Aber das hier? Das ist wie im Gefängnis! Man kann nicht einmal mit dir anstoßen!"

„Gibt es denn etwas, worauf wir anstoßen können?", wunderte sich Martha und sah ihre Schwester an. Sie dachte wohl, wenn es eine freudige Nachricht gäbe, dann von dieser. Immerhin war Ida seit einigen Monaten verlobt.

„Eher das Gegenteil", brummte Ida und setzte sich auf die andere Seite des Tisches. Ihr Ton entsprach ihrem Gefühl, entsprach der Absurdität dieser Frage, entsprach der Umgebung, entsprach allem, was seit ihrem letzten Geburtstag im Juni geschehen war. Deshalb hielt sie sich auch nicht zurück, ihr wahres Empfinden zu zeigen. Sie hatte einfach nicht die Kraft für das, was man Contenance nannte.

„Ich meinte es auch eher exemplarisch", erklärte Achilles beiläufig und zog einen Stapel Dokumente aus seiner Aktentasche, die er sorgfältig mit beiden Händen vor sich aufbaute, wie ein Postbeamter, der Briefe abstempeln will.

Während ihr Bruder damit beschäftigt war, Papiere und Dokumente auf dem Tisch auszubreiten und hin und her zu schieben, Füllfederhalter und andere Schreibutensilien wie Soldaten griffbereit auf dem Tisch in Reih und Glied anzuordnen, beugte sich Ida näher zu ihrer Schwester.

„Unser Zuhause ist jetzt eine Pension", verkündete sie leise. Ein bisschen genoss sie den kurzen Moment des Schreckens, der sich auf Marthas Gesicht abzeichnete. Es war weniger Schadenfreude als ein Gefühl des Teilens, des Teilens einer unschönen Sache. So wie sie früher immer Freud und Leid geteilt hatten, als Martha noch ihr Zimmer neben ihrem bewohnt hatte.

„Aber unsere Stiefmutter hat doch bestimmt eine ansehnliche Rente von unserem Vater? Sie müsste doch gut versorgt sein?"

„Ja, eine Rente", gestand Ida, die ihrem Bruder nicht vorgreifen wollte und auch nicht konnte, weil sie es nicht wusste, und sich deshalb mit einer abweisenden Bemerkung begnügte. „Aber die Zeiten sind hart. Für alle."

Martha nickte verständnisvoll und griff nach ihrer Tasse.

„Sie hat jetzt zwei Zimmer untervermietet", fuhr Ida fort. Deines und das große Zimmer. Sie wohnt jetzt in der Bibliothek. Sie sagt, sie ertrage das Schlafzimmer nicht mehr, seit unser Vater dort gestorben ist."

„Das kann man verstehen", senkte Martha den Kopf, sichtlich mit ihren eigenen Gefühlen beschäftigt.

Auch Ida kämpfte wieder gegen eine Flut von aufflatternden Emotionen an, die bei dem Wort "Vater" stärker aufstiegen, als sie erwartet hatte. Nie rechnete sie mit diesen tückischen Überfällen. Sie versuchte, ihnen keine Aufmerksamkeit zu schenken. Aber genau deshalb überfielen sie sie auch immer wieder aus heiterem Himmel. Es übermannte sie jedes Mal mit einem dumpfen Gewicht im Magen, das die Macht gehabt hätte, sie in jedem Gewässer zu ertränken, obwohl sie eine hervorragende Schwimmerin war.

Martha wischte sich eine Träne aus den Augen. „Sind das nette Leute, die die Zimmer mieten?"

„Eigentlich zwei arme Luder", überlegte Ida laut. Zum ersten Mal überkam sie die Erkenntnis, dass die beiden Frauen, die sie bisher als Eindringlinge empfunden hatte, eigentlich zu bemitleiden waren. „In deinem Zimmer wohnt jetzt eine gewisse Erna Bohrmann, Privatsekretärin. Ihr Chef hat in der Gegend zu tun. Sie kommt aus München. Viel zu schick für ihr Gehalt, aber einmal in der Woche diktiert ihr der Chef bis zum Morgen. Dann ist sie am nächsten Tag sehr schlecht gelaunt. Dafür geht sie jeden Freitag tanzen und am Sonntag in den Gottesdienst. Die andere heißt Rosa Buchmichl, sie ist Krankenschwester auf der Säuglingsstation. Fünfzig Jahre alt. Ihr Mann ist im Krieg gefallen. Vor zwei Jahren sind dann ihre beiden Kinder an Unterernährung gestorben. Sie hatte noch eine Katze, aber unsere Stiefmutter lässt sie nicht ins Haus. Sie ist nicht nett zu den Untermieterinnen. Aber so ist sie auch zu uns, *odr*[6]?"

Martha steckte sich eine widerspenstige Haarsträhne, die ihr aus der streng zurückgekämmten Frisur gefallen war, hinters Ohr. Noch trug sie nicht die Tracht der Klosterfrauen, sondern nur ein einfaches Hauskleid.

„So viele traurige Schicksale!", faltete sie die Hände im Schoß wie zum protestantischen Gebet und betrachtete diese ein wenig abwesend. „Wir haben auch eine Armenküche eingerichtet. Es kommen so viele! Wir können es kaum bewältigen! Es ist jetzt schlimmer als während des Krieges, sagen die Schwestern. Auch die Fürstenfamilie hat jetzt so eine Armenküche eingerichtet.[7]"

Seit der Szene, in der die Stiefmutter Martha für den Tod des Vaters verantwortlich gemacht hatte, sah Ida diese Milde ihrer Schwester gegenüber den Vergehen des Weibes mit anderen Augen. Martha hatte ihr in einem ihrer Briefe gestanden, wie sehr sie der böse Vorwurf getroffen hatte. Früher hatte Ida immer das Verständnis ihrer Schwester gesucht, deren Nachsicht gegenüber der Stiefmutter sie immer gereizt hatte. Aber früher hatte die Bosheit dieser Frau Martha auch nie in dem Ausmaß getroffen wie sie, Ida. Nun konnte Ida diese christliche Nächstenliebe leichter hinnehmen, weil sie wusste, dass auch Martha getroffen war.

„Sie scheint es ihren Mietern übelzunehmen, dass sie aus eigener Not vermieten muss", erzählte Ida deshalb einfach weiter. „Sie wird von Tag zu Tag ungerechter, besonders seit dem Tage, an dem der Notar das Testament eröffnet hat. Kunstgewerbe, Maler und Bildhauer, Deine Entscheidung zum katholischen Glauben konvertieren zu wollen, Achilles Weigerung, die Brauerei zu übernehmen, ich grundsätzlich, die modischen Kurzhaarfrisuren der Frauen, Tschechen, Sozialdemokraten, Kommunisten, kurze Röcke, Frauen in Hosen, Juden, Büchsenfleisch, Papiergeld, Börsenpapiere: Alles ist Gegenstand ihrer Verachtung und ihrer Gehässigkeit. Das Dienstmädchen Heidi ist die Jakobinerin[8], der Hausmeister ein *Sansculotte*[9], und so weiter. Unser Advokat, der Dr. Teitelbaum, der ein Freund unseres Vaters war, wie du weißt, der heißt der Einfachheit halber ‚Der Jude'. Es ist schlimm mit ihr. Sogar Lissy

---

[6] Schweizerdeutsch: oder

[7] Um den Ärmsten zu helfen, gründete die Familie Thurn und Taxis 1919 die fürstliche Notstandsküche in Regensburg. Sie existiert noch heute.

[8] Als Jakobiner bezeichnete man die Mitglieder eines politischen Klubs während der Französischen Revolution.

[9] Als *Sansculottes* (franz. *ohne Kniebundhose*) wurden in der Zeit der Französischen Revolution die Pariser Arbeiter und Kleinbürger bezeichnet, die im Gegensatz zu den von Adligen getragenen Kniebundhosen oftmals lange Hosen trugen. Es war zunächst ein Spottbild, entwickelte sich aber zur gebräuchlichen Bezeichnung für die revoltierenden Proletarier, die in das Revolutionsgeschehen eingriffen. Oft erkannte man die *Sansculottes* auch an der gegenseitigen Anrede mit ‚Citoyen' – „Bürger".

ermahnt sie hin und wieder. Walty guckt sie nur mit großen Augen und Ohren an. Ich fürchte, er lernt gerade nichts Gutes von seiner Mutter."

„Kannst du, als Familienvorstand, der du jetzt bist, sie nicht etwas bremsen?", richtete Martha das Wort an ihren Bruder. „Sicher ist ihr Verhalten eine Überreaktion der Trauer. Es ist nicht ungewöhnlich, dass Trauernde einen Schuldigen für den Tod eines Angehörigen suchen oder eine unerklärliche Wut auf anderes übertragen. Bei allem Verständnis für ihre Situation ist das aber trotzdem kein gutes Vorbild für die Kleinen! Das hätte Papa nicht gewollt".

„Das tue ich, das tue ich", versicherte Achilles, sortierte weiter seine Unterlagen ohne von seiner Tätigkeit aufzuschauen. Er hatte sehr viele Papiere mitgebracht. „Erst neulich habe ich sie ermahnt, unserem Dr. Teitelbaum gegenüber doch ein wenig mehr Respekt zu wahren."

„Das stimmt", bestätigte Ida nickend, steckte sich einen trockenen Kecks in den Mund und spülte ihn hastig mit einem großen Schluck Kaffee hinunter, um weiter berichten zu können. „Aber ihre Antwort war gleich eine neue Beleidigung. Sie behauptete, diese Kritik sei völlig ungerechtfertigt, sie hasse keineswegs die Juden, wie wir ihr zu unterstellen wagen. Und zwar gerade deshalb nicht – ich zitiere: Weil die Noblesse und die Kreise, in denen wir verkehren, die Mode der Hausmeister, der Kleinbürger, der Schornsteinfeger, der Tapezierer geworden sei. Dieser Wandel sei durchaus jenem der Mode zugleich, der es möglich mache, dass die Tochter eines Rathausdieners genau die gleiche Pleureuse an ihren Sonntagshut steckt, die eine vornehme Dame vor drei Jahren am Mittwoch getragen hat. Und ebenso wenig, wie sich heute eine Dame die Pleureuse an den Hut stecken könne, die eine Rathausdienertochter trage, kann sie, als Vertreterin der noblen Kreise, einen Juden nicht geringschätzen, und sei es nur aus dem einen Grunde, weil es das Personal schon täte."

„Eine Pleureuse...", Martha schüttelte den Kopf. „Sie echauffiert sich über eine Pleureuse? Wie seltsam."

Ida holte Luft, wollte ihre Meinung zu dieser Beobachtung loswerden, doch Achilles kam ihr zuvor.

„Lasst uns über das reden, weswegen wir gekommen sind", warf er ein und griff zum ersten Mal nach seinem Kaffee, der schon ziemlich kalt in der Tasse stand. Es schien ihn aber nicht weiter zu stören, denn er beachtete es gar nicht. „Dr. Teitelbaum hat sich die Sache genau angesehen, und wir haben auch den Buchhalter der Brauerei intensiv in unsere Überlegungen einbezogen. Doch dazu später. Die Situation stellt sich folgendermaßen dar: Unsere geräumige 8-Zimmer-Wohnung mit dem Lieferanteneingang in der Küche und dem separaten Zimmer für das Dienstmädchen geht an unsere Stiefmutter. Ebenso wie eine kleine Rente. Sie wird die Kleinen bis zu ihrer

Volljährigkeit weiter erziehen, auch wenn ich jetzt die Vormundschaft für euch alle habe. Aber ich werde nicht ewig da sein."

Er machte eine Pause, Ida schenkte ihm heißen Kaffee aus der Kanne auf dem Stövchen nach, er trank.

„Dass sie untervermietet, ist ganz in meinem Sinne", fuhr er fort. „Es verbessert ihre Situation ein wenig. Alles wird immer teurer. Es ist nicht zu erwarten, dass sie Unterstützung für unsere Geschwister bekommt. Sie sind keine Kriegshalbwaisen und unsere Familie gehört auch nicht zu den kinderreichen Armen."

„Nein, kinderreich sind wir nicht", stimmte Martha zu, und Ida murmelte: „Wenn ich da an die Schulers denke! Dreizehn Kinder hat Gottfrieds Mutter geboren, nur die lebenden gezählt!" Mit Schrecken überfiel sie der Gedanke, dass Gottfried auch von ihr möglicherweise erwartete, dass sie ebenso viele Kinder haben sollten? Ein Gedanke, der ihr bisher nicht in den Sinn gekommen war, der sie nun aber entsprechend alarmierte. Ihr wurde deutlich, dass sie im Grunde nichts über ihn und seine Lebensvorstellungen wusste. Außer seiner Religiosität und seiner musikalischen Begabung war er ihr noch immer weitgehend fremd. Was wusste sie schon über ihn? Und dennoch hatte sie ihm ein Heiratsversprechen gegeben!

„Das bedeutet allerdings", überging Achilles die Einwände seiner Schwestern, die ihm wenig zur Sache beizutragen schienen, „dass die Wohnung nach dem Tod unserer Stiefmutter an unsere Geschwister gehen wird. Wir könnten jetzt unseren Pflichtteil einfordern, aber das wäre für die Stiefmama und unsere jüngeren Geschwister eine große Belastung. Man muss ihre Lage und die Situation im Land bedenken."

„Du rätst zum Verzicht auf den Pflichtteil?", wollte Martha wissen. Ihr Ton klang unbeteiligt, aber der Inhalt der Frage machte deutlich, dass sie ganz bei der Sache war.

Ida zog aus dem Gesagten die gleiche Schlussfolgerung, auch wenn sie nicht sofort etwas dazu sagte. Sie war mit dem Widerstand beschäftigt, der sich in ihr gegen diese Idee regte. Ausgerechnet die Frau, die nie ein gutes Haar an ihr gelassen hatte, die sie auch heute noch piesackte, wann immer sie Gelegenheit dazu fand, ausgerechnet zugunsten dieser Frau sollte sie nun auf einen Teil ihres Erbes verzichten, der ihr zustand? Es war nicht zu erwarten, dass die Stiefmutter jemals auf die Idee kommen würde, ein Testament zu schreiben, das ein solches Entgegenkommen belohnen würde. Die drei Kinder ihres Mannes aus erster Ehe waren ihr immer schon ein Dorn im Auge gewesen. Das schien auch ihr Bruder zu denken.

Achilles atmete tief durch, zog die Augenbrauen hoch, stieß die Luft aus wie ein Pottwal nach langem Tauchgang und nickte zuletzt: „Ich sehe keine andere Möglichkeit, wenn wir wollen, dass sie und unsere Geschwister zu Hause wohnen bleiben können, und vor allen Dingen nicht nur Walty als Sohn, sondern auch Lissy auf die höhere Schule gehen kann. Das Geld wird ihnen helfen."

„Aber wir haben doch noch die Brauerei, oder?" Wieder kam die Frage prompt von Martha. Diesmal fügte Ida jedoch hinzu: „Und Barvermögen ist doch auch noch da, oder?"

„Was das Barvermögen betrifft", griff Achilles die letzte Bemerkung auf, „so war leider das meiste in Kriegsanleihen angelegt. Ein kleiner Teil liegt in Goldbarren auf der Bank und dieser Teil wird laut Testament zu gleichen Teilen unter uns fünf aufgeteilt. Aber so viel ist das nicht. Lissys Anteil reicht nicht einmal für ihre Ausbildung im Mädchenpensionat für höhere Töchter".

„Ich verstehe", murmelte Ida, konnte sich jedoch noch immer nicht dazu durchringen, eine sofortige Zustimmung zu erteilen. Sie schielte zu Martha, die nachdenklich in ihrer Tasse rührte.

„Den größten Teil des Vermögens stellt natürlich die Brauerei dar", fuhr Achilles mit der schlechten Nachricht fort, ohne eine Antwort auf die vorherige verlangt zu haben. Ida hatte den Eindruck, dass er erst alle Schwierigkeiten auf den Tisch legen wollte, bevor er die Katze aus dem Sack ließ. „Aber damit sieht es leider nicht viel besser aus. Vater hat mich als alleinigen Erben und seinen Nachfolger eingesetzt."

Nun schaute Achilles von einer Schwester zur anderen, griff nach einem engbeschriebenen Blatt mit vielen kleinen Zahlenkolonnen und hielt es ihnen hin. Beide Mädchen warfen nur einen kurzen Blick darauf. Was da stand, wirkte auf sie wie Hieroglyphen auf einem ägyptischen Sarkophag. Martha wollte wissen, wie dieser Bericht zu lesen sei.

„Nun", gab ihr Bruder zögernd zu, „ich verstehe auch nicht viel davon. Aber wenn wir Dr. Teitelbaum und Herrn Buchhalter Baumgartner glauben dürfen — und es gibt keinen Grund, das nicht zu tun —, dann steht es nicht gut um die Brauerei. Die Kriegsjahre haben ihren Teil dazu beigetragen. Die Brauerei hatte keinen Liefervertrag mit dem Kriegsministerium und die meisten Männer waren eben dort: Im Feld. Viele sind auch nicht zurückgekommen, noch in Gefangenschaft, vermisst oder tot, und Frauen trinken weniger Bier, selbst in Bayern. Die Wirtshäuser werden zwar noch beliefert, aber auch dort merkt man, dass die Leute weniger Geld in der Tasche haben. Es war schon im Krieg eine schwierige wirtschaftliche Situation, Exportstopp sowie die Kontingentierung von Getreide und Kohle haben noch zu Lebzeiten unseres Vaters zu einem dramatischen Rückgang der Umsatzzahlen geführt. Vor diesem Scherbenhaufen stehe ich jetzt. Alles in allem sehe ich mich nicht in der Lage, diese Situation zu meistern."

Martha und Ida seufzten im Gleichklang. Achilles hatte Ida bisher nichts von all dem erzählt, obwohl sie sich täglich gesehen, gemeinsam gegessen und auch die Abende miteinander verbracht hatten. Sie hatte ihn auch nicht danach gefragt, so wie sie zu Lebzeiten ihres Vaters nie nach solchen Dingen gefragt hatte. Sie war genauso bestürzt wie ihre Schwester. Im Stillen hatte sie gehofft, dass ihr Bruder seine Pläne, in der Schweiz ein Geschäft mit Herrenarmbanduhren aufzubauen, vielleicht doch noch aufgeben, die Leitung der Brauerei übernehmen und hierbleiben würde. Zumindest für sie wäre das eine Erleichterung gewesen.

„Kannst du nicht einen erfahrenen Direktor einstellen?", regte Martha vorsichtig und mit kaum hörbarer Stimme an, denn weder Ida noch sie waren es gewohnt, über solche Dinge zu sprechen. Sie hatten erwartet, dass ihr Bruder sie über Entscheidungen und Ergebnisse informieren würde, und sie hatten auch erwartet, dass diese positiv ausfallen würden. Dass sie einbezogen wurden, und zwar in wenig erfreuliche Umstände, dass von ihnen nun möglicherweise erwartet wurde, mitzudenken, Verantwortung zu übernehmen, das war neu und ungewohnt, und sie waren sich nicht sicher, ob das tatsächlich so gemeint war. Ferner war es beängstigend, weil es sich um existenzielle Fragen handelte.

"Durchaus", nickte Achilles. „Dr. Teitelbaum hält das für eine denkbare Lösung. Aber es ist keine Garantie dafür, dass ein wie auch immer befähigter Mann diese Herausforderung erfolgreich meistern wird. Wenn so einer scheitert, verlieren wir alles. Der Verkauf der Brauerei zum jetzigen Zeitpunkt sichert uns dagegen zumindest den heutigen Wert." Achilles legte eine Pause ein, in der er seinen eigenen Gedanken nachzuhängen schien. „Dr. Teitelbaum meint allerdings, dafür sei es zu früh. Die Wirtschaft komme gerade erst wieder allmählich in Schwung. Mit einem Verkauf solle man, seiner Meinung nach, noch warten. Aber die Bücher der Brauerei sprechen eine andere Sprache".

Jetzt sah Achilles seine Schwestern direkt an. „Ihr seht, ich stehe vor schwierigen Entscheidungen." Und dann sprang er unversehens zur direkten Frage, die von seinen Schwestern eine klare Antwort verlangte: „Ich werde auf den Erbteil des Hauses verzichten und hoffe, dass ihr mir in dieser Entscheidung folgt. Ihr habt eure Mitgift der Tante von fünfzigtausend Schweizer Goldfranken sicher. Und ich möchte mich in Zukunft nicht mit einer finanziellen Belastung konfrontiert sehen, um die Familie zu unterstützen."

„Natürlich", nickte Martha.

Die Augen beider Geschwister richteten sich auf Ida. Diese war versucht, ebenso schnell zu bestätigen, wenn auch nur reflexartig, weil Martha in diesem Sinne geantwortet hatte. Aber Ida zögerte. Martha konnte eine solche Entscheidung leicht treffen, denn ob sie ihr Geld der Armenküche des Klosters oder der Unterstützung der eigenen Familie überließ, es blieb die gleiche christliche Nächstenliebe. Für sie, Ida, lagen die Dinge anders. Sie musste an ihre Zukunft denken, an eine Familie, die sie haben würde, an ein Heim, das sie gründen würde. Doch dann überfielen sie wieder Bedenken, denn immerhin war auch das noch nicht endgültig geklärt. Ein Hochzeitstermin war noch nicht einmal im Gespräch gewesen, was ihr bisher ganz recht gewesen war, nun aber neue Zweifel nährte. Bis dahin musste sie ohnehin auch in diesem Haus wohnen, das sie nun ganz ihrer Stiefmutter überlassen sollte. Es war also durchaus auch in ihrem Sinne, dieses Haus nicht verlassen zu müssen, weil man vielleicht die Kosten für den Unterhalt der Wohnung nicht mehr aufbringen konnte. Und wenn sie ihren Anteil nicht freigab, würde die Stiefmutter gewiss Kostgeld und Miete für die Nutzung der allgemeinen Räume von ihr verlangen. Dann müsste sie sich Arbeit suchen und würde enden wie die beiden armseligen Untermieterinnen.

„Natürlich", nickte Ida am Ende ihrer Überlegungen angekommen, und ihre Antwort war kein Akt der Nächstenliebe, sondern pure Notwendigkeit.

„Gut", nickte nun auch Achilles, schob beiden ein Blatt Papier zu und schraubte den Füllfederhalter auf. „Dann wäre das wenigstens geklärt. Ich habe das Dokument bereits in eurem Namen unterschrieben. Ihr müsst nur bestätigen, dass ich euch informiert habe."

„Reich mir das Blatt durch die Drehorgel", forderte Martha ihren irritiert dreinblickenden Bruder auf, als dieser bemerkte, dass er den Bogen nicht durch das Gitter reichen konnte. Sie deutete auf eine Öffnung in der Wand neben dem Fenster. Dort war eine mechanische Vorrichtung in der Art eines runden Holzfasses in die Mauer eingelassen, dessen Öffnung zu beiden Seiten der Wand gedreht werden konnte. Auf diese Weise wurden Lebensmittel und Geschenke zwischen dem Klosterinnenraum und dem Besucherzimmer ausgetauscht.

„Mein Gott! Das ist in der Tat wie im Gefängnis", murmelte Achilles, als er sich dem Drehgestell näherte.

Während Ida die Zeilen überflog, die sie unterschreiben sollte, hörte sie, wie sich ihre Schwester kurz, aber bestimmt räusperte. Sie blickte auf.

„Achilles, da wir gerade bei den Unterschriften sind, möchte ich dich bitten, mir schriftlich die Erlaubnis zu erteilen, in das Kloster eintreten zu dürfen. Papa ist nicht mehr dazu gekommen."

Achilles stand immer noch vor der Drehscheibe und wartete darauf, dass Martha ihm das unterschriebene Dokument zurücklegte. Bei diesem Satz hob er ruckartig den Kopf, blickte kurz zu seiner Schwester hinter den Gittern, schob beide Hände in die Hosentaschen, senkte den Kopf wieder und räusperte sich ebenfalls, wie ein Echo. Er betrachtete seine Schuhe, wippte mit den Füßen, als wäre ihm langweilig, blieb eine sofortige Antwort aber schuldig.

Stattdessen regte sich Ida, und aus ihr sprach deutlich die Angst, ihre Schwester für immer hinter diesen Gittern und Mauern verschwinden zu sehen. „Aber Martha! Willst du dir mit dieser Entscheidung nicht noch etwas Zeit lassen? Es eilt doch nicht!"

„Du bürdest mir eine große Verantwortung auf, Martha", stimmte Achilles Idas Einwand zu. „Du bist gerade einmal neunzehn Jahre alt, und es ist gut möglich, dass du in ein paar Jahren anders darüber denkst."

„Ich verstehe eure Bedenken", zeigte Martha Verständnis für die Reaktionen ihrer Geschwister. „Aber ihr macht euch unnötig Sorgen. Eine endgültige Entscheidung unterliegt sowieso Jahre der Prüfung." Sie betonte das Wort ‚Jahre' ganz besonders und machte nach diesem Satz eine kurze Pause. „Auf diese Zeit besteht auch das Kloster. Niemand wird so mir-nichts-dir-nichts für den Rest seines Lebens aufgenommen. Das ist ein langer Weg und ..."

„Dann kannst du auch warten, bis du volljährig bist!", fiel ihr Bruder ihr ins Wort.

„Freilich." Martha blieb die Ruhe selbst. Sie lächelte sogar. „Bis dahin werde auch ich längst volljährig sein. Aber die Erlaubnis macht es mir inzwischen leichter, Medizin zu studieren. Vielleicht sogar an der Charité in Berlin? Ich werde dem Kloster meine Mitgift vermachen, und ein Teil davon wird für diese Ausbildung sein."

„Du willst dem Kloster fünfzigtausend Schweizer Goldfranken übermachen?", fuhr Achilles entsetzt auf. Alle Besucher im Raum drehten ihre Köpfe in seine Richtung.

Ida hatte dies schon einmal von ihrer Schwester vernommen. Es überraschte sie nicht mehr, aber sie verstand die Reaktion ihres Bruders. Und die nährte ihre schwache Hoffnung, Martha doch noch von diesem Schritt abhalten zu können, weil auch er dieser Idee zögerlich gegenüberstand.

„Es ist ein Teil dieses Weges, dass wir uns von allem Weltlichen befreien", erklärte Martha, als sich die Aufmerksamkeit der anderen Besucher wieder ihren eigenen Gesprächen zuwandte. „Privater Besitz ist die Wurzel allen Übels dieser Welt, versteht ihr? Es nährt die Gier und die Macht, und diese sind der Grund für alles Schlechte dieser Welt. Das hört sich banal an, ich weiß, aber wenn ihr einmal in der Tiefe darüber nachdenkt, dann werdet ihr verstehen, dass man die Wurzel des Übels entfernen muss, wenn man sein Leben christlichen Werten widmen will."

Die drei Geschwister schauten abwechselnd von einem zum anderen und sagten eine ganze Weile gar nichts mehr.

Schließlich war es Achilles, der wieder das Wort ergriff.

„Ich werde darüber nachdenken."

Er hatte die Redewendung ihres Vaters verwendet, wenn dieser ein Thema hatte beenden sehen wollen. Es wirkte. Seine Schwestern verstanden den Befehl ihrer Kindertage.

Sie erledigten die Formalitäten und plauderten über Belanglosigkeiten. Aber das Gespräch wollte nicht mehr so recht in Gang kommen. Schließlich tranken sie ihre Tassen leer und verabschiedeten sich mit dem Versprechen, sich bald wieder zu sehen.

Als das große Holztor hinter Ida und Achilles ins Schloss fiel, stieß Achilles einen langen Seufzer aus. Einen Moment lang standen beide still und schauten sich nur an. Dann machten sie sich einsilbig auf zum Bahnhof. Beide waren in Gedanken versunken. Nur ab und zu wechselten sie ein paar einvernehmliche Worte über ihre Hoffnung, dass Martha ihre Meinung doch noch ändern würde. Sie war immer ein so fröhliches, lebhaftes und lebensbejahendes Mädchen gewesen! Sie konnten sie sich in so einem strengen, zurückgezogenen Leben einfach nicht vorstellen.

Die Geschwister waren an einem beliebigen Wochentag nach Regensburg gekommen, der sich jedoch als denkwürdiges Datum entpuppen sollte, wie sie kurz darauf feststellten. Am Bahnhof angekommen, bemerkten sie die ungewöhnliche Ruhe. Die Stadt schien wie ausgestorben. Es waren nur wenige Reisende zu sehen. Es war ungewöhnlich still. Nur ein Zeitungsjunge plärrte irgendwo auf der Straße „Extrablatt" und etwas, das sie aus der Ferne nicht verstanden.

Der Zug nach Neumarkt stand schon auf dem Gleis, aber die Türen waren verschlossen und weit und breit kein Schaffner zu sehen. Achilles hielt einen vorbeieilenden jungen Mann an und fragte ihn nach der Zugverbindung.

„Heit foarn'S nirgends mehr hi! Und morgn a net![10] "warf ihm dieser zu, ohne auch nur einen Moment stehen zu bleiben.

"Der hat's aber eilig!", murmelte Achilles und sah ihm kopfschüttelnd hinterher.

„Was hat das zu bedeuten?", wollte Ida wissen. „Was meint der Kerl damit? Warum fahren keine Züge?"

„Komm!", nahm Achilles sie am Arm und zog sie zurück in Richtung Bahnhofshalle. Er steuerte schnurstracks auf den Zeitungsjungen zu, der inzwischen von Menschen umringt war, die ihm die Zeitung förmlich aus der Hand rissen.

Auch Achilles kaufte ein Exemplar, ging ein paar Schritte zur Seite und schlug es auf. Ida spähte über seine Schulter. Die fetten Überschriften sprangen ihr sofort ins Auge.

Umsturz in Berlin - Generalstreik! - An alle Arbeiter, Angestellten, Männer und Frauen! - Die deutsche Republik ist in Gefahr! - Der ganze Arbeiterschutz ist bedroht!

„Um Himmels willen! Schon wieder! Die Kommunisten kommen wieder!", schauderte Ida. Vor Schreck fiel ihr die Tasche mit ein paar Leckereien des Klosters, die Martha ihnen gepackt hatte, zu Boden, weil sie die Hände an die Wangen schlug. „Die Kommunisten!"

„Nein", murmelte ihr Bruder und überflog weiter hastig die Zeilen. „Nicht die Kommunisten! Die anderen, die Militärs putschen! Ludendorff, Lüttwitz

---

[10] Dialekt: Heute fahren Sie nirgends mehr hin, und morgen auch nicht!

und ein gewisser Kapp. Schau![11]" Er klopfte mit dem Finger auf ein Foto, das Soldaten auf einem Laster abbildete. Alle hatten mit weißer Farbe ein Hakenkreuz auf ihren Helm gemalt.

Er ließ das Blatt in seinen Händen sinken und sah Ida mit leerem Gesichtsausdruck an. Seine Gedanken schienen zwischen der Druckerschwärze stecken geblieben zu sein.

„Das Militär? Ja, aber ... warum das denn?"

Ida guckte Achilles nach Antworten suchend an. Aber der schien auch nicht mehr zu begreifen als sie selbst. Er machte ein ebenso erschrockenes Gesicht wie seine Schwester.

„Was machen wir denn jetzt?", jammerte sie. „Wie kommen wir jetzt nach Hause? Müssen wir am Ende nun wegen denen noch in die Schweiz fliehen? Und was wird dann aus Martha?"

Kapp Putschisten in Berlin, März 1920;

Postkarte „Die Lüge vom monarchistischen Putsch"

Zeitungsleser während des Putsches 1920, die versuchen sich auf dem Laufenden zu halten;

---

[11] Der Kapp-Putsch vom 13. März 1920 war ein nach 100 Stunden gescheiterter konterrevolutionärer Putschversuch des Militärs gegen die nach der Novemberrevolution geschaffene Weimarer Republik.

Spaziergang auf den Wolfstein
Maria und Fritz, April 1920, Neumarkt

„Das wird noch kommen, dass ich wieder eingezogen werde!" Friedrich zog an seiner Zigarette und blies den Rauch zur Seite, um Maria nicht zu belästigen. „Der neue Bürgermeister Georg Weidner von der DDP ist ein vernünftiger Mann. Der ist gut für Neumarkt, aber wenn das so weitergeht ... Der hat zwar nichts mit ,Hakenkreuz-am-Stahlhelm-schwarz-weiß-rotes-Band-die-Brigade-Erhardt-werden-wir-genannt' am Hut, und seine Antrittsrede war..."

„Um Himmels willen!", unterbrach Maria ihn. Mit weit aufgerissenen Augen blieb sie stehen. „Das geht doch nicht wieder los, oder? Ja, warum denn?"

Der Aufruf der Regierung an das Volk zum Generalstreik gegen den Putsch wurde über Zeitungen und Plakate kundgegeben;

Jetzt blieb auch Fritz stehen: „Beruhige dich! So weit wird es vielleicht nicht kommen. Ich hoffe es."

Sie beruhigte sich nicht. Seine Antwort war auch nicht dazu angetan. „Gegen welches Land soll denn schon wieder Krieg geführt werden?" Sie verfolgte nicht jeden Tag die Nachrichten, aber sie wusste, dass die Siegermächte sich ziemlich einig schienen, was mit Deutschland geschehen sollte, und so wollte ihr kein Grund einfallen, warum eines dieser Länder seine Meinung ändern sollte.

„Kein Land", erklärte ihr Verlobter und wedelte mit dem Zeigefinger vor ihrer Nase herum. "Es sind unsere eigenen Landsleute! Die Rechtsextremen oder die Linksextremen, da kannst du nehmen, wen du willst, die geben keine Ruhe! Und die Regierung wird noch mobil machen müssen, um sich verteidigen zu können. Und das hieße Bürgerkrieg. Auf die eigenen Leute schießen, das wäre furchtbar!"

Er blinzelte gegen die Sonne, als er sie bei diesen Worten ansah. Es war ein ausgesprochen sonniger Aprilsonntag mit einem strahlend blauen Himmel, so blau, dass man meinen konnte, die Welt stünde Kopf und das Meer der Südsee wölbte sich über die Landschaft. Nicht, dass die Neumarkter die Südsee je mit eigenen Augen gesehen hätten – die wenigsten hatten je überhaupt ein Meer gesehen – aber so, in dieser Farbe, stellten sie sich das Meer dort vor. Maria und Fritz hatten beschlossen, einen langen Spaziergang auf den

Berg zu machen, dort einen Kaffee zu trinken und dann gemütlich wieder ins Tal hinabzusteigen.

„Aber dazu wird es hoffentlich nicht kommen", wandte sich Fritz wieder zum Gehen.

„Der Herrgott möge es verhindern!" Maria trat einen Schritt zurück, denn auf dem schmalen, steilen Pfad hinauf zum Wolfstein konnte man das letzte Stück nur im Gänsemarsch gehen. Sie schlug ein Kreuz auf ihre Brust, um ihre Bitte an den Himmel zu unterstreichen.

„Es war knapp mit dem Putsch vor ein paar Wochen!", fuhr er fort und kletterte weiter den Hang hinauf. „Nur weil die Reichswehr nicht bereit war, militärisch gegen die Putschisten vorzugehen, ist es nicht zum Schlimmsten gekommen. Es waren ja ihre Kameraden! Der Generalstreik hat dann das Seine dazu getan, dass es ruhig geblieben ist. In erster Linie aber haben wir es den Beamten in Berlin zu verdanken, weil man nämlich den Putschisten den Sold nicht ausbezahlt hat. Und wenn's ans Geld geht, hört der Spaß bekanntlich auf."

Das Volk war dem Aufruf der Regierung gefolgt; Massendemonstration gegen die Putschisten;

„So knapp war das?", keuchte Maria hinter ihm her. Nicht nur wegen der Steigung blieb ihr die Luft weg, die Tatsache dieser Wahrheit, die ihr in diesem Moment klar wurde, raubte ihr viel mehr den Atem. Mit Schrecken erinnerte sie sich daran, wie plötzlich alle Geschäfte geschlossen waren, man nichts mehr einkaufen konnte, keine Züge fuhren und alles bis auf den Gottesdienst in der Kirche stillstand. Alle hatten befürchtet, dass dies für lange Zeit so bleiben würde, und alle hatten gehamstert, was das Zeug hielt. Aber dass es kurz vor einem Bürgerkrieg gestanden hatte, einem Krieg, der ihren Fritz vielleicht wieder in Kämpfe verwickelt hätte, aus denen er verletzt oder gar überhaupt nicht mehr zurückgekehrt wäre, das war ihr nicht bewusst gewesen. „Können sie dich in so einem Fall denn einfach so wieder einziehen? Auch, wenn wir verheiratet sind?"

Er hielt inne und drehte sich zu Maria um. „Das können sie. Aber sie würden wahrscheinlich zuerst die ledigen Jungen nehmen", überlegte er, und bevor er weiterreden konnte, unterbrach sie ihn.

„Dann werden wir so bald wie möglich heiraten! Ich lasse dich nicht mehr weg, an keine Front mehr!" Damit schob sie ihn mit Bestimmtheit weiter den Berg hinauf, wie um ihre Entschlossenheit zu zementieren.

Fritz folgte ihrer stummen Anweisung und kletterte den Weg weiter hinauf. Er schnaufte wie ein Brauereipferd, denn vor lauter Rauchen und Reden hatte er kaum noch Luft, um die sportliche Anstrengung zu bewältigen.

Ungewollt, wenn auch erschrocken über solche Gedanken, waren sie nun dem Thema nahe, das Maria sich für diesen Spaziergang vorgenommen hatte. Seit Tagen brannte es ihr auf der Seele. Doch bevor sie es zur Sprache bringen konnte, fuhr er fort.

„Man hofft, die Gefahr zu bannen, indem man den Putsch nicht verurteilt, sondern für einen raschen Übergang zu geordneten Verhältnissen sorgt." Er überlegte laut weiter, ohne auf ihren Kommentar über die baldige Hochzeit einzugehen, ganz so, als hätte er es gar nicht gehört und wie um sich selbst zu besänftigen. Er drückte die Zigarette aus und schnippte sie mit den Fingern in das dichte Dornengestrüpp, das zu beiden Seiten des Weges mit seinen langen Zweigen hin und wieder das Vorankommen behinderte. Abermals hielt er an, abermals drehte er sich um. Diesmal aber, um Luft zu holen und sich ein wenig auszuruhen. Er zupfte ihr liebevoll ein kleines Blatt aus dem Haar, das sich dort verfangen hatte.

„Was hast du gerade gesagt?"

„Dass ich dich nicht wieder in irgendwelche Kämpfe ziehen lasse!", erwiderte sie vehement und stemmte die Hände in die Hüften. „Wenn es sein muss, heiraten wir sofort, damit sie dich nicht wieder kriegen!"

Ihre gemeinsame Zukunft war seit dem Antrittsbesuch bei seiner Familie völlig unklar geblieben und diese Angst vor einer Mobilmachung drängte sie nun, eine baldige Lösung von ihm zu fordern. Abgesehen davon, dass seine Eltern sie persönlich beleidigt hatten, war die Tatsache, dass sie kein Geld hatten, noch tragischer. Alles, was Fritz sich für das gemeinsame Leben vorgestellt hatte, war durch die Ablehnung seines Bruders und seiner Eltern zerstört worden. Und jetzt drohte vielleicht auch noch ein Bürgerkrieg. Das Thema war also mehr als dringlich.

Anstatt zu antworten, küsste er sie liebevoll auf die Stirn, beide Hände links und rechts vom Gesicht, wie man ein kleines Mädchen küsst, um sich für einen geschenkten Blumenstrauß zu bedanken, drehte sich um und ging den

Weg weiter. Sie folgte ihm schweigend, aber mit einem kaum hörbaren „hm", das ihre Ungeduld ausdrückte.

Sie erreichten das Hochplateau des Wolfsteins mit der Felsformation, ein großer Brocken, der gleich einem Tisch auf einem kleineren Felssockel balanciert. Daher der Name Krähentisch. Warum dieses Felsmonument so hieß, konnte niemand mehr sagen, denn man sah so gut wie nie Krähen darauf sitzen. Jedenfalls sah es immer so aus, als würde der Koloss jeden Moment von dem kleinen abrutschen und die senkrechte Felswand hinunterstürzen, direkt in das darunterliegende Dorf Schafhof.

Fritz trat an der Felsformation vorbei direkt an die Kante, reckte den Kopf nach vorne und spähte hinunter.

„Ganz schön steil!", bemerkte er bewundernd. „Und tief!"

"Geh ned so nah an Abgrund ro![12]", zog ihn Maria am Ärmel zurück. Sie verfiel, wie immer, wenn sie eine Situation unvermittelt überfiel, in Dialekt. „Du wärst nicht der Erste, der da hinunterfällt!"

Er lachte sie aus, trat aber dennoch einen Schritt zurück, steckte die Hände in die Hosentaschen und ließ seinen Blick über das von sanften, bewaldeten Hügeln umschlossene Tal schweifen, das sich vor ihnen ausbreitete wie ein übergroßer Topf, in den man ein paar Häuser und drei Kirchen geworfen und dann eine Mauer herumgezogen hat.

„Was für eine herrliche Aussicht!", legte er den Arm um Maria. „Man kann fast bis Nürnberg sehen, so klar ist es heute! Und so friedlich. Kaum zu glauben, dass vor ein paar Tagen noch so bedrohliche Dinge passiert sind und Menschen gestorben sind. Ich bin so froh, dass ich dich habe und dass es uns gut geht."

„Ja, der Herrgott hat eine schöne Welt geschaffen und die Mä...", Maria hätte fast ‚Männer' gesagt, änderte aber im letzten Moment das Wort in ‚Menschen', weil sie Fritz nicht beleidigen wollte, aber das klang irgendwie komisch, fast wie das Blöken eines Schafs. „....Mä ...änschen machen alles kaputt."

„Ja, wir Mä-änschen sind schon eine seltsame Schöpfung!", ahmte sie Fritz lachend nach. „Mit uns hat Gott vielleicht doch einen Fehler gemacht?"

„Fritz!", ermahnte sie ihn mit ernster Miene, denn eine solche Blasphemie war ihr zuwider, „so etwas darfst du nicht sagen! Gott macht keine Fehler. Wir sind nur zu dumm, sein Werk richtig zu schätzen."

Anstatt eine ihm wohl überflüssig erscheinende Debatte vom Zaun zu brechen, zog er Maria in seinem Arm in Richtung der Burgruine, die in kurzer Entfernung vor ihnen lag. Dort befand sich das kleine Gasthaus, das Ziel ihres Spaziergangs. „Komm, wir haben es gleich geschafft. Ich freue mich schon auf ein kühles Bier."

---

[12] Dialekt: Geh nicht so nahe an den Abgrund heran!

Maria ließ sich mitziehen, doch im Gegensatz zu ihm konzentrierten sich ihre Gedanken nicht auf eine Erfrischung.

Postkarte Burgruine Wolfstein mit Gasthaus, auf der Höhe des gleichnamigen Berges, 1922;

„Fritz! Hör zu, ich muss dir etwas sagen", begann sie nach nur wenigen Schritten. „Wir sind jetzt schon ein paar Wochen aus Leipzig zurück und wir wissen immer noch nicht, wie es weitergeht. Du kannst doch nicht ewig im Bärenwirt wohnen. Und wenn sie dich dann wieder einziehen können, weil wir noch immer keine Lösung gefunden haben, dann ..."

„Meine Familie wird sich schon beruhigen", zog er den Arm von ihren Schultern und gestikulierte damit wie ein Schauspieler auf der Bühne. „Meine Eltern werden einlenken und uns Räumlichkeiten im Haus zur Verfügung stellen, du wirst sehen! Gib ihnen noch etwas Zeit! Der Generalstreik hat doch auch die Post lahmgelegt. Es dauert, bis alles wieder normal läuft. Möglicherweise liegt ein Brief irgendwo herum."

"*Geh*! Das glaubst du doch selbst nicht!"

Maria drehte den Kopf zur Seite und sah ihn so lange an, bis er mit den Augen auswich und die Burgruine vor ihnen fixierte, als könne er sich dorthin flüchten, um diesen Unannehmlichkeiten zu entgehen.

„Das ist eine andere Generation, Maria." Fritz vergrub die Hände in den Jackentaschen und heftete den Blick fest auf seine Füße, die mit schlendernden Schritten über das Kalkgestein des einstigen Jurameeres spazierten, hin und wieder kleine Steine aus dem Weg kickten. „Unsere Eltern sind mit König und Kaiser, Prinzen und Prinzessinnen aufgewachsen, in einer Welt, in der jeder seinen festen Platz hatte. Unten die Knechte und Bauern, oben der Adel, dazwischen das wohlhabende Bürgertum als Rückgrat der Nation. Niemand hat daran gerüttelt, jeder kannte seinen Platz. Mit dieser modernen Gesellschaft, die sich jetzt etabliert, müssen sie sich erst noch anfreunden. Dass man nur ein oder zwei Räume bewohnt, das war nur dem Personal vorbehalten. Unsereins doch nicht! Das ist für diese Generation eine so umwälzende Veränderung! Sie verstehen diese Welt nicht mehr."

Er bückte sich und hob etwas auf.

„Schau! Ein Fossil!" Er zeigte ihr eine kleine Schnecke, die für immer in weißem Stein eingeschlossen war. Jede winzige Rille war deutlich zu erkennen. „Faszinierend! Wenn man bedenkt, wann dieses Tierchen gelebt hat. Und jetzt spazieren wir beide darüber einfach so hinweg. Hier", reichte er es ihr hin, „ich schenke sie dir! Zur Erinnerung an diesen herrlichen Tag."

Sie nahm es entgegen und betrachtete das unerwartete Geschenk eine Weile. „Unser erstes gemeinsames Stück, das wir in unsere zukünftige Wohnung tragen werden", steckte sie es in ihre Manteltasche und ging weiter.

„Schau, meine Eltern haben die Entscheidung meines anderen Bruders Achim für diese Tänzerin noch gar nicht richtig verdaut. Den haben sie sogar aus ihrem Haus verbannt! Und dann kommen wir mit der Verlobung ohne sie vorher ..."

„Ich bin doch keine Tänzerin! Die können mich doch nicht mit so einer in einen Topf werfen!", fiel sie ihm ins Wort. Maria zog gekränkt den Kopf ein, als hätten sie die Eltern ihres Verlobten soeben erneut beleidigt.

„Natürlich nicht!" Fritz sagte es ein wenig trocken, beinahe so, als hätte sie nun ihn beleidigt, weil sie kein Verständnis für das Verhalten seiner Familie aufbringen wollte.

Das Gespräch drohte in eine Richtung abzudriften, die sie nicht wollte. Sie wollte mit Friedrich über ihre Idee sprechen, darüber, wie sie ihre Zukunft gestalten konnten, trotz dieses hässlichen Vorfalls, den sie freilich nie vergessen würde. Sie hatte sich geschworen, nie wieder einen Fuß in das Haus dieser Leute zu setzen, die sie so abfällig „das *Bauernmädl*" genannt hatten, ganz im Ton, in dem sie normalerweise wohl von ihrem Dienstpersonal sprachen. Maria erwartete nicht, dass diese ihre Haltung ihr gegenüber je so grundlegend ändern würden wie es nötig war für ein friedliches Familienleben. Fritz hingegen schien das nach wie vor zu tun. Er schien auf ein Wunder zu warten und bis dieses Wunder geschehen würde, nichts weiter unternehmen zu wollen. Sie hingegen, sie wollte den Sohn dieser Leute trotzdem heiraten, auch ohne Wunder, eine Familie gründen, ohne Wunder, die Mutter seiner Kinder werden, ohne Wunder. Also musste sie einen anderen Weg finden. Die Kränkung saß tief und sein kleines Wunder hätte wahrlich viel bewirkt, das musste sie sich eingestehen. Aber so lagen die Dinge nun mal und da durfte man sich nichts vormachen. Und jetzt kam noch diese Gefahr hinzu, dass man ihr diesen Ehemann wieder unter tödlichen Beschuss stellen konnte.

Vor der Schänke, die sie nun erreichten, unter einer großen Kastanie mit ersten Knospen an den Ästen, waren einige Gartenbänke mit Tischen aufgestellt. Dort saßen ein paar Radfahrer, die die Schotterstraße über den Fuchsberg hierher genommen hatten. An einem anderen Tisch erkannte sie Heidi, das Dienstmädchen der Heyms. Sie saß mit einem Kerl zusammen, den Maria noch nie in Neumarkt gesehen hatte. Dass diese Klatschbase aber auch immer dann auftauchen musste, wenn man sie gar nicht in der Nähe brauchen konnte!

Maria grüßte flüchtig und ging zielstrebig an den hintersten Tisch. Sofort kam der Wirt herbeigeeilt und brachte ebenso schnell ihre Bestellung: Einen Pott Kaffee und zwei Stück Apfelstrudel. Der war, wie sich herausstellte, aus alten Winteräpfeln gemacht ohne Nüsse, ohne Trauben, ohne Butter, von Schlagsahne ganz zu schweigen. Aber Maria und Fritz schmeckte es nach dem langen Aufstieg, als hätten sie noch nie Strudel gekostet.

„Meine Eltern werden sich an den Gedanken gewöhnen", griff Fritz das leidige Thema schließlich wieder auf und spießte ein Stück Apfel auf, das aus dem Strudel gerutscht war. „Sie verlieren zwei Söhne, wenn sie es nicht tun. Ich habe mir überlegt, dass sie uns durchaus ein Zimmer in unserem Haus in Eisenberg zur Verfügung stellen können. Meinetwegen zahlen wir ihnen auch die Miete. Es ist sowieso besser, das Geld bleibt in der Familie, als es Fremden in den Rachen zu werfen. Mein Vater ist ein vernünftiger Mann. Er wird von selbst auf diese Lösung kommen."

Maria schaute ihn liebevoll an, aber sie konnte nicht aussprechen, was sie dachte. Nicht eine Sekunde glaubte sie daran. Schließlich meinte sie mit aller Vorsicht: „Und wenn es dann doch nicht so kommt?" Dazu schob sie ihr Stück Strudel hin und her, als müsse es immer genau in der Mitte des Tellers sitzen und nach jedem Bissen neu zurechtgerückt werden. „Wie lange sollen wir darauf noch warten?"

„Wir werden trotzdem heiraten!" Fritz strahlte Zuversicht aus. Auf seiner Stirn zeigte sich keine einzige Falte des Zweifels. „Immerhin entgehe ich so der Gefahr, beim nächsten Putsch sofort eingezogen zu werden."

„Ja. Und dann?"

„Ich bin zuversichtlich, dass ein Brief schon unterwegs ist. Du wirst sehen! Nichts wird so heiß gegessen, wie es gekocht wird. Falls nicht, werde ich noch einmal mit ihnen sprechen."

„Gut", schob auch sie schließlich wieder ein Stück in den Mund. Sie spülte es mit einem Schluck Kaffee hinunter und holte tief Luft, wie vor einem Sprung ins kalte Wasser. Auch sie hatte sich für diesen Fall Gedanken gemacht und musste es ihm sagen. Jetzt! „Aber du könntest doch auch hier in Neumarkt eine Kanzlei eröffnen?"

Nun war es ausgesprochen. Das, was sie seit einiger Zeit in ihrem Kopf herumgetragen hatte. Das, wovor sie sich gefürchtet hatte, es auszusprechen.

Das, was er womöglich als Zumutung empfinden würde. Schließlich war es die Pflicht der Frau, dem Mann zu folgen. Aber sie war nicht mehr bereit, das ohne weiteres zu tun. Nicht in ein Haus, in dem sie nicht willkommen war! Dort würde es ihr ergehen wie ihrer Schwester Anna, die es lange Zeit mit ihrer Schwiegermutter so schwer gehabt hatte.

Sie wagte nicht, ihn anzusehen. Sie beschäftigte sich intensiv mit dem Gedeck vor ihr, zog die Kaffeetasse näher an sich heran, schob den Kuchenteller ein wenig zur Seite, rührte mit dem Löffelchen im Kaffee, obwohl sie weder Zucker noch Milch hineingetan hatte. Sie trank ihren Kaffee immer schwarz. Irgendwann aber wurde die Stille zwischen ihnen unerträglich, und sie hob den Kopf. Er sah sie an wie jemand, der ein Gemälde zu ergründen sucht, das sich dem Betrachter einfach nicht erschließen will. Wenigstens schien er nicht verärgert, wovor sie sich gefürchtet hatte wie vor der Spanischen Grippe, die immer noch auf der ganzen Welt wütete. Aber der Gedanke schien ihm so fern gewesen zu sein, dass es ihm die Sprache verschlagen hatte.

„Wie stellst du dir das vor? Neumarkt hat gerade mal siebentausend Einwohner", fing er sich schließlich. „Davon sind nur ein paar wenige Geschäftsleute, die als Kunden infrage kämen. Leipzig dagegen ist eine Großstadt! Da gibt es viele Klienten."

„Ja, Leipzig", gab Maria zu. Ermutigt durch seine nachvollziehbare Erklärung wagte sie ein Gegenargument. „Aber da gibt es doch bestimmt auch viele andere Steuerberater? Und du hast ja auch von deinem Elternhaus gesprochen, nicht von Leipzig. Und dein Heimatort ist nicht einmal so groß wie Neumarkt?"

Abermals schwieg er, kratzte die letzten Reste von seinem Kuchenteller, als müsse er ihn keimfrei hinterlassen.

Maria hatte sich immer wieder an das Gespräch anlässlich der Hochzeit ihrer Freundin Hilda erinnert, wo der alte Herr Landecker sich mit Fritz unterhalten hatte. Nun war dem Anschein nach der rechte Moment, es in Erinnerung zu rufen.

„Der alte, jüdische Geschäftsmann auf Hildas Hochzeit hat aber gesagt, dass man in Neumarkt einen guten Steuerberater brauchen könnte? Weißt du noch?" Sie nannte den Mann nicht beim Namen, weil Fritz damit gewiss nichts anzufangen wusste.

„Ja, ich erinnere mich."

Maria aß schweigend weiter. Instinktiv wusste sie, dass sie diese Information wirken lassen musste, sie nicht mit zu vielen Worten niedermetzeln und zerstückeln durfte. Ihre Mutter hatte ihren Töchtern immer wieder eingeschärft, dass das Schweigen einer Frau im richtigen Moment mehr bewirken könne als tausend Worte. Es fiel ihr nicht leicht, denn sie hatte sich schon genau überlegt, dass Fritz sein Büro im Erdgeschoss im Schlafzimmer ihrer Eltern einrichten konnte. Diese wurden nicht jünger und waren im besten Fall sogar froh, wenn sie den Hof übernahm und sich um die Alten kümmerte? Ihre Eltern konnten in die Kammer ihrer Töchter umziehen, für Walli, die noch im Haus wohnte — aber auch das war absehbar, dass sich das irgendwann ändern würde — konnte man die Kammer unter dem Dach ausbauen. Sie und Fritz würden in dem Zimmer schlafen, das bisher als Abstellraum genutzt wurde. Irgendwo würde man die Sachen schon anderweitig unterbringen.

Maria hatte schon so lange darüber nachgedacht, dass sie es direkt vor sich sah, wie schön ihr Leben sein würde. Wie glücklich sie sein würden! Erfolgreich würde ihr Fritz sein, hier in Neumarkt! Alles würde gut werden. Und die hochnäsigen Eltern ihres Verlobten konnten ihr gestohlen bleiben! Je länger sie darüber nachgedacht hatte, umso grauenhafter war ihr der Gedanke erschienen, möglicherweise doch bei seiner entsetzlichen Familie leben zu müssen.

Inzwischen war auch ihr Teller leer. Fritz hatte sein Gedeck längst beiseitegeschoben und sich eine Zigarette angezündet. Die Radfahrer waren gerade dabei aufzubrechen, und auch Heidi war mit ihrem Begleiter bereits auf dem Rückweg. Fritz zog seine Taschenuhr hervor und warf einen Blick darauf.

„Wir sollten uns auf den Weg machen", schnappte er die Uhr wieder zu. „Sonst wird es zu spät, und dann wird es gleich wieder kühl."

Maria erhob sich. Ungeduldig wartete sie darauf, dass er etwas zu ihrem Vorschlag sagen würde.

Aber er schwieg.

Neumarkt I. Oberpf.   Alte Linde bei Höhenberg.

Alte Linden zierten die Spazierwege um Neumarkt, wie hier Höhenberg um 1915;

Im Hofbräuhaus
Mai 1920, Ida Heym in München

Die Sekretärin ging. Ein Heimkehrer und ein Invalide kamen. Der Heimkehrer war einer von denen, die in diesen Tagen wie eine Flut über das Land hereinbrachen. Russland hatte eine Schleuse geöffnet und schüttete sie aus wie ein Vulkan die Lava. Und mit ihnen kam der Geist der Revolution. Manche von ihnen hatten den Bau der über tausend Kilometer langen Eisenbahntrasse von Petrograd nach Murmansk überlebt und waren von dort bis in die Heimat gelaufen[13]. Sie kamen alle grau in grau, den Staub zerwanderter Monate auf Gesichtern und Füßen, waren hungrig, stahlen und bettelten. Auf ihrem Weg töteten sie die Gänse und Hühner der Bauern. Es war Frieden, aber das bedeutete nur, dass man keine Menschen mehr zu töten brauchte. Federvieh, Stallhasen und Kaninchen hatten damit nichts zu tun.

Xaver Liobl hatte es bis in seine Heimat Bayern geschafft. Der neue Untermieter wollte Arbeit in den Expresswerken oder bei der Eisenbahn finden. Aus Kostengründen teilte er sein Zimmer mit dem Kriegsversehrten Adolf Meyr. Der war zufrieden mit dem Lauf der Dinge. Er hatte ein Bein verloren und einen Orden bekommen. Viele hatten keinen Orden, obwohl sie mehr als ein Bein verloren hatten. Sie waren arm- und beinlos. Oder sie mussten immer im Bett liegen, weil ihre Wirbelsäule gebrochen war. Der Meyr freute sich, wenn er die anderen leiden sah. Er glaubte an einen gerechten Gott. Der verteilte Rückenmarkschüsse, Amputationen, aber auch Auszeichnungen nach Verdienst. Ein Invalide konnte mit dem Respekt der Welt rechnen. Ein ausgezeichneter Invalide auf den der Regierung. Die Regierung war für ihn etwas, das über den Menschen stand, wie der Himmel über der Erde. Was von ihr ausging, konnte gut oder böse sein, aber es war immer groß und übermächtig. Beide, Liobl und Meyr, waren Frau Direktor Heym über das Wohltätigkeitskomitee vermittelt worden, und nach den Erfahrungen mit der Sekretärin, die angeblich lange Überstunden machte, manchmal sogar die ganze Nacht hindurch, hatte sie sich dazu durchgerungen, es doch mit männlichen Untermietern zu versuchen. Die Mieteinnahmen füllten die Haushaltskasse auf. Aber die Leute, die so eine Bleibe suchten, waren in der Regel nicht die wohlhabendsten. In der Regel teilten sie sich ein Bad und aßen am Tisch des Vermieters. Das war Usus. Jeden Tag in ein Gasthaus zu gehen, konnten sie sich nicht leisten. So hatte man seine liebe Not mit ihnen. Aber das zusätzliche Geld war wichtiger. Man musste sich arrangieren.

---

[13] Zwischen 1915 und 1917 kamen neben einheimischen Arbeitern auch rund 70.000 Kriegsgefangene der Mittelmächte beim Bau der Murmanbahn zum Einsatz. Von den harten Arbeitsbedingungen vor Ort zeugen Schätzungen, nach denen 25.000 - 28.000 Kriegsgefangene bei der Arbeit verstorben seien.

Ida waren die fremden Männer im Haus unangenehm. Der Heimkehrer aus Russland war bei Tisch schweigsam. Dafür redete der andere umso mehr und das auch noch in einem Dialekt, der schwer zu entschlüsseln war. Jeden Morgen humpelte er zum Frühschoppen in den Oberen Ganskeller und kam zum Mittagessen mit einer Bierfahne so groß wie die auf der Spitze des Reichtags zurück. Die Säuglingsschwester Buchmichl ging den beiden nach Möglichkeit aus dem Weg. Der Schichtdienst machte es ihr leicht. Ida hatte keine Ausrede. Es war ihr ein Rätsel, wie ihre Stiefmutter einen Mann ins Haus lassen konnte, den sie einen *Sansculotte bavarois*[14] nannte. Sie sah den Trinker dabei sogar lächelnd an, wenn sie ihn so ansprach, weil der Mann kein Französisch verstand. Das Wohltätigkeitskomitee hatte bei dieser Entscheidung wohl Einfluss genommen. Frau Direktor Heym war immer noch Mitglied dieses Komitees, obwohl sie mittlerweile selbst genug damit zu tun hatte, sich mit den neuen Verhältnissen zu arrangieren.

Zu Idas Erleichterung war Achilles noch zugegen, der das Tischgespräch oft genug rettete und die ausschweifenden Monologe des Angetrunkenen unterbrach. Lissy war im Pensionat für höhere Töchter in Koblenz – der Ort war nach der Herkunft ihrer Mutter gewählt worden –, und Walthy speiste vorher allein mit dem Dienstmädchen in der Küche, weil seine Mutter den schlechten Einfluss fürchtete, den diese Männer auf den Buben haben könnten. In diesem Punkt stimmte Ida ausnahmsweise mit ihr überein.

Es war nach einem wieder einmal schwer zu ertragenden Mittagessen — Achilles hatte sich bereits zu einer Verabredung entfernt, die Säuglingsschwester war nicht da, der Heimkehrer aufgebrochen auf Arbeitssuche und der Angetrunkene ins Bett getorkelt —, als Frau Direktor Heym Ida zurückhielt.

„Bleib noch einen Augenblick!"

Überrascht und mit ein wenig Argwohn ließ sich Ida wieder nieder. Witwe Heym tupfte sich den Mund mit der Serviette ab und wartete, bis das Dienstmädchen mit dem Tablett schmutzigen Geschirrs die Tür hinter sich geschlossen hatte.

„Dein Bruder hat mir mitgeteilt, dass ihr auf euren Pflichtteil an der Wohnung verzichtet habt", begann sie schließlich und blickte dabei wie in die Ferne zur Seite aus dem Fenster, obwohl außer einem regenverhangenen Himmel dort nicht viel zu sehen war. Dann wandte sie sich Ida direkt zu, neigte den Kopf ein wenig. „Das war sehr großzügig von euch. *Tout à fait généreux*.[15]"

Ida war so überrascht über diese Worte des Dankes, dass sie zu keiner Antwort fähig war. Sie saß auf ihrem Stuhl, als sei sie in Wachs gegossen.

---

[14] Franz.: „Bayrischer Proletarier"
[15] Franz.: durchaus großzügig.

„Damit kann eure Schwester weiter zur Schule gehen."

„Eine gute Ausbildung ist wichtig", brachte Ida mühsam hervor. Zu mehr war sie nicht fähig. Sie war wie konsterniert von dieser Freundlichkeit, die sie von dieser Seite noch nie erlebt hatte. Sogar ein kurzes Lächeln ihrer Stiefmutter war zu erkennen. Ida wusste nicht, wie sie darauf reagieren sollte. Ihr Kopf bewegte sich wie von selbst in kleinen, ruckartigen Bewegungen nach links, dann auf die andere Seite, auf der Suche nach einem Blickfang, der ihr Halt geben konnte. Ihre Augen blinzelten dabei heftig. Die Nerven gingen mit ihr spazieren, sie hatte diese Bewegungen nicht unter Kontrolle.

„Lissy ist ein braves Mädchen", brachte sie zuletzt hervor, und das war nicht geschmeichelt, das dachte sie wirklich.

„Das ist sie", bestätigte Witwe Heym nickend.

Das Gespräch verstummte, aber es war offensichtlich, dass es noch nicht zu Ende war. Ida begann sich zu fragen, wohin es führen sollte, wohin es sie führen wollte.

„*Le français de Lissy est, disons, un peu: négligé.*[16]" Die Mutter des Mädchens warf mit diesem Satz einen Augenaufschlag an die Decke, als flehe sie alle Götter des Olymps um Hilfe an. „Ich möchte, dass du sie in den Ferien darin unterrichtest. Ihr drei hattet noch ausgezeichnete Lehrer. Das ist heute nicht mehr so. Man wundert sich, wer sich heutzutage als Lehrer ausgeben darf, und das auch noch in einer Privatschule!"

„Natürlich", nickte Ida bereitwillig. Sie wusste nicht, ob sie diesen Auftrag als die Bitte auffassen sollte, als die sie formuliert war, was zu einer erneuten Irritation führte. Jedenfalls machte es ihr nichts aus, ihre jüngere Halbschwester in der fremden Sprache sicherer zu machen. Sie und ihre leiblichen Geschwister waren von klein auf oft genug in Lausanne gewesen. Sie hatten Französisch mit der Muttermilch aufgesogen. Es war die Sprache ihrer Frau Mama gewesen.

„Walty sollte womöglich auch dabei sein", schickte ihr Gegenüber hinterher. „Um das Problem für ihn von vornherein zu vermeiden."

Ida nickte noch einmal mit einem "natürlich!". Sie überlegte, ob sie dafür ein paar Bücher ihres Vaters aus der Bibliothek holen sollte, aber da dieser Raum nun das Schlafzimmer der Witwe war, war sie genötigt, um Erlaubnis zu bitten.

„Selbstverständlich", nickte ihr Gegenüber, doch als Ida schon aufstand, um die Lektüre sofort herauszusuchen, hielt sie sie abermals zurück.

„Ich bin noch nicht fertig!", ermahnte sie die Stiefmutter streng. „Setz dich! Es gibt da noch etwas anderes."

Wieder misstrauisch ließ sich Ida noch langsamer auf ihrem Stuhl nieder als zuvor, und ohne ihre Aufmerksamkeit von ihrem Gegenüber abzuwenden.

---

[16] Franz.: Lissys Französisch ist, na sagen wir, ein wenig: vernachlässigt.

Frau Direktor Heym warf einen prüfenden Blick auf die geschlossene Tür und senkte die Stimme, obwohl sie nun auf Französisch weitersprach: „*La domestique*[17], dieses unmögliche Ding, hat sich mit dem Russen eingelassen."

Ida wusste, wer mit dem *Russen* gemeint war. So, wie sie den anderen Untermieter *Sansculotte* nannte, betitelte sie den Heimkehrer als *der Russe*, selbst wenn er nur aus dem Land gekommen und keineswegs freiwillig dort gewesen war. Dieser Untermieter schien Ida zwar erträglicher als der andere, aber dass er sich nun mit der Heidi eingelassen hatte, wie man das nannte, das enttäuschte sie nicht nur, es entsetzte sie ebenso wie die Witwe Heym. Deshalb entfuhr ihr auch ein gleichgestimmtes "*mais non!*[18]

„Abgesehen davon, dass sie seit einiger Zeit aufsässig ist, ich will dieses freche Geschöpf keinen Tag länger hier sehen! Sonst wird man noch sagen, dass unser Haus ein Bordell geworden ist! Soweit kommt es noch!" Sie schniefte kurz, wie um ihren *dégoût*[19] auszudrücken.

„Du wirst ihre Aufgaben übernehmen müssen", fuhr sie im Ton der Selbstverständlichkeit fort. Sie machte eine Pause, schien in Idas Gesicht ganz kurz zu lesen. Doch dann fuhr sie unbeirrt mit ihrer Rede fort. „Es wird so lange nötig sein, bis ich ein neues, anständiges, fleißiges Mädchen gefunden habe. Es gibt heutzutage genügend Weibspersonal, das Arbeit sucht. Es wird etwas gefunden werden. Aber ich lasse bestimmt nicht die Nächstbeste ins Haus! Mir genügt schon der Ärger mit den Mietern. Die Erfahrung aus dem Lazarett kommt dir jetzt zugute. Du wirst schon etwas auf den Tisch bringen. Es muss ja nicht hochherrschaftlich sein für diese Leute. Und die Zimmer säubern und Wäsche waschen, na, das ist ja nicht so schwierig. Dafür muss man keine Ausbildung haben. Ich werde mich weiterhin um den Einkauf der Lebensmittel kümmern, darüber musst du dir keine Gedanken machen. Man hat heutzutage wirklich nichts als Sorgen!"

„Sobald ich aus München zurück sein werde!", platzte Ida heraus. Es war das Einzige, was ihr auf die Schnelle eingefallen war. Noch während ihre Stiefmutter gesprochen hatte, hatten sich Idas Gedanken nach dem ersten Satz regelrecht überschlagen. Nach diesem sehr klaren Befehl hatte sie nicht mehr zugehört, die Worte ihres Gegenübers wie durch eine Dämmschicht aus Watte wahrgenommen. Sie war nur noch ihren Überlegungen hinterhergehetzt. Hatte sie es doch geahnt! Diese Freundlichkeit war aufgesetzt gewesen, um sie für diesen Auftrag gefügig zu machen. Sie sollte die Rolle der Magd übernehmen! Von ihrer Stiefmutter war sie einiges an Unverschämtheiten gewöhnt, aber das schlug dem Fass den Boden aus! Ida fühlte sich erniedrigt wie nie zuvor in ihrem Leben. Dieses Weib wollte ihr die Würde vom Leib reißen wie der Mob in Russland den Adeligen die Kleider. Allein das Ansinnen

---

[17] Franz.: Die Hausangestellte, das Dienstmädchen
[18] Franz.: Aber nicht doch!
[19] Franz.: Abscheu

war so beschämend, dass Ida sich wie mit Füßen getreten fühlte. Doch sie konnte nicht einfach ‚Nein' sagen, das war ein Verbot ihrer Erziehung. Außerdem handelte es sich tatsächlich um eine Notwendigkeit, Heidi unter diesen Umständen zu entlassen. So ein Verhalten des Mädchens durfte man in der Tat nicht dulden. Das sah sie durchaus ein. Aber ihre Stiefmutter würde sich Zeit nehmen, geeignetes Personal zu finden, das ahnte Ida. So eine musste bezahlt werden, Ida nicht. Und wenn das erst einmal eingeführt war, kam ihr womöglich noch die Idee, das nie mehr zu ändern. Was also konnte sie tun, um dieser Zumutung zu entkommen?

Noch während sie sich das gefragt hatte, war ihr Gottfried in den Sinn gekommen. Sie musste ihn sofort sprechen! Einen Brief schreiben, nein, ein Telegramm, nein, telefonieren, nein: Selbst nach München fahren! Aber allein als Frau? Das ging nicht. Achilles musste mitkommen!

„Nach München?", wunderte sich die Witwe. Sie schien von der Nachricht geradezu überrumpelt, denn mehr fragte sie gar nicht.

„Ja. Achilles will mit Gottfried über die Bedingungen unserer Heirat sprechen." Das war eine Lüge. Aber sie sagte es so fest und selbstbewusst, dass ihr Gegenüber nur ein „so" hervorbrachte. Ida überlegte, dass sie nach diesem Gespräch umgehend mit ihrem Bruder sprechen musste, wenn die Schwiegermutter ihr nicht zuvorkommen und ihren Schwindel aufdecken sollte.

„So lange muss Heidi auf jeden Fall bleiben!", fügte Ida dann noch hinzu. Sie wunderte sich selbst, wie geschickt sie etwas erdichtet hatte, um sich, zumindest vorerst, aus der Affäre zu ziehen.

***

Ida und Achilles guckten mit in den Nacken gelegten Köpfen und offenen Mündern an der erhabenen Fassade des Hofbräuhauses hinauf wie staunende Kinder in der ersten Reihe eines Puppentheaters. Über den Arkaden des Gebäudes hing ein zweigeschossiger, runder Erker wie ein im nachhinein angeklebter Zylinder mit Spitzhut direkt über ihnen. Der Giebel des Daches des historischen Gasthauses war gestuft, wie der des Neumarkter Rathauses, nur viel reicher verziert, mit geschwungenen Wellen aus Stein, die wie ein Wasserfall über die Stufen herab zu tanzen schienen.

„Ich muss meinen Freunden in der Schweiz unbedingt ein paar Ansichtskarten vom berühmten Hofbräuhaus schicken!", sah sich Achilles um. Er entdeckte entlang der Rundbögen auf der anderen Seite der Straße einen Kiosk. „Ich gehe geschwind da hinüber und kaufe ein paar. Ich komme gleich wieder! In der Zwischenzeit bleibst du hier und wartest auf Gottfried!"

Das war das Erste, was ihr Bruder an diesem Tag in normalem Ton zu ihr gesagt hatte. Seit sie am Morgen den Zug genommen hatten, hatte er entweder stumm wie ein Fisch im Abteil gesessen oder in störrischer Attitüde mit ihr geredet.

Hofbräuhaus München; Maler: Adolf Hitler,
der sich mit populären Bildern dieser Art über Wasser hielt;

„Bring auch eine für Martha mit!", rief sie ihm hinterher.

Sie war froh, dass er sich beruhigt zu haben schien. Er war sehr wütend gewesen über ihre Lüge und darüber, dass sie so mit seiner Zeit verfuhr, wie er gesagt hatte, über diese einfach bestimmte. Aber er hatte sie nicht verraten und schließlich auch eingesehen, dass er als Familienoberhaupt, das er nach dem Tod ihres Vaters nun einmal war, früher oder später mit seinem zukünftigen Schwager über die Heirat sprechen musste. Wenn das der Preis für diesen kleinen Betrug war, hatte Ida sich gesagt, dann wollte sie seine schlechte Laune gerne eine Weile ertragen. Sie hatte ihm nicht den wahren Grund ihres Handelns gestanden, denn sie schämte sich sogar vor ihm, es in Worte zu fassen.

Doch was Ida nun viel mehr beschäftigte als ihre Lüge, war die Tatsache, dass sie sich dadurch jetzt in einer Situation befand, die sie sich so schnell nicht gewünscht hatte. Eigentlich hatte sie mit der Planung einer Hochzeit noch ein paar Monate warten wollen. Ihre Gefühle für Gottfried gaben diese Eile, die sie unmittelbar und selbst herbeigerufen hatte, nicht her. Aber sie sah keinen anderen Ausweg, wenn sie nicht in der Rolle des Dienstmädchens versimpeln wollte. Ida Heym als Magd des Hauses! Nicht einmal ihr Vater hätte das zugelassen! Sie wollte es sich gar nicht vorstellen: Eine Heym-Tochter in der Schürze des Personals einen *Sansculotte* bedienen! Die verfrühte

Hochzeit war ihr eine durchaus unangenehme Situation, doch die, die ihr bevorstand, wenn sie nichts unternahm, war unerträglicher.

Die Ohnmacht, die sie angesichts dieses Dilemmas empfand, war überwältigend. Doch dann beruhigte sie sich damit, dass diese Furcht vor einer anstehenden Ehe womöglich normal war? Empfanden das nicht auch andere junge Frauen ähnlich, bevor sie die Tür zu ihrem alten Leben für immer hinter sich schlossen?

Eine laute Männerstimme riss sie wie ein Weckruf aus ihren Überlegungen. „Wer ist denn der Kerl da?"

Gottfried trat aus dem Schatten einer Arkade hervor und kam direkt vor ihr zu stehen. Er hatte die Hände in die Manteltaschen geschoben und blickte misstrauisch über die Straße in Richtung Kiosk.

Ida drehte sich erschrocken um. „Grüß Gott, Gottfried!", neigte sie ihm mechanisch die Wange zum Kuss. Aber als sie sein finsteres Gesicht sah, zuckte sie zusammen. Seine Augen blitzten sie erbost an. Instinktiv trat sie einen Schritt zurück: „Freust du dich gar nicht, mich zu sehen?"

„Ich würde mich freuen", fuhr er sie grußlos an, „aber meine Verlobte als Frau allein durch die Weltgeschichte reisen zu wissen, ist allein schon kein Grund dazu. Du hast dich ja nicht abhalten lassen. Und dass sie sich auch noch von so einem Dahergelaufenen in einer fremden Stadt auf der Straße ansprechen lässt, wie jede allzu Gewöhnliche, das gibt allerhand Anlass zu Missbilligung, findest du nicht? Wie kommst du dazu!"

Ida drehte sich suchend um, verwirrt, welchen ,Kerl' er mit ,Dahergelaufenen' betitelte. Dann begriff sie: „Aber das ist doch Achilles!"

„Dein Bruder?", kniff er die Augen zusammen und spähte blind wie ein Maulwurf noch einmal über die Straße. „Wirklich?" Etwas verlegen richtete er sich auf. „Ich habe ihn ohne Brille gar nicht erkannt. Achilles? Er hat dich begleitet?" Dann nahm er wieder eine normale Haltung ein. „Na, das ist dann etwas anderes." Nun küsste er sie doch auf die Wange.

Ida schwankte zwischen Ärger über seine Grobheit und einem Gefühl weiblichen Stolzes. Seine demonstrierte Eifersucht zeugte immerhin von echter Zuneigung, deshalb, und aus einem Grund, der ihr selbst noch nicht ganz klar war, der sich jedoch kurz darauf deutlich erkennbar zeigen sollte, entschied sie sich für Letzteres und lächelte ihn an.

Achilles kam mit einem ganzen Packen an Postkarten zurück. Die beiden jungen Männer reichten sich die Hände zum Gruß. Gottfried regte an, gleich hineinzugehen, bevor die Weißwürste noch das Mittagsläuten *hörten*[20], wie er bedeutungsvoll betonte.

---

[20] Das 12-Uhr-Mittagsläuten war zu Zeiten, als nur Kastanienbäume den Bierkeller beschatteten, als es noch keine Kühlräume gab, eine Richtlinie. Die frisch abgefüllte Weißwurst musste aus Hygienegründen so schnell wie möglich verzehrt werden.

Ansichtskarte des Saales im Hofbräuhaus, München;

Drinnen ging es laut zu, und obwohl es ein Wochentag war und die Menschen auch in München nicht gerade wie die Maden im Speck lebten. Sie lebten eher wie Würmer, kurz bevor der Angler sie als Köder an den Haken klemmt. In der Kolosseumstrasse, ausgerechnet neben dem einst größten Vergnügungspalast der Stadt, Kil's Kolosseum[21], hatten Ida und Achilles auf dem Weg hierher scheußliche Kabinenwohnungen, Massenquartiere für Tausende, entstehen sehen. Die Menschen in den Straßen schritten auch hier zur Arbeit, blieben kaum stehen, gingen müde in alten, abgeschabten Kleidern dem Erwerb nach, unendlich geduldig, verdrossen, und wenn sie etwas sprachen, dann war es wie gemurrt. Die Frauen standen wie überall im Lande an den Ecken in langen Reihen und warteten ergeben darauf, das wenige an Lebensmitteln zu ergattern, was zu bekommen war. Auch in der viertgrößten Stadt Deutschlands litten viele Menschen, wie in allen deutschen Städten in diesem ausgehenden Winter, noch bitterste Not. Kriegsheimkehrer vermehrten auch hier das Heer der gemeldeten Arbeitslosen, vergrößerten den ohnehin enormen Mangel an Nahrung und Obdach.

Mit Eintreten in das Hofbräuhaus hatte Ida den Eindruck, wie die Goldmarie durch das Märchentor plötzlich in eine andere Welt geraten zu sein. Sie mussten in den hinteren Saal gehen, weil alle Tische besetzt waren. Dort saßen, ebenso wie vorne, an drei langen Holztischreihen gleichermaßen

---

[21] Tanzlokal mit Singspielhalle, seinerzeit das größte der Stadt München.

Fremde und Einheimische. Letztere gern in Tracht und am Stammtisch, erstere bemüht zu verstehen, was letztere von sich gaben. Hier traf man fein gekleidete Leute ebenso wie Volk und Studentengruppen, Trachten genauso wie Spitzen, die neueste Mode aus Paris geradeso wie Dirndl und Lederhose. Kellnerinnen stemmten Bierkrüge wie Schwergewichtler ihre Eisen. Das Ganze spielte sich unter einer hochgewölbten, bunten Facettendecke ab, von deren Mitte ein riesiger runder Reif herabhing wie der Kronleuchter eines Palastes.

Sie setzten sich an einen der wenigen noch freien Tische und bestellten Weißwürste mit dazugehörigem süßem Senf, Brezen und Rettich. Und natürlich Bier. Es war lange her, dass Ida an einem so reich gedeckten Tisch gesessen hatte. Seit dem Tod ihres Vaters und dem Einzug der Untermieter war der Speisezettel im Hause Heym noch schlichter geworden, als er ohnehin schon gewesen war. Es gab literweise dünne Suppen, kaum gesüßte Mehlspeisen, nach wie vor Kohl in allen Variationen. So etwas lecker Duftendes wie die servierten Würste erkannte ihre Nase kaum noch.

„Wie im Paradies!", schnitt Ida hungrig ihre Wurst an.

„Aber nicht doch, Ida!", korrigierte Gottfried sie sofort, noch bevor sie ein Stück auf die Gabel spießen konnte. „Weißwürste schneidet man nicht! Schau, so macht man das: Man nimmt die Weißwurst in die eine Hand, zieht mit den Zähnen die Haut ab und schiebt das Innere mit den Fingern der anderen Hand in den Mund. Aber Vorsicht: Das Innere darf auf keinen Fall zerdrückt werden, denn das wäre eine Beleidigung!"

Ida sah sich zweifelnd um. Mit den Fingern zu essen wäre im Hause Heym einfach undenkbar gewesen. Sie hatte die hellgrauen Würste natürlich schon früher gekostet, aber alle in der Familie hatten sie mit dem Messer geschnitten. Dann lachte sie und ahmte ihren Verlobten nach. Achilles tat es ihr gleich und gab sich so, als sei es für ihn nichts Neues.

„Du magst das Hofbräuhaus? Gefällt dir die Atmosphäre hier? Kommst du oft hierher?", wollte Ida von ihrem Verlobten wissen, als der erste Hunger gestillt war und sie wieder andere Gedanken als diesen Genuss zulassen konnte. Sie wollte unbedingt eine gute Gesprächsatmosphäre erzeugen, eine enge Beziehung zu ihrem Verlobten spüren, etwas, das ihr die Bestätigung geben würde, dass sie nicht im Begriff war, einen Fehler zu begehen. Das war das vorherrschende Gefühl in ihr. Nur das konnte sie jetzt aus ihrem Dilemma befreien. Also sagte sie, was ihr als erstes in den Sinn kam und was als Aufhänger dienen konnte, um überhaupt ins Gespräch zu kommen.

„Wo denkst du hin!" Gottfried presste die Lippen zusammen und schüttelte den Kopf, als hätte sie unglaublich dumme Fragen gestellt. „Das ist heute eine Ausnahme, ein Luxus, weil ihr zu Besuch seid. Es gibt allerdings durchaus Leute, die sich das jeden Tag leisten können. Normale Menschen aber nicht. Die Lebensmittelversorgung der Stadt gestaltet sich zurzeit sehr schwierig.

Es heißt, die Bauern der Umgebung weigern sich, den, ich zitiere: ‚*Saustall München*' zu beliefern. Der Oberbürgermeister hat jetzt ein neues Gesetz erlassen: Man darf jetzt nicht mehr hierherziehen. Die Stadt verbietet den Zuzug. Ich muss nach Ablauf meines befristeten Vertrages hier weg. Man wird mich nicht mehr dulden."

„Wann wird das sein? Wann kommst du nach Hause?", Ida hielt die leere Wursthaut hoch und schickte gleich die zusammenhangslose Frage hinterher: „Was mache ich damit?"

Sie gab sich gesprächig und lustig, dachte aber, dass ihr Bruder an dieser Stelle hätte einhaken können, um auf das Thema zu sprechen zu kommen, wegen dem sie gekommen waren. Denn über die Hochzeit zu sprechen würde unweigerlich das von ihr ersehnte Gefühl der Nähe zwischen Brautleuten hervorrufen.

Aber Achilles aß schweigend zu Ende, trank aus seinem Krug und klopfte auf ihre Frage hin nur mit dem Messer an die Stelle seines Tellers, wo er die Haut seiner Wurst schon abgelegt hatte. Ida tat es ihm gleich und schob das letzte Stück der knusprigen Breze in den Mund. Nun lag nur noch ein Rest von Rettich auf ihrem Teller und sie bedauerte, dass sie kein Brot mehr hatte. Die blanke Wurzel war scharf, aber sie wollte nicht unverschämt sein und um eine zweite Breze bitten. Gottfried hatte sie eingeladen. Sie schob den Rettich pur in den Mund, musste prompt husten und trank eilig einen großen Schluck hinterher.

„Hör zu, Gottfried", begann Achilles ganz unvermittelt und schob sein Gedeck zur Seite. „Wir müssen uns über den Grund unseres Kommens unterhalten. Ida und ich müssen bald wieder zum Zug, wenn wir nicht irgendwo in der Nacht stranden wollen, weil wir den Anschluss verpasst haben."

„Gewiss", richtete sich Gottfried auf. „Ich bin mir meiner Verpflichtung Ida gegenüber sehr wohl bewusst. Deswegen hättet ihr wirklich nicht extra kommen müssen."

Ida zog die Augenbrauen hoch. Das klang nicht nach Nähe. Das klang eingeschnappt.

„Ich fand es erst einmal wichtig, eine feste Anstellung zu finden und Geld zu verdienen", verteidigte Gottfried sich weiter. „Eine Familiengründung braucht schließlich eine wirtschaftliche Grundlage."

„Natürlich", nickte Achilles. „Ich habe keinen Augenblick an deiner Integrität gezweifelt. Unsere Familien kennen sich seit langem, und unser Vater hatte immer viel von dir gehalten. Ich möchte das gute Verhältnis fortführen. Aber wir müssen über die Formalitäten eurer bevorstehenden Hochzeit sprechen. Ich werde nicht für ewig in Neumarkt sein. Ich werde in die Schweiz zurückkehren."

„Ich verstehe." Idas Verlobter stemmte seinen Krug und trank. „Ich hoffe auf eine neue Anstellung in der Diakonie an einem anderen Ort", setzte er den

Krug wieder ab. „Wo das sein wird, kann man noch nicht sagen. Aber ein guter Buchhalter wird immer gebraucht, auch in diesen Zeiten. Ich möchte fast sagen, gerade in diesen Zeiten!"

Achilles tat es mit einer Handbewegung ab. Er zog ein Päckchen Zigaretten aus seiner Brusttasche, fummelte ein paar davon heraus und bot sie seinem zukünftigen Schwager über den Tisch an. Dieser lehnte dankend, aber vehement ab. Gottfried frönte nicht dieser Gewohnheit, da er der Meinung war, dass die Kosten dafür unnötig seien. Das Geld könne man besser ausgeben. Das hatte er Ida einmal stolz erklärt.

„Es wäre von Vorteil, den Hochzeitstermin vor meine Abreise in die Schweiz zu legen", zündete Achilles sich eine Zigarette an. Er erklärte es, wie ein Ingenieur am Reißbrett den Bau einer Eisenbahnlinie plant. „Ich habe in der Erbsache nur noch wenige Formalitäten zu erledigen ...", er blies den Rauch des ersten Zuges in die Luft, „... das wird nicht mehr viel Zeit in Anspruch nehmen. Da die Ausrichtung der Hochzeit mir unterliegt, würde ich es begrüßen, wenn ich die Vorbereitungen dazu nebenher erledigen könnte."

Ida saß unbeteiligt daneben. Mit Erstaunen verfolgte sie den Verlauf des Gesprächs, das wie eine gut geölte Maschine anlief, kein Holpern, kein Stolpern, kein Zögern, kein Zaudern. Die Männer waren sich schon einig, kaum dass einer eine Aussage beendet hatte. Achilles schien seine eigenen Gründe für Eile zu haben —, ihre Lüge kam ihm also sogar gelegen —, und Gottfried schien pikiert, dass man ihm dieses Gespräch aufgedrängt hatte, anstatt zu warten, bis er als Bräutigam es einforderte. Männliche Befindlichkeiten eben. Trotzdem ging das Gespräch sachlich seinen Gang.

Ida kannte das nur zu gut. Die Einladungen ihres Vaters waren stets so verlaufen. Manchmal schien es ihr, als müssten sich Männer immerzu duellieren, und sei es nur verbal. Die Damen am Tisch mutierten dann zum Publikum, das Bewunderung oder Bedauern verteilte. Selbst wenn es um ihre eigene Zukunft ging, wie in dieser Konversation. Ihrem dringenden Bedürfnis, die ersehnte Nähe zu ihrem Verlobten herzustellen, stand dies leider sehr entgegen. Sie erstaunte sich selbst auf einmal mit einem fremden Gedanken: Sie als Braut hatte bei dieser Unterhaltung gar kein Sagen. Sie wurde nicht involviert. Wie sollte sich da ein Gefühl zwischen den Brautleuten einstellen? Man würde ihr die Wahl des Kleides und der Hochzeitstorte überlassen, insofern nicht auch das von den Müttern beider Seiten entschieden wurde. Darüber hinaus lief die Verhandlung wie ein Geschäft auf dem Gemüsemarkt ab. Sie war der Kohlkopf, über den verhandelt wurde.

Zum ersten Mal in ihrem Leben empfand Ida etwas wie Entsetzen während dieses Vorganges. Was war nur los mit ihr? Vielleicht lag es an dieser Reise nach München? Sie war schon lange nicht mehr gereist. In den vergangenen Monaten war sie nur zwischen Lazarettküche und der Hindenburgstraße hin- und hergependelt, hatte stundenlang in Linseneintopf gerührt und war abends erschöpft von dieser Stumpfheit ins Bett gefallen. Sie hatte kaum noch ein Buch zur Hand genommen. War es da ein Wunder, dass sie so durcheinander war?

„Selbstverständlich", nickte Gottfried auf die Frage nach dem Termin, ohne sie dabei auch nur anzusehen. „Eine Sommerhochzeit ist auf jeden Fall vorzuziehen."

Eine Gruppe laut debattierender Männer zog an ihrem Tisch vorbei und steuerte auf einen Nebenraum zu. Ida sah ihnen geistesabwesend hinterher. Sie trugen graue Anzüge oder Trachten, gestikulierten mit den Armen, sprachen durchaus nicht alle bayerisch.

„Dennoch würde ich es bevorzugen, die Antwort auf mein Stellengesuch abzuwarten", fuhr Gottfried fort, während Achilles sein kleines Notizbuch mit dem silbernen Stift zückte und darin herumblätterte wie eine Köchin im Kochbuch nach einem Rezept.

"Wie wär's mit Juli?", schlug Achilles ungeachtet der Aussage seines zukünftigen Schwagers vor. Er schien gar nicht gehört zu haben, was dieser gesagt hatte.

„Schon!", entfuhr es Ida. Mit einem Ruck des Kopfes wandte sie sich wieder der Unterhaltung zu.

Die Blicke beider Männer trafen sie wie Dolche.

Schweigen.

„Ich dachte, du kannst es kaum erwarten?", wunderte sich ihr Bruder dann. Es klang wie ein Vorwurf.

Der Verlobte bedachte sie daraufhin mit hochgezogenen Augenbrauen und einem merkwürdigen Grinsen. Ida spürte, wie ihr Gesicht ganz heiß wurde.

„Aber wir müssen doch das Aufgebot abwarten und die Ringe kaufen und ..." Sie unterbrach sich selbst, weil sie im Grund keine Argumente hatte.

Als sie nichts weiter sagte, die Augen niederschlug und unbeweglich auf ihre Hände in ihrem Schoß starrte, richtete ihr Bruder wieder das Wort an Gottfried, der inzwischen auch sein Grinsen eingestellt hatte.

„Ida hat eine ansehnliche Mitgift von fünfzigtausend Schweizer Goldfranken. Am Hochzeitstag werde ich dir das Geld zur Verfügung stellen. Meine Schwester ist an einen gewissen Lebensstandard gewöhnt, aber diese Summe, klug verwaltet, sollte euch ein gutes Leben ermöglichen."

Gottfried horchte auf. Er blinzelte. Seine Nasenflügel bebten wie Orgelpfeifen unter den mächtigen Anfangsklängen von Bachs Toccata d-Moll. „Das hat sie nie erwähnt!"

„Warum sollte sie auch?" Achilles sah Gottfried an, als überkämen ihn Zweifel an dem Bewerber, der um die Hand seiner Schwester anhielt. „Ich sage es dir jetzt."

Ein Lächeln huschte über Idas Gesicht. Schließlich war die *surprise*[22], die ihr Verlobter an den Tag legte, ein Beweis dafür, dass Gottfried sie wahrlich gernhatte. Seit der Verlobung hatte sie hin und wieder darüber nachgedacht, die Mitgift ihm gegenüber zu erwähnen. Sie konnte es selbst nicht erklären, warum sie darüber doch immer wieder geschwiegen hatte. Nun aber war sie froh, es getan zu haben. Die Verlockung dieser Summe hätte wohlmöglich die größere Motivation für ihn sein können, und sie hätte sich den Rest ihres Lebens gefragt, ob seine Zuneigung wirklich ihr gegolten hatte oder doch eher dem Vermögen.

„Das ist eine Überraschung", gestand ihr Verlobter und schaute sie zum ersten Mal seit Achilles das Gespräch eröffnet hatte, direkt an. „Eine schöne, aber auch eine große!"

„Hm", machte sie und legte keck den Kopf zur Seite. So verdutzt brauchte er nun auch wieder nicht zu sein, denn dass sie aus gutem Hause stammte, war kein Geheimnis. Er war lange genug in ihrem Zuhause verkehrt und hatte gesehen, wie es dort zuging. Dass eine höhere Bürgertochter eine Mitgift besaß, sollte also kein so großes Erstaunen hervorrufen. Aber sie nahm ihm ab, dass er allenfalls nicht mit einer solchen Summe gerechnet hatte.

„Bayern kann eine rechte Ordnungszelle in dieser im marxistischen Chaos versinkenden Republik sein!", tönte es plötzlich lautstark in ihrem Rücken. „Der Kahr im Amt des Ministerpräsidenten[23] ist ein erster Schritt, dann müssen wir ..." Der Rest des Satzes ging im Gemurmel unter, das den Saal erfüllte, weil sich der Sprecher mit seinen beiden Kameraden im Schlepptau schon wieder entfernt hatte. Sie verschwanden ebenfalls durch die Tür ins Nebenzimmer, in das auch die anderen zuvor gegangen waren. Der Kerl hatte so laut gesprochen, dass die drei Neumarkter, in ihrem eigenen Gespräch unterbrochen, ihnen abgelenkt hinterherschauten.

„Wer sind diese Männer?", wollte Achilles wissen. Er war Ida mit dieser Frage zuvorgekommen. Auch sie war neugierig geworden, was dort hinter der Tür vor sich ging.

Gottfried machte ein wichtiges Gesicht. Ida fand, dass er es ein wenig übertrieb, denn er setzte sich gerade und aufrecht hin, tat, als würde er bereits eine Hochzeitsrede halten.

„Da hinten war im Februar eine Versammlung", erklärte er mit einem Wink des Kopfes in die Richtung des Nebenzimmers. „Da hat man eine neue Partei gegründet und ein Fünfundzwanzig-Punkte-Programm vorgestellt. Das sind

---

[22] Franz.: Überraschung
[23] Gustav von Kahr (Bayerische Volkspartei) war nach dem Scheitern des Berliner Kapp-Putsches als Nachfolger des zurückgetretenen Ministerpräsidenten Hoffmann (SPD) an die Macht gekommen. Man hatte die imaginäre Gefahr eines erneuten Räte-Aufstands der Arbeiter heraufbeschworen und den Ministerpräsidenten in einem kalten Putsch unter militärischer Drohung zum Rücktritt gezwungen.

Konservative und Nationalisten." Man sah Gottfried an, dass er es genoss, endlich derjenige zu sein, der das Wort führte, der die anderen zum Zuhören zwang. „Ich war neulich auch da, weil ich mir das einmal anhören wollte. Da hat ein ganz begnadeter Redner gesprochen, ein Maler. Der hat früher das Hofbräuhaus porträtiert und die Bilder hier verkauft. Ein Künstler mit Redebegabung, sieht man auch nicht so häufig, nicht wahr? Unter den Zuhörern waren leider auch ein paar Grobiane, üble Widerlinge, aber sogar die haben zugehört. Was der Mann sagte, klang jedenfalls ganz vernünftig. Das Land brauche Ruhe und Ordnung, das Volk Arbeit, Pflicht und Manneszucht solle herrschen, und kein Kommunismus."

„Nein!", warf Ida sofort bei dem letzten Wort ein, „den brauchen wir nicht!"

„Aber die *ewiggestrigen* Kaisertreuen braucht Deutschland auch nicht", gab Achilles zu bedenken. „Eine Demokratie wie in der Schweiz, das wäre es! Es heißt, dass sich viele Putschisten nach München abgesetzt haben. Stimmt das?" Dabei blickte er wieder zu der Tür.

Gottfried wiegte den Kopf hin und her, als wüsste er nicht recht, was er antworten sollte. „Man sagt es, aber ich habe davon noch nichts bemerkt." Dann schien er den Grund dafür gerade selbst zu entdecken, denn er sprach den nächsten Satz mit einem gewissen Fatalismus in der Stimme. „Aber bei dem Chaos, das überall herrscht, geht manches unter. Jeder hat doch genug mit sich selbst zu tun. Und es kommen so viele hierher! Jeden Tag neue Heimkehrer, die das Heer der Arbeitssuchenden vergrößern. Armut und Elend überall. Wie und wo und wofür sich wer organisiert, das kann doch niemand mehr im Auge behalten."

„Besteht die Gefahr, dass die Kommunisten wieder anfangen?" Ida starrte Gottfried wie gelähmt an, seit er dieses Wort ausgesprochen hatte. Schaudernd erinnerte sie sich an die Tage der Münchner Räterepublik, als die Familie vorbereitet war zu fliehen. Die Angst davor hatte sich in ihr eingenistet wie ein Siebenschläfer in seinem Nest. Um dieses innere Tier zu wecken und sie in Panik zu versetzen, bedurfte es nicht viel.

„Eher das Gegenteil." Achilles' Antwort klang gelangweilt, als würde er über ein neues Theaterstück sprechen, das das Eintrittsgeld nicht wert ist. Er schien jählings das Interesse an dem Thema verloren zu haben, sei es, weil ihm Gottfrieds Auskunft nicht erschöpfend genug gewesen war, sei es, weil die Zeit drängte. Er blickte in eine andere Richtung, zu einer Uhr an der Wand.

„Ihr entschuldigt mich einen Moment." Er erhob sich plötzlich und zusammenhangslos und lief in Richtung der Toiletten.

Kaum war Achilles außer Hörweite, ergriff Gottfried Idas Hand: „Du musst keine Sorge haben, meine kleine Ida! Die Kommunisten sind ein für alle Mal in ihre Schranken verwiesen worden. Und auch, wenn es unter denen ein paar Kämpfer und kluge Köpfe geben mochte, die Masse auf den Straßen, das war und ist doch nur ein schwarzes Gewusel, der Mob! Von dem sollte die glühende Flamme entspringen, sollte der Traum von Blut und Barrikaden sich verwirklichen? Unmöglich, vor denen zu kapitulieren! Das wäre der Untergang unserer Kultur! Man kann nur Hohn über ihren Anspruch empfinden, weil sie keinen Stolz kennen, keine Siegessicherheit, keine bändigen Wellen! Die marschierten aus Hunger, aus Müdigkeit, aus Neid, und unter diesen Zeichen hat noch niemand je gesiegt!"

Ida machte große Augen. So hatte sie noch nie jemanden von der roten, unsichtbaren Bedrohung aus dem Osten reden hören. Verächtlich, abschätzig, herabwürdigend und nicht gerade respektvoll gegenüber der wirklichen Gefahr, die von einer solchen Meute ausgehen konnte. Seine Worte riefen in ihr ein trügerisches Gefühl der Obhut hervor. Gottfried vermittelte ihr damit Standhaftigkeit. Das war zwar nicht die Nähe, die sie erhofft hatte, aber es kam ihrem anderen Bedürfnis – und das war nicht minder ausgeprägt – sehr entgegen: Sicherheit.

„Die Entwicklung in Bayern zeigt deutlich, dass sich die Menschen hier nichts sehnlicher wünschen als Ruhe und Ordnung. Der neue Ministerpräsident ist ein Konservativer. Wenn er könnte, würde er München zum Ausgangspunkt für die Renaissance der Monarchie machen. Der betrachtet Berlin auch als das, was es ist: Eine Hochburg babylonischer Völkervermischung und zersetzender Avantgardekultur! Der wird die Zeit zwar auch nicht zurückdrehen können, doch er steht für die alten Werte und das ist gut so. Es wird sich alles einrenken, du wirst sehen!"

„Babylonische Völkervermischung!", lachte Ida über seine Formulierung, dankbar einen Grund zum Lachen zu haben, der, zugegebenermaßen, ein wenig von ihr erzwungen war. Aber es tat gut. Sie war nicht gänzlich überzeugt von dem, was er sagte, jedoch erkannte sie sein Bemühen an. Wie Kinder den Schatten an der Zimmerwand fürchten und die beruhigenden Worte ihrer Eltern aufsaugen, um ruhig schlafen zu können, ließ sie sich davon überzeugen, dass Gottfried dieses russische Gespenst immer für sie im Auge behalten würde.

„Ich freue mich, dass wir nun so bald heiraten!" Der Satz tropfte aus ihrem Mund wie Wachs auf das Dokument, das mit dem hineingepressten Siegel den Vorgang plombieren sollte.

„Ich freue mich auch", nickte er. „Wenn man bedenkt, dass wir uns in letzter Zeit nicht so oft gesehen haben, geht das alles zwar ein bisschen schnell, aber es ist schon gut."

„Wann kommst du nach Hause?"

"In drei Wochen endet mein Arbeitsverhältnis", antwortete er diesmal. "Deshalb hat mich dein Besuch so überrascht. Ich hatte es dir doch geschrieben."

„Einen solchen Brief habe ich nicht erhalten."

„Nein? Nun, vielleicht ist der Brief ein Verlust der Post? Das kommt bei dem herrschenden Durcheinander vor. In der Diakonie vermissen wir immer wieder Post. Erst neulich ist ein dringender Brief nach ganzen fünf Wochen angekommen und ...“

Gottfried referierte weiter über die Schwierigkeiten der Postzustellung, als sei dies das vorherrschende Thema zwischen zukünftigen Eheleuten. Sie hörte nicht mehr zu. Sie hielt flüchtig Ausschau nach ihrem Bruder, hoffte, dass er ihnen noch etwas Zeit lassen würde. Ida war ihrem Bruder dankbar für diese Gelegenheit. Mehr Zeit würde vielleicht auch mehr Intimität herbeiführen? Wenn Gottfried nur aufhören wollte, über so Belangloses zu reden! Schließlich war die Verlobungszeit dazu da, sich zu prüfen, sich kennen zu lernen und eine Beziehung aufzubauen. Wenn sie da an Martha dachte, wie kopflos und verliebt ihre Schwester in der Zeit ihrer heimlichen Verlobung gewesen war! Wann immer sie daran dachte, nährte dieser Vergleich ihre Unsicherheit. Umso mehr, wenn sie alleine damit war. Dann wurde sie von Zweifeln völlig zermartert.

„Du musst mir eben noch einmal schreiben!“, unterbrach sie ihn, ohne zu wissen, was er gerade gesagt hatte. Sie ergriff seine Hand, wie um ihn näher zu sich zu ziehen.

„Freilich schreibe ich dir.“

Vielleicht war es gerade das, beruhigte sie sich dann selbst, Gottfrieds Hand in der ihren haltend: Ihre Verlobung, Idas, war weder heimlich noch unerwünscht. Nichts blähte die Leidenschaft künstlich auf, denn Erfüllung war keine Unmöglichkeit. Im Gegenteil, alles war glatt, vorbildlich und ehrenhaft. Das mochte beinahe langweilig erscheinen, weil es zu gut war? Sie war es einfach nicht mehr gewohnt, dass die Dinge problemlos für sie liefen. Das musste es sein! Ihrem Vater hätte diese Verlobung letzten Endes sogar ein Wohlwollen für sie abgerungen. Er wäre vielleicht stolz auf seine zweite Tochter gewesen, weil diese zum ersten Mal in seinen Augen alles richtig machte?

Wieder breitete sich in ihrem Magen ein anderes bekanntes, dumpfes Gefühl aus, das bei der Erinnerung an ihren Vater jedes Mal hochkochte wie zu heißer Knödelsud. Dieses vergiftende Sehnen nach der Zustimmung des Vaters wollte selbst nach dessen Tod nicht schweigen.

Jetzt griff sie auch noch mit der zweiten Hand nach der ihres Verlobten und drückte sie so fest, dass er sie mit einem ganz irritierten Blick anschaute.

„Ich fühle mich ein wenig verwirrt, Gottfried. So viele Eindrücke, so viele Empfindungen! Ich weiß gar nicht, was ich fühlen soll?“ Sie hoffte, damit, dass sie es gestand, diesen Zustand zu verscheuchen.

„Aber das ist doch ganz normal, mein Kind!“ Gottfried streichelte das Händeknäuel. „Junge Mädchen sind vor der Hochzeit immer durcheinander. Das gibt sich schon!“

Ida nickte mit einem bemüht zuversichtlichen Lächeln, obwohl sich trotz ihres Geständnisses nichts von ihrer Verwirrung gegeben hatte. Aber vielleicht musste sie mehr Geduld mit sich selbst haben?

„Es gibt da noch etwas, das wir besprechen müssen, bevor wir heiraten, Ida. Nur du und ich."

„Ja?" Diese überraschende Bitte hielt sie gespannt wie einen Bogen vor dem Abschuss des Pfeils. Was gab es denn noch zu besprechen? Noch dazu etwas, das nicht mit ihrem Bruder, sondern mit ihr allein zu erörtern war?

Gottfried sah sich demonstrativ um und rollte mit den Augen.

„Nicht hier, nicht jetzt. Wenn ich nach Hause komme, in drei Wochen."

„Aber Gottfried, jetzt sprich doch!", drängte sie und zog an seiner Hand, die sie immer noch auf dem Tisch hielt wie eine Katze die Maus. „Wir sind doch ganz allein. Niemand hört uns zu!"

Aber ihr Verlobter blieb hart, löste seine Finger aus ihrer Umklammerung und schüttelte den Kopf.

München Feldherrenallee, Theatinerkirche; vor 1. Weltkrieg;

Das Traugespräch
Familie Häring, Neumarkt, Juni 1920

Pfarrhof St. Johann, Neumarkt;

Der Geistliche ließ auf sich warten. Schon seit zwanzig Minuten saßen Maria und Fritz wie zwei kleine Sünder auf den Stühlen vor dem großen Schreibtisch, wo die Pfarrköchin, die ihnen geöffnet hatte, sie hingesetzt hatte.

Zu Beginn der Wartezeit hatte Fritz sich damit abgelenkt, die echten Gemälde an der Wand zu studieren, und Maria war unruhig auf ihrem Stuhl hin und her gerutscht. Doch dann zogen sich die Minuten zusehends, und sie entwickelten den Eindruck, schon länger hier zu sitzen als es tatsächlich der Fall war. Die Zeit schien in diesen Räumen unendlich langsam zu vergehen.

Die Bedingungen der Eltern Häring waren bestimmt mit Hochwürden abgesprochen, da war Maria sich sicher. Das hatten Vater und Mutter Häring nicht einmal zu erwähnen brauchen. Trotzdem war Maria von einer wahrhaften Angst vor diesem Gespräch erfüllt. So sehr, dass sie regelrecht zusammenzuckte, als die Tür in ihrem Rücken endlich aufging.

Der Pfarrer nahm grußlos hinter dem Schreibtisch Platz und warf ihr einen prüfenden Blick zu, als müsse er sich vergewissern, dass das Brautpaar auch wirklich vor ihm saß. Er faltete die Hände mit ausgestreckten Armen vor sich auf den Schreibtisch, schaute sie forschend und lange und schweigend an.

Maria warf Fritz mit gesenktem Kopf einen Seitenblick zu. Dieser saß kerzengerade da, betrachtete ebenso schweigend den Geistlichen. Sein Gesicht verriet Ungeduld.

„Nun", begann Hochwürden endlich seine Rede und schon sein erster Satz reichte aus, um Maria zu bestätigen, dass ihre Befürchtung berechtigt war: „Wir befinden uns in einer heiklen Situation." Er schaute alleine Maria dabei an. „Ich kenne dich als gute Katholikin, mein Kind. Und als solche weißt du bestimmt auch, dass es nicht gottgewollt ist, Andersgläubige zu heiraten."

Maria schluckte und nickte ergeben, denn so war es. Sie wusste es.

„Das ist keine göttliche Schikane, wie es im jugendlichen Leichtsinn möglicherweise erscheinen mag. Das hat seinen guten Grund", fuhr der Diener Gottes fort. „Die Ehe ist unter Getauften ein heiliges Sakrament, das sich die Eheleute vor einem Priester und zwei Zeugen spenden. Dieses Sakrament ist nicht bloß Gleichnis und Symbol des Gnadenbundes, die Ehe hat selbst an ihrer erlösenden Kraft Anteil. Daher ist es unabdingbar, dass die Getauften katholisch getaufte Ehepartner sind."

„Die Ehe ist aber auch ein durch Gottes Wort geheiligter Stand, in welchem Mann und Frau von Gottes Gnade und Treue leben!", warf Fritz betont ein, obwohl oder weil der Priester ihn bisher ziemlich übergangen hatte.

„Ich kenne die Position der evangelischen Kirche in dieser Frage", entgegnete Hochwürden und schaute den Bräutigam das erste Mal und, wie gezwungen, sehr scharf an. „Die evangelische Kirche kennt nur zwei Sakramente, nämlich Taufe und Abendmahl. Die wahre Kirche hingegen hat sieben Sakramente! Zusätzlich zu Taufe und Erstkommunion noch Firmung, Beichte, Priesterweihe, Krankensalbung und eben die Ehe."

Maria legte ihrem Bräutigam beschwichtigend die Hand auf den Arm. Sie fürchtete das Schlimmste, wenn er gleich zu Beginn des Gesprächs so wenig Demut zeigte. Fritz reagierte, er wandte den Blick zur Seite und nickte ihr stumm zu, die Lippen fest aufeinandergepresst. Sie hatte ihn eingeschworen auf dieses Gespräch, ihm das Versprechen abgenommen, die Bedingungen, die er zuvor schon akzeptiert hatte, auch unter den strengen Augen Hochwürdens anzunehmen.

Dem Theologen entging das nicht. Es schien ihn zu bestätigen, denn er fuhr umso energischer fort. „Der Ehe zwischen zwei gültig Getauften, von denen der eine Partner der römisch-katholischen Kirche angehört und der andere nicht, steht die Konfessionsverschiedenheit als verbietendes Ehehindernis entgegen!" Er betonte jedes Wort, als wäre es die Verkündigung einer frohen Botschaft. „Es ist meine Aufgabe, das deutlich zu machen."

Fritz presste die Kiefer zusammen. Maria nickte stumm, die Hände wie zum Gebet im Schoß gefaltet. Sie hatte damit gerechnet, dass sie diese Erklärung über sich ergehen lassen mussten. Sie wusste, dass sie in den Augen der Kirche einen Fehler beging, aber ihre Liebe zu diesem Protestanten an ihrer Seite war stärker, und sie fragte sich, warum Gott ihr diese Liebe geschickt hatte, wenn er damit nicht einverstanden war, wie der Herr Pfarrer behauptete. Natürlich sprach sie es nicht aus, denn was konnte sie einem gebildeten Theologen in solchen Fragen schon entgegensetzen?

„Vor der Mischehe ernsthaft zu warnen, hilft vor Leid und seelischen Konflikten zu bewahren!", fuhr der Priester mit gehörigem Pathos fort. „Es dient dem religiösen Frieden."

„Das haben wir sehr gut verstanden", presste Fritz mit sichtlicher Anstrengung im Gesicht hervor. „Maria und ich sind fest entschlossen, uns dieser Herausforderung zu stellen. Wir werden den religiösen Frieden wahren, seien Sie versichert. Wir haben jede Art von Krieg satt, das können Sie uns glauben."

Nun war es an dem Priester, die Lippen aufeinander zu pressen und einen Moment zu schweigen. Noch immer hielt er die Hände auf der Tischplatte vor sich gefaltet, als wolle er, einem Rammbock gleich, die

Entschlossenheitsmauer seiner Schäflein durchbrechen. Erst nach einer langen Weile sprach er weiter, schien über die Worte des Bräutigams nachgedacht zu haben, denn sein nächstes Argument richtete sich nun erstmals direkt an Fritz und ließ Maria außen vor.

„Die Standhaftigkeit ehrt dich, mein Sohn", nickte er. „Sehr standhaft, wie es sich für ein Familienoberhaupt gehört. Darf man also annehmen, dass auch die Religion in der Familie mit der gleichen Vehemenz vertreten wird?"

„Die Bedingungen sind mir hinlänglich bekannt", erwiderte Fritz trocken. „Meine zukünftigen Schwiegereltern haben daran keinen Zweifel gelassen."

Statt darauf einzugehen, nahm Hochwürden diese Äußerung zum Anlass, sich wieder an Maria zu wenden.

„Ja, die gute Mutter Häring! So eine gläubige, gute Christin! Ein wahres Vorbild ist sie. Ganz verzweifelt kam sie zu mir. Es hat ihr das Herz gebrochen, ihre Tochter auf diesem Irrweg zu sehen."

Maria standen die Tränen in den Augen. Sie wusste nur zu gut, dass es wahr war. Sie sah ihre Mutter vor sich, wie sie im Beichtstuhl in Tränen ausgebrochen war und den Priester um Hilfe angefleht hatte. Es musste ein schwerer Kampf für sie gewesen sein, angesichts der Geschütze, die Hochwürden jetzt gegen sie und Fritz noch auffuhr. Sie konnte nur erahnen, wie sehr ihre Mutter gerungen haben musste, nicht zuletzt mit sich selbst. Aber auch darum, dem Kirchenmann endlich jene Bedingungen abzuringen, die einen Ausweg aus dieser Verzweiflung gezeigt hatten.

Aber schließlich hatten ihre Mutter und ihr Vater beschlossen, dem Glück ihrer zweiten Tochter nicht im Wege zu stehen, und wenn ihre Eltern den Druck ausgehalten hatten, dann konnte sie es erst recht.

„Wir wollen katholisch heiraten, Hochwürden", Maria bettelte fast, „und wir werden auch unsere Kinder in diesem Glauben erziehen. Was der Fritz nicht weiß, das kann ich doch ausgleichen. Ich weiß es um so besser!"

„So einfach ist das nicht, meine Tochter", schüttelte der Geistliche den Kopf, als hätte Maria von Unmöglichem gesprochen. „Es nützt nichts, die Regeln oberflächlich zu befolgen. Der Mensch muss im Herzen spüren, was er im Glauben tut. Man kann Kinder nur im wahren Glauben erziehen, wenn man das, was man tut und sagt und vorlebt, in der Seele spürt."

„Wollen Sie mir unterstellen, ich würde meine zukünftige Frau daran hindern, ihren Glauben zu leben?", empörte sich Fritz. Er wäre beinahe von seinem Stuhl aufgesprungen, hielt sich aber zurück, als er Marias flehenden Blick auffing.

„Die Kirche unterstellt nicht, sie weiß aus Erfahrung", belehrte ihn der Geistliche.

Fritz schluckte hinunter, was ihm auf den Lippen lag, denn Maria beeilte sich zu antworten, bevor er es konnte. Sie hatte schon lange darüber nachgedacht, was diese weitere Bedingung, dass der andersgläubige Partner sich von der katholischen Seite zum rechten Glauben führen lasse, im Grunde bedeutete. Aber sie hatte es nie gewagt, Fritz direkt darauf anzusprechen. Von ihm zu verlangen, sich bekehren zu lassen, war einfach zu viel gefordert. Aber genau darauf zielte diese Bedingung ab, das war ihr irgendwann klar geworden. Und weil sie lange darüber nachgedacht hatte, war sie jetzt auch in der Lage, kluge Worte zu wählen. Denn sie spürte ganz deutlich, dass es genau das war, was Hochwürden wollte: Er wollte diese Zusage von Fritz. Das musste verhindert werden, denn sie ahnte, dass ein solches Ansinnen zum totalen Eklat führen würde.

„Mein Verlobter ist ausnahmslos bereit, mir in Glaubensfragen zuzuhören und zu folgen. Es braucht Zeit, um den katholischen Glauben zu verstehen und im Herzen aufzunehmen."

Der Pfarrer schien über diese Aussage überrascht zu sein, denn er konterte nicht. Das konnte er auch gar nicht, denn sie hatte nur verstärkt, was er selbst gesagt hatte, aber offengelassen, wohin dieser lange Weg führen würde. Endlich lockerte er die Hände, doch nur, um die Arme vor der Brust zu kreuzen und sich dabei zurückzulehnen.

„Die Zeit der Verlobung ist eine Zeit der Prüfung", meinte er schließlich und öffnete seine Arme wieder, da er sich offensichtlich seiner ablehnenden Haltung bewusst geworden war. Fritz hatte sofort die gleiche Position eingenommen. „In einem Fall wie dem vorliegenden kann sie auch in diesem Sinne genutzt werden. Es ist immer ratsam, die Dinge nicht zu überstürzen. Eine Prüfungszeit von ein bis zwei Jahren ist schließlich nichts Außergewöhnliches."

Maria schluckte. Damit hatte sie nicht gerechnet. Noch zwei Jahre diesen Zustand ertragen, das konnte und wollte sie nicht! Nicht nur die Sehnsucht in ihrem Herzen, endlich mit ihrem Bräutigam zusammen sein zu können, quälte sie dabei, sondern auch der Gedanke, dass er weder eine Existenz noch ein Zuhause hatte. Am Ende würde dieser Zustand der Verlassenheit dazu führen, dass er in seine Heimat zurückkehrte und sie dann wieder räumlich getrennt wären. Wohin würde das führen? Ganz zu schweigen von der Drohung, dass er wieder eingezogen werden könnte. Diese neue Gefahr wog fast mehr als alles andere.

„Wir brauchen keine Prüfungszeit mehr!" Daran ließ Fritz keinen Zweifel. „Wir lieben uns und wollen unser Leben zusammen verbringen. Der Krieg war für uns Prüfung genug. Waren Sie an der Front, Hochwürden? Dann wissen Sie, wovon ich rede."

Maria war dankbar, dass Fritz das so deutlich sagte, aber gleichzeitig erschrak sie wieder über die Vehemenz, mit der er sprach. Sie sah sofort, dass der Pfarrer die angedeutete Milde, die er bei seiner letzten Äußerung hatte durchblicken lassen, wieder aufgab.

„Nun", er räusperte sich in seine Faust, „mein Sohn, es ist für einen Katholiken, in unserem Fall eine Katholikin, von großer Tragweite, eine solche

Entscheidung zu treffen. Geht ein Mitglied der römisch-katholischen Kirche eine Mischehe ohne Dispens, das heißt ohne obrigkeitliche Ausnahmebewilligung oder Befreiung von einem Verbot oder Gebot ein, so hat dies den Ausschluss von kirchlichen Ehrendiensten und Sakramentalien bis hin zur Verhängung einer Strafe durch den Oberhirten zur Folge. Dies kann sogar mit dem Kirchenbann geahndet werden."

„Um Gottes willen!", fuhr Maria erschrocken hoch. „Ausschluss aus der Kirche! Ja, aber ..." Sie begann zu zittern und starrte den Priester mit aufgerissenen Augen an.

„Dann erteilen Sie eben diesen Dispens!", war Fritz sichtlich erbost über diese Drohung, die seine Verlobte so aus der Fassung brachte. „Es steht doch in ihrer gottverdammten Macht, das zu tun!"

Maria erschrak, aber diesmal wegen der Blasphemie, die Fritz vor dem ehrwürdigen Pfarrer geäußert hatte. Sie bekreuzigte sich, wie es ihre Mutter in allen möglichen und unmöglichen Situationen zu tun pflegte. Mit gesenktem Kopf und zitternden Lippen – denn der Zorn der Männer, der sich wie Gift im Raum ausbreitete, hatte sie völlig übermannt – beobachtete sie die Reaktion des Pfarrers.

„Mein Sohn!", baute sich dieser in seiner ganzen Größe vor Fritz auf, „ich dulde keine Gotteslästerung in diesem Haus!"

Fritz schien zu begreifen, dass er zu weit gegangen war, denn er hob beschwichtigend die Hand und murmelte eine Entschuldigung.

Mit böser Miene setzte sich Hochwürden wieder.

„Ein solcher Dispens ist von Seiten der Kirche nur eine Duldung, um Schlimmeres zu verhindern", erklärte er nach einer Weile des Schweigens, in der alle Beteiligten versuchten, ihre Fassung wiederzuerlangen. Maria gelang es nicht, ihr Zittern unter Kontrolle zu bringen. Ihre Beine hüpften unter dem Rock wie von selbst auf und ab. Auch Fritz hatte einen hochroten Kopf. Er schien kurz vor einer Explosion zu stehen.

Als der Pfarrer nach dem einleitenden Satz erneut verstummte — ob aus Gründen der Beherrschung oder aus anderen, ließ sich nicht feststellen —, brach Fritz das Schweigen, und zwar mit deutlichen Worten:

„Dann verhindern Sie Schlimmeres! Hören Sie gut zu, Hochwürden: Entweder Sie erteilen uns jetzt diese Erlaubnis, oder meine Braut und ich gehen nach Weimar und heiraten dort! Evangelisch! Und dann verlieren Sie künftige Schäflein für Ihre Kirche und auch die Steuern, die Ihnen doch sicher willkommen sind!"

Und dann fügte er hinzu, was Maria den Kopf heben ließ, nachdem sie zuvor mit jedem Wort immer kleiner geworden war.

„Wenn Sie uns trauen, bleiben wir hier und gründen unsere Familie in Neumarkt."

Das Glück muss man festhalten
Marias Hochzeit, Neumarkt, Juli 1920

„Mein Gott, du bist so schön!", stammelte Friedrich, erbleichend, aber mit fiebrigem Glanz in den Augen. „Du siehst aus wie ein Filmstar!" Er ergriff Marias Hände und strahlte sie an: „Was für ein Glück ich habe!"

Maria lächelte selig. Endlich. Es war ein steiniger Weg gewesen bis zu diesem Augenblick der Freude. Jetzt, nach der kirchlichen Trauung ohne Brautmesse und -segen, hier unter dem Portal der gotischen Hallenkirche, konnte sie endlich ein wenig in diesem Glück baden. Als junges Mädchen hatte sie immer von diesem himmlischen Moment geträumt, wenn Braut und Bräutigam sich vor Gott das Jawort geben. Sie hatte es sich immer so erhaben, so göttlich, so ergreifend erträumt, das Paar vor Gott stehend, umgeben von einem Heiligenschein.

Die Realität war ihr an diesem Tag jedoch zur Qual geworden. Die wertenden Augen des hochwürdigen Herrn Pfarrer immer wieder tadelnd auf sich gerichtet zu spüren, hatte sie so bange werden lassen, dass sie, anstatt in Demut vor Gott zu treten und mit Friedrich im Gebet den Bund fürs Leben zu schließen, nur den einen Gedanken gehabt hatte, dass es bald vorbei sein möge.

Nun stand sie endlich am Arm ihres frischgebackenen Ehemannes in der Sonne, befreit von einer Last, so schwer wie der Krähentisch auf dem Wolfstein.

„Wir haben es geschafft, Maria!", flüsterte Fritz ihr ins Ohr und drückte ihre Hände. „Jetzt sind wir Mann und Frau. Gegen alle Widerstände."

„Gegen alle Widerstände", nickte sie, aber es fühlte sich nicht so erleichternd an, wie sie dachte, dass es sich anfühlen sollte. Wie eine Schleppe trug sie noch an den überwundenen Hindernissen, und sie wusste nicht, wie sie diese Erinnerungen abstreifen sollte. Für immer würden sie mit dem Tag verbunden bleiben, der doch der glücklichste ihres Lebens sein sollte.

Friedrich hatte sich gegen Hochwürden durchgesetzt, das war gut. Aber der Preis dafür war hoch, und sie zahlte ihn, würde ihn für den Rest der Zeit bezahlen. Das war nicht schön, aber immer noch das Gnadenreichste. Als Fritz den Pfarrer in einer Art und Weise vor die Wahl gestellt hatte, die allein in der Wortwahl für Maria bedrohlich gewesen war, hatte sie ihr Schicksal besiegelt gewahrt. Im Bruchteil einer Sekunde hatte sie ihre Zukunft klar vor sich gesehen: Sie würden in die Heimat ihres Bräutigams gehen müssen, dessen Familie sie ablehnte und die sich noch immer nicht bei ihr entschuldigt hatte, sie würden nicht wissen, wie sie ohne Geld ihre gemeinsame Existenz beginnen sollten, sie würden evangelisch heiraten müssen und ihre Eltern würden ihr das nie verzeihen. Das Unglück schien besiegelt.

Doch zu ihrer großen Überraschung hatte der Pfarrer eingelenkt. Und erst in diesem Moment hatte sie realisiert, was Fritz gesagt hatte: Er war bereit, in Neumarkt zu bleiben? Hatte es ihr vorher schon die Sprache verschlagen, so waren es diese beiden unerwarteten Reaktionen der Männer, die sie völlig aus der Fassung gebracht hatten. Wie versteinert hatte sie von einem zum anderen geschaut. Fritz hatte unterschreiben müssen, dass der katholische Teil ungehindert seiner Religion nachleben könne, dass er es sich angelegen sein lasse, sich als nichtkatholischer Teil, auf den Weg der Überzeugung zur wahren Kirche führen zu lassen, und sie hatte unterschreiben müssen, das zu tun. Dass alle aus dieser Verbindung hervorgehenden Kinder katholisch erzogen werden würden, dass hatten sie dann beide schriftlich bestätigen müssen. Danach zu fragen, ob ihre jüdischen Freunde Hilda und Emanuel Hahn eingeladen werden könnten, das hatte Maria dann gar nicht mehr gewagt. Fritz hatte nach diesem Gespräch geschworen, nach der Trauung nie wieder einen Fuß in diese Kirche zu setzen, und Maria hatte geweint. Über das Erlebte und über das, was ihr Verlobter daraus abgeleitet hatte.

Die Eltern Häring hatten sich die Sache dann schweigend angehört, der Vater „*Mei, nachat bleib's halt do!*[24]" gebrummt, und die Mutter hatte zu Marias völliger Verblüffung sogar einen Scherz gemacht: „*A feine Steierkanzlei afam Hof, a sowos hotma a nonet gseng! Modern samma!*[25]" Damit war die Angelegenheit erledigt gewesen.

Die Vorbereitungen des Festes hatte dann die gesamte Familie ergriffen. Fritz war nach Eisenberg gereist, um seiner Familie die Einladung persönlich zu überbringen, hatte sich zuversichtlich gezeigt, hatte sich nichts anmerken lassen von der Befürchtung, dass diese vielleicht sogar nicht erscheinen würden. Man hatte die Feier klein halten wollen, aber die Verwandtschaft war groß: Die Brüder der Mutter Häring, Wolfgang Kastner aus Nabburg und Andreas Kastner vom Oberen Ganskeller mit ihren Familien, der ältere Bruder des Vaters Häring vom Hennenhof mit seiner Frau und Marias Vetter Andres, natürlich Marias Schwester Anna mit ihrem üblen Gatten und ihren beiden Kindern — die kleine Anni lebte inzwischen wieder bei der Mutter —, und freilich Walli und Helene. Auch Fritzens Geschwister Emil und Ernst sowie Elfriede mussten berücksichtigt werden, obwohl ihr Kommen noch ungewiss war. Sicher war, dass Achim, der verstoßene Naubert, bestimmt nicht mit seiner Ballerina antanzen würde. Die Frauen der Familie hatten eifrig an der

---

[24] Dialekt: Dann bleibt ihr eben hier.
[25] Dialekt: Eine feine Steuerkanzel auf einem Hof, so etwas hat man auch noch nicht gesehen. Was sind wir modern!

Fertigstellung des Hochzeitskleides genäht und die Zutaten für mehrere Kuchen besorgt. Jede von ihnen hatte das Backen einer anderen Torte übernommen und Onkel Andreas das Nebenzimmer des Oberen Ganskellers für die Kaffeetafel reserviert. Man musste die Feier auf zwei Gaststätten aufteilen, um keinen der Wirte zu verprellen. In diesen Tagen hatte das kleine Bauernhaus in der Adlergasse wie in einem Bienenstock gesurrt. All diese Arbeiten waren Arbeiten freudiger Erwartung gewesen, und Maria hätte diese Zeit wie die Königin des Bienenstocks genießen wollen.

All dies war der Stoff, aus dem ihre Brautschleppe gewebt war, und sie wog schwer wie Blei. Aber jetzt standen sie hier in der warmen Sommersonne und nahmen die Glückwünsche entgegen, und zum ersten Mal empfand Maria doch etwas wie einen Schimmer von Glück. Vielleicht musste sie nur lernen, es festzuhalten?

Hilda, Emanuel und ein paar andere Freunde warfen Konfetti, das sie in den Büros der Stadt aus den Lochern gesammelt hatten. Niemand wäre auf die Idee gekommen, etwas so Kostbares wie Reis zu werfen. Maria lachte über das ganze Gesicht. Jetzt fühlte sie sich wirklich wie die Filmdiva, mit der ihr Fritz sie verglichen hatte. Ihr Schleier, der zu beiden Seiten ihres Kopfes wie ein geraffter Vorhang ihr Gesicht umrahmte, war nach der neuesten Mode, von einem zierlichen Lorbeerreif auf dem Haupt gehalten. Das Kleid knöchellang mit dreifach gepufften Tüllärmeln bis zum Handgelenk, die Füße in schneeweißen Strümpfen und ebenso weißen Sandalen mit modischen Absätzen. In ihrem Arm trug sie einen prächtigen Strauß weißer Blumen. Sie stand im Mittelpunkt der Aufmerksamkeit, alle schienen von ihrem Auftritt hingerissen zu sein. Sogar ihre Schwiegermutter lobte ihr Kleid. Normalerweise hätte Maria dieses Kompliment mit einem gewissen Stolz angenommen indem sie darauf hinwies, dass es selbst geschneidert sei. Aber in diesem Fall unterließ sie es, denn die Eltern ihres Frischvermählten hatten sich zwar sofort bereit erklärt, vollzählig an der Feier teilzunehmen, aber selbst an diesem Tag war ihnen eine Entschuldigung noch immer nicht über die Lippen gekommen.

Als die Gesellschaft endlich an den Tischen im Bärenwirt saß, die Eltern jeweils links und rechts des jungen Paares platziert, weit genug voneinander entfernt, um jede Verwicklung von vornherein zu vermeiden, war Maria von den Aufregungen so erschöpft, dass sie kaum einen Bissen hinunterwürgen konnte. Von diesem Moment an wurde das Brautpaar von einem Brauch zum nächsten geschupst, hatte kaum Gelegenheit, Luft zu holen, geschweige denn ihren großen Tag bewusst zu erleben.

Auch Fritz aß nicht viel, aber das lag eher daran, dass er ständig unterbrochen wurde. Alle hatten ihre Teller schon leer gegessen, während seiner noch halb voll war. Die erkaltete, aber immer noch appetitliche Speise vor sich, griff er endlich wieder zu Messer und Gabel, als sein älterer Bruder Ernst an sein Glas klopfte und eine Rede ankündigte. Der höhere Beamte aus Weimar war darin geübt, und er redete eine gefühlte Ewigkeit, jedenfalls so lange, dass der Teller unter der Nase des Bräutigams weggeräumt wurde, bevor er sagen konnte, dass er den restlichen Braten mit nach Hause nehmen wolle.

„Normalerweise ist es der in Ungnade gefallene Gast ganz am Ende der Tafel, der hungrig vom Tisch aufsteht, weil der König schon fertig ist", witzelte Fritz Maria zu und tupfte sich den Mund mit der Stoffserviette ab.

Maria achtete kaum auf seinen Scherz, denn sie lauschte gespannt den Erzählungen seines Bruders. Gerade begann er Anekdoten über Streiche zum Besten zu geben, die ihr Angetrauter als Bub mit seinem Bruder verübt hatte.

„Fritz hatte schon als Kind immer einen lustigen Spruch auf den Lippen", berichtete Ernst in die Runde. Er redete frei, er hatte keine Vorlage, von der er ablas. „Ich wurde immer bestraft, und er hat sich mit seinem Humor aus der Affäre gezogen. Solange wir unsere Späße mit dem Dienstpersonal trieben, blieb es ohne große Folgen für uns. Eines Tages aber traf es Dr. Zuckermann, einen angesehenen Nachbarn. Er hatte eine wertvolle Marmorstatue im Garten stehen, die von einer Italienreise mitgebracht hatte. Wir malten ihr einen Schnurrbart und eine Hose mit Hosenträgern an. Fast zwei Stunden haben wir gearbeitet! Der weiße Marmor war natürlich ruiniert. Das hatte schlimme Folgen für uns: Vier Wochen Hausarrest".

Mutter Naubert nickte lächelnd, während ihr Mann einen grimmigen Ausdruck im Gesicht trug, als müsse er noch an diesem Tage die Tat verteufeln.

„Und du hast mich jeden Tag dafür büßen lassen, dass ich eingeknickt bin und alles zugegeben habe", warf Fritz lachend von der Seite ein. Die Familie aus Thüringen amüsierte sich köstlich über die Anekdote.

Maria lachte nicht. Schon bei der einleitenden Bemerkung über die Folgenlosigkeit ihrer Scherze gegenüber dem Personal hatte sie ihrem Mann einen Seitenblick zugeworfen. Doch der hatte weder reagiert noch ihre Befremdung bemerkt. Sie selbst war einst Dienstmädchen bei der jüdischen Familie Dreichlinger gewesen. Dort hatte man es nicht geduldet, wenn die Kinder sich gegenüber dem Personal ungebührlich benahmen. Und die waren gewiss wohlhabender und vornehmer als Fritzens Familie. Für wen hielten sich diese Nauberts! Maria war dieses Lachen peinlich, sie vermied es, ihre Eltern oder ihre Schwestern anzusehen. Sie schämte sich für ihre angeheiratete Sippe. Gott sei Dank schwenkte der Referent zu einem neuen Thema. Aber auch das entpuppte sich als Minenfeld, über das der Redner geradezu unbedarft hinwegschritt, ohne sich der Explosionsgefahr gewahr zu sein.

„Und jetzt hat mein Bruder beschlossen, sich in Bayern in einem kleinen Nest ganz wie unsere Heimatstadt Eisenberg niederzulassen. Aber er hat ja immer schon das Landleben bevorzugt. Nun, wir alle werden ihn in unserer Nähe sehr vermissen. Wir hatten gehofft, ihn in Leipzig, Dresden oder bei uns in Weimar als Steuerfachmann in der Nachbarschaft zu haben."

Diesmal lachte auch Fritz nicht. Stoisch blickte er geradeaus, sein Gesicht schien zu Stein geworden zu sein.

Das Quengeln eines Kindes mischte sich vehement in die Rede ein. Ein vorwurfsvoller Blick des sich gestört fühlenden Redners traf die Eltern. Am Kopfende des Tisches saß Marias Schwester Anna mit ihrem Mann, dem *Krippi*[26], wie ihn ihre Schwestern seit dem schlimmen Vorfall nur noch nannten. Er wippte seinen kleinen Sohn auf den Knien und bemühte sich sichtlich, ihn zu beruhigen. Wahrscheinlich war das Kind müde. Die dreijährige Anni, die auf dem Schoß ihrer Mutter ganz brav war, reichte dem kleinen Halbbruder ihr Spielzeug, aber auch das ließ das Kind unbeachtet. Der Redner leitete den Schluss seiner Rede ein, weil er begriff, dass das Kind nicht zu beruhigen war.

„Das Brautpaar kann hoffnungsvoll in die Zukunft blicken. Viele, die den Krieg heil überstanden haben, suchen jetzt Arbeit und werden sie auch finden! Die Wirtschaft kommt langsam wieder in Gang. Die Zeitungen sind voll von Überlebensmeldungen. Menschen mit Ideen suchen Menschen mit Geld. Trotz des verlorenen Krieges und trotz der Unruhen im Land erholt sich die Wirtschaft schnell. Sogar mit den Ländern, mit denen wir eben noch Krieg geführt haben, wird wieder gehandelt. Deutsche Wertarbeit wird geschätzt. Der Export Deutschlands steigt. Es geht uns besser als den Siegermächten! Auf eine erfolgreiche Steuerkanzlei in Neumarkt!"

Man erhob die Gläser, gleichwohl der Toast nicht direkt auf das Glück des Brautpaares gerichtet war und manche dies auch als ungeschickt empfanden. Aber nach den Jahren des Darbens und Sterbens erschien diese positive Aussicht allen wie ein wunderbarer Segen, und niemand wollte die Themenverfehlung kritisieren. Maria hätte es getan, leise und nur ihrem Mann ins Ohr geflüstert, aber in diesem Augenblick tippte ihr jemand von hinten auf die Schulter.

Es war der Fotograf Hailer, der für das Hochzeitsfoto gekommen war. Draußen schien die Sonne wie bestellt für dieses Vorhaben, und er drängte dazu, die Gelegenheit am Schopf zu packen. Während also das Brautpaar, die Eltern und Geschwister vor die Tür gingen, um die Aufnahme hinter sich zu bringen, verließen andere Gäste das Gasthaus zu einem kleinen Verdauungsspaziergang. Es dauerte lange, bis der Fotograf endlich zufrieden war. Zuerst platzierte er Marias Eltern rechtsstehend neben das Brautpaar, die Eltern Naubert links neben Fritz, dann doch auf Stühle, die aus der Wirtschaft geholt werden mussten. Mittig hinter den Eltern Naubert schob er ihre Tochter Elfriede, gerahmt von Marias Schwestern Helene und Walli, die Mädchen ganz in hell gekleidet. Anna und ihr Ehemann wurden hinter die Eltern Häring auf die andere Seite drapiert. Die Brüder fehlten auf dem Foto, denn Ernst und Emil Naubert befanden sich bereits im Aufbruch, und der vierte

---

[26] Dialekt: wörtlich Krüppel; sinngemäß ‚schlechter Mann';

Bruder Achim war mit seiner Braut tatsächlich erst gar nicht gekommen. Immer wieder musste der Fotograf den Auslöser betätigen, weil sich jemand bewegt hatte. Schließlich erstarrte allen das anfangs so bemühte Lächeln. Nur Anna und Helene meisterten die Herausforderung, wobei Helene ein so herzliches Strahlen an den Tag legte, dass man meinen konnte, es sei ihr Hochzeitstag.

Als die Aufnahme endlich im Kasten war, löste sich die kleine Gruppe auf wie eine grasende Herde auf der Weide: Jeder bewegte sich in eine andere Richtung davon. Maria ging hinein, um der Wirtin zu sagen, wohin mit den Geschenken, während die Gesellschaft in das andere Gasthaus ihres Onkels Andreas pilgerte, den man mit dem Umsatz an der Feier natürlich mitkommen lassen musste. Sie fand ihre Mutter bereits reglos vor dem Gabentisch stehen. Sie trat leise hinter sie.

„Ein Porzellanservice von Hutschenreuther", murmelte Mutter Häring, ohne den Kopf zu wenden.

„Sie meinte, Fritz sei es gewohnt, seinen Tee aus feinem Porzellan zu nehmen, und wir könnten uns so etwas sicher nicht so schnell leisten", zitierte Maria die Mutter ihres Mannes. Sie betrachtete das Geschirr ebenso regungslos wie ihre Mutter. Sie hatte es im Schaufenster bei Rackl am Rathaus gesehen, sie wusste, wie teuer diese Teller und Tassen waren. Es war ein Konvolut aus zwölf Gedecken. So eine feine Tafel würde Maria nie eindecken müssen.

"Unser Geschenk ist jetzt nicht mehr von Nutzen. Vielleicht kannst du es umtauschen?" Mutter Häring schaute ihre Tochter immer noch nicht an, sondern nur das sündhaft teure Geschenk der anderen Familie.

„Geh Mama!", legte Maria den Arm um ihre Mutter. „Wos redst denn![27] Euer Keramikservice ist doch viel schöner als das da! Das kann ich wenigstens jeden Tag hernehmen[28]. Das können wir gut brauchen. Das dünne Porzellan traut man sich doch gar nicht zu benutzen! Das verstaubt nur im Schrank. Schad um das Geld, das das gekostet hat."

Sie wusste genau, dass ihre Familie sich das Geschenk buchstäblich vom Munde abgespart hatte, wie damals, als sie Anna ein solches Service geschenkt hatten. Außerdem entsprach es den Tatsachen. Wozu brauchte man ein so edles Geschirr, wenn andere Dinge viel nötiger waren? Natürlich war es schön, das musste sie vor sich selbst dann doch zugeben: Zum Anschauen. Aber sie besaßen nicht einmal eine passende Vitrine, in der man Porzellan wie dieses ausstellte.

„Das da ist von uns!"

Marias Vetter Andres trat von hinten an die Frauen heran. Er hatte die Hände in den Hosentaschen und nur mit seinem Kinn in Richtung eines

---

[27] Dialekt: Sag doch so etwas nicht!
[28] Dialekt: benützen

bunten Reservistenbierkruges mit spitzem Zinndeckel, um den eine beigefarbene Leinentischdecke geschlungen war, gewunken. Beide Frauen mussten sich ihm zuwenden, um zu verstehen.

„Der Krug ist von meinem seligen Onkel, der damals bei der *Schwollischee*[29] war und im Schlossweiher ertrunken ist, weil sein Pferd in ein Loch getreten ist und er sich im Steigbügel verfangen hat und nicht mehr hochgekommen ist. Den soll jetzt der Fritz haben!"

„Ja, das war schlimm", schlug Mutter Häring ein Kreuz auf ihrer Brust. „Gott hab' ihn selig!"

„Er wird sich geehrt fühlen! Ich dank' recht schön, Andres!"

„Komm, Maria!", zog ihr Vetter sie am Arm. „Du musst den Brautstrauß werfen. Die Mädchen warten draußen auf dich. Da sind auch noch deine Freundinnen, die vorbeigekommen sind. Sie haben mich geschickt, dich zu holen."

Maria nahm den Strauß und folgte ihm. Sie war froh, dass Andres wieder einigermaßen normal mit ihr redete und sich nicht mehr so verstockt gab, wie damals als er aus dem Krieg gekommen war. Auch wenn er noch nicht der Alte war und es vielleicht auch nie wieder werden würde, war sie froh über die kleine Annäherung, zu der er fähig war.

„Was ist mit dem Kredit für die Gerste, die du der Brauerei verkaufen wolltest?", lief sie ihm hinterher. Sie wollte ihm zeigen, dass sie sich für sein Schicksal interessierte, dass sie verfolgte, was in seinem Leben geschah.

Er zuckte mit den Schultern, ohne sich umzudrehen. „Der Heym-Sohn verkauft die Brauerei. Das steht jetzt fest. Wenn es schnell geht, kann ich vielleicht mit dem neuen Besitzer einen Vertrag für nächstes Jahr abschließen. Die diesjährige Ernte muss ich wohl mit Verlust an irgendeine Großbrauerei abgeben. Die zahlen schlecht."

„Ist dein Vater *gscheid grantig*[30]?"

„*Mei, scho! Oda do kamma nix macha!*[31]"

Die Mädchen standen schon vor der Tür, winkten Maria zu und kicherten um die Wette. Sogar die steife Elfriede hatte sich zu ihnen gesellt und ein paar Mädchen aus der Nachbarschaft, die gekommen waren, um zu gratulieren und später, wie es Brauch war, ihr Stück vom Kuchen abzuholen. Maria hatte sich gut eingeprägt, wo Walli stand, denn sie wollte ihrer älteren Schwester den Blumenstrauß in den Arm werfen. Bei dem Frauenüberschuss, der inzwischen im Land herrschte, fürchtete sie, dass diese am Ende allein bleiben würde. Sie hatte noch immer nicht einmal einen Verehrer und es war auch weit und breit keiner in Sicht. Wallis Hüftbehinderung war einfach ein Hindernis. In den Zeitungen fanden sich immer mehr Heiratsannoncen von

---

[29] Dialekt: Berittene Leichte Kavallerie
[30] Dialekt: ziemlich ärgerlich;
[31] Dialekt: Ja, natürlich. Aber da kann man nichts machen;

Männern, die unverhohlen eine reiche Witwe suchten oder sich eine Schönheitskönigin vorstellten. Das Schlimmste daran war, dass sie anscheinend sogar Erfolg damit hatten.

Maria drehte sich um und warf.

Die Mädchen scharten sich kreischend um die Fängerin.

Es war Helene.

***

Hilda hatte ein Grammophon mitgebracht und legte Schallplatten auf. Die jungen Leute strömten in die Mitte der Gaststube und begannen ausgelassen Foxtrott zu tanzen. Die Eltern Häring und Naubert versteiften sich in gemeinsam manifestierter Bestürzung, als hätten sie allesamt jeder einen Besenstiel verschluckt.

Maria erinnerte sich an die kleine Feier im Lazarett, wo sie und Fritz sich kennengelernt hatten. Es war der denkwürdigste Moment in ihrem Leben und sie freute sich, ihn jetzt wiederholen zu können. Endlich kam sie ein wenig zu sich, endlich schien ihr großer Tag bei ihr anzukommen, endlich begann sie sich ein bisschen lockerer zu fühlen.

Emanuel und Andres mussten abwechselnd eines der Mädchen auffordern, damit alle an die Reihe kamen. Die Frauen waren mit den Freundinnen aus der Nachbarschaft weit in der Überzahl, wie überall im Land. Der Krieg hatte die Zahl der Männer drastisch reduziert, das sah man sogar auf der Tanzfläche. Selbst Annas Mann tanzte eifrig mit, allerdings nicht mit der eigenen Frau.

„Geh Fritz, fordere auch du eines der Mädchen auf, damit jede einmal *drankommt*", ließ Maria ihren frischgebackenen Ehemann nach einer Weile auf dem Tanzboden stehen, obwohl sie sich noch ewig mit der Musik weiterdrehen wollte.

Der kleine Sepperl, wie der Bub in der Familie allgemein genannt wurde, schlief auf der Bank in der Ecke. Der Lärm schien ihn nicht zu stören. Maria ging zu ihren drei Schwestern, die sich zu beiden Seiten der jungen Mutter versammelt hatten. Diese hatte lange Zeit mit ihrer Tochter auf dem Schoß am Rand mitgewippt. Nun saß Anna ziemlich regungslos da. Seit der Geburt ihres Sohnes vor über einem Jahr war es zu keinem weiteren Zwischenfall mehr mit ihrem Mann gekommen, ob aus dessen Freude über den Stammhalter oder aus Zufall. Das war dem Rest der Familie gleichgültig, wenn es nur dabei blieb! Das war das größte Glück, das Anna sich für ihre Ehe erhoffen konnte.

Gerade musterte sie die Jüngste der Schwestern, Helene, mit einem auffallend eigenartigen Gesichtsausdruck. Als Maria zu ihnen trat, hörte sie gerade noch die Bemerkung der Zweitältesten, Walli: „ ... ihr könnt sogar das noch steigern!"

84

„Wer schafft es, was zu steigern?", ließ sich Maria atemlos und glücklich neben ihnen auf die Bank fallen. Sie nahm den Schleier von Kopf und legte ihn achtlos neben sich auf die Bank. Er hatte sie schon die ganze Zeit hindurch beim Tanzen gestört. Ihr schwirrte der Kopf von den letzten schnellen Drehungen. Fritz hatte sie übermütig herumgewirbelt. Vielleicht hatten auch die zwei Gläser Sekt, die sie während der vielen Trinksprüche getrunken hatte, ihren Teil dazu beigetragen. Sie zupfte ihr Kleid zurecht, das etwas aus der Façon geraten war und seufzte glücklich. Endlich! Vielleicht würde sie es doch schaffen, die Schleppe der bösen Erinnerungen mit der Zeit abzulegen? Ein Aufatmen rann wie geschmolzenes Butterschmalz in der Pfanne durch ihre Venen, wie sie ihren Mann so fröhlich tanzend betrachtete. Ein Lächeln malte sich auf ihre Lippen.

„Es ist nichts", winkte Anna ab. Die anderen beiden wichen mit den Augen aus.

Maria wurde aufmerksam, denn das Verhalten ihrer Schwestern war auffällig. So benahmen sie sich nur, wenn sie etwas zu verbergen versuchten. Handelte es sich um eine Überraschung für sie? Wollten sie sie in ein Café entführen, bis sie der Bräutigam wieder finden würde, wie es der Brauch war? Wenn das der Plan war, dann war dieser Moment dafür perfekt geeignet. Sie saßen nahe bei der Tür und Fritz tanzte gerade eifrig mit einem Mädchen der Nachbarschaft. Allerdings hatte sie ihren Brautstrauß schon geworfen, und ohne diesen konnte der Bräutigam die Braut doch nicht auslösen! Der Strauß lag auf dem Fensterbrett hinter Helene. Na, den konnte Fritz sich ja trotzdem noch schnappen. So genau würde man das schon nicht nehmen. Erwartungsvoll richtete sie ihren Blick mit gehobenen Augenbrauen auf ihre Schwestern. Doch die rührten sich nicht.

„Na?", hakte Maria nach einer Weile nach. Sie sah eine nach der anderen neugierig an, konnte ein gespanntes Grinsen dabei nicht verbergen. Sie trippelte mit ihren Füssen, wollte schon beinahe aufspringen und selbst voraneilen. Wohin würde es wohl gehen? Bestimmt war Hilda mit von der Partie, und sie warteten nur noch auf sie. Hilda war im Augenblick noch auf der Tanzfläche.

„Es ist nichts", wiederholte nun auch Walli. Sie machte dabei ein so ernstes Gesicht, dass Maria sofort ihre Lockerheit verlor. Etwas stimmte nicht! Sie richtete sich auf: „Hätten wir keine Musik machen sollen? Ist das zu viel?"

Maria hatte das untrügliche Gefühl, dass ihre Schwestern ihr etwas verheimlichten, was ihr die Freude an ihrem Hochzeitstag verderben könnte, und als erstes fiel ihr natürlich die Missbilligung der Älteren gegenüber dieser Musik ein. Sie hatte diese Bedenken schon Fritz gegenüber geäußert, aber er hatte sie abgetan und sogar scherzhaft gemeint, das sei endlich einmal ein Punkt, den ihre Eltern gemeinsam hätten. Da hätten sie zumindest ein Gesprächsthema. Einigkeit in der Kritik über die jüngere Generation verbindet.

„Nein", beruhigte Anna sie. „Tanzen ist jetzt doch erlaubt. Das ist schon in Ordnung. Ein bisschen Tanz auf einer Hochzeit, das gehört doch dazu. Mach' dir keine Sorgen."

„Was ist es dann?"

Die Schwestern tauschten Blicke, schwiegen.

Jetzt wurde Maria ärgerlich.

„Nun sagt schon! Was habe ich falsch gemacht?" Sie wandte sich direkt an Walli, die als Letzte gesprochen hatte.

„Du hast nichts falsch gemacht", wiegelte diese ab und sah wieder nicht sie, sondern die beiden anderen an.

„Zum Kuckuck!", fuhr Maria jetzt auf und schlug mit der flachen Hand auf die Bank neben sich, woraufhin die kleine Anni erschrocken von ihrem Spiel mit der Puppe aufblickte und den Mund verzog, als wolle sie anfangen zu weinen.

„Das hat nichts mit dir zu tun!", wehrte die Mutter der Kleinen sofort ab, denn sie fürchtete, nun das andere Kind beruhigen zu müssen, nachdem sie stundenlang nichts anderes getan hatte, als den kleinen Bruder zum Schlafen zu bringen.

„Ich bin schwanger!"

Helene sagte es bestimmt, aber so leise, dass nur ihre Schwestern es hören konnten.

Maria runzelte die Stirn. Es dauerte eine Weile, bis sie diese Botschaft aufnahm. Sie blinzelte ein paar Mal und guckte recht blöde drein, bis sie schluckte, als wäre es ein Kloß, den sie hinunterwürgen musste. Allmählich verstand sie den Satz, den sie zuvor aufgeschnappt hatte und die Bedeutung der Botschaft tröpfelte in ihr Bewusstsein: Zuerst Anna, die ein uneheliches Mädchen zur Welt bringen musste, weil der Vater nicht katholisch war. Dann sie selbst, die wieder einen Protestanten mit nach Hause gebracht hatte, den sie nach den schlimmen Erfahrungen mit Annas aufgezwungenem Ehemann dann doch heiraten durfte, obwohl ihre Hochzeit niemanden außer sie und Fritz glücklich zu machen schien. Und nun Helene: schwanger!

Maria gaffte zuerst ihre jüngere Schwester an, dann die älteren, die stumm nickten und die Lippen zusammenpressten, als wollten sie kein weiteres Wort über diese kommen lassen.

„Wir wollten dir den Tag nicht verderben", flüsterte Anna erklärend. „Aber jetzt weißt du es."

„Sag nicht, der Vater ist wieder ein Evangelischer?" Maria fürchtete, dass genau das der Fall war, so wie ihre Schwestern sich gaben. Ihre Eltern würden die Hände über dem Kopf zusammenschlagen, und ihre Mutter würde sich bestimmt fragen, womit sie das verdient hatte. Maria sah die Familienszenen schon vor ihrem inneren Auge. Sie konnte nicht anders, als sich schuldig zu fühlen, weil sie es durchgesetzt hatte, einen Protestanten zu heiraten, und damit dem Drama Tür und Tor geöffnet zu haben schien. Warum konnte Helene damit auch nicht noch etwas warten? Sie war doch viel zu jung für so etwas!

„Nein, er ist katholisch", schüttelte Helene den gesenkten Kopf. Sie wagte nicht, die Braut dabei anzusehen.

„Na, dann ist das ja wenigstens in Ordnung!" Maria ließ sich wieder in die Lehne der Holzbank sinken und ignorierte völlig, dass ihre Schwestern diese Erleichterung nicht zu teilen schienen. „Wenigstens hat die Dritte in diesem Punkt jetzt alles richtig gemacht!"

Als niemand in der kleinen Runde in ihre Erleichterung einstimmen wollte, korrigierte sie sich: „Zumindest fast richtig. Du hättest damit warten können, bis du verheiratet bist!" Sie glaubte, mit diesem Vorwurf die Bedenken ihrer Schwestern getroffen zu haben.

„Das hätte auch nichts geändert", murmelte Helene kleinlaut.

„Warum denn? Ich verstehe nicht ..."

„Weil ein geschiedener Katholik noch weniger in Frage kommt als ein Protestant", klärte Anna sie auf.

Maria klappte die Kinnlade herunter. So sehr sie sich auch bemühte, aus Rücksicht auf Helene, die wie ein Häufchen Elend auf der Bank kauerte, sie konnte ihr Entsetzen nicht verbergen. Maria bereute es, ihre Neugier nicht im Zaum gehalten zu haben. Jetzt war ihr großer Tag gründlich verdorben! Und nicht nur der. Wie sollte sie die bevorstehende erste Nacht genießen, die sie mit Fritz in einem Bett verbringen würde, wenn sie ständig an dieses schreckliche Problem denken musste? Wut mischte sich mit Mitleid und Entsetzen, denn sie wusste, dass sie die zu erwartenden Zärtlichkeiten ihres Mannes mit dieser Nachricht im Kopf nicht würde genießen können!

Was Anna da sagte, war noch tragischer als das, was sie selbst erlebt hatte. Ein geschiedener Katholik war für immer aus der Kirche verbannt! Dafür gab es nicht einmal eine Klausel, die, wenn auch widerwillig seitens der Kirche, aber doch durchgesetzt werden konnte. Das hier war wirklich aussichtslos!

„Das ist in der Tat eine Steigerung! Mensch, Helene ...", Maria konnte und wollte nicht verbergen, dass sie sich über diese Entwicklung zunehmend ärgerte.

„Es ist einfach passiert", murmelte ihre jüngere Schwester und ließ den Kopf so tief hängen, dass Anna sie mit dem Ellenbogen von der Seite anstupste. "Ich hab' doch auch nicht gewusst ..."

„Lass dich nicht so gehen! Der Papa schaut schon", warnte Anna.

Helene hob den Kopf, wischte sich schnell eine Träne aus dem Auge und setzte ein Lächeln auf als halte sie eine Wachsmaske vors Gesicht.

Maria biss sich auf die Lippen. Mitleid gewann wieder die Oberhand, vermischte sich sogar mit einer Portion Schuldgefühl. Man hatte ihre kleine Schwester nach München geschickt, in die große Stadt, aber niemand hatte ihr gesagt, wie sich das mit den Männern verhielt. Freilich war auch Helene auf dem Bauernhof aufgewachsen, hatte ihre eigenen Beobachtungen bei den Tieren machen können, wie sie alle. Aber offensichtlich hatte sich das Mädchen keine Gedanken darüber gemacht, und es war ihnen, den älteren Schwestern, auch nicht in den Sinn gekommen, mit ihr darüber zu sprechen. Helene bekam ein Kind, noch früher als sie selbst, die jetzt als verheiratete Frau an der Reihe gewesen wäre. Die Jüngste überholte sie alle, und das auf eine sehr unangenehme Weise.

Maria riss sich zusammen. Nun gut. Die Sache musste geregelt werden, und zwar schnell! Es würde eben noch eine Hochzeit in der Familie geben. Wenn auch nur standesamtlich, aber immerhin ein geordnetes Verhältnis.

„Der Vater des Kindes muss dich halt heiraten! Je eher, desto besser, bevor man was sieht", war sie am Ende ihrer Überlegungen angelangt. „Wie heißt er denn?"

Anna antwortete stellvertretend für die Schwangere, und ihr Ton machte deutlich, dass es dazu noch mehr zu sagen gab als bisher kundgetan war. „Das will sie uns nicht sagen."

Marias Gesicht erstarrte vor Erstaunen.

„Der Name spielt doch keine Rolle", murmelte Helene, vermied den Blickkontakt mit Maria, die sie ansah, als hätte sie den Verstand verloren.

„Der Name spielt keine Rolle?", zischte Maria so leise wie möglich, weil sie fürchtete, ihre Eltern auf der anderen Seite der Tanzfläche könnten aufmerksam werden, denn in diesem Moment verstummte die Musik. „Bist du von allen guten Geistern verlassen? Der Kerl muss dich heiraten, wenn er noch einen Funken Ehre und Anstand im Leib hat!"

„Er weiß es noch nicht", informierte Walli sie jetzt trocken.

Maria kam gar nicht mehr dazu, Luft zu holen. Eine Hiobsbotschaft jagte die nächste! Bevor sie einen klaren Gedanken über ein Hindernis fassen konnte, überfiel sie schon eine neue dramatische Information. Abermals betrachtete sie ihre jüngste Schwester ungläubig. Offensichtlich kannte sie noch nicht die ganze Geschichte. Warum wollte Helene den Namen nicht preisgeben? Wer war der Mann? Und warum hatte sie noch nicht mit dem Vater des Kindes gesprochen? Das grenzte ja geradezu an Dummheit!

Sie sah Anna und Walli fragend an. Offensichtlich wussten die beiden mehr und gaben auch nicht so verstockte Auskunft wie die Betroffene.

„Wir haben ihr schon gesagt, dass sie uns vertrauen kann", tätschelte Anna nachsichtig Helenes Arm. Dann wandte sie sich an Maria, die mit ihrem aufbrausenden Zorn zu zerstören drohte, was bereits besprochen schien. „Helene wird mit ihm reden. Sie wollte sich zuerst mit uns beraten. Deine Hochzeit stand bevor und das war eine gute Gelegenheit dafür. Das ist doch vernünftig."

Maria brummte ein „Mir den Tag verderben!" in sich hinein, aber leise genug. Niemand hörte es. Schuld war sie ja selbst, dachte sie dann. Was hatte sie auch so darauf bestehen müssen, sofort alles zu erfahren! Sie hätte die Sache Anna und Walli überlassen sollen und ihre Hochzeit einfach genießen. Es war schließlich hart genug für sie gewesen. Sie hätte es schon früh genug erfahren. Nun ärgerte sie sich mehr über sich selbst als über die jüngere Schwester.

„Es ist kompliziert", fuhr Walli fort. „Aber sie wird uns noch alles in Ruhe erzählen, oder, Helene?"

Helene biss sich auf die Lippen und schwieg. Ihre Mundwinkel zuckten bedenklich.

„So kompliziert scheint es mir gar nicht zu sein!", fuhr Maria auf. „Sie ist zu jung, das allerdings! Viel zu jung! Aber der Kerl ist katholisch und er kann sie heiraten, wenn auch nur gesetzlich. Aber er kann sie heiraten! Das ist immer noch die glatteste Situation, die wir bisher in dieser Familie hatten!"

Sie war sich selbst nicht sicher, dass es sich genauso verhielt. Ein untrügliches Gefühl sagte ihr etwas anderes. Aber aufgrund dieser Provokation rückte Helene vielleicht mit der ganzen Wahrheit heraus.

„Du musst auf jeden Fall sofort mit dem Vater des Kindes reden, wenn du wieder in München bist", insistierte Walli an Helene gerichtet. „Das bist du dem Mann schuldig. Und dem Kind auch!"

Helene nickte nur.

„Dann wird sich alles zum Guten wenden, du wirst sehen", fügte Anna tröstend hinzu, sah ihre jüngste Schwester dabei aber prüfend von der Seite an. „Es ist doch ein Kind der Liebe, oder?"

Die Tanzmusik setzte wieder ein und im Hintergrund ertönte lautes Gelächter. Maria und Walli zuckten zusammen. Nicht wegen des Lärms, sondern wegen dieses letzten Satzes. Vor allem Maria. An so etwas hatte sie nicht gedacht! Dass diese Leibesfrucht das Ergebnis einer schrecklichen Misshandlung sein könnte, war ihr nicht einmal in den Sinn gekommen! In diesem Augenblick empfand sie große Scham, weil sie so impulsiv und wütend reagiert hatte. Mein Gott, wenn es so war? Helene hatte schon einmal eine gefährliche Situation erlebt. Damals war nichts passiert. Was, wenn es diesmal nicht so glimpflich abgegangen ist? Selbst wenn das nicht der Fall war. Der Kerl könnte auch nur ein übler Zeitgenosse von der Sorte ihres Schwagers sein. Die ganze Sache konnte viel schlimmer sein, als sie gedacht hatte.

„Aber natürlich ist es ein Kind der Liebe!", stieß Helene hervor und bekam ganz glasige Augen.

Maria und Walli sah man die Erleichterung an, aber Anna ließ sich nicht so schnell überzeugen. Sie durchbohrte Helene mit ihrem Blick.

„Wenn es kein guter Mann ist, Helene", legte sie dieser den Arm um die Schulter, ganz leise, aber so bestimmt, dass Maria und Walli recht betroffen hinsahen, „dann heiratest du den Mann nicht! Das ist es nicht wert, glaub' mir! Dann finden wir eine andere Lösung."

„Ich rede mit ihm!", sprang Helene von der Bank auf und reckte suchend den Hals über die Köpfe der Tanzenden hinweg. „Sobald ich wieder in München bin! Ihr habt recht! Ich muss es ihm sagen. Ich weiß es ja selbst erst seit kurzem. Und jetzt Schluss damit! Mama und Papa schauen schon so misstrauisch herüber."

Sie winkte Fritz zu, der am Rande der Tanzfläche ein Glas Bier leerte. Lachend folgte er ihrem stillen Ruf und eilte herüber zu den Mädchen.

„Dass ihr mir ja kein Wort zu niemandem sagt!", ermahnte Helene ihre Schwestern noch über die Schulter, bevor sie die Hand ihres Schwagers ergriff, der sie auf die Tanzfläche zog und mit ihr davonwirbelte.

Ihre Schwestern schauten dem tanzenden Paar bestürzt hinterher.

„Das gefällt mir gar nicht", erhob sich Anna mit gerunzelter Stirn und stellte sich neben Maria und Walli. Die drei Schwestern standen am Rande der Tanzfläche nebeneinander und verfolgten jede Drehung des tanzenden Paares wie die Jury bei einem Wettbewerb.

Maria verschränkte die Arme vor der Brust und verengte die Augen zu Schlitzen.

„Sie verheimlicht uns mehr als nur den Namen! Warum nur?"

Hochzeitsfoto Maria und Fritz Naubert; links des Brautpaares sitzend die Eltern Marias, Anna und Josef Häring, stehend ihre Schwester Anna und Josef von der Sitt; rechts des Brautpaares sitzend die Eltern Naubert aus Eisenberg, stehend Walli, Fritz's Schwester Elfriede und Helene;

Verschoben ist nicht aufgehoben
Familie Heym, Neumarkt, August 1920

Gottfried war nach drei Wochen nicht aus München zurückgekehrt. Sein Arbeitsvertrag war um ein Jahr verlängert worden, unter der Bedingung, dass er im Sommer keinen Urlaub nehmen würde. So eine gute Anstellung ließ man sich nicht einfach entgehen. Die Hochzeit musste verschoben werden. Achilles war daraufhin in die Schweiz gereist, mit dem Versprechen, zu gegebenem Anlass zurückzukehren.

Damit war Ida in ihr Dilemma auf ganz neue Weise verstrickt. Einerseits atmete sie durch, andererseits wurde ihr Leben plötzlich wieder von Sorgen verschiedenster Art bestimmt. Sie konnte nicht mehr sagen, was von den vielen Unsicherheiten sie mehr von einem erholsamen Schlaf abhielt.

Zum einen war da die ominöse Sache, die Gottfried mit ihr besprechen wollte, es jedoch nicht tat. Er wollte ihr einfach nicht schreiben, was es aus seiner Sicht noch zu klären gab? Diese Frage beschäftigte sie Tag und Nacht. Nicht einmal eine Andeutung wollte er machen. Er bestand auf ein persönliches Gespräch in aller Ruhe, und diese Ruhe schien er noch nicht gefunden zu haben.

Und dann waren da noch die Schreckensmeldungen aus dem Baltikum, wo immer noch ein hässlicher Bürgerkrieg wütete. Sicher, auch der musste beendet werden, aber wie sollte man dann das russische Gespenst davon abhalten, herüberzuschweben? Niemand in ihrer Nähe konnte sie diesbezüglich beruhigen. Auch Gottfrieds Briefe, in denen er sich redlich bemühte, ihr die Angst zu nehmen, vermochten es nicht.

Ein noch schwerwiegenderer Grund für die Alpträume, die sie schweißgebadet aus dem Schlaf rissen, war jedoch der Weggang ihres Bruders. Es schien ihr, als konnte er Neumarkt nicht schnell genug verlassen, als schämte er sich, die Brauerei nicht übernommen zu haben. Dabei gab es genug andere am Ort, die in diesen Wochen und Monaten aufgeben oder verkaufen mussten. So wie der Sohn der Familie Carl Spitta, der gerade seine Fabrik am Leitgraben geschlossen hatte. Wie man hörte, wollte auch er verkaufen, an eine Nürnberger Papierlackfabrik. Sogar die prächtige Familienvilla mit Blick auf den Schlossweiher[32], in der einst der Kronprinz Ferdinand ein paar Tage verbracht hatte, wollte der Sohn veräußern. Warum also rannte Achilles weg und ließ sie alleine? Er war mit diesem Schicksal doch in guter Gesellschaft!

Nicht zuletzt waren da noch die Briefe aus dem Kloster, in denen Martha ihren Bruder drängte, ihr doch endlich die Erlaubnis zu erteilen. Mit jeder erneuten Zeile dieser Bitte wurde Ida deutlicher, dass ihre Schwester diesen schwerwiegenden Schritt zu tun gedachte.

---

[32] Heutige EFA-Str. 2

Schlossweiher mit Spittavilla in der Mitte, links das Fabrikgebäude der Familie Spitta; 1900;

All das vermengte sich mit dem immer wieder in ihr hochkochenden Kloß-sud in ihrem Inneren, der seit dem Tod ihres Vaters fortwährend dicker und unverdaulicher zu werden schien. Das Hochzeitsdatum, mit dem sie aus München zurückgekehrt waren, hatte die Stiefmutter in Schach gehalten. Zwar hatte sie sich über das Dienstmädchen weiter laut und laufend beklagt, aber eine Hochzeit ohne Personal ausrichten zu müssen, das hatte sie dann doch nicht riskieren wollen. Doch die Verschiebung der geplanten Heirat auf einen ungewissen Zeitpunkt war nun wieder Grund zu dieser Sorge. Mehr denn je fürchtete Ida wieder, dass ihre Stiefmutter keinen Tag mehr zögern würde, das Dienstmädchen zu entlassen. Die Miene, mit der sie den Russen bei Tisch versah, sprach Bände.

Ida fühlte sich allein gelassen, schutzlos, wurde fahrig, trug Schatten unter den Augen wie eine Schwindsüchtige und zuckte bei der geringsten Störung erschrocken zusammen. Immerzu war sie auf der Hut, wovor, das wusste sie selbst nicht mehr. Stundenlang stickte sie das schwungvolle Monogramm IH in Leinen, Tischdecken, Servietten und Bettwäsche, Geschirrtücher, Nachthemden, bis ihre Finger wund wurden. Je mehr sie sich um einen beschäftigten Eindruck bemühte, desto höher wurde der Stapel bestickter Wäsche und desto größer die Gefahr, dass ihre Stiefmutter die Menge für ausreichend halten würde.

So war Ida geradezu erleichtert, als Heidi ihr eines Tages im August einen unerwarteten Besuch ankündigte. Und als sie erfuhr, dass es ihr Verlobter war, sprang sie freudig auf und warf die Stickarbeit auf den Stuhl hinter sich. Rasch überprüfte sie ihre Frisur im Spiegel an der Wand des Salons. Es war ein herrlicher Sommertag, und schon die ganze Zeit hatte sie sehnsüchtig hinausgeschaut, denn am liebsten wäre sie spazieren gegangen. Aber Frau Direktor Heym hätte das womöglich als Müßiggang gewertet und wäre am Ende noch am selben Tag zur Tat geschritten. Also war sie mit der Tischdecke, die sie begonnen hatte mit zahlreichen Blumenranken zu verzieren – ein Werk, von dem sie hoffte, dass es sie sehr lange beschützen werde – sitzengeblieben.

„Gottfried!", eilte sie dem unverhofften Gast mit ausgebreiteten Armen wie ein zum Flug Anlauf nehmender Albatros entgegen. „Was für eine schöne Überraschung!"

Er streckte ihr beide Hände hin und küsste sie auf den Mund, aber erst, als er sicher war, dass das Mädchen die Tür hinter sich geschlossen hatte.

„Ich freue mich so!", lachte Ida und umarmte ihn noch einmal überschwänglich. „Komm, setz dich! Möchtest du einen Tee oder einen Kaffee? Vielleicht einen Saft? Heidi hat frischen Holundersaft gemacht."

„Danke, Saft und Wasser bitte", ließ er sich in einen Armsessel nieder und sah sich um. „Bei dieser Hitze trinkt man gerne frischen Fruchtsaft." Er tupfte sich mit einem großen Taschentuch, das er aus seiner Weste zog, die Stirn. „Können wir hier ungestört reden?"

„Wahrscheinlich nicht", läutete Ida nach Heidi, kaum dass diese den Raum verlassen hatte. „Meine Stiefmutter wird uns nicht allein lassen. Wir können gerne einen Spaziergang machen? Das heißt, wenn du möchtest?"

Ida ergriff die Stickarbeit, warf sie in den Korb und zog den Stuhl näher an seinen Sitzplatz. Endlich, dachte sie. Endlich würde sie erfahren, was es so Wichtiges unter vier Augen zu besprechen gab. Was hatte sie sich nicht alles ausgemalt! Von plötzlich aufgetauchten, gewichtigen Gründen, die gegen ihre Verbindung sprechen könnten, bis hin zur Frage, wie viele Kinder sie haben wollten, war ihr alles Mögliche durch den Kopf gegangen.

„Lass uns etwas trinken, dann gehen wir spazieren", entschied er.

Aber die Tür wollte sich einfach nicht wieder öffnen. Das Dienstmädchen erschien nicht. Ida wurde ungehalten, denn es kam immer häufiger vor, dass Heidi einfach verschwand und behauptete, das Klingeln nicht gehört zu haben. Dabei wusste diese genau, dass kurz nach dem Eintreffen eines Besuchers die Bestellung nach Getränken erfolgte. Ida musste wohl oder übel selbst in die Küche gehen und das Gewünschte holen, wenn sie nicht ewig auf dem Trockenen sitzen wollten. Ein wenig verlegen vor Gottfried stand sie schließlich auf, weil sie das dritte Mal vergeblich geläutet hatte. Wenn es nicht so schlimme Folgen für sie gehabt hätte, hätte sie ihre Stiefmutter sogar gedrängt, das Mädchen davonzujagen. Noch heute! Es war eine Unverschämtheit, was diese Heidi sich immer mehr herausnahm.

„Nehmen wir den Saft doch gleich in der Küche", erhob sich auch Gottfried und folgte ihr auf dem Fuße aus dem Salon. „Dann können wir sofort gehen. Wir könnten zum Brunnenhaus hinauflaufen?"

„Du meinst das *Brunnerhäusl*[33]?", lachte Ida ihn aus, weil er den Namen so umständlich verfeinert hatte, dass es sich geradezu gestelzt angehört hatte. „Gute Idee!"

---

[33] Das Brunnerhäusl wurde als Wasserhochbehälter 1894 erbaut; ein kleines angrenzendes Café war ein beliebtes Ausflugsziel der Stadtbevölkerung.

Das Brunnerhäusl um 1917;

Auch in der Küche war das Mädchen nicht zu finden. Ida wusste nicht, wo Heidi den Saft aufbewahrte. Sie musste eine Weile suchen. Sie fand die Flaschen in einem kühlen Eck der Speisekammer.

„Die nehmen wir am besten gleich mit", reichte sie Gottfried eine davon. Wasser zum Mischen gibt's dort oben an der Quelle genug."

Damit machten sie sich auf den Weg. Sie liefen plaudernd durch den Park, die Wildbadstraße hinauf in Richtung des Kurbades, vorbei am Café Kainz und dem Kloster. Dann bogen sie auf einen Trampelpfad in den Wald ein, der gerade breit genug war, um nebeneinander gehen zu können. Bald ging es etwas steiler bergauf. Dort, im Schutz der Bäume, hakte Ida sich bei Gottfried unter und drückte seinen Arm: „Ich freue mich so, dass du mich besuchst!"

Er brummte zufrieden, lächelte kurz zur Seite.

Zappelig wartete Ida darauf, dass er endlich mit dem herausrücken würde, was er ihr seit Wochen nicht sagen wollte. Schließlich riss ihr der Geduldsfaden.

„Worüber wolltest du mit mir sprechen? Wir sind jetzt ganz unter uns, im Wald! Ungestörter geht es wirklich nicht mehr!"

„Nun ...", er schien nach Worten zu suchen, nicht genau zu wissen, wie er anfangen sollte. „Dein Bruder hat erwähnt, dass Martha, die doch jünger ist als du, vor dir verlobt war, und dass diese Verbindung bei deinen Eltern nicht gut angekommen ist."

Ida stutzte. Was redete er da? Sie hatte alles erwartet, aber nicht, dass er von Martha anfing. Selbst wenn dieses Thema in der Familie nicht erfreulich war, so war es doch kein Geheimnis, über das man im Hofbräuhaus nicht hätte sprechen können. Zumindest über diesen Teil.

„Ja", nickte Ida, „das stimmt."

„Kanntest du den Mann?"

Sie schielte ihn von der Seite an. Warum wollte er das wissen? Sie hatte das Gefühl, dass er sich an das eigentliche Thema vorsichtig herantastete, wie jemand, der auf dünnem Eis ging, konnte sich aber nicht vorstellen, wohin das führen sollte. Jedenfalls weckte dieses Vorgehen ihr Mistrauen. Nicht nur, weil sie keine Ahnung hatte, was auf sie zukam, sondern auch, weil sie nicht über Marthas Geheimnis sprechen wollte. Also antwortete sie: „Flüchtig. Ich bin Heinrich einmal in Lausanne begegnet."

„Ihr habt den Mann getroffen, obwohl eure Eltern das nicht guthießen?"

Wieder warf sie ihm einen forschenden Seitenblick zu. Wie ein Polizeiinspektor ging er vor! Er baute eine Frage nach der anderen auf, als ob er nur darauf wartete, dass sie sich in einem Netz widersprüchlicher Antworten verfing. Aber warum nur? Was interessierte ihn das Schicksal ihrer Schwester?

„Zu dem Zeitpunkt wussten unsere Eltern noch nichts davon", rechtfertigte sie sich und versuchte, so natürlich wie möglich zu antworten. „Martha hat es ihnen erst später erzählt. Sie hatte Bedenken, dass unsere Eltern ihn als Katholiken nicht akzeptieren würden. So ist es dann ja auch gekommen."

„Und du?"

Die Frage kam so unvermittelt, dass Ida ihn schließlich ganz offen, weil noch verwirrter, ansah: „Was meinst du?"

„Hast du dich auch mit einem Mann getroffen?"

„Ich? *Iwo!*[34] Ich wusste doch gar nicht, dass Heinrich uns in Lausanne besuchen kommt", winkte sie unbefangen ab. Sie blickte ihm länger ins Gesicht, versuchte herauszufinden, was sich hinter dieser gerunzelten Stirn verbergen mochte. Aber sie wurde nicht schlau aus ihm.

„Geh, Gottfried!", stieß sie ihn zuletzt freundschaftlich mit dem Ellenbogen an. „Was willst du mit dieser alten Geschichte von Marthas Verlobung?" Und etwas ernster fügte sie hinzu: „Heinrich ist im Krieg gefallen."

„Das tut mir leid." Es klang nicht so, als wäre diese Nachricht neu für ihn. Dann platzte er heraus: „Aber ich muss einfach Gewissheit haben!"

Ida blieb bei dieser Antwort ruckartig stehen, so sehr brachte sie dieses Gezerre um das Gespräch aus der Fassung: „Ja, dann sprich doch! Worüber brauchst du denn Gewissheit?"

Er blieb ebenfalls stehen, schob die Hände in die Hosentaschen: „Hast du Erfahrung?"

---

[34] Vermutlich umgangssprachliche Abwandlung von dem franz. „mais non", aber nein.

Für Idas Verwirrung gab es fast keine Steigerung mehr. Sie begriff einfach nicht, was er derarte Umstände machte, direkt zu fragen, was er wissen wollte.

„Ich bin keine gute Köchin, wenn du das meinst", sprudelte sie hervor und schüttelte vehement den Kopf. Wenn eine Frau einen Haushalt führen wolle, so hatte ihre Stiefmutter ihr immer eingetrichtert, müsse sie zumindest theoretisch kochen können. Eine Frau, die dazu nicht in der Lage sei, könne sich niemals Hoffnungen machen, eine gute Partie zu machen. Und ihr Vater hatte dies noch unterstrichen, indem er ein Mädchen ohne diese Kenntnisse als unfähig und nutzlos bezeichnet hatte. Es war also am besten, sie sagte Gottfried gleich, woran er mit ihr war. „Ich habe zwar im Lazarett ein bisschen kochen gelernt, aber für eine große Einladung wird das nie reichen! Das habe ich auch nie behauptet! Meine Stiefmutter hat dir das in den Kopf gesetzt, ich weiß schon. Aber ich habe immer widersprochen! *Mon dieu*[35]! Ich kann nicht kochen! So, jetzt weißt du es! Wenn du eine gute Köchin suchst, muss ich dich enttäuschen. Das muss ich erst noch lernen. Und ich weiß nicht, ob ich es je lernen werde. Das kann ich dir nicht versprechen. Ich habe kein Talent dazu. Und für eine Einladung werde ich immer eine Köchin einstellen müssen, wenn wir uns nicht völlig blamieren wollen."

Jetzt war Gottfried an der Reihe, irritiert dreinzuschauen.

„Einladungen werden wir selten haben", zögerte er mit einer Antwort. „Und was das Alltägliche betrifft, das wirst du schon lernen."

Nun beschloss Ida zu schweigen, denn wieder hatte sie das untrügliche Gefühl, dass sie einfach nicht verstand, was er von ihr hören wollte.

„Das meine ich aber nicht", fuhr Gottfried nach einer Weile fort. Er wurde fast ärgerlich. Er platzte ungehalten heraus: „Meine Güte, Ida! Ich will wissen, ob du Erfahrung mit Männern hast! Ich habe deinen Bruder gefragt, aber er meinte, er könne das nicht beantworten."

Ida starrte ihn mit offenem Mund an. Das war es also! Das war die Erfahrung, die er meinte! Wie kam er nur auf so eine Idee? Was hatte sie getan, um ihm einen so abwegigen Gedanken in den Kopf zu pflanzen? Hatte er selbst sie nicht stets als Ikone der vorbildlichen Frau bezeichnet? Sie konnte es nicht fassen. Was hielt er nur von ihr! Er wusste doch, dass sie noch nie verlobt gewesen war! Nur eine frühere Verlobung würde eine solche Vermutung zulassen. Es sei denn, er dachte ...

Sie starrte ihn an. Sie konnte den Gedanken nicht zu Ende denken. Ihr dämmerte, dass er ihr mit dem Begriff Erfahrung nicht nur eine solche mit einem früheren Verlobten, sondern mit Männern überhaupt unterstellte. Und das jenseits allen Anstands!

---

[35] Franz.: Mein Gott!

Ihre Arme verschränkten sich wie von selbst vor der Brust. Ihre Füße traten einen Schritt zurück. Ihre Beine zitterten, als wollten sie sofort losrennen, weg von diesem Ort der Anklage. Wie konnte er sie so beleidigen!

„Das hast du Achilles gefragt?!", entsetzte sie sich und die Worte schlängelten wie zischende Schlangenlaute über ihre Lippen. Wie konnte er über so eine persönliche, intime Angelegenheit mit ihrem Bruder sprechen! Ihre Wangen röteten sich wie eine überreife Tomate, die man am Strauch übersehen hat.

„Das ist keine so ungewöhnliche Frage, Ida", belehrte sie Gottfried, als ginge es um etwas so Alltägliches wie die Auswahl des Blumenschmucks für die Hochzeitstafel. Dabei hatte es ihn selbst einige Mühe gekostet, sich dem Thema überhaupt zu nähern. „Ein rechtschaffener Mann hat das Recht zu wissen, dass er eine reine Frau heiratet. Es war eine formelle Frage, wie sie in einem solchen Gespräch nicht unüblich ist, und dein Bruder hat sie nicht beantwortet. Das muss doch Verdacht nähren!"

„Wie kannst du so etwas von mir denken!", stammelte sie und hatte Mühe, die Tränen zurückzuhalten. „Dass du diese Frage überhaupt stellst, ist so beleidigend, dass ich keine Worte dafür finde!" Sie machte auf dem Absatz kehrt und ging energisch den Weg zurück. Sie gab sich empört, aber in Wahrheit wollte sie ihre Tränen vor ihm verbergen. Die konnte sie auf einmal nicht mehr zurückhalten.

„Nun lauf doch nicht gleich weg!", eilte er ihr nach. „Ida!"

Doch sie beschleunigte ihren Schritt sogar, die Arme immer noch vor der Brust verschränkt, als müsse sie sich durch ein Bollwerk kämpfen.

Gottfried sah ihr einen Moment lang perplex nach. Dann schien er zu begreifen, dass sie nicht stehen bleiben würde, und lief ihr hinterher. Auf dem unebenen Waldboden und ungelenkiger als sie, konnte er sie jedoch nicht einholen.

„Ida! Bleib stehen! Was soll denn das!?"

Aber Ida blieb nicht stehen. Je schneller ihre Füße das Gefälle hinunterliefen, desto stärker schien sie eine ungewisse Befehlsgewalt in ihrem Inneren anzutreiben. Die Anspannung der letzten Wochen brach sich Bahn, schoss in ihre Muskeln und trieb sie vor sich her. Sie stolperte über Wurzelwerk, fing sich aber jedes Mal wieder, ging in eine Art Galopp über, nahm die kleinen Hindernisse wie ein Pferd auf der Flucht. Nein, es war keine Flucht, wenn es auch den Anschein haben mochte. Es war eine Befreiung, so ungezügelt zu rennen und zu springen. Der duftende Sauerstoff des Waldes drang in jede Zelle ihres Körpers, verjagte den aufgestauten Druck, der in ihr geherrscht hatte, wie in Heidis Dampfentsafter in der Küche, der den süßen Holundersirup hervorbrachte.

Gottfrieds Rufe in ihrem Rücken wandelten sich von der Befehlsform zu einer Art Flehen, bis sie geradezu bettelnd wurden. Aber sie hörte sie kaum noch.

Als Ida aus dem Wald stürzte, wo die ersten Häuser der Zivilisation wieder Anstand und Würde von einer Bürgerstochter aus gutem Hause verlangten, verlangsamte sie ihr Tempo. Sie war außer Atem und außerdem hatte Gottfried sie inzwischen fast erreicht. Es war heiß, Schweiß rann ihr den Rücken hinunter.

Kreuzung Weinberger- und Regensburger Straße mit vornehmen Wohnhäusern vor dem 1. Weltkrieg;

Ida drehte sich nicht um, blickte stur geradeaus und wischte sich schnell eine letzte Träne aus den Augen. Haltung wahren! Ihr Verlobter sollte nicht sehen, wie sehr sie seine Worte getroffen hatten. Nein, er sollte sich seiner Kränkung und seines schlechten Benehmens gewahr werden. So sprach man nicht mit einer Heym-Tochter! Sie war schließlich kein dahergelaufenes Ding, dem man ein solch ungebührliches Verhalten zutrauen konnte.

„Ida!", schnaubte Gottfried wie ein Dampfross. Er griff nach ihrer Hand, um sie davon abzuhalten, am Ende wieder loszurennen. Aber sie entzog sie ihm mit einem Ruck. Stolz warf sie den Kopf in den Nacken, lockerte ihre Bluse, deren Stoff wie eine zweite Haut an ihr klebte, und ging gemächlich vorwärts. Ihre Brust hob und senkte sich noch immer unter der Anstrengung, die sie ihr abgerungen hatte.

„Was ist denn in dich gefahren?", blaffte Gottfried sie indes an. Er schien beleidigt, dass sie ihn auf diese Weise hatte stehenlassen. Nun hab' dich doch nicht so!"

Ida würdigte ihn keines Blickes. Das war unerhört! Er schickte sich an, der ersten Beleidigung weitere folgen zu lassen. Es war offensichtlich, dass ihm die Erziehung fehlte, die man ihr hatte zukommen lassen. Achilles hätte es nie gewagt, sich einer Dame gegenüber so ungehobelt zu benehmen.

Gottfried schob die Hände in die Hosentaschen und lief mit gesenktem Kopf neben ihr her. Er bockte. Ida sah es aus den Augenwinkeln. Er schien nicht einmal ansatzweise zu begreifen, dass er zu weit gegangen war. Stattdessen gab er sich in seiner männlichen Ehre gekränkt. Dabei war er es, der ihre Ehre mit Füßen getreten hatte!

Sie gingen schweigend die Straße hinunter, ohne sich anzusehen. Sie grüßten höflich eine Klosterschwester, die mit einer Gruppe Kindergartenkinder aus dem Garten kam, und weiter unten, schon am Ende der Wildbadstraße angekommen, einen Mann, der seinen Hut lüpfte und zum Gruß zur Seite trat, als er Ida erkannte. Erst als sie in die Hindenburgstraße einbogen, sprach Gottfried sie wieder an.

„Ich muss heute Abend zurück nach München."

„Natürlich." Idas Antwort klang so trocken wie das von der Sonne aufgeheizte Trottoir unter ihren Schuhsohlen.

„Deine Reaktion zeigt mir, dass meine etwas delikate Frage jedweder Grundlage zu entbehren scheint. Das ist doch immerhin ein positiver Aspekt."

„Bien sûr."[36]

„Darüber bin ich sehr erleichtert."

„Eh bien!"[37]

„Dann ist also alles in Ordnung?" Wieder wollte er ihre Hand ergreifen, um sie in ihrer Bewegung aufzuhalten.

„Comme tu veux."[38]

Sie sprach nicht in der fremden Sprache, um ihn zu provozieren, sondern weil es die Sprache ihrer Mutter war und sie immer ins Französische verfiel, wenn sie an Dinge aus ihrer Kindheit erinnert wurde. Ein Gefühl hatte sich in ihr ausgebreitet, die jede Faser ihres Körpers erfüllte. Woher es kam, konnte sie selbst nicht sagen. Es war übermächtig und lähmend, vor allem aber beschämend. Es beherrschte sie wie ein Dämon, der sie buchstäblich entkleidete, ihr die schützende Bluse, den Rock, den Unterrock vom Leib zu reißen schien, so dass sie sich schutzlos und nackt fühlte. Die Sprache ihrer Mutter wollte wie ein Umhang wirken, wie der Mantel, in den einst ihre Mutter als Kind gehüllt hatte. Doch die Wirkung blieb aus. Ida wollte nur noch nach Hause eilen, um sich in ihrem Zimmer zu verstecken.

„Wir schreiben uns", küsste Gottfried sie bei der Trennung versöhnlich auf die Wange, aber eine Entschuldigung kam ihm nicht über die Lippen. Seine eigene Erleichterung schien ihm Grund genug, den Streit beendet sehen zu wollen.

---

[36] Franz.: Sicher doch!
[37] Franz,: Nun gut! Nun ja!
[38] Franz.: Wie du willst.

„Bon voyage."[39]

Eine ganze Stunde lang weinte Ida auf ihrem Bett, bis sie in einen unruhigen Schlaf verfiel, mit einem düsteren Traum, in dem ihr Vater gemeinsam mit Gottfried einen schweren Pflug über einen Acker zog, mit dem die Männer tief die fruchtbare Erde aufwühlten.

***

Heidi wurde nicht entlassen. Sie kündigte. Der *Russe* hatte Arbeit in der, auf dem ehemaligen Exerzierplatz neu errichteten Imprägnieranstalt mit Sägewerk zur Bearbeitung von Holzschwellen und -masten für Eisenbahntrassen gefunden, und ihr einen Heiratsantrag gemacht. Er hatte eine kleine Siedlungswohnung ergattert und schon am nächsten Tag waren die beiden Kündigungen auf dem Tisch gelegen. Sobald sie das Geld zusammen hätten, wollten sie nach Amerika auswandern.

Letzteres löste in Ida die Vermählung zweier häufig einhergehender Gefühle aus: Neid und Geringschätzung. Einerseits war das Glück des Mädchens beneidenswert. Sie hatte einen Mann gefunden, der sie offensichtlich liebte und sie in eine aufregende Zukunft führen wollte. Das konnte Ida von sich nicht gerade behaupten. Auf der anderen Seite war die Naivität des Mädchens beispiellos himmelschreiend. Nach Amerika! Wo das einfältige Ding nie in ihrem Leben aus diesem Nest Neumarkt herausgekommen war! Die sprach ja nicht einmal anständiges Deutsch, geschweige denn eine Fremdsprache. Was bildeten sich diese Leute ein?

Viel schlimmer war jedoch ein ganz anderer Punkt: Nun waren die Tage gezählt. Ida hatte keine Zeit mehr, an Gottfried zu denken oder an ihren Traum, der sie noch tagelang verfolgte. Zwar drängten sich diese Erinnerungen immer wieder unaufhaltsam in den Vordergrund, dennoch war sie jetzt hauptsächlich damit beschäftigt, zu überlegen, was sie tun konnte. Das Mädchen würde noch zwei Wochen bleiben, und ihre Stiefmutter unternahm rein gar nichts, um ein anderes zu finden. Nicht, dass Ida das anders erwartet hatte, aber das war ein schwacher Trost. Die Zeit drängte.

Zuerst hatte sie überlegt, Heidi zu fragen, ob sie eine Freundin hätte, die sich für diese Anstellung interessieren könnte. Sie hätte sich dabei auf die Zunge beißen müssen, doch dann wurde ihr klar, dass das an ihrer Situation nicht viel ändern würde. Also musste sie eine Lösung finden, die es ihrer Stiefmutter unmöglich machte, sie, Ida, in die Rolle des Dienstmädchens zu drängen. Allein bei dem Gedanken stellten sich ihr die Nackenhaare auf.

Das war es, was ihr durch den Kopf wirbelte, während sie nach außen hin ruhig in ihrem Sessel im Salon saß und stickte, wie jeden Tag. Sie befeuchtete das Ende eines neuen Fadens mit den Lippen, schob ihn zielsicher durch das

---

[39] Franz.: Gute Reise.

schmale Öhr vor ihrem zusammengekniffenen Auge und stach die Nadel wie ein Degenfechter in Richtung des Gegners in den über einen Holzring gespannten Stoff.

„Das wird nicht passieren, so wahr ich Ida Heym heiße!", schwor sie vor sich selbst. Sie sagte es laut.

Die Tür zum Salon öffnete sich und ihre Stiefmutter trat mit einem fremden Gast in den Raum. Ida ließ die Arbeit in ihren Schoß sinken und erhob sich langsam.

„Ich darf dir unsere neue Untermieterin vorstellen", zeigte Witwe Heym auf die Frau hinter ihr. „Das ist Fräulein Berger. Sie ist Lehrerin an der Grundschule. Sie wird dort nach den Ferien anfangen. Sie wird sich das freiwerdende Zimmer mit Frau Buchmichl teilen. Herr Loibl zieht in den kleineren Raum um."

Ida reichte der neuen Mieterin die Hand. Die Frau war mittleren Alters und machte einen gebildeten Eindruck, aber das lag vielleicht auch daran, dass man wusste, dass sie als Lehrerin über eine gewisse Bildung verfügte. Außerdem hatte ihre Stiefmutter den Untermieter Loibl nicht als *Sansculotte* bezeichnet, wohl weil sie fürchtete, die Lehrerin könnte es verstehen. Frau Direktor Heym schien nach der letzten Erfahrung mit dem Russen doch wieder lieber auf Frauen als Untermieter zu setzen.

„Lesen Sie gerne?", wandte sich Ida an Fräulein Berger. Sie wollte freundlich sein, denn sie war fast froh, ein neues weibliches Wesen im Haus zu haben, mit dem sie vielleicht ein paar nette Gespräche führen konnte.

„Sehr gerne sogar!", lächelte diese Ida an. „Ich habe einen kleinen Koffer voller Bücher. Die kann ich Ihnen gerne ausleihen, wenn Sie möchten."

„Mit Vergnügen! Unser Vater hat eine ansehnliche Bibliothek eingerichtet", deutete Ida in die Richtung des Raumes, der nun das Schlafzimmer ihrer Stiefmutter war. Deshalb richtete sie den nächsten Satz auch an diese, anstatt die neue Untermieterin dabei anzusehen. „Sie haben doch nichts dagegen, wenn Fräulein Berger sich dort ab und zu ein Buch ausleiht?"

„Natürlich nicht. Fragen Sie mich nur, ich werde Ihnen die Lektüre dann heraussuchen!" Frau Direktor Heym verhakte beide Hände vor dem Bauch ineinander, die Ellenbogen enganliegend. „Die Büchersammlung ist recht umfangreich. Da ist bestimmt etwas Passendes für Sie dabei."

Die drei Frauen lächelten einmal in die Runde. Die eine glücklich, weil sie in dem Neuankömmling vielleicht eine neue Freundin finden würde, die andere erfreut, weil die Tochter des Hauses so offenherzig auf sie zugekommen war, und die dritte pikiert, weil ihr nicht entgangen war, dass die beiden Erstgenannten sofort eine seltsam innige Verbindung eingegangen waren, die sie für unangebracht hielt.

„Wenn Sie nach dem Unterricht einen Tee möchten, wenden Sie sich nur vertrauensvoll an Ida. Sie wird Ihnen den Tee aufs Zimmer bringen."

„Aber nicht doch!" Fräulein Berger warf Ida einen verlorenen Blick zu. „Machen Sie sich keine Umstände! Ich kann mir den Tee selbst aus der Küche holen."

„Nun", Frau Direktor Heyms Lippen wellten sich fast, so gezwungen hielt sie an ihrem aufgesetzten Lächeln fest, „die Hausordnung sieht nicht vor, dass der uneingeschränkte Zugang zur Küche den Mietern freisteht. Ich ziehe es vor, dass Sie sich mit Wünschen jedweder Art an Ida wenden."

Fräulein Berger nickte schweigend, gleichwohl man ihr anmerkte, dass es ihr peinlich war und sie eine solche Bitte wohl nie an Ida richten würde.

Ida schluckte ihre Bestürzung hinunter. Obwohl sie es kommen gesehen hatte, war sie jetzt von der geschickten Einführung ihrer neuen Rolle doch überrumpelt worden. Während sie noch überlegt hatte, was sie dagegen möglicherweise tun konnte, war ihre Stiefmutter längst zur Tat geschritten. Mit Entsetzen musste sie feststellen, dass diese bereits alles in die Wege geleitet hatte.

Noch am selben Tag eilte Ida kurz vor der Schließung auf das Postamt und gab ein Telegramm auf. Immer wieder wiederholte sie im Stillen die zu funkenden Worte, schob sie gedanklich hin und her, kürzte, formulierte um. Sie musste achtsam sein, denn selbst der Funker kannte ihre Familie und sie wollte kein Gerede lostreten. Sie zählte die Münzen in ihrem Portemonnaie und kürzte den Text noch einmal, beinahe bis zur Unkenntlichkeit. Sie hoffte innigst, dass ihre Tante verstehen würde.

Muss dringend in Schweiz kommen – stopp – Bitte um Einladung – stopp –
Hilfe – stopp

März 1920 verteidigte sich Polen gegen den Angriff der Roten Russischen Armee bei Warschau; in Deutschland verfolgte man den andauernden Krieg im Osten mit Sorge, man fürchtete das Überschwappen der sozialistischen Revolution. Inoffiziell kämpften deutsche Soldaten in Freicorps weiterhin an der Ostfront gegen die Rote Armee;

Nachricht aus München
Familie Häring/Naubert, September 1920

„Was flüstert ihr denn die ganze Zeit?"

Mutter Häring stand im Gemüsebeet zwischen großen Kohlköpfen und stützte sich auf die Harke. Es war ein heißer Tag und sie schwitzte dementsprechend. Alle schwitzten. Sie wischte sich mit dem Zipfel der Schürze die Stirn.

Maria und Walli stellten gerade einen Wäschekorb mit gemangelter Bettwäsche neben dem Hauseingang auf den Boden. Drinnen war kein Platz mehr. Sobald ein Möbelstück ausgeräumt war, schoben die Männer es hin und her, trugen es an seinen neuen Platz, man beriet, ob der Ort passte oder wieder verändert werden musste. Maria und Walli trugen die Sachen heraus und wieder hinein, nach oben und nach unten, wie aneinander gekettet, fortwährend tuschelnd.

Maria wollte gerade genauso reagieren, wie ihre Schwestern an ihrem Hochzeitstag sich vor einer Antwort gedrückt hatten, wollte sagen: „Es ist nichts". Doch Walli kam ihr mit einer glaubhaften Ausrede zuvor.

„Ich habe Maria eben erklärt, dass die viel gerühmte reibungslose Eingliederung der Kriegsheimkehrer in die Arbeitswelt nur deshalb erfolgreich ist, weil vor allem Frauen, die während des Krieges in der Rüstungsindustrie, im Transportgewerbe oder in der Post- und Bahnverwaltung gearbeitet haben, ihre Arbeitsplätze räumen müssen. Zwangsweise!"

„Fängst du schon wieder damit an!" Mutter Häring zog eine ziemlich hohe Schafgarbe aus dem Boden und warf sie auf den Haufen mit den anderen unerwünschten, vor sich hinwelkenden Pflanzenteilen. „Von wem hast du das bloß? Dieses ewige sinnlose Aufbegehren gegen Dinge, die du nicht ändern kannst. Du bist wie dieser Spinner in der Geschichte, der immerzu gegen eine Windmühle anreitet. Das bringt doch nichts."

„Don Quichotte, meinst du. Er hat doch recht! Man muss gegen die Windmühle reiten, bis sie die Flügel knickt!"

Mutter Häring richtete sich auf und sah ihre Tochter mit besorgtem Gesichtsausdruck an. „Und du glaubst, du kannst die Windmühle zum Stehen bringen? *Mei, Moila!*[40]", schüttelte sie den Kopf und harkte weiter durch die Kohlköpfe.

Maria zog ihre ältere Schwester am Arm aus dem Gespräch in den Hausflur.

„Helene hat versichert, dass er sie liebt", raunte Maria, sobald sie im Schatten der Mauern waren. „Der Mann muss doch erfahren, dass er Vater wird! Jeder Tag, den sie damit wartet, ist verlorene Zeit!"

„Zweifellos", nickte Walli, „hat sie das schon getan."

„Warum schreibt sie dann nicht? Meinst du, wir sollten sie anrufen?"

---

[40] Dialekt: Ach Mädchen!

„Vielleicht ist ja schon alles in Ordnung? Sie wird es uns schon noch erzählen", überlegte Walli schon zum wiederholten Male. Das Gespräch schien sich in einer Endlosschleife zu drehen. „Und wenn nicht, mir fällt auch nichts ein, was man ihr dann raten könnte? Es hängt doch alles von dem Burschen ab und wie er sich entscheidet. Und unehrenhaft wird der Kerl auf jeden Fall bleiben, egal was er tut. Eine Frau wird er sitzen lassen."

„Hauptsache, er lässt Helene nicht im Stich", überlegte Maria. „Vielleicht sollte ich Fritz bitten, unter einem Vorwand nach München zu fahren, um mit dem Gesellen zu reden? So von Mann zu Mann, verstehst du?"

„Oder Andres?", spann Walli den Gedanken weiter. „Der hat sich doch auch um sie gekümmert, als sie so unglücklich in diesem Haushalt in ihrer ersten Anstellung war. Vielleicht würde er das auch tun?"

Die Männer schleppten keuchend eine massive Kommode aus dem ehemaligen Schlafzimmer, und die Mädchen mussten zur Seite treten, um nicht im Weg zu stehen.

„Ihr könnt die Kleider oben schon in den Schrank einräumen", keuchte Fritz seiner jungen Frau zu, während er mit verzerrtem Gesicht das Gewicht des Möbelstücks schleppte. Er war es nicht gewohnt, körperlich so schwer zu arbeiten. Er triefte förmlich, Wasserperlen standen auf seiner Stirn, und seine Hände wiesen bereits Schwelen auf. Aber er wollte sich vor seinem Schwiegervater nicht blamieren. Maria lächelte ihm aufmunternd hinterher.

„Vielleicht können beide hinfahren?", flüsterte sie, kaum dass die Männer außer Hörweite waren. „Zwei sind überzeugender als einer."

„Aber das fällt doch auf!", winkte Walli ab und stieg die Stufen zum Obergeschoss hinauf. „Da werden Mama und Papa doch gleich misstrauisch."

Maria folgte ihr. Die Augen zusammengekniffen, die Stirn in Falten gelegt wie ein zerfurchter Acker, grübelte sie. Ihre eigene, frische Erfahrung hatte bleibenden Eindruck hinterlassen. Man durfte nicht gleich aufgeben! Die Suche nach Lösungen war der Mühe wert. Es gab immer einen Weg, auch wenn er schwierig war. Das wusste sie jetzt. Ihr eigenes Glück stimmte sie zuversichtlich. Gleichzeitig aber auch unruhig, denn ihre persönliche Erfahrung, dass Untätigkeit tödlich war, hatte sie tief geprägt.

„Dann heiratet sie eben nur standesamtlich", ließ sie oben angekommen verlauten.

Walli drehte sich überrascht zu ihr um, schien ein impulsives, unüberlegtes „Niemals!" ausspucken zu wollen, schlicht deswegen, weil sie es einfach nicht für durchsetzbar hielt. Ohne kirchlichen Segen zu heiraten! Aber dann sagte sie doch nichts. Sie schien den Gedanken auf sich wirken zu lassen und ihn zwar für radikal, jedoch als letzte Lösung vielleicht doch nicht für ganz abwegig zu halten.

„Warum hat sie uns nicht gesagt, wie er heißt?", betrat sie indes das neue Schlafzimmer ihrer Eltern.

„Vielleicht ist es dieser Concierge aus dem Hotel? Du weißt schon, den sie in ihrem Brief erwähnt hat, damals, während der schlimmen Kämpfe in München? Das hat schon vormalig keinen guten Eindruck auf mich gemacht. Wie der es zulassen konnte, dass so ein junges Mädchen einen Flüchtigen in ihrem Zimmer versteckt hat, weißt du noch?"

Walli begann, Kleidungsstücke aus einem Korb auf Kleiderbügel zu ziehen und in den Schrank zu hängen.

„Möglich", stimmte sie zu. „Aber wir wissen es nicht. Es könnte auch jemand anderes sein. Ich verstehe nur nicht, warum sie uns den Namen nicht verrät? Wir kennen doch sowieso niemanden dort?"

„Na ja", Maria griff nach einer Strickjacke ihres Vaters, hielt sie kurz prüfend in die Luft, entschied, dass man ihm zu Weihnachten eine neue stricken könne, faltete das verschlissene Wollstück zusammen und legte es in den Schrank. „Sie fürchtet wahrscheinlich, dass wir genau das tun könnten, was wir gerade besprechen: Unsere Männer auf ihn hetzen."

„Oder unseren Vater?", ergänzte Walli, und das schien ihr ein plausibler Grund für Bedenken dieser Art ihrer jüngsten Schwester zu sein. Sie nickte, sich selbst bestätigend, dass dies der Grund sein musste.

„Wir könnten auch selbst fahren?", schlug Maria vor. Jetzt schienen die Ideen nur so zu sprudeln, und das war beruhigend. Etwas musste schließlich getan werden! Nichtstun war in so einem Fall das Schlimmste, denn die Zeit arbeitete mit rasender Geschwindigkeit dagegen. Das hatte sie im Falle ihrer Schwester Anna schon miterlebt.

„*Geh!* Unter welchem Vorwand denn? Warum sollten wir zwei denn schon nach München fahren?"

„Das stimmt." Schweigend räumten sie weitere Kleidungsstücke ein.

„Dann rede ich mit Fritz", schloss Maria die Schranktüren mit einem kräftigen Stoß. „Wenn er nach München fährt, das ist doch am plausibelsten. Dafür finden wir einen Grund und das werden die Mama und der Papa nicht hinterfragen."

Walli nickte und ging mit dem leeren Korb hinaus.

Maria schaute ihr geistesabwesend hinterher, wie ihre Schwester das rechte Bein nachzog. Ihr Hinken schien schlimmer geworden zu sein.

***

Das Korn stand zur Mahd. Die Bauern hatten sehnsüchtig auf ein paar Tage Sonnenschein gewartet, um eine trockene Ernte einholen zu können. Das Thermometer war in den letzten Wochen kaum über siebzehn Grad geklettert.

„Kommt doch herein!" Maria öffnete die Tür weit.

Hilda trat ein, gefolgt von ihrem Mann Emanuel. Er trug einen Stapel Akten im Arm, sie hielt die Hände schützend vor den Bauch. Fritz nahm ihm die

Dokumente ab und legte den Stoß auf die Kommode, die jetzt im Eingang stand und als Ablage für Garderobe diente. Sie hatten für das massive Möbelstück keinen anderen Platz mehr gefunden. Zu viert war es nun deswegen etwas eng im Flur.

„Man sieht es schon ein bisschen, oder?", wandte Hilda sich freudig an Maria, strich das Kleid glatt und zeigte sich im Profil. Deutlich zeichnete sich eine kleine Wölbung ab.

„Tatsächlich!", schloss Maria die Tür hinter dem Besuch, „Und wie! Mein Gott, wie schnell das geht! Habt ihr schon einen Namen gefunden?"

„Wenn es ein Junge wird", verkündete der werdende Vater mit stolz erhobenem Kopf, als gäbe es daran keinen Zweifel, „dann wird er Maximilian heißen."

„Und wenn es ein Mädchen wird, dann Edith Regina", ergänzte Hilda.

„Setzt euch doch!", wies nun auch Fritz die Gäste an den gedeckten Kaffeetisch. „Maria hat einen Kuchen gebacken."

Endlich kamen ein paar der Hochzeitsgeschenke einmal zum Einsatz. Die neue Tischdecke ließ das teure Porzellan richtig zur Geltung kommen. Maria hatte es nicht aufgedeckt, hatte behauptet, es schonen zu wollen. In Wahrheit wollte sie aber ihre Eltern nicht kränken, die später vom Feld zurückkommen würden. Das Feld war in diesem Jahr nur mit Wiese bewachsen, um dem Boden eine Pause zu gönnen. Das Heu wollten sie verkaufen und nachdem es endlich den dritten Tag nicht regnete, waren sie etwas mürrisch alleine losgezogen. Sie hatten auf Marias und Fritzens Hilfe gehofft, doch die hatten an diesem Tag seinen ersten Kunden zu begrüßen. Fritz hatte darauf bestanden, dass das Geschenk seiner Eltern zu diesem Anlass zum Einsatz kam.

Emanuel Hahn war dieser erste Klient. Dessen Großvater Markus Hahn hatte zunächst ein großes Kolonialwarengeschäft am Unteren Markt geführt, später dann mit seinen Brüdern Julius und Rudolf Hahn das Haus am Oberen Markt Nummer 5 erstanden. Er handelte mit Fettwaren, Brenn- und Schmierölen, Seifen und Kerzen. Emanuel erweiterte nun das Warenangebot um Lebensmittel und Fritz übernahm für ihn die Buchhaltung und die Steuerangelegenheiten. Es ging langsam wieder aufwärts, auch in Neumarkt.

„Aber das wäre doch nicht nötig gewesen!"

Hilda überreichte Maria ein Päckchen Kaffee, richtig guten Kaffee, und Maria wehrte das Geschenk mit abwiegelnden Worten beinahe ab, noch bevor sie es überhaupt angenommen hatte. Schließlich brachte Hilda sie mit dem Versprechen zum Schweigen, dass sie noch öfter auf einen Kurzbesuch kommen und den Kaffee also sowieso selbst trinken würde.

Man setzte sich um den Tisch und Maria brachte frisch aufgebrühten Kaffee, der die Stube bereits mit seinem Duft erfüllte. Sie trug die feine Kanne wie der Priester den Kelch während der Liturgie vor sich her.

„Wir können nicht lange bleiben", ließ sich Emanuel einschenken. „Ich treffe nachher noch den Franz und den Hans", und als Fritz ihn fragend ansah, fügte er hinzu: „Franz Plank und Hans Hacker. Vielleicht kommt der Kleber auch noch. Komm doch mit, Fritz! Das wäre auch was für dich! Wir überlegen, eine Ortsgruppe des Reichsbanners Schwarz-Rot-Gold zu gründen. Man muss etwas tun, um die Demokratie in unserem Land zu stützen! Das geht nur durch die Festigung des normalen Lebens in Städten wie unserem kleinen Neumarkt, meinst du nicht?"[41]

„Das ist lobenswert", blieb Fritz ihm eine klare Antwort schuldig.

„Eben darum!", insistierte Emanuel und beugte sich über den Tisch zu seinem ehemaligen Kameraden. „Das Kompromissprodukt aller Gegensätze, die unsere Regierung ist, spaltet das Reich immer mehr. Ich sage dir, sie vermag nichts Entscheidendes zu tun, weil alles Entscheidende ein Wagnis ist! Das Gleichgewicht kann jederzeit nach links oder rechts kippen. Gerade deshalb müssen wir, die normalen Bürger, im Alltäglichen arbeiten. Wir müssen Grundlagen schaffen, die Menschen müssen erst lernen, was Demokratie bedeutet. Das kann doch keiner! Wir sind alle mit Kaisertreue in der Muttermilch gesäugt worden, dienen und gehorchen, für Stolz und die Nation kämpfen, Dienst ist Pflicht und Pflicht ist ein Grundwert. Woher soll sie denn kommen, diese neue Einsicht, die plötzlich von allen erwartet wird?"

„Bestimmt nicht durch die Besetzung des Rheinlandes mit Truppen der Siegermächte![42] Und schon gar nicht durch die unerbittlichen Keulenschläge der Milliardenforderungen an unser Land", erwiderte Fritz ein wenig ungehalten.

Nachdem alle Tassen befüllt waren, setzte sich auch Maria, goss sich einen Schuss Milch in den Kaffee und rührte nachdenklich in ihrer Tasse. Sie sah ihren Mann dabei etwas verwundert an. Der erinnerte sich wohl noch gut an die Worte seines Vaters bei ihrem Verlobungsbesuch in Leipzig. Damals hatte er mit diesem diskutiert, schien eine andere Meinung zu vertreten. Nun hörte er sich genauso an! Es fehlte nur noch, dass er sagte, dass noch seine Kinder und Kindeskinder für diesen Krieg bezahlen würden. Denn daran wollte sie nicht denken, dass ihre zukünftigen Kinder noch unter dieser Last leiden sollten! Unwillkürlich blickte sie zu ihrer Freundin, die mit einem unschuldigen Ungeborenem unter dem Herzen dasaß. Sollte dieses kleine Wesen am Ende noch für das büßen müssen, was die Kaiser und ihre Militärs dieser Welt vor seiner Existenz angerichtet hatten? Das war für sie unvorstellbar. Die Männer

---

[41] 1924 gründete er zusammen mit SPD Franz Plank, Hans Hacker und Josef Kleber die Ortgruppe Reichsbanner Schwarz-Rot-Gold. Das Bündnis war ein politischer Wehrverband zum Schutz der demokratischen Republik, der in veränderter Form bis heute besteht. Anfang der 1930er-Jahre war das *Reichsbanner* mit nach eigenen Angaben ca. 3 Millionen Mitgliedern die größte demokratische Massenorganisation in der Weimarer Republik.
[42] Zunächst war eine Besatzungszeit von 15 Jahren vorgesehen, gerechnet vom 10.1.1920 an, wobei die Räumung etappenweise erfolgen sollte. Voraussetzung für eine Räumung des besetzten Gebietes war allerdings die Erfüllung sämtlicher Vertragsbestimmungen.

übertrieben, wie sie immer dazu neigten, die Dinge größer und mächtiger zu machen, als sie sein mussten.[43]

„Emanuel kann sich so für Politik erhitzen", streichelte Hilda ihrem Mann über die Hand, mit der er im Begriff war in der Luft herumzuwedeln, noch bevor er seine Antwort herausschleuderte.

„Lass mich!", riss dieser seine Hand aus den Fängen seiner Frau, unterließ es aber doch, weiter damit herumzufuchteln. Maria fürchtete schon um die kostbare Kanne auf dem Stövchen. Der Gast brach ein großes Stück von dem Marmorkuchen auf seinem Teller ab, ließ es aber liegen.

„Die Regierung kann nichts tun, als ermattet ihre Not in papierene Formen zu kleiden, Noten zu versenden, Ultimaten zu wahren, zu bitten, zu protestieren, zu appellieren und zu verzichten. Wie das Reich unterdes zermürbt, zerrieben zwischen den Mächten des Ostens und des Westens steht, um Herrschaft und Leben ringend, so steht die Regierung des Reiches zwischen allen Lagern, in denen in feuriger Erregung die Scharen sprungbereit des Gegners Blöße wittern! Wir leben in explosiven Zeiten."

„Das stimmt", pflichtete Fritz ihm bei. „Während Filmstars wie diese Pola Negri in Berlin ausschweifende, dekadente Feste feiern, verkümmern normale Familien immer mehr. Das ist nicht gesund. So etwas schürt Unruhe."

„Was hast du denn immer mit der Negri?", lachte Maria, weil sie die Stimmung etwas auflockern wollte. Das hatte sie sich von Hilda abgeschaut, die es immer verstanden hatte, aus dem Ruder gelaufene Situationen mit Humor zu retten. Und der hitzige Ton dieses Gesprächs gab allen Grund zu dieser Befürchtung. Das war nicht die Art von Einladung, die sie sich vorgestellt hatte.

„Vielleicht gefällt sie ihm?", stieg ihre Freundin auch sofort neckend darauf ein. Die Frauen waren sich einig. Manchmal musste man die Männer in ihrem Eifer etwas aufhalten.

„Unser Mädchen, die Kresenz, bringt dir später die bestellten Lebensmittel", wechselte Hilda dann das Thema, weil Fritz auf ihre Bemerkung hin eine abfällige Grimasse geschnitten hatte. „Ich kann in meinem Zustand nicht so schwer tragen, sonst hätte ich die Sachen freilich gleich mitgebracht."

„Es heißt, dass dieses Freikorps unter dem Namen seines Kommandeurs Ehrhardt nach der Auflösung ihre aktionsbereiten Teile in einem Geheimbund in München neu gruppiert hat", fuhr Emanuel ungeachtet der Versuche der Frauen unbeirrt fort.

„Davon habe ich auch schon gehört", nickte Fritz eifrig. Er biss in sein Stück Kuchen. „Ich habe gelesen, dass es an verschiedenen Orten gelungen ist, auffällige Mitglieder verdächtiger Organisationen festzunehmen und diese Gruppen aufzulösen. Aber die Ermittlungen haben nichts ergeben. Ich habe

---

[43] Die letzte Rate aus der Schuld des Ersten Weltkrieges wurde mehr als 90 Jahre nach dessen Ende überwiesen, zum Tag der Deutschen Einheit im Jahre 2010.

wirklich Bedenken, dass man uns wieder einziehen wird. Na, dich bestimmt nicht mehr, mit deinem Edelmetall im Schädel, und mich auch nicht sofort, aber ..."

„Du bist jetzt verheiratet! Die sollen dich gefälligst mit so etwas in Ruhe lassen!", warf Maria heftig ein.

„Ihr habt weiß Gott eure Pflicht getan!", stimmte Hilda zu.

„Man wird nicht mobilmachen", beruhigte der Gast seine Gastgeber kopf-schüttelnd. „Das würden die Siegermächte nicht zulassen. Außerdem lassen sich diese Probleme nicht mit einer Armee lösen. Weil diese Organisation so aufgebaut ist, dass die Leute, die Teil dieses Netzwerkes sind, gar nicht wis-sen, wer die Mitverschwörer, wer die Vorgesetzten, was die Ziele sind", er-klärte er mit erhobenem Zeigefinger. „Versteht ihr? Das ist die Gefahr! Man findet hier und da eine Leiche, man verübt einen Anschlag, aber man entdeckt die Täter nicht. Und wenn, dann sind es nur Handlanger, die nichts wissen."

„Wenn die das alles nicht wissen, wieso machen diese Männer dann mit?", wollte Maria wissen. Sie war alarmiert durch das Gespräch über einen dro-henden Bürgerkrieg. Die Frage schien ihr naheliegend. Doch noch während sie die Worte aussprach, erinnerte sie sich an diesen Kurt, der damals als Ka-merad ihres Vetters Andres auch großspurig von Teilnahme an einem Freicorps geredet hatte. Sie gab sich selbst die Antwort. Das musste es wohl sein. Junge Soldaten wie dieser Kurt, die heil aus den Schützengräben geklet-tert sind und nicht wussten wohin mit sich selbst und dem einzigen, das sie gelernt hatten: Morden. So, wie die damals zurückgekommen waren aus dem Kampf, jung, ohne Glauben, wie Bergleute aus einem eingestürzten Schacht. Sie hatten marschieren wollen gegen die Lüge, die Ich-Sucht, die Gier, die Trägheit des Herzens, die all das verschuldet hatten, was hinter ihnen lag – sie waren hart gewesen, ohne anderes Vertrauen als das zu dem Kameraden neben sich und das eine andere, das nie getrogen hatte: zu den Dingen, zu Himmel, Tabak, Baum und Brot und Erde. Aber was war daraus geworden? Alles war zusammengebrochen, verfälscht und vergessen. Und wer nicht ver-gessen konnte, dem blieben nur die Ohnmacht, die Verzweiflung, die Gleich-gültigkeit, der Schnaps, die Freicorps. Die Zeit der großen Männerträume war vorbei und das konnten diese Kerle nicht hinnehmen.

Hilda seufzte: „Emanuel, bitte! Nun bedränge doch unsere Gastgeber nicht so mit diesen Reden."

„Keineswegs!", wehrte Fritz sogleich die Kritik ab. „Das ist doch wichtig!"

„Schon gut, Hilda", griff Maria wieder nach der Kanne und fragte ihre Freun-din anhand eines auffordernden Blickes, ob sie nachgeschenkt haben wolle. Jetzt war es ihr peinlich, dass ihre Freundin ihren Mann so offensichtlich zu-rechtgewiesen hatte.

Hilda hielt schützend die Hand über ihre zur Hälfte geleerte Tasse und schüttelte den Kopf.

„Ich möchte Fritz doch nur überzeugen, uns beizutreten", begründete ihr Mann unterdes sein hervortretendes Engagement in die Richtung seiner Frau, drehte dann aber den Kopf zu Fritz. „Man muss etwas tun. Etwas Getanes hat immer Kraft."

„Zweifelsohne", nickte der Umworbene langsam. „Aber ich bin hier in Neumarkt noch nicht zu Hause, mein Freund. Auch habe ich nicht das Privileg wie du, in ein fertiges Geschäft eintreten zu können. Ich muss zusehen, dass wir hier über die Runden kommen, bis ich mir selbst eine Existenz aufbauen kann. Ich bewundere dein Engagement und finde auch, dass du recht hast. Aber ich selbst komme dafür zurzeit nicht in Frage."

„Schade. Sehr schade. Aber ich verstehe."

Fritz steckte sich das letzte Stück Kuchen in den Mund, spülte es hinunter, indem er seine Tasse leerte und gleichzeitig sein Gedeck zusammenstellte. „Gehen wir hinüber in mein Büro! Das Frauenvolk will unter sich bleiben und über andere Dinge plaudern."

Emanuel tat es ihm gleich und folgte ihm, der bereits aufgestanden war und sich anschickte, die Unterlagen von der Kommode im Flur zu holen. Vorher zündete er sich noch eine Zigarette an und reichte Emanuel die Schachtel, der sich ebenfalls daran bediente.

Maria verbarg ihre Enttäuschung. Sie hatte gehofft, ein paar schöne Augenblicke gemeinsam mit den Männern am Tisch verbringen zu können. Wann hatten sie je eine solche Gelegenheit? Um von ihrer Unzufriedenheit abzulenken, wandte sie sich dem Korb auf der Bank zu und zog eine zur Hälfte fertiggestellte Handarbeit heraus.

„Schau, Hilda", hielt sie es hoch, „das ist für dein Kindlein! Ich habe gelbe Baumwolle genommen, weil es ja in den Frühling hinein zur Welt kommt. Außerdem passt es für Buben und Mädchen gleichweise. Es wird nichts Besonderes, ein Jäckchen für jeden Tag. Du hast bestimmt viel schönere Sachen."

„Wie lieb von dir!", griff Hilda nach der Arbeit und breitete sie neben ihrem Gedeck auf dem Tisch aus, um es besser betrachten zu können. Ein Ärmchen war schon fertig, im Ansatz des anderen steckten noch die Stricknadeln.

„Das wird wunderschön, Maria! Ich werde es in Ehren halten. Ich *dank'* dir auch recht schön!" Sie reichte das unfertige Jäckchen zurück, wendete ihre Aufmerksamkeit gleichzeitig mit Maria zur Tür, so dass ihre Hand ausgestreckt in der Luft verharrte, ohne dass ihr die Arbeit abgenommen wurde. Jemand klopfte energisch.

Die Männer hatten die Tür zum Büroraum bereits hinter sich geschlossen. Maria stand mit einem überraschten „Wer kann das sein?" auf.

Das Klopfen wiederholte sich, diesmal von einer Stimme unterstrichen, die „Eilzustellung" rief.

Maria öffnete und fand den jungen Telegrammboten der Poststelle mit einem Stück Papier in der Hand vor sich.

„Familie Häring?“

„Ja“, antwortete Maria, bevor ihr einfiel, dass sie nicht mehr so hieß. Ihr neuer Name kam ihr noch nicht so schnell über die Lippen, immer wieder geschah es, dass sie noch ihren alten Namen nannte. Zwar war sie stolz darauf, Fritzens Namen zu tragen, aber ungewohnt war es trotzdem.

„Ein Telegramm?“, wollte Hilda vom Tisch aus wissen, als Maria langsam mit dem Papier in der Hand wieder in die Stube kam.

„Aus München“, murmelte diese und wendete es mehrmals in den Händen, bevor sie es aufriss. „Es wird doch nichts passiert sein? Sonst schreibt Helene doch Briefe ...“

Aber das Telegramm war nicht von Helene. Es stammte von einem Unbekannten aus München.

Maria murmelte die Worte halblaut: „Kommen schnell. Ein Freund.“ Und dann war die Adresse einer Polizeistation angegeben, aber das Telegramm kam nicht von dort. Es war offensichtlich privat.

Maria und Hilda tauschten einen stummen Blick aus.

Untersuchungsausschuß
Von Theobald Tiger

Immer wieder: der alte Status.
Was ist Wahrheit? sprach Pontius Pilatus.
Was aber Helfferich da spricht:
Bei aller Liebe — das ist sie nicht.

Jeder schilt immer des andern Fach.
Schmerzend wird die Erinnerung wach.
Was Herr Ludendorff aber spricht:
Bei aller Liebe — so war es nicht.

Tannenberg steht auf der Creditseite.
Aber schließlich: wir haben die Pleite.
Doch daß die Heimat ein Heer ersticht:
Bei aller Liebe — so war das nicht!

Verfallen wir nicht in eure Methoden.
Zieht hin in Frieden. Wir liegen am Boden.
Lebt wohl, ihr Herren, ihr führtet uns nieder.
Mit euch niemals wieder!

Niemals wieder!

Gedicht von Tucholsky; Im September 1920 tagte ein parlamentarischer Untersuchungsausschuss über die Beteiligung von Reichswehroffizieren am Kapp-Putsch. Die Ausschussmitglieder schlugen Entlassungen, Beurlaubungen und Versetzungen hochrangiger Offiziere vor.

Anstehen für Wasser während des landesweiten Generalstreiks durch den Kapp-Putsch im Frühling 1920;

Reise nach München
Maria und Fritz in München, 26. September 1920

München war belagert von Zivilisten in Trachten, die mit allen Arten von Schießwaffen durch die Straßen zogen.

Entsprechend der Bedeutung des Wehrwesens hatten die bayerischen Einwohnerwehren bereits seit Beginn ihres Bestehens im vorangegangenen Jahr zahlreiche lokale und regionale Preisschießen veranstaltet. Auch das große ‚Erste Landesschießen' anlässlich des Oktoberfestes – in diesem Jahr, wie auch im Jahr zuvor, feierte man wegen des kaum beendeten offiziellen Krieges nur ein kleines Herbstfest – sollte vornehmlich der Werbung und Präsentation der Wehrbewegung dienen. Dies galt umso mehr, als sich die Debatte um die Auflösung der Wehren seit dem Ultimatum der Entente vom Juli[44] merklich verschärft hatte.

Besucher der Stadt betrachten das Glockenspiel am Münchner Rathaus;

Der Landeshauptmann der Einwohnerwehren hatte daraufhin im Einvernehmen mit dem bayrischen Ministerpräsidenten Kahr eine Propagandaoffensive gestartet, für die er nun auch das Landesschießen nutzen wollte. Warnende Stimmen aus der Organisation selbst, dass gerade das massierte Auftreten bewaffneter Zivilisten die Entente veranlassen könnte, ihre Forderungen zu forcieren, wurden ignoriert. So marschierten am 26. September 1920 rund 40.000 Wehrmänner aus ganz Bayern in einem Meer aus weiß-blauen und schwarz-weiß-roten Fahnen durch München – das Schwarz-Rot-Gold der Republik war nirgends zu sehen. Die Eröffnungsveranstaltung auf dem Königsplatz geriet zu einer machtvollen Demonstration der vaterländischen Wehrbewegung. Kahr fand in seiner Begrüßungsansprache äußerst lobende Worte für diesen staatstragenden Geist. Für die eigentlichen Wettbewerbe,

---

[44] Als Grund für das Londoner Ultimatum hatten die Alliierten andauernde deutsche Verstöße gegen den Friedensvertrag angegeben. Zu diesen zählten die Nichtausführung der Entwaffnung, der Verzug bei der Zahlung der fälligen 20 Mrd. Goldmark, die nicht ausgeführte Aburteilung der Kriegsverbrecher und die Nichteinhaltung gewisser Bestimmungen über die Aus- und Einfuhrregelung und über das Verkehrs- und Schifffahrtswesen

die auf dem Schießplatz Neufreimann stattfanden, hatte die bayerische Staatsregierung Ehrenpreise gestiftet.

Maria und Fritz schenkten dem Treiben kaum Beachtung. Sie waren damit beschäftigt, die Polizeihauptwache zu finden, zu der sie von dem Unbekannten durch das Telegramm geschickt worden waren. *Kommen schnell*, hatte es gelautet, und hatte die Adresse der Polizeiwache angegeben. Es war gezeichnet von: *ein Freund*. Wer das war, wussten sie nicht. Und auch nicht, warum sie zu der Wache gehen sollten. Aber nachdem sie im Hotel, wo Helene arbeitete, weder diese noch sonst jemanden ans Telefon bekommen hatten, hatte Maria sofort vermutet, dass ihre schwangere Schwester ein großes Problem hatte. Warum sollte ein unbekannter Freund sonst ein solches Telegramm schicken? Offensichtlich war sie selbst dazu nicht mehr in der Lage. Möglicherweise hatte der Vater des Kindes sie geschlagen und so übel zugerichtet, dass sie nicht ansprechbar war? Nach den Erfahrungen mit Annas Ehemann war das ihr erster Gedanke gewesen. Den hatte sogar Fritz als Möglichkeit zugelassen.

So waren sie unter einem Vorwand ziemlich überstürzt angereist. Marias Eltern hatten sie aus Gründen der Rücksicht nichts über den wahren Grund ihrer Reise in die Landeshauptstadt verraten. Bevor sie nichts Genaueres wussten, wollten sie die Eltern nicht unnötig beunruhigen. Fritz hatte eine wichtige Steuerangelegenheit vorgeschoben, die es unabdingbar mache, persönlich im Finanzministerium zu erscheinen und hatte etwas von seinem beruflichen Ortswechsel von Thüringen nach Bayern gefaselt. Ferner hatte er darauf bestanden, dass seine junge Frau ihn begleitete. Vater Häring war darüber ungehalten, denn sie hatten mit Marias Hilfe bei der Ernte gerechnet. Aber schließlich entschied jetzt der Ehemann und nicht mehr der Vater. Mürrisch hatte er nachgeben müssen, seinen Unmut darüber jedoch weiterhin offen gezeigt. Mutter Häring hatte für Helene, der sie bei der Gelegenheit die Sachen vorbeibringen sollten, eine Tasche mit Eingemachtem hergerichtet, ein Heiligenbildchen und einen Rosenkranz hineingepackt. Fritz hatte der überstürzten Reise zugestimmt, da es ihm den ganzen Tag lang nicht gelungen war, jemanden von der Münchner Polizei ans Telefon zu bekommen, der sie hätte beruhigen können. Die Polizei sei mit der Sicherung des großen Landesschießens beschäftigt, hatte es geheißen. Kaum in München angekommen, waren sie sofort zur angegebenen Adresse der Polizeistation Mitte gefahren. Entsprechend angespannt und aufgeregt — ein Zustand, den die lange Zugfahrt noch verstärkt hatte, standen sie nun vor dem Eingang.

Der Pförtner der Polizeistation beklagte sich lang und breit darüber, dass er doch erst einmal wissen müsse, zu welcher Abteilung sie wollten, bevor er ihnen den Weg weisen könne. Schließlich telefonierte er langwierig herum, erkundigte sich immer wieder nach einem Vorgang unter Helenes Namen. Erst nach dem fünften Auflegen hob er den Kopf und reichte ihnen einen

Zettel mit der Nummer eines Zimmers. Nach einem Marathon durch endlose Gänge standen Fritz und Maria dann endlich vor dem Büro.

Polizeipräsidium München

Der ganze Vorgang hatte nicht gerade zur Beruhigung beigetragen. Maria hatte sich während der Anreise nach München sowieso schon alle möglichen Schwierigkeiten ausgemalt, in die ihre jüngere Schwester geraten sein konnte. Auf der langen Zugfahrt waren ihr allerhand denkbare Ursachen eingefallen, die eine Erklärung für dieses mysteriöse Telegramm abgaben.

Vielleicht war der Vater des Kindes ein wichtiger Mann und wollte die schwangere Geliebte loswerden? Das konnte so einer leicht, indem er einem Dienstmädchen eine kriminelle Handlung in die Schuhe schob. Es wäre nicht das erste Mal, dass ein unschuldiges Mädchen für die Frevel eines edlen Herren büßen musste. Helene hatte ihnen den Namen des Mannes womöglich nicht verraten, weil er in hoher Gesellschaft verkehrte? Oder man hatte herausgefunden, dass Helene damals, während der Münchner Unruhen, diesen flüchtigen Rebellen versteckt hatte, und sie war verhaftet worden? Auch das war denkbar. Oder sie hatte sich im Hotel wirklich etwas zuschulden kommen lassen und war deshalb eingesperrt? Der Concierge war am Telefon so reserviert gewesen. Aus ihm war nichts herauszubekommen gewesen, obwohl sie doch nächste Angehörige waren! Die Tatsache, dass Helene nicht zu sprechen gewesen war und man sie auch dort an die Polizei verwiesen hatte, waren jedenfalls eindeutige Hinweise darauf, dass etwas wirklich Schlimmes passiert sein musste. Marias Fantasie war mit ihr in immer abwegigere Gefilde abgewandert, bis Fritz sie schließlich energisch dazu ermahnt hatte, nicht den Teufel an die Wand zu malen. Er hatte versucht, sie damit zu beruhigen, dass sie schon erfahren würden, was geschehen war. Dann sei immer noch Zeit, sich Gedanken zu machen.

Vor der Tür des Büros mit der auf dem Zettel stehenden Nummer, griff Maria haltsuchend nach der Hand ihres Mannes. Niemand in der Familie hatte je Ärger mit der Staatsgewalt gehabt. Es war einschüchternd.

„Wir haben einen Weltkrieg überlebt. Schlimmer kann es doch nicht werden!", drückte Fritz ihre Hand und zwinkerte ihr aufmunternd zu.

Maria schenkte ihm ein hoffnungsvolles Lächeln, aber mehr aus Dankbarkeit für seine Unterstützung, als dass sie wirklich so empfand. Ganz im

Gegenteil. Ein Gefühl der Ohnmacht beherrschte sie. Noch nie in ihrem Leben hatte sie sich so hilflos gefühlt wie in den letzten Stunden. Das Unbekannte war ein Dämon von unglaublicher Macht. Man weiß, dass dieser Drache irgendwo existiert, man kann ihn aber nicht sehen und nicht hören, und deshalb kann er wie ein Schatten in der untergehenden Sonne ungehindert zu einem Monstrum heranwachsen, vor dem man nur noch an eines denken kann: Flucht. Diesem Ungeheuer in die Augen zu sehen, dazu gehörte Mut.

Sie holte tief Luft und klopfte. Als daraufhin keine Antwort kam, schoben sie vorsichtig ihre Köpfe wie einen Keil durch den Türspalt.

Drinnen saß ein stämmiger Mann mittleren Alters und Halbglatze an einem Schreibtisch. Er war gerade im Begriff in eine mit gesprenkeltem Senf beladene Weißwurst zu beißen, die er mit der einen Hand vor dem Mund jonglierte, während er mit der anderen eine Brezel festhielt, als fürchte er, sie könnte wegfliegen. Unwillig schaute er in Richtung der Störung.

Fritz und Maria traten schnell ein. Fritz hielt das Telegramm in die Luft: „Man hat uns hierhergeschickt."

Senf tropfte auf die Anzughose des Polizisten in Zivilkleidung. Unwillig legte der Mann die Wurst auf dem Teller ab und versuchte, den Fleck mit einem blau-weißen Einstecktuch zu beseitigen.

„Wir wussten nicht, dass Frühstückspause ist", entschuldigte sich Maria höflich und machte Anstalten, Fritz, der bereits durch die Tür getreten war, wieder auf den Gang zu ziehen.

„Jetzt sind Sie schon mal hier", winkte der Mann noch unwirscher und rubbelte mit einem „Herrschaftszeiten!"[45] noch fester an dem Fleck herum.

„Seifenlauge und Alkohol", murmelte Maria.

„Was?" Der Polizist schaute irritiert auf.

"Der Fleck", erklärte sie schüchtern, "damit geht er weg."

„*Moanas?*[46]", skeptisch legte der Mann alles beiseite, stopfte das Tuch in die Hosentasche und schob den Teller von sich. *„Jetzt kimmas na scho her, wann's scho amoi do san*[47]", winkte er die beiden an seinen Schreibtisch. Nachdem Maria und Fritz nicht reagierten, schaltete er auf Hochdeutsch um. „In welcher Angelegenheit sind Sie hier?"

„Genau das wüssten wir gern!" Fritz trat näher und reichte ihm das Telegramm. „Wir haben das hier erhalten."

Der Mann warf einen flüchtigen Blick darauf: „Von wem ist das?"

„Das wissen wir nicht", erklärte Fritz.

„Was soll das heißen: Sie wissen es nicht?"

---

[45]Herrschaft'seiten oder 'Herrschaft'zeiten: Verwünschung, Fluch. »Herrschaft« ist aus »Herrgott« entstellt, und »-seiten« oder »-zeiten« ist aus »sakra« und »Deifi« (= Teufel) zusammengewachsen. *Bayr* seit dem 19. Jh.
[46] Dialekt: Meinen Sie?
[47] Dialekt: Jetzt kommen Sie schon her, wo Sie schon einmal da sind!

„Das Telegramm ist von einem Unbekannten, sehen Sie es sich an, es ist unterschrieben: ein Freund! Und er schickt uns hierher."

Der Polizist schaute sich das Schriftstück noch einmal genau an, dann runzelte er die Stirn. „Familie Häring?", überlegte er und blickte dann auf. „Ah! Die Sache Häring Helene. Ich habe die offizielle Nachricht noch gar nicht an die Polizei vor Ort weitergeleitet?"

Er legte abermals eine Pause ein, schien eine ganze Weile in eigene Gedanken über diese Verblüffung versunken. Dann musterte er Maria und Fritz wie ein Lehrer Schulkinder vor der Tafel. „Sie sind aber nicht die Eltern?"

Maria ließ sich auf einem der beiden wartenden Stühle vor dem Schreibtisch nieder, setzte sich zurecht, wie man sich vor einem Arzt hinsetzt, wenn man eine schmerzhafte Spritze erwartet.

„Ich bin die Schwester. Und das ist mein Mann", schob Maria ihren Ausweis über den Schreibtisch. Sie hatte das Dokument schon die ganze Zeit griffbereit in der Hand gehalten.

„Warum sind die Eltern nicht gekommen?", blätterte der Polizist in dem Pass wie ein Kind durch ein Bilderbuch in schwarz-weiß, das sein Interesse nicht wecken kann.

„Wir wollen Papa und Mama nicht unnötig aufregen", beeilte sich Maria zu erklären. „Sie sind alt und nicht mehr so gesund. Die lange Reise hierher ... und dann ..."

Der Mann nahm eine Akte aus der Schublade, legte sie ungeöffnet vor sich auf den Tisch und notierte Marias Daten in ein abgegriffenes, blaugraues Heft. Dann gab er ihr den Ausweis zurück. Dabei sah er sie lange an. Die Zeit dehnte sich.

„Sie schonen, nun, Ihre Absicht ehrt Sie", begann er schließlich. Er lehnte sich in seinem Stuhl zurück ohne sein Augenmerk von den beiden zu lassen. „Aber das wird wohl nicht möglich sein. Wir müssen noch die endgültigen Untersuchungsergebnisse abwarten." Vor einer Begründung legte er eine Pause ein, die Marias Nerven anspannte wie ein überdehntes Gummiband kurz vor dem Zerreißen. „Es sieht so aus, als hätte sich ihre Schwester das Leben genommen. Man hat sie vorgestern am Morgen in der Hotelküche leblos aufgefunden." Der Mann bewegte sich nicht, schaute sie an und wartete.

Wartete.

Wartete.

Draußen vor dem Fenster hörte man vorbeiziehende Landwehrgruppen, ab und zu ein Freudenruf, wie man es von Bierfesten kannte, wenn übermütige junge Männer einen Jodelschrei in die Luft jagen. Der Wasserhahn am Waschbecken an der Wand tropfte, er war nicht fest genug abgedreht. Eine Fliege zog ihre Kreise und schien zu überlegen, ob sie sich auf den Teller mit den Speiseresten wagen sollte. Dann flackerte das Licht, das zu dieser

Morgenstunde in diesem Büro im Schatten der gegenüberliegenden Gebäude noch nötig war.

„Nicht schon wieder!", seufzte der Polizist mit einem Blick an die Decke. Das Licht erlosch, zuckte kurz darauf aber wieder auf und blieb dann stabil.

„Gestern, am Morgen ...", stammelte Maria mit weit aufgerissenen Augen, dann stockte ihr Atem und ihre Stimme versagte.

Der Polizist erhob sich und kam mit einem Glas Wasser in der Hand zurück.

„Trinken Sie!", befahl er Maria in scharfem Ton, so dass sie tatsächlich den Kopf zu ihm hindrehte und sich ein wenig aufrichtete. Der Befehlston traf auf Erinnerungen aus dem Lazarett, sie gehorchte intuitiv. Fast wäre sie vom Stuhl gerutscht. Mit einem Schnappen holte sie tief Luft. Ihre Lungen schienen wie zusammengeklebt, es gelang ihr nicht, sie zu öffnen. Abermals versuchte sie zu atmen, aber sie schien nur mit aller Gewalt ein Minimum an Luft einsaugen zu können. Jemand klopfte ihr mit der flachen Hand immer heftiger auf den Rücken. Der Raum begann sich zu drehen wie ein Kettenkarussell. Dann wurde es schwarz um sie herum und sie dachte: „Weißwürste ..."

***

Maria erwachte wie aus einem tiefen Schlaf. Sie öffnete die Augen, aber sie fielen ihr sofort wieder zu. Sie teilte die Meinung ihrer Augenlider. Sie wollte gar nicht zurück in die Helligkeit. Die Dunkelheit war schön, weich, gleichmäßig. Das Licht, das zuvor noch unsicher geflackert hatte, blendete jetzt grell und kalt. Fritz saß an ihrem Bett und hielt ihre Hand. Sein Gesicht war so blass und grau, wie damals, als sie sich kennengelernt hatten, als er ins Lazarett eingeliefert worden war. Das hatte sie sofort wahrgenommen. Sie hörte Stimmen im Hintergrund. Ein Arzt packte Utensilien in seine Tasche und ließ sie zuschnappen.

Dann schoss ihr ein Wort in den Kopf wie ein Pfeil ins Schwarze: Tod.

Und dann: Die Mama!

Dann: Der Papa!

Schließlich: Nein.

„Helene", flüsterte sie und schlug die Augen auf. Es war Helene!

„Bleib liegen!", drückte sie Fritz sanft wieder nieder. Es war kein weiches Kissen, es war eine harte Unterlage, auf die ihr Kopf sank. Sie lag auf einer Krankenliege. Diesmal war es umgekehrt, dachte sie. Diesmal saß Fritz an ihrem Bett und hielt ihre Hand.

„Fritz", suchte sie ihn in seinen Augen, die er ihr voller Sorge zugewandt hatte. „Helene ist tot!"

„Ich weiß", nickte er leise und drückte ihr die Hand.

„Bringen Sie Ihre Frau ins Hotel", näherte sich der Arzt von hinten. „Machen Sie für morgen einen neuen Termin! Warten Sie noch eine halbe Stunde, dann können Sie ein Taxi nehmen. Hier ist ein Beruhigungsmittel. Aber geben Sie es ihr erst heute Abend! Die Spritze wird noch ein paar Stunden wirken."

***

Nun war es doch schlimmer gekommen. Schlimmer als der Krieg. Den hatten sie alle heil überstanden.

„Was ist nur geschehen?"

Maria wiederholte immer wieder denselben Satz, seit sie am nächsten Morgen die Augen aufgeschlagen hatte. Während des Ankleidens, beim Morgenkaffee, während der Fahrt mit der Straßenbahn zum Präsidium, während sie die steinernen, abgetretenen Stufen hinaufstiegen, während des Wartens auf dem Flur vor dem Büro. Und immer wieder sah sie Fritz erwartungsvoll an, als wüsste er Bescheid, und jedes Mal, wenn er antwortete, stumm mit den Schultern zuckte oder gar seufzte, senkte sie still den Kopf, und eine Träne tropfte ihr in den Schoß. Erst der Weißwurstpolizist antwortete auf ihre Frage.

„Sie scheint in der Nacht aufgestanden zu sein, hat Türen und Fenster fest verschlossen, den Gasherd aufgedreht und den Kopf in den Ofen gesteckt. Es war, allem Anschein nach, eine Kurzschlusshandlung. Einen Abschiedsbrief haben wir bisher noch nicht gefunden. Deshalb laufen die Ermittlungen auch noch."

„Was wollen Sie damit sagen?"

Diese Frage kam von Friedrich. Er richtete sich in seinem Stuhl auf und sah den Polizisten zum ersten Mal hellwach an. Vielleicht kam es Maria aber auch nur so vor, weil sie sich bis zu diesem Moment wie in einer Wolke bewegt hatte. Sie hatte Fritz neben sich wahrgenommen, seine Anwesenheit hatte sie beschützt, aber sie hatte ihn nicht wirklich gesehen.

„Das ist Routine. Wir müssen alles in Erwägung ziehen." Der Kommissar holte eine Schnupftabakdose hervor, klopfte sich ein Häufchen des schwarzen Pulvers auf den Handrücken und sog es erst durch das linke, dann durch das rechte Nasenloch gekonnt ein. Es blieb kaum ein schwarzer Rand an der Nase, der Mann verstand etwas davon. Er reichte Fritz die Dose hin, und als der mit einem „Nein, danke" den Kopf schüttelte, steckte er sie wieder in die Westentasche.

"Ferner haben wir in ihrer Kammer keinerlei Ersparnisse gefunden. Normalerweise haben die Mädchen immer ein paar Groschen irgendwo versteckt. Da hat vermutlich jemand die Gelegenheit genutzt. Wir befragen gerade alle Hotelangestellten."

Normalerweise! Ein paar Groschen. Die Mädchen. Der Kerl redete, als wäre all das etwas Alltägliches! Helene war tot, ihre Schwester war tot! Und dieser Mann gab sich so, als wäre sie nur eine weitere in einer langen Reihe von Bedeutungslosen, als gäbe es eine Regelmäßigkeit.

„Haben diese Menschen denn gar keinen Anstand im Leib?!", heulte Maria auf. „Da bringt sich so ein armes *Mädl* um und die haben nichts Besseres im Sinn, als sich an dem mühsamen Ersparten der Armen zu bereichern!" Sie brach über ihre eigenen Worte in lautes Weinen aus. Es schien ihr eine so unglaubliche Schändung ihrer Schwester, in aller Not, in der sich das Mädchen bestimmt befunden hatte, anstatt um ihr zu helfen auch noch die paar Groschen zu stehlen.

„Das ist wirklich allerhand!", empörte sich auch Fritz, reichte seiner Frau gleichzeitig ein Taschentuch. „Erst treibt der Kerl sie in den Tod und dann nimmt er ihr auch noch ihre Ersparnisse weg! Sie müssen den Burschen dingfest machen und bestrafen!"

„Wie kommen Sie darauf, dass es ein Mann war?"

Der Polizist schnäuzte sich laut. Der Tabak hatte wohl doch in der Nase gekitzelt.

„Weil ...", räusperte sich Friedrich und warf Maria einen schnellen, prüfenden Blick von der Seite zu. Er zögerte, das auszusprechen, was er auszusprechen gedachte. „Die Schwester meiner Frau war in anderen Umständen. Und das hat doch wohl ein Mann angerichtet!"

Eine kleine Pause trat ein.

„Das wissen Sie also. Das muss ich Ihnen also nicht mehr erzählen. Sie hat sich Ihnen demnach anvertraut." Der Beamte beobachtete vor allem Maria, gleichwohl er mit Fritz gesprochen hatte und sie nicht zu verstehende Dialektbrocken in das Taschentuch heulte.

„Mir und meinen Schwestern", schniefte Maria. Sie tupfte sich Augen und Nase trocken.

„Haben Sie herausgefunden, wer der Kindsvater ist?" Fritz rutschte bei dieser Frage auf seinem Stuhl nach vorne. „Der Kerl gehört eingesperrt! Erst stürzt er ein unschuldiges Mädchen ins Unglück, dann lässt er sie offensichtlich im Stich, und als ob das noch nicht genug wäre, bestiehlt er sie auch noch! Eine Schande ist das!"

„Ich hatte gehofft, Sie könnten mir das sagen." Erneut sah der Polizist bei diesen Worten nur Maria an.

Sie versuchte sich zusammenzunehmen und klar zu antworten: „Sie wollte uns den Namen nicht nennen."

„Keine weiteren Hinweise?"

„Er ist verheiratet", murmelte Maria mit gesenktem Kopf. „Das hat sie jedenfalls erzählt. Und, dass sie ihn wirklich gerngehabt hat!" Sie schämte sich, schämte sich für das, was sie sagte. Helene war tot, und sie war gezwungen das Ansehen ihrer Schwester nachträglich zu beschmutzen, indem sie dem Polizisten solche Dinge erzählte. Der würde sicher die Nase rümpfen, den Fall gedanklich in die Kategorie ‚gefallenes Mädchen' einordnen und schon deshalb nichts weiter unternehmen. Eine Erinnerung schob sich vor ihr geistiges

119

Auge, groß wie der runde Elisenlebkuchen, den sie als Kind nicht mit der kleinen Helene hatte teilen wollen, weil diese ihren längst aufgegessen hatte. Eine eisige Hand der Erinnerung legte sich um Marias Herz, als wollte sie es zerquetschen. Die Tränen der kleinen Helene aus der Vergangenheit überschwemmten die Maria der Gegenwart.

„Das erklärt allerdings, warum sich keiner der Kollegen ihrer Schwester dazu geäußert hat. Keiner der Burschen hat sich bisher auffällig bestürzt gezeigt und das Mädchen, mit dem sie die Kammer teilte, weiß angeblich auch nichts. Aber wir glauben, dass entweder sie oder ein anderer Kollege möglicherweise das Telegramm verschickt hat."

"Das gibt's doch nicht! Das kann doch nicht sein!", sprang Fritz von seinem Platz auf und begann, aufgeregt mit den Armen durch die Luft fuchtelnd, im Zimmer auf und ab zu laufen. „Geredet wird am Arbeitsplatz doch immer! Niemand erzählt mir, dass keiner etwas gesehen oder gehört hat! Das können Sie mir nicht weismachen!" Er blieb stehen und zündete sich eine Zigarette an.

„Es könnte auch ein Hotelgast sein, also den Kindsvater meine ich", warf der Polizist ein. „Wir glauben, dass der Diebstahl nichts mit der Vaterschaft zu tun hat."

„Freiwillig wird sich der Kerl nicht melden", ignorierte Fritz den Hinweis. Er blies den Rauch mit zurückgelegtem Kopf in die Luft. „Dem ist das doch nur recht, dass Helene sich das Leben genommen hat!"

Maria drehte sich bei diesen Worten auf ihrem Stuhl zu ihrem Mann um. „Wir hätten sie nicht nach München zurückgehen lassen dürfen! Wir hätten sie in Neumarkt bei uns behalten müssen. Dann wäre der schon gekommen, und du hättest mit ihm anständig ins Gericht gehen können!"

"Glaub doch das nicht! Der wäre trotzdem nicht gekommen, Maria."

„Aber vielleicht würde sie dann noch leben."

„Vielleicht." Fritz setzte sich wieder. „Vielleicht aber auch nicht."

„Sie werden den Schuldigen doch finden?", wandte sich Maria mit einer Hoffnung in ihrem Augenaufschlag wie sie eine Betende vor der Mutter Gottes in der Kirche nicht größer ausdrücken könnte.

„Möglicherweise können wir den Diebstahl aufklären", klappte ihr Gesprächspartner auf der anderen Seite des Schreibtisches die Akte auf dem Tisch auf. Er schob ein paar Fotos unter ein Blatt. Maria entging diese Bewegung der Hand nicht, aber sie wollte die Bilder nicht sehen, senkte sofort den Blick, hörte nur, was der Mann weiter erklärte. „Was die Vaterschaft betrifft, nun ja, Kinder zu zeugen ist nicht strafbar."

„Ein unschuldiges Mädchen in den Tod zu treiben, sollte es aber sein!"

Diesmal sprang Maria auf. Ihre Wangen färbten sich tiefrot wie Pflaumen. Ihre Augen wurden von Wasser geflutet wie Polder bei einer Sturmflut. Ihr Atem ging stoßweise. „Ein Mann darf seine Frau so verprügeln, dass sie nicht mehr laufen kann! Ein Mann darf ein braves Mädchen in den Tod treiben, ohne dass man der Sache auf den Grund geht! Ein Mann darf alles, und niemand tut etwas dagegen! Warum gibt es dagegen keine Gesetze?"

Die Worte galoppierten mit ihr davon, bis der durchgegangene Gaul sie abwarf und sie schließlich erschreckt zurückließ. Sie stand unbeweglich da, wusste nicht mehr, wohin mit ihrem unversehrten Körper.

Beide Männer im Raum waren in ihre Stuhllehnen zurückgeschreckt. Friedrich, weil er einen solchen Ausbruch seiner Frau nicht erwartet, noch je beobachtet hatte. Der Polizist, weil er sich in seiner Rolle angegriffen zu fühlen schien, denn er legte nun ein mürrisches Gesicht auf. Gift schien sich in seinem Mund zu sammeln.

„Lassen Sie es mich mit aller Deutlichkeit sagen, gnädige Frau!", knarrte er wie der Holzstuhl unter seinem Gewicht, als er sich darin aufrichtete. „Mein Zuständigkeitsbereich ist nicht die Moral. Damit müssen Sie sich schon an einen Geistlichen wenden!"

Plötzlich wurde Maria so blass wie die sie umgebenden Wände. Sie taumelte. Fritz sprang auf und hielt sie fest. Er fürchtete offenkundig, sie würde wieder das Bewusstsein verlieren. Aber Maria war bei klarem Verstand. Mit weit aufgerissenen Augen starrte sie ihren Mann an. Nicht, weil er sie festhielt. Das hatte sie gar nicht bemerkt. Ihre flache Hand legte sich auf ihren Mund.

„*Jessasmaria*[48], Fritz! Daran haben wir noch gar nicht gedacht! Selbstmord ist eine Todsünde!"

Fritz antwortete nicht, aber man sah ihm an, dass auch er diesen Gedanken noch nicht zugelassen hatte, welche unausweichlichen Folgen diese Tatsache hatte. Er hatte keine Antwort parat.

„Der Pfarrer wird Helene nicht kirchlich beerdigen...[49]! Das können wir der Mama nie und nimmer sagen! Das bringt sie um!"

---

[48] Dialekt: Jesus und Maria!
[49] Im *Codex Iuris Canonici* (CIC) von 1917 war die überlegte Selbsttötung ein Ausschlussgrund für eine kirchliche Begräbnisfeier.

Das Pendel[50]
Lausanne, Oktober 1920

Lausanne Kathedrale vor dem 1. Weltkrieg;

Mitteleuropa sollte tiefgreifende geopolitische Veränderungen erleben. Grenzen wurden verschoben, neue Staaten wie Schrebergartenparzellen auf einem umgepflügten Feld abgesteckt, bestehende Länder zurechtgestutzt werden. Die zerfallenen Kaiserreiche Deutschland und Österreich-Ungarn, die Schlesien bis dahin unter sich aufgeteilt hatten, mussten ihre dortigen Gebiete ganz oder teilweise an die entstehenden Staaten Polen und Tschechoslowakei abtreten. Südtirol sollte vom Königreich Italien annektiert werden, das mehrheitlich deutschsprachige Gebiet fortan das nördlichste Grenzgebiet Italiens bilden und mit dem Trentino, dem ehemaligen Welschtirol, zu einer mehrheitlich italienischsprachigen Verwaltungseinheit zusammengefasst werden. Andere Teile der Habsburgermonarchie sollten an Rumänien, das neu gegründete Königreich der Serben, Kroaten und Slowenien fallen, Elsass-Lothringen an Frankreich gehen. Der finnisch-russische Vertrag legte im

---

[50] In den ersten Jahrzehnten des 20. Jahrhunderts konnte sich der Okkultismus in fast allen seinen Spielarten recht frei entfalten und erfreute sich wachsender Beliebtheit. Es gab zwar Gegner wie die Katholische Kirche, und speziell in Bayern gab es einen „Gaukelei“-Paragraphen im Strafgesetzbuch, der eine Handhabe bot, etwa Handleser und Astrologen strafrechtlich zu verfolgen, aber insgesamt entwickelte sich große Toleranz für das Okkulte.

Wesentlichen die Grenzen des zaristischen Großfürstentums Finnland als Grenze des nun unabhängigen Landes fest. Das Osmanische Reich befand sich in Umwandlung zum türkischen Nationalstaat. Wie bei einem Erdbeben blieb kein Stein des Alten auf dem anderen. Alles war in Bewegung. Die Grenzen der Schweiz jedoch, blieben auf den Zentimeter genau da, wo sie waren. Dort diskutierte man immerhin den Beitritt zum Völkerbund, den Präsident Wilson angeregt hatte.

Seit Ida über diese Vorgänge bestens informiert wurde, denn ihre Tante las ihr jeden Morgen aus der Zeitung vor und nicht ohne ihre Kommentare dazu abzugeben, denen Ida mindestens so aufmerksam folgte wie den Artikeln, hatte sich für sie der Schrecken des Kommunismus', wenn nicht völlig verflüchtigt, so doch ein wenig gelegt. Ihre Tante war immer schon ein politischer Mensch gewesen und konnte sich aufgrund ihrer Position in der Gesellschaft den Luxus einer eigenen Meinung leisten, wenn es auch nichts änderte, weil Frauen in der Schweiz noch immer kein Wahlrecht besaßen[51], während es in Deutschland 1918 eingeführt worden war. Für Ida war sie trotzdem ein Vorbild.

„Hoffentlich geht dieses Schachern gut aus", seufzte Tante Geneviève an diesem Morgen hinter der Zeitung, während sie die Kaffeetasse wieder zielsicher auf die Untertasse stellte, ohne hinzusehen. „Sie entwerfen ein neues Europa auf dem Reißbrett, als ob das keine Menschen wären, die sie da hin- und herschieben! Man müsste die Völker dazu befragen. Ohne deren Zustimmung ist das Ganze doch ein arrogantes Konstrukt, auf sandigem Fundament erbaut."

Es war ein milder Herbsttag. Tante Geneviève und Ida frühstückten auf der sonnigen, windgeschützten Terrasse mit Blick auf den Genfersee. Cluster von Astern lagen im Garten verstreut wie kardinalrote und aschblonde Bälle, wie von Kindern beim Spiel vergessen, die Ahornbäume glänzten mit ihrem prächtigen rot-goldenen Laub, ein Ginkobaum flimmerte in purem Gold, und in der Ferne funkelte der See wie ein Aquamarin in hellem Mondlicht.

Ida nahm einen tiefen Atemzug. Wie war sie froh, hier zu sein! Ihre Tante hatte sofort nach Erhalt des Telegramms einen dringlichen Brief geschrieben, dass sie Idas Hilfe in einer langwierigen gesundheitlichen Angelegenheit benötige, und Ida hatte ihre Koffer gepackt, bevor ihre Stiefmutter den Brief zu Ende lesen hatte können. Nun war sie bereits seit sechs Wochen hier. Tante Géneviève hatte sie, wie immer, mit offenen Armen empfangen, ihr aber ins Gewissen geredet, ihren Verlobten über ihren Aufenthalt in Kenntnis zu setzen. Es gehöre sich nicht, ohne ein Wort an ihn ins Ausland zu reisen.

---

[51] Die Schweiz war eines der letzten europäischen Länder, welches seiner weiblichen Bevölkerung die vollen Bürgerrechte zugestand. Formell wurde das Frauenwahlrecht am 16. März 1971 in der Schweiz wirksam.

Außerdem könne Gottfried sich nicht bei ihr entschuldigen, wenn er nicht wisse, wo sie war.

Das hatte Ida schließlich eingesehen und ein paar Zeilen an ihn verfasst. Gottfried hatte ihr auch postwendend geantwortet, jedoch zu ihrer Enttäuschung ohne ein Wort der Entschuldigung. Er schien nicht einmal verwundert, dass sie so überraschend abgereist war. In Idas Augen war er entweder begriffsstutzig oder starrköpfig, und nichts von beidem gefiel ihr.

„Etwas Unumgängliches nicht zu tun, nur weil es Mühe macht, ist verhängnisvoll und ein Zeichen von Bequemlichkeit und Willensschwäche", tönte es hinter der Zeitung hervor. Dann senkten sich die Seiten und das Gesicht der Tante erschien mit einem süffisanten Minenspiel. „Wenn nicht das, dann bleibt nur Dummheit. Aber das wollen wir den hohen Herren nun doch nicht unterstellen, *n'est-ce pas*[52]?"

Ida hatte den Eindruck, dass die Tante zwar laut über Politik redete, aber etwas ganz anderes meinte. Vielleicht sollte sie, Ida, sich etwas mehr bemühen, den Streit mit Gottfried beizulegen, anstatt auf dem hohen Ross zu sitzen und zu warten, dass er seinen Fehler von selbst verstand? Das war, wie es den Anschein hatte, nicht ansatzweise zu erwarten. Doch sobald Ida diesen Gedanken zuließ, richtete sich etwas in ihr auf, das ihren Puls in die Höhe trieb und sie fast sichtbar den Kopf schütteln ließ. Die Kränkung war zu groß, um sie einfach zu ignorieren!

Ida lächelte ein kurzes „hmm", weil sie nicht wusste, ob sie wirklich etwas antworten sollte, und wenn ja, was. Meistens verstand sie ihre Tante Geneviève, aber wenn diese so zweideutige Andeutungen machte, konnte man nie sagen, worauf sich diese bezogen.

Was hingegen die zweite Frau Direktor Heym betraf, so machte die Tante dazu aus ihrem Herzen keine Mördergrube. Das Ansinnen ihrer Schwägerin, Ida in die Rolle des Dienstmädchens zu drängen, empörte die Tante beträchtlich. In ihren Augen führte Idas Stiefmutter ein Leben, das mit geringeren Mitteln als denen ihr zur Verfügung stehenden zu bestreiten gewesen wäre. Die Untervermietung von Zimmern war zwar ein Schritt, den sie selbst nie zu gehen bereit gewesen wäre, den sie aber noch zu dulden geneigt war. Viele Bürgerliche waren in dieser Zeit der Umwälzung dazu gezwungen. Aber die Tochter des Hauses, ihre Nichte, zur Dienstmagd zu degradieren, das ging entschieden zu weit! Das beleidigte sie persönlich.

„Du kommst doch mit mir zum Bahnhof, Tante?"

Martha sollte mit dem Mittagszug in Lausanne ankommen. Zwar hatte Ida ihre Schwester in einem Brief geradezu angefleht, ebenfalls in die Schweiz zu kommen, um wie früher ein paar Tage gemeinsam bei der Tante zu verbringen, doch hatte sie nicht wirklich damit gerechnet, dass diese zusagen würde.

---

[52] Franz.: nicht wahr?

Immerhin war Lausanne der Ort, wo sie ihren gefallenen Heinrich das letzte Mal lebend gesehen hatte. Idas Überraschung war über den Zenit hinausgeschnellt, als Martha ihre Ankunft innerhalb weniger Tage bestätigt hatte. Und sie konnte es nicht verhindern, dass sie, gleichwohl sie versuchte das nicht zu tun, sich wieder vermehrt der Hoffnung hingab, ihre Schwester könnte doch noch Zweifel an ihrer Idee ins Kloster zu gehen entwickeln.

Dieser Gedanke, die Freude über das bevorstehende Wiedersehen, die paradiesische Umgebung und vielleicht doch auch ein wenig die doppelsinnigen Anspielungen der Tante, begannen ihre Sicht auf ihre Sorgen zu verändern. Fern vom Einfluss der Stiefmutter erschien ihr Gottfrieds schlechtes Benehmen nun mehr eine Frage des Anstands als des Charakters. Anstand konnte man erlernen, Charakter nicht. Dieser Gedanke stimmte sie ein wenig milder. Alles in allem schien sich das Leben für sie auf die Sonnenseite zu wenden, ohne dass sie viel dazu beigetragen hätte.

„Ich fürchte, du wirst sie alleine abholen müssen", faltete die Tante die Zeitung zusammen und legte sie ordentlich auf den Servierwagen neben dem Tisch ab. „Ich habe etwas Wichtiges zu erledigen. Aber ich nehme dich natürlich mit in die Stadt. Du und Martha, ihr könnt einen kleinen Schaufensterbummel machen, und nach einer Stunde hole ich euch wieder ab? Martha wird dafür hoffentlich nicht zu müde sein."

„*C'est tout à fait magnifique!*[53]", nickte Ida begeistert. Vielleicht ein wenig zu begeistert, denn Tante Geneviève runzelte die Stirn: „Ich kann mich doch auf euch verlassen, oder?"

Ida errötete leicht und senkte den Kopf: „Aber Tante..."

Sie wusste sofort, worauf diese anspielte und es war ihr so arg wie damals, als Martha und sie bei dem heimlichen Treffen mit Heinrich von der Tante erwischt worden waren. Sie mochte nicht daran erinnert werden. Was würde sie darum geben, die Sache von damals ein für allemal ungeschehen zu machen. Alles, was aus dieser einen Dummheit entstanden war, war ein einziges Drama gewesen.

„Schon gut", lächelte Tante Geneviève nachsichtig, „Schwamm darüber! *N'en parlons plus!*[54]"

***

Der Gatte der Tante war aufgrund seiner hohen Position als Generaldirektor einer großen Bank sehr beschäftigt. Er verließ das Haus früh und kam spät abends zurück. Es war, als würde er gar nicht in dem schönen Anwesen wohnen, so wenig war er zugegen. Mittags speiste er häufig außerhalb, entweder geschäftlich oder in einem Club, dem nur Herren angehörten. Aber zum Diner

---

[53] Franz.: Das ist ganz wunderbar!
[54] Franz.: Sprechen wir nicht mehr davon!

versuchte er, wenn möglich, anwesend zu sein. Die Tischgespräche verliefen dann anders als gewöhnlich, und die Nichten hielten sich in der Regel zurück, sprachen nur, wenn der Onkel sie etwas fragte.

Zunächst besprachen die Eheleute, was es an diesem Tage zu klären gab. Dann ging man zu allgemeinen Themen über, die sich außerhalb der Familienereignisse bewegten. So hatte Tante Geneviève zunächst vorgeschlagen, im Lichtspielhaus den neuen *Hamlet* zu sehen, einen Stummfilm von und mit der berühmten Asta Nielsen. Die Inszenierung des Shakespeare-Klassikers war in diesen Tagen in aller Munde. Es war ein gewagtes Stück, denn die Handlung war so verändert, dass Hamlet eine dänische Prinzessin in Männerkleidern war. Wenn man also in den Salons der feinen Gesellschaft in der Lage sein wollte, mitzureden, gleichgültig, was man davon halten mochte, musste man den Film gesehen haben. Martha und Ida hatten natürlich sofort begeistert zugestimmt, der Onkel wie erwartet abgelehnt und dann das Thema gewechselt. Er war sofort zu dem übergegangen, was sich jenseits der südlichen Schweizer Grenze zusammenbraute.

Das für den Film „Hamlet", von dem Künstler Franz Peffer entworfen und von der Verlagsdruckerei Meissner & Buch in Leipzig vervielfältigte Kinoplakat auf das Jahr 1920. Es zeigt die dänische Schauspielerin Asta Nielsen in dem von ihr produzierten Stummfilm *Hamlet*.

Dort schien ein Schriftsteller namens D'Annunzio, der sich im Ersten Weltkrieg durch seine Führungsqualitäten und spektakuläre Aktionen wie den Abwurf von Flugblättern über dem feindlichen Wien einen Namen gemacht hatte, mit dem Frieden nicht zufrieden zu geben. In der Schweiz beobachtete man genau, was sich jenseits der Grenzen tat.

Ida erinnerte sich, eben dieses Flugblatt an der Wand des Lazaretts gesehen zu haben, kam aber nicht dazu, etwas anzumerken, denn der Onkel fuhr in seinem Monolog fort.

„Die Italiener haben die Lage nicht im Griff", belehrte er die Damen am Tisch. „Dieser Kerl hat schon die Kontrolle über Fiume[55] übernommen und

---

[55] Das heutige Rijeka wurde kurz darauf tatsächlich Schauplatz der sogenannten „Blutweihnacht" von 1920, als italienische Soldaten gegen ehemalige italienische Soldaten kämpften. Pünktlich zum 24. Dezember ging es los, am 29. Dezember hatte Italien die kleine Republik eingenommen.

eine italienische Regentschaft begründet! Einfach so, ohne Befehl, nur weil ihm das in den Kopf kam! Das muss man sich einmal vorstellen! Auch, wenn die italienischsprachige Bevölkerung in der Stadt in der Mehrheit ist und diesen Einmarsch der glühenden Nationalisten unterstützt, darf man nicht vergessen, dass die italienische Regierung mit dieser Aktion nicht einverstanden ist! Dieses nicht anerkannte Staatsgebilde mit seiner improvisierten Regierung ist doch in keiner Weise seinen Aufgaben gewachsen! Wenn das jeder so machen würde, wo kämen wir da hin in der Welt? Wenn jede Sprachgruppe der Schweiz einfach einen eigenen Nationalstatt ausriefe, nicht auszudenken! Die Schweiz braucht Frieden, Europa braucht Frieden! Aber überall herrschen noch diese Soldaten nationalistischer Gesinnung, die keine Ruhe geben wollen! Dort unten in Italien, oben im Baltikum, dann die Wehrbewegung in Deutschland, überhaupt!"

„Solange es Militär gibt, wird es auch Kämpfe geben", warf seine Frau ruhig ein. „Das ist die Daseinsberechtigung der Armeen, denn sonst würden diese sich nur langweilen und sich recht unnütz vorkommen. Nicht einmal die brave Schweiz kommt ja ohne Armee aus. Man müsste weltweit die Armeen abschaffen, dann gäbe es auch keine Kriege mehr."

Ihr Mann bedachte sie mit einem Seitenblick. „Hinter den Militärs stehen wirtschaftliche Interessen, meine Liebe. Und diese können niemals abgeschafft werden. Es ist ein Trugschluss zu glauben, dass es ohne Armee keine Kriege gäbe." Und mit einem Augenzwinkern an seine Frau fügte er süffisant hinzu: „Frauen können das, Gott sei's gedankt, nicht entscheiden! Sonst würden die Damen so unüberlegte Dinge tun, wie sämtliche bewaffneten Mächte abzuschaffen und die schöne Schweiz jedem dahergelaufenen Aggressor, wie diesem Hitzkopf D'Annunzio, in die Hände spielen!"

Ida und Martha zogen angesichts dieser unglaublichen Beleidigung die Köpfe ein, aber ihre Tante blieb souverän. Sie lachte: „Das, mein Lieber, würdet ihr und eure Banken schon zu verhindern wissen!"

Auch ihr Mann lachte. Damit war das Gespräch beendet und man hob die Tafel mit einem abschließend vereinbarten Termin für das Lichtspielhaus auf.

Noch unter dem Eindruck dieses Tischgesprächs gingen Ida und Martha anschließend schweigend in ihr Zimmer. Ida setzte sich aufs Bett.

„Ich freue mich so, dass du gekommen bist!", klopfte sie auf den freien Platz neben sich und lud ihre Schwester ein, sich ebenfalls dorthin zu setzen. „Wie in alten Zeiten!"

„Diese Ehe soll einer verstehen", folgte Martha der Einladung und plumpste kopfschüttelnd dort nieder. „Der Onkel ist immer so, wie soll ich sagen,

---

Etwa 60 Menschen waren bei den Kämpfen gestorben. D'Annunzio floh aus Fiume, und zwar in das Land, dem er eben den Krieg erklärt hatte.

angriffslustig? Tante Geneviève lacht über vieles, was er so todernst sagt, und er nimmt es ihr nicht einmal übel! Und sie nimmt ihm auch nicht übel, wenn er nicht gerade schmeichelhafte Dinge sagt. Wie macht sie das nur? Ich weiß jedenfalls nie, wie ich mich verhalten soll. Und trotzdem fühlt man sich hier im Haus willkommen, *odr?*"

„Ich glaube, im Grunde sind die beiden sich über das Ziel einig, nur über den Weg dorthin vielleicht nicht", überlegte Ida. Sie ließ sich zurückfallen und verschränkte die Arme hinter dem Kopf. „Ich glaube, sie sind ganz glücklich miteinander. So eine Ehe möchte ich auch einmal führen! Ich stelle das mir sehr anregend vor, du nicht?"

Ida schielte bei dem letzten Satz zur Seite, ohne den Kopf zu wenden. Doch Martha ging auf ihre Anspielung nicht ein.

Martha rollte sich neben ihre Schwester, stützte den Kopf in die hohle Hand und zwinkerte ihr zu: „Es kommt darauf an, wie man so einen Mann zu nehmen weiß. Da hat Gottfried mit dir einmal den leichteren Part, so viel steht fest."

Ida richtete sich abrupt auf die Ellbogen: „Du meinst also auch, ich soll auf Gottfried zugehen?" Natürlich hatte sie Martha in einem langen Brief von der infamen Beschuldigung ihres Verlobten unterrichtet.

„Das habe ich nicht gesagt", schüttelte Martha den Kopf. Wie zur Unterstreichung ihrer Worte vollzog sie die entgegengesetzte Bewegung ihrer Schwester. Sie legte sich hin und sprach an die Decke. „Er hat sich ganz unerhört benommen, daran besteht kein Zweifel. Aber darum geht es meines Erachtens nicht."

„Nicht?"

„Nein. Man könnte Gottfried zugutehalten, dass er dich liebt und deshalb auf die törichte Idee kommt, dich der Untreue zu bezichtigen", überlegte Martha, während Ida an ihren Lippen hing wie ein ratsuchender Pilger an den Äußerungen eines Orakels. „Aber was, wenn er einfach nur eine Neigung zur Eifersucht hat? Das ist einer der schlimmsten Wesenszüge, der meist tief wurzelt und nicht so leicht auszumerzen ist. Eifersucht sucht mit Eifer, was Leiden schafft ... ich weiß nicht mehr genau, wie das Sprichwort geht. Jedenfalls stelle ich mir ein Leben an der Seite eines solchen Charakters nicht leicht vor."

Ida sackte buchstäblich in sich zusammen. Das wollte sie nicht hören. Ihr Herz krampfte sich zusammen. Martha hatte recht. Sie hatte scharfsinnig die Lage auseinandergelegt und die Möglichkeiten aufgezeigt. Wenn das so war, dann ließ das nur eine Schlussfolgerung zu: Sie musste die Verlobung lösen! Keine Frage. Doch mit diesem Gedanken überkam sie ein neuer Zweifel, der ihr bis dahin nicht in den Sinn gekommen war: Und was dann?

„Auf der anderen Seite ...", fuhr Martha fort, und Ida hob sogleich den Kopf, wie von einem Wirbelsturm an widersprüchlichen Gefühlen mitgerissen.

„Ja?"

Martha rappelte sich auf die Höhe ihrer Schwester, blickte aber geradeaus, als spräche sie zu einem Wesen direkt vor ihr.

„Menschen sind unvollkommen. Niemand ist perfekt, wir auch nicht, *odr*?" Sie lächelte ihre Schwester an. „Wenn die Eifersucht nicht zu stark ausgeprägt ist, wenn sie auf bloßer Unsicherheit beruht, die in der Verlobungszeit noch vorhanden ist, dann ist das vielleicht gar nicht so tragisch? Eine Frau wie unsere Tante könnte damit sicher gut umgehen."

„Meinst du, ich sollte Tante Geneviève um Rat fragen?", seufzte Ida. Sie hatte gehofft, Martha würde ihr raten, was zu tun wäre. Sie selbst hatte diese Gedanken an das unschöne Gespräch zwischen ihrem Verlobten und ihr seit Wochen immer wieder durchgespielt, rauf und runter, kreuz und quer, und war doch nie zu einem Ergebnis gekommen. War sie mit Gewissheit eingeschlafen, weil sie einen bestimmten Punkt erreicht hatte, so nur, um am nächsten Morgen mit neuen Zweifeln zu erwachen. So ging es schon seit Wochen. Nun verwies ihre Schwester sie zu ihrer Enttäuschung an die Tante. Doch diese hatte sich immer so verhalten, dass sie zwar mit Rat zur Verfügung stand, gleichwohl die Botschaft dabei immer klar war: Die Entscheidung lag bei Ida.

„Nein", sprang Martha zu ihrer Überraschung aus dem Bett und stellte sich mit einem geheimnisvollen Gesichtsausdruck vor ihre Schwester, „wir fragen nicht die Tante! Wir fragen das Pendel!"

Schon wirbelte sie herum, kramte etwas aus ihrer Reisetasche und hielt kurz darauf Ida, die sie aufmerksam beobachtete, mit ausgestreckter Hand eine kleine Schachtel hin. Ida nahm sie und öffnete den Deckel. Darin fand sie einen kleinen goldglänzenden Metallkegel, der an einer dünnen Kette befestigt war.

„Was ist das?", zog sie an der Kette und hob den Kegel auf Augenhöhe. Mit der Spitze nach unten schaukelte das Metallstück vor ihrer Nase hin und her.

„Das habe ich von einer armen Frau, die es mir am Bahnhof in Regensburg verkaufen wollte", setzte sich Martha wieder neben sie, und blickte auf das Pendel, als würde es die Begebenheit erzählen, und nicht sie. Ihre Stimme klang wie aus einer fernen Erinnerung. „Sie brauchte wohl Geld, sie war ganz armselig gekleidet, so dürr, dass man das Vaterunser durch ihre Rippen hätte hauchen können. Sie schaute mich seltsam an, mit fiebrigen Augen, als wäre ich eine Art Erscheinung. Ich habe mich fast ein wenig gefürchtet. Ich wollte schon weitergehen, aber sie hat mich festgehalten. Sie vertraute mir an, dass das Pendel von weit her käme, vom Goldenen Horn, und dass es sehr wertvoll sei."

„Ist es aus Gold?" Ida kniff die Augen zusammen, griff nach dem Pendel und drehte es prüfend wie ein Uhrmacher in der Hand.

„Nein. Das ist nicht mit wertvoll gemeint. Sie sagte, es biete unschätzbaren Wert, aber man muss wissen, wie man damit umgeht."

"Das klingt unheimlich." Ida bekam eine Gänsehaut.

„Sie sagte, das Pendel beantworte jede Frage, zuverlässig und ehrlich", erklärte Martha weiter, „aber man müsse aufpassen, dass man genau die richtige Frage stellt! Denn sonst würden die Antworten in die Irre führen, anstatt zu helfen."

Ida ließ das Objekt ein wenig schaukeln, dann die Kette in die Hand sinken.

„Hast du es ihr abgekauft?", fragte sie das Offensichtliche. Sie meinte damit eher ihre Bedenken, dass ihre Schwester sich mit einer Betrügerin eingelassen hatte, die ihr nur Geld aus der Tasche ziehen wollte. Sie war hin- und hergerissen zwischen dieser Befürchtung und einem geheimnisvollen Schauer, den die Geschichte ihr dennoch einjagte.

„Eben nicht!", flüsterte Martha und machte dabei große Augen. „Sie wollte kein Geld nehmen! Partout nicht! Nicht einmal als Spende, die ich ihr geben wollte. Sie drückte mir die kleine Schachtel in die Hand, sah mich beschwörend an und sagte, sie sei froh, es einem Menschen geben zu können, von dem sie wisse, dass er damit umgehen könne. Das Pendel habe ihr gesagt, sie solle einen solchen Menschen finden. Ihr nütze es nicht mehr. Und dann ist sie einfach weggegangen, kann man sich das vorstellen? Ich wollte ihr folgen, aber sie hat sich umgedreht und mir mit der Hand ein strenges Zeichen zum Stehenbleiben gegeben. Sie hat mir so lange in die Augen geschaut, bis sie sicher war, dass ich ihr wirklich nicht mehr folgen würde. Es war ausgesprochen merkwürdig, es war mystisch ... "

Ida starrte auf das Pendel in ihrer Hand.

„Mystisch...", murmelte Ida, immer noch hin- und hergerissen zwischen Zweifel und Faszination, „lernt man so etwas im Kloster?"

Sie fragte das, weil sie im Grunde von dieser geheimnisvollen Angelegenheit überzeugt werden wollte, die ihr womöglich den Weg zur Lösung ihres Problems aufzeigen konnte. Die Faszination zog heftig.

„Wo denkst du hin!", winkte Martha ab, nun wieder ganz in der Wirklichkeit ihres Zimmers angekommen. „Dort ist alles streng geregelt. Ich weiß nicht einmal, ob man mir erlauben würde, so ein Pendel zu besitzen." Sie wartete ab, bis ihre Schwester sie fragend ansah, dann nahm sie ihr das Pendel aus der Hand. Sie zog es an der Kette hoch und betrachtete es wie eine Braut den gerade geschenkten, langersehnten Verlobungsring.

„Weiß du, ich verstehe das anders. Die Wege Gottes sind unerforschlich! Vielleicht hat mir Gott diese Frau geschickt? Pendeln ist kein Zauber, kein Hexenwerk, sondern nur ein Hilfsmittel, um direkter mit Gott sprechen zu können, verstehst du?"

Sie drehte den Kopf zu Ida, um zu sehen, ob sie verstand. Sie ließ den Goldkegel zurück in sein Kästchen sinken, weil sie offensichtlich merkte, dass ihre Schwester es nicht tat.

„Ach, Ida", presste Martha die Lippen zusammen und schüttelte leicht den Kopf, als wollten Worte hervordringen, die sie nicht auszusprechen wagte, „weißt du, ich muss dir etwas gestehen ..."

Jetzt richtete Ida ihre Augen hellwach auf sie. Endlich! Endlich öffnete sich Martha ihr, so wie früher. Darauf hatte Ida so lange gewartet! Ihre Schwester war wider Erwarten doch nach Lausanne gekommen, und jetzt würden sie wieder zusammen sein, so wie früher. Ida hielt den Atem an, nicht weil sie gespannt war, was Martha ihr gestehen würde — das war nebensächlich —, sondern weil sie den Übergang zurück in dieses innige Vertrauen nicht zerstören wollte. Martha musste nur noch einen letzten kleinen Schritt auf sie zu tun!

„In letzter Zeit fällt es mir schwer, Gott zu hören", flüsterte Martha, als wäre es schon eine Sünde, dies laut zuzugeben. „Zu Beginn war die Zurückgezogenheit dort im Kloster wie ein frisch sprudelnder Brunnen. Ich habe stundenlang Dialoge geführt, weißt du. Nicht gebetet, nein, richtig mit Gott gesprochen! Und jeden Morgen erwachte ich mit Antworten und einer Gewissheit im Herzen, die überwältigend war. Es war wunderbar, Ida! Und dann, eines Tages, hat es plötzlich aufgehört. Ich habe Geduld bewiesen, gedacht, dass Gott mir eine Pause verordnet hat. Aber die Pause dauert schon lange und jetzt denke ich, dass ich die Verbindung verloren habe, begreifst du? Ich habe es zu leicht genommen, es als selbstverständlich betrachtet, dass es genügte, sich im Kloster aufzuhalten und schon kann ich mit Gott reden wie ich es mit dir tue. Ich war hochnäsig. Aber ich habe meine Lektion jetzt gelernt." Sie senkte den Kopf. „Trotzdem will es mir nicht mehr gelingen, ihn zu hören. Dabei habe ich so wichtige Fragen! Egal, wie inständig ich bete, wie oft ich die Mutter Gottes anflehe, ich bekomme keine Antwort mehr."

Ida erhob sich vom Bett und ging auf die Kommode an der Wand zu, ziellos, aber aus gutem Grund, denn sie konnte das freudige Lächeln auf ihren Lippen kaum unterdrücken. Was für ihre Schwester ein großer Kummer war, bedeutete für sie eine gute Nachricht. Für Ida waren Marthas Zweifel der Beweis, dass sie all die Zeit recht gehabt hatte, dass Martha nicht für ein Leben hinter Klostermauern gemacht war. Vielleicht führten Marthas Zweifel diese nun wieder in die Freiheit, heraus aus dem eingesperrten Leben, hinaus in ein gemeinsames Schicksal, zurück an die Seite ihrer Schwester? Vielleicht war Martha sogar verliebt? Konnte es sein, dass sie dort, in dieser Abgeschiedenheit, einem Mann begegnet war, der ihr Herz erobert hatte? Ein warmer Schauer überlief Ida, der einzig und allein von ihrer lebhaften Phantasie hervorgerufen wurde.

Während Ida am anderen Ende des Zimmers stand redete Martha in ihrem Rücken weiter, glaubte wohl, ihre Schwester wolle ihr Raum geben und sei nur deshalb ein paar Schritte quer durch das Zimmer gegangen.

„Je mehr ich es versuchte, desto stiller wurde es um mich. Schließlich vertraute ich mich der Novizenmeisterin an, und die riet mir, deine Einladung anzunehmen und nach Lausanne zu fahren."

„Ach ja?", Ida befühlte willkürlich das Spitzendeckchen, das die Kommode zierte. Erstaunen, aber auch Misstrauen ergriffen von ihr Besitz. Mit einem Hüftschwung drehte sie sich um. „Sie hat dir zu dieser Reise geraten?"

Martha nickte heftig. „Und kaum auf dem Bahnhof angekommen, hatte ich diese interessante Begegnung." Jetzt war es Martha, die lächelte, aber im Gegensatz zu ihrer Schwester verbarg sie ihr Lächeln nicht. Ganz im Gegenteil, sie versprühte es, wie einer dieser hübschen Zimmerbrunnen ihre Feuchtigkeit. „Siehst du den Zusammenhang?"

„Na, da kann ich ja froh sein, dass dich andere davon überzeugt haben, meiner Einladung zu folgen." Das war schneller ausgesprochen, als Ida lieb war. Rasch schickte sie ein Lachen hinterher, um die Aggressivität des Gesagten etwas zu dämpfen.

Martha stimmte in das Feixen ein, stand auf, kam ihr entgegen und ergriff Idas Hände. „Ja, Ida, das war der göttliche Anfang dieser Reise!"

Damit konnte Ida gut leben. Grund genug, nichts weiter zu erwidern, auch wenn sie am liebsten noch ‚Reise in die Freiheit' hinzugefügt hätte. Eine Weile standen sie da, Hand in Hand, und schauten sich an. Sie lächelten, jede aus einem anderen Grund, aber doch wohlwollend der anderen gegenüber.

Schließlich drückte Martha Idas Hand und fragte: „Also? Willst du es versuchen?"

Ida warf einen Blick hinüber auf die kleine Schachtel, die auf der Bettdecke liegen geblieben war. „Warum nicht", zuckte sie mit den Schultern und scherzte: „Es kann nicht schaden, eine unabhängige Meinung einzuholen."

„So unabhängig ist sie gar nicht", prophezeite Martha und zog sie ans Bett.

„Aber nur unter der Bedingung, dass auch du das Pendel befragst!"

„Einverstanden."

Martha zog ein Beistelltischchen heran, das neben einem Sessel am Fenster stand — ein einladender Ort für Musestunden, den sie oft zum Lesen genutzt hatten —, entfaltete ein rundes Tüchlein und strich es auf der Oberfläche glatt. Es wies einen Kreis mit Linien auf, die sich wie die Jahresringe eines Baumes nach innen verengten, bis sie sich in der Mitte in einem schwarzen Punkt trafen.

„Du musst die Spitze des Pendels genau über diesen Punkt halten", erklärte Martha ernster, als Ida es für nötig hielt, „und dann deine Frage stellen. Deine Hand muss erst ganz ruhig sein, das Pendel darf sich nicht bewegen. Erst dann darfst du fragen. Bewegt sich das Pendel im Uhrzeigersinn, ist das ein

Ja. Bewegt es sich gegen den Uhrzeigersinn, so ist das ein Nein. Hast du alles verstanden?"

Ida nickte. Sie dachte nach. Sie streckte die Hand aus und versuchte, sie so reglos wie möglich zu halten. Das war nicht einfach. Das Pendel schwang beträchtlich. Schließlich brachte sie es mit der anderen Hand zum Stillstand, holte tief Luft und fragte laut: „Wird Gottfried den Schritt auf mich zu machen?"

Noch bevor das Pendel eine Chance hatte, legte Martha ein Veto ein: „Aber Ida, das kann das Pendel doch gar nicht wissen! Du musst eine Frage stellen, die nur aus dir heraus beantwortet werden kann. Du hältst das Pendel in der Hand, nicht Gottfried."

„Ach so", murmelte Ida und kam sich ein wenig dumm vor. „Das hast du nicht gesagt." Erneut hielt sie das Pendel still. „Werde ich heiraten?"

Aber wieder kam Martha mit einem Einwand dazwischen, worauf Ida das Pendel mit einem Seufzer der Ungeduld sinken ließ.

„Die Frage ist viel zu ungenau!", erklärte Martha mit dem Eifer einer Lehrerin, die ihre beste Schülerin auf ein Examen vorbereitet. „Die Antwort mag ‚Ja' lauten, aber dann weißt du noch lange nicht, wen und wann und wie? Verstehst du? Du musst die Frage ganz genau stellen, wenn du eine Antwort willst, mit der du wirklich etwas anfangen kannst."

Wieder machte Ida die nötigen Vorbereitungen. Sie schielte unsicher zu ihrer Schwester, als sie ihre Frage stellte, und das Pendel begann bereits zu schwingen, weil sie sich nicht konzentrierte. „Soll ich die Verlobung halten oder lösen?"

„Das Pendel kann nur mit ‚Ja' oder ‚Nein' antworten."

Ida schnaufte, kniff die Lippen zusammen. Aber sie ließ sich nicht entmutigen. „Soll ich die Verlobung lösen?"

Martha guckte sie mit großen Augen an, sagte aber zunächst nichts. Dann doch.

„Die Frage ist viel zu groß, Ida!", legte sie ihr sanft die Hand auf den Arm, so dass das Pendel nach unten schwang. Sie spürte wohl, dass ihre Schwester im Begriff war, alles in die Ecke zu pfeffern, so wie früher ihre Puppe, wenn das Kleidchen nicht über die steifen Ärmel passen wollte. „Kleine Schritte! Du musst ganz kleine Schritte machen! Sonst ist es zu viel für dich. Du willst doch achtsam mit dir umgehen."

Ida seufzte, aber sie verstand. Sie wartete eine Weile. Dann endlich glaubte sie, die richtige Frage gefunden zu haben.

„Ist Gottfried es wert, dass ich mich anstrenge?"

Endlich schien Martha mit dem Vorgang einverstanden. Gebannt starrten die jungen Frauen auf den goldenen Kegel, der sich langsam zu bewegen begann. Ida bemühte sich, ihre Hand ganz ruhig zu halten, doch das Pendel schlug immer deutlicher aus, bis es sich eindeutig im Uhrzeigersinn drehte.

„Ein ‚Ja'!", jubelte Martha.

Ida stoppte die Drehung mit der anderen Hand und ließ das Pendel in ihren Schoß sinken. Es war auch an der Zeit, denn ihr Arm hätte nicht mehr viel länger in dieser Position aushalten können. In gewisser Weise war sie erleichtert, dass der Kegel nicht in die andere Richtung ausgeschlagen war. Diese Erkenntnis kam für sie nicht überraschend. Aber sie ging mit einer wachsenden Gewissheit einher und das fühlte sich eigentümlich gut an.

„Siehst du", stupste sie Martha an, „jetzt hast du eine Antwort, mit der du weiterarbeiten kannst. Das ist ein erster kleiner Schritt, nicht viel, aber genug, um die nächste Frage zu finden. Auf diese Weise kann man sich behutsam voranarbeiten."

„Du glaubst also, dass der liebe Gott mich als Medium benutzt hat und dieses Pendel nur sein Werkzeug ist?"

„Ja!" Im Brustton der Überzeugung richtete sich ihre Schwester sogar auf. „Es ist doch völlig gleichgültig, auf welche Weise man mit Gott spricht. Und wenn man Hilfsmittel braucht, weil man gerade oder überhaupt blockiert ist, dann ist das doch in Ordnung. Das mag zwar nicht die offizielle Meinung der Kirche sein, aber daran glaube ich ganz fest."

Also ja, dachte Ida. Gottfried war es wert, dass sie sich bemühte. Diese Antwort des Pendels fühlte sich zwar gut an, das musste sie sich eingestehen, aber sie half ihr nicht wirklich weiter. Was sollte sie mit diesem Hinweis anfangen? Die Beleidigung, sein ungebührliches Verhalten und vor allem seine hartnäckige Haltung, den Vorfall — und damit die Verletzung, die er ihr zugefügt hatte — zu ignorieren, bohrten noch immer in ihr. Um nicht weiter darüber zu grübeln und auch, um von sich abzulenken — Martha beobachtete sie mit Argusaugen —, drückte sie ihrer Schwester den Kegel in die Hand.

„Und jetzt du!"

Ida hoffte, dass sie nun allenfalls etwas über eine heimliche Liebe zu hören bekam, und wenn nicht das, dann wenigstens eine Frage, die in die Richtung der von ihr für ihre Schwester ersehnten Freiheit wies. Sie war fast noch aufgeregter, als sie es bei ihrem eigenen Tun gewesen war.

Martha wehrte sich nicht. Sie saß schweigend da, das Pendel in der Hand im Schoß, und schloss lange die Augen, bevor sie sich ans Werk machte.

„Ist der dominikanische Weg der richtige für mich?"

Fast wäre Ida aufgesprungen. Martha fragte nach dem dominikanischen Weg und nicht grundsätzlich! Die Frage, ob ein Kloster für sie in Frage käme, schien gar nicht mehr auf der Tagesordnung zu stehen, sondern nur noch: welches?

Nun sprang sie doch auf: „Die Frage ist viel zu groß!"

Martha hob den Kopf.

„Viel zu groß!" Wie Wasser aus einem Gartenbrunnen, das von kräftiger Hand gepumpt wird, sprudelte es aus ihr heraus. „Das hast du selbst gesagt!

Man muss kleine Fragen stellen!", beharrte Ida vehement, ohne das Gesagte wirklich unter Kontrolle zu haben.

Martha schüttelte sanft den Kopf: „Nein, das ist sie nicht mehr, Ida. Weißt du, ich habe auch ohne Pendel einen weiten Weg zurückgelegt. Das ist jetzt genau die richtige Frage. Bevor ich den Weg überhaupt beschreite, sollte ich an dieser Stelle Gewissheit verspüren. Es ist die eine Frage, die auf diesen Weg immer wieder kommen wird. Immer wieder kann und muss man auf diesem Weg neu entscheiden. Aber bestimmt sollte man vor dem ersten Schritt keine Zweifel haben."

Ida wollte heftig widersprechen, dachte dann aber, dass ein ‚Nein' auf diese große Frage genauso gut möglich war wie ein ‚Ja'. Vielleicht war diese Frage für ihre Schwester der kleine Schritt, der nötig war, um die Richtung zu ändern? Wenn ihre Schwester also mutig genug war, diese Frage zu stellen und das Risiko eines ‚Neins' einzugehen, dann wollte sie es auch sein.

Beide verfolgten gebannt die Bewegung des Pendels, bis es sich langsam und dann immer heftiger im Uhrzeigersinn zu drehen begann.

„Ha!", warf Ida die Arme in die Luft, „das ist doch alles Aberglaube! Nichts als Aberglaube! Du kannst doch eine so wichtige Entscheidung nicht von einem Pendel abhängig machen! Also wirklich, Martha!"

Ihre Enttäuschung über die Frage war noch größer als über die Antwort des Pendels. Sie hatte zwar nicht ernsthaft erwartet, dass Martha nach einer Herzensangelegenheit romantischer Art fragen würde, aber sie hatte es sich gewünscht. Und dass dieses dumme Stück Messing auf diese große Frage nun so antwortete, das wollte, das konnte sie nicht einfach hinnehmen!

✳✳✳

Das Frühstück am nächsten Morgen musste im Speisezimmer eingenommen werden. Es regnete. Achilles wurde zum Mittagessen erwartet. Auch der Onkel wollte zu diesem Anlass zu Hause speisen. Die Tante hatte der Köchin das Menü aufgetragen und las nun, wie jeden Morgen, aus der Zeitung vor, was ihr interessant erschien. Das Pendel war in seinem Kästchen verschwunden, und Ida und Martha zogen es vor, die Sache eine Weile ruhen zu lassen. Sie sprachen nicht darüber.

„Eine bewundernswerte, kluge Frau!", ertönte ein begeisterter Ausruf hinter der Zeitung. Ohne das Blatt aus der Hand zu legen, lenkte die Tante die Aufmerksamkeit ihrer Nichten auf sich.

Martha und Ida setzten gleichzeitig ihre Kaffeetassen ab.

„Euer Friedrich Ebert hat eine Rede gehalten über diesen — ich zitiere — Schmutz, der euch aufgezwungen wird, über das Schweigen der Kulturwelt über die vielen Sittlichkeitsverbrechen, über die Verseuchung der Bevölkerung mit Geschlechtskrankheiten und dergleichen. Dass der Einsatz von farbigen Truppen niedrigster Kultur als Aufseher über eure geistig und

135

wirtschaftlich so hochstehende Bevölkerung eine herausfordernde Verletzung der Gesetze der europäischen Zivilisation sei!"

Martha und Ida warteten ab, was nun folgen würde, denn Ebert war offensichtlich nicht die Frau, der dieser begeisterte Ausruf von kurz zuvor gegolten hatte.

„Kennt ihr die Reichstagsabgeordnete Luise Zietz?", erschien auf dem Gesicht der Tante ein Leuchten, als sie für einen Moment die Zeitung sinken ließ, um ihre Nichten anzusehen.

Martha und Ida schüttelten die Köpfe.

„Eine kluge Frau!", wiederholte die Tante und schlug die Zeitung wieder auf. „Hört, was sie geantwortet hat!" Sie las vor: „*Ich will darauf hinweisen, dass diejenigen, die die sich mit Recht über die viehischen Rohheiten im besetzten Land echauffieren, keine Worte des Protests gefunden haben, als in Deutschland unsere eigenen Landsknechte solch viehische Rohheiten gegen deutsche Frauen begangen haben, unsere Truppen im Ausland in der furchtbarsten Weise gehaust haben, gerade auf dem Gebiet der Sittlichkeit. Was ist das denn anderes, als dass man sich gegen die schwarze Rasse wendet!*"

„Das steht in der Schweiz in der Zeitung?", wunderte sich Ida. Über Frauen wurde in der Presse, wenn überhaupt, für gewöhnlich eher kritisch berichtet.

„Iwo!", faltete die Tante die Zeitung auf der Titelseite auf und zeigte sie ihren Nichten. Da stand in großen Lettern *Die Vorkämpferin*[56]. „So etwas interessiert die großen Tageszeitungen in der Schweiz doch nicht! Mädchen, ihr müsst euch aus verschiedenen Quellen informieren. Es ist immer gut, andere Standpunkte zu kennen, vor allem, wenn man sie nicht teilt. Merkt euch das! Womit ich nicht sagen will, dass ich in diesem Fall die Meinung nicht teile."

Ida strich sich gedankenvoll Pflaumenmarmelade auf eine Brotscheibe. Die Tante hatte recht. Immer hatte sie nur die Zeitung ihres Vaters gelesen, immer nur böse Kritik an diesen linken Weibern, so dass sie selbst oft gedacht hatte, dass diese Frauen nicht nur zu Übertreibungen neigten, sondern bestimmt von den Kommunisten beeinflusst waren? Dass die Tante diese Meinung nicht teilte, machte sie nachdenklich.

Martha hingegen antwortete: „Das ist ein guter Hinweis, Tante Geneviève! Ich werde ihn in Zukunft beherzigen. Wenn ich es mir recht überlege, war ich bei der Suche nach Quellen bisher sehr einseitig."

Ida warf ihr einen Seitenblick zu, war versucht einzuwerfen, dass das wohl so sei, besonders wenn man an die Quelle eines Pendels denke. Der Ausgang der gestrigen Erfahrung vergällte ihr sogar die eigene gute Erfahrung damit.

---

[56] Für die Arbeiterinnen gründete Margarethe Hardegger 1906 die gewerkschaftliche Frauenzeitschrift «Die Vorkämpferin», die 1920 einging. Die Nachfolgerin «Frauenrecht» (1929-1937) war das Organ der sozialdemokratischen Frauen in der Schweiz.

„Tante, Ida", fuhr Martha unvermittelt fort, sinnlos in ihrer Tasse rührend. Sinnlos, weil sie weder Zucker noch Milch hineingetan hatte. „Ich möchte euch um einen Gefallen bitten."

Schwester und Tante hoben die Köpfe, die eine misstrauisch, die andere in sichtbarer Erwartung dessen, was folgen möge.

Martha legte den Löffel auf den Unterteller, erhob Gesicht und Stimme: „Ich möchte Achilles bitten, mir endlich die Erlaubnis zu erteilen, als Novizin in das Kloster Heilig Kreuz eintreten und meine Ausbildung beginnen zu dürfen. Er zögert noch immer damit. Ich bitte Euch, mich in meinem Anliegen zu unterstützen. Ohne diese Erlaubnis möchte ich nicht abreisen!"

Wahrscheinlich hatte Martha das Gespräch über Rechte und Selbstbestimmung der Frauen als einen geeigneten Moment angesehen, um ihr Anliegen zur Sprache zu bringen. In Anbetracht der Tatsache, dass ihr Bruder der Herr über ihre Entscheidung war, mochte dieser Gedanke naheliegend sein. Aber für Ida war es eine unerfüllbare Bitte, die ihre Schwester an sie richtete! Sie konnte und wollte diesen Schritt einfach nicht gutheißen! Ihre lebensfrohe, hübsche und intelligente Schwester durfte nicht hinter diesen Mauern verkümmern! Das durfte nicht sein! Achilles war gut beraten gewesen, sie bisher davon abzuhalten. Martha hatte nur aus Kummer diesen Weg eingeschlagen, und nun war sie in diesem Sog gefangen und kam nicht mehr heraus. Wenn Ida jemanden in dieser Frage unterstützen wollte, dann ihren Bruder und nicht Martha.

Die Tante hob die Augenbrauen, sah Martha über die herabgesenkte Brille prüfend an, als ob sie ein Kunstwerk studiere, das sich ihr nicht sofort erschließen wollte. Sie sagte aber nichts.

Dazu kamen auch weder sie noch Ida. In diesem Moment schob das Hausmädchen den Kopf durch die Tür und meldete Besuch. Allgemeine Verwunderung machte mit Blicken die Runde um den Tisch. Achilles und der Onkel wurden erst viel später erwartet.

„Wer ist es?", wollte die Tante vom Dienstmädchen wissen.

„Ein junger Herr, ein gewisser Gottfried Schuler."

Ida ließ vor Schreck das Marmeladenbrot fallen.

Natürlich mit der bestrichenen Seite nach unten und direkt auf ihren Rock.

***

„Hast du dein Hochzeitskleid schon anprobiert?"

Ida warf ihrem Verlobten einen erstaunten Seitenblick zu. Sie saßen auf der Gartenbank an der Hauswand, wo sie ungestört waren. Es hatte zu regnen aufgehört, war aber nass und kühl. Ida zog das Schultertuch fester um ihre Schultern, aber nicht, weil ihr kalt war, sondern weil sie verblüfft über die Frage war. Sie antwortete mit einem schlichten „Nein".

Es entstand eine Pause, in der weder sie noch Gottfried zu wissen schienen, was sie sagen sollten.

„Aber warum denn nicht?", drehte er ihr den Kopf zu. Er hob die Brauen, um sein Erstaunen zu unterstreichen, das in seiner Stimme schon deutlich zu hören war.

Ida wusste nicht, wie sie reagieren sollte. Gottfried hatte den weiten Weg in die Schweiz auf sich genommen, um sie zu besuchen, aber die Art und Weise, wie sie auseinander gegangen waren, überging er weiterhin vollkommen. Auch wenn er ihr nun persönlich gegenüberstand, fuhr er fort so zu tun, als sei nichts geschehen, so wie er die Beleidigung auch in jedem Brief übergangen hatte. Sein unerwartetes Erscheinen in Lausanne hatte bei Ida zunächst Erleichterung ausgelöst. Sie hatte fest damit gerechnet, dass er sich nun persönlich entschuldigen und den Streit aus der Welt schaffen würde. Daran hatte sie überhaupt nicht gezweifelt, so dass sie nun völlig entsetzt war, dass dies nicht geschah. Aber die Antwort des Pendels, das ihr nahegelegt hatte, dass sie sich auf ihn einlassen sollte, wirkte immer noch in ihr, ob sie wollte oder nicht. Also holte sie tief Luft und antwortete so ruhig wie möglich, aber mit deutlichen Worten.

„Aber hör mal! Du hast mich beleidigt!" Wenn er nicht selbst darauf kam, musste man es ihm sagen.

Gottfried schaute sie an wie ein Kind seinen Lehrer, der von ihm erwartet, eine aussichtslose Rechenaufgabe an der Tafel zu lösen.

„Und verletzt!", fügte sie heftig hinzu, um es noch deutlicher zu machen. Und als er immer noch nichts sagte, sondern nur blöde aus der Wäsche guckte, fuhr sie fort: „Jawohl! Ich bin zutiefst verletzt! Mir zu unterstellen, ich hätte Männergeschichten der übelsten Art gehabt! Eine Behauptung, die jeder Grundlage entbehrt! Das ist eine so unsägliche Verletzung meiner Ehre als anständige Frau! Aber der Gipfel deiner Unverschämtheit ist, dass du es nicht einmal für nötig zu halten scheinst, dich für dein unmögliches Benehmen zu entschuldigen!"

Seine Stimme mit dem absoluten A schien verloren. Anstatt etwas zu antworten, krächzte er zusammenhangslose Laute, bis er endlich zu einem anständigen Satz in der Lage schien.

„Und deshalb stellst du unsere Verlobung in Frage?"

Ida spürte, wie sie in diesem Gespräch die Oberhand gewann, und war fest entschlossen, den eingeschlagenen Weg nicht zu verlassen.

„Du hast keinen Zweifel daran gelassen, dass du eine so unanständige Frau wie mich nicht heiraten willst!" Diese Behauptung war zwar etwas weit hergeholt, und er hatte sie auch nie so ausgesprochen, aber Ida wollte ihn provozieren, und der Augenblick war günstig.

„Aber das stimmt doch gar nicht!", empörte er sich und sprang von der Gartenbank auf. „Das habe ich mit keinem Wort gesagt! Ich ..."

„Aber du hast es mir zu verstehen gegeben!", fiel sie ihm in seine Rede, weil sie gerade so in Fahrt war und sie außerdem das Gefühl beherrschte, ihn damit endlich dahin zu bringen, wo sie ihn haben wollte.

Er setzte sich wieder und ergriff beide ihrer Hände: "Aber natürlich will ich dich heiraten! Ich beschwöre dich, Ida, das ist ein großes Missverständnis!"

Fast theatralisch drehte sie den Kopf zur Seite, blickte von ihm weg in die Luft, zog aber ihre Hände nicht zurück. Beinahe musste sie über sich selbst lächeln, weil sie so bühnenreif übertrieb. Aber die Genugtuung, die sie dabei empfand, tat ihr einfach zu gut, um das Schauspiel, in das sie sich inzwischen hineingesteigert hatte, aufzugeben.

„Du vermittelst mir den Eindruck, als sei ich dir völlig gleichgültig!", warf sie ihm vor, und obwohl ihr Tonfall wieder etwas übertrieben war, traf das, was sie sagte, in ihrem Herzen die Wahrheit dessen, was sie wirklich dachte.

„Sei versichert, ich habe die zärtlichsten Gefühle für dich, Ida! Die allerzärtlichsten! ... Vielleicht habe ich die falschen Worte gewählt", gab er dann kleinlaut zu, „das mag sein. Vielleicht bin ich zu weit gegangen? Vielleicht habe ich in der Enge meines Kopfes zu lange darüber nachgedacht und mich ein wenig verrannt?"

Sie provozierte weiter: "Ein wenig?"

„Na gut", seufzte er, „ziemlich verrannt. Ich wollte dich nicht verletzen, ich wollte *mich* beruhigen, und deine Reaktion damals hat mich durchaus beruhigt. Deshalb verstehe ich nicht ..."

„Ja, dich!", unterbrach sie ihn ein weiteres Mal, denn sie merkte schnell, dass dieser Satz in die falsche Richtung ging. Ziemlich hastig hatte er eine Kehrtwendung gemacht und war sofort wieder zu sich gekommen, anstatt darüber nachzudenken, wie sie sich in diesem Moment gefühlt haben mochte.

„Ich dachte, du hättest dich auch wieder beruhigt." Er klang wenig überzeugend.

Ida wandte ihm ruckartig das Gesicht zu und funkelte ihn bemüht böse an: „Und was hat dich davon überzeugt?"

„Ähhh", krächzte er wieder wie zuvor. Er räusperte sich in die Faust, sichtlich ratlos.

"Ich sag's dir!", fuhr Ida auf, stand diesmal von der Bank auf und schaute auf ihn herab. „Nichts an meinem Verhalten kann dich dazu ermutigt haben! Gar nichts! Du hast dir einfach keine Gedanken gemacht! So ist das nämlich. Nicht einmal, als ich ohne ein Wort in die Schweiz gefahren bin!"

„Aber das habe ich doch verstanden", verteidigte er sich nun wieder mit großer Selbstsicherheit. „Du wolltest nicht zu Hause bei deiner Stiefmutter bleiben, weil wir die Hochzeit verschieben mussten. Hier geht es dir doch viel besser."

Ida verzog den Mund. Natürlich hatte er recht. Dagegen konnte sie nichts sagen.

Ermutigt durch ihr Schweigen fuhr er fort: „Und dann haben wir uns doch Briefe geschrieben. Warum sollte ich also nicht glauben, dass alles wieder in Ordnung ist?"

„Und ist dir nicht aufgefallen, wie kurz angebunden meine Zeilen waren? Wie unpersönlich?"

Gottfried blinzelte. Er schüttelte den Kopf.

„Aber es waren ganz allerliebste Briefe", murmelte er.

Ida seufzte. Sie war kurz davor aufzugeben. Gegen diese Mischung aus männlicher Naivität und unbedachter Selbstsucht war kaum anzukommen. Hatte sie sich bis zu diesem Punkt noch zuversichtlich gefühlt, so schwammen ihr nun die Felle davon. Aber das Pendel hatte ihr gesagt, Gottfried sei es wert, dass sie sich bemühte. Also wollte sie sich bemühen.

„Nein, das waren sie nicht", zuckte sie daher traurig die Schultern. „Ich sage dir, du hast mir wehgetan, und ich erwarte eine Entschuldigung. Da! Punkt."

„Ich entschuldige mich." Es kam wie aus der Pistole geschossen und ohne Zögern, aber echtes Bedauern konnte Ida aus den Worten nicht heraushören. Eher klang es nach Ungeduld, endlich dieses Gespräch hinter sich zu bringen. Doch diesmal nahm Gottfried die Zügel in die Hand. „Ich entschuldige mich in aller Form", fügte er hinzu. „Und es tut mir leid, wenn ich deine Gefühle verletzt habe. Sag mir, was ich tun muss, um das wiedergutzumachen!"

Ida schwieg, setzte sich wieder neben ihn und verschränkte die Arme vor der Brust. Ihr fiel nichts mehr ein, was er zu seiner Entlastung hätte darüber hinaus noch tun können. Sie musste den Dingen wohl oder übel ihre Zeit lassen, musste warten, bis er ihr zeigte, dass es nur ein Ausrutscher gewesen war. Sie konnte es nicht erzwingen, dass sich das passende Gefühl in ihr einstellte. Sie war nun völlig verunsichert, ob es an ihm oder an ihr selbst lag, dass es sich eben nicht einstellen mochte.

„Na gut", nickte sie schließlich, denn er ließ seinen schweigenden Blick auf ihr ruhen, wartete stoisch auf eine Antwort. „Dann wollen wir es dabei belassen."

Gottfried küsste ihre Hand und lächelte sie an. Ida verzog den Mund zu einer Grimasse, dann lächelte sie auch und legte den Kopf leicht schräg.

Er legte seinen Arm um sie, drückte sie an sich und küsste sie kurz und schmatzend auf den Mund. Dann machte er mit dem anderen Arm eine große Bewegung durch die Luft. „Ich bin froh, dass wir das geklärt haben. Ich muss dir nämlich noch etwas Wunderbares erzählen!"

Ida horchte auf.

"Ich bin eingeladen worden, in einem Konzert in der St. Johannes Kirche in München die erste Geige in Brahms' 1. Sinfonie zu spielen!"

Er strahlte sie nach Zustimmung haschend an.

„Wie schön!", freute sich Ida, wenn auch nicht so überschwänglich, wie er es offenbar erwartet hatte. „Das ist eine Herausforderung, nicht wahr?"

„Und ob!", rief er, „aber es ist eine wirklich große Chance für mich! Stell dir nur vor: Die erste Violine!"

„Wann soll das Konzert denn sein?", wollte Ida wissen, denn sie überlegte, unbedingt in der ersten Reihe sitzen zu wollen, wenn ihr Verlobter eine so wichtige Aufführung hatte.

Anstatt einen Termin zu nennen, sprach Gottfried wortreich über notwendige Proben, die zweimal pro Woche zu absolvieren wären und ohne diese ein solches Konzert nicht erfolgreich sein konnte. Er schloss seinen Diskurs mit einer Botschaft, die Ida die Freude an dieser Nachricht vergällte: „Wir müssen unsere Hochzeit deswegen leider noch einmal verschieben."

Bevor sie jedoch überhaupt reagieren konnte, fuhr er ohne sie dabei anzusehen fort: „Die Proben werden mich völlig in Beschlag nehmen, ich werde neben meinem Beruf kaum Zeit haben, irgend etwas anderes zu tun. Außerdem muss ich mich zu einhundert Prozent auf die Musik konzentrieren, das ist unabdingbar. Und natürlich ist tägliches Üben wichtig, und zwar nicht nur eine Stunde, sondern mehrere Stunden am Tag. Ich werde nicht wissen, wo mir der Kopf steht und hoffe, du wirst nachsichtig mit mir sein, wenn ich in dieser Zeit vielleicht nicht ganz so gegenwärtig sein werde. Und für unsere Hochzeit will ich natürlich den Kopf frei haben, deshalb müssen wir den Termin auf einen Zeitpunkt nach dem Konzert verlegen."

Ida brachte gar keinen Einwand vor, teilweise, weil er schon im Voraus jedes Argument widerlegt hatte mit tausend Gründen, aber auch, weil sie sich gerade eben erst versöhnt hatten und sie nicht schon wieder einen neuen Streit vom Zaun brechen wollte.

„Und wann wird das sein?"

„So in einem Jahr."

„In einem Jahr!?" Das traf sie nun doch mitten ins Herz.

Lausanne um 1910;

141

Die Beichte
Familie Häring, Neumarkt, November 1920

Neumarkt jenseits des Unteren Tores, Nürnberger Straße vorbei am Schlachthof;
1920 konnte man dort noch gut spazieren gehen;

„Wir müssen es ihnen sagen!" Diese mit Nachdruck formulierte Forderung Fritzens kam umso unerwarteter für Maria, als ihr kein dahingehender Dialog vorausgegangen war. „Helene ist jetzt fast vier Wochen unter der Erde und sie wissen nicht einmal, dass sie nicht mehr lebt! Wir können damit nicht länger warten!"

Fritz wärmte seine Hände in den Manteltaschen. Maria ging an seiner Seite und hielt sich an seinem Arm fest. Es war ein selten sonniger Herbsttag in diesem Jahr. Der Himmel erstrahlte in derart leuchtendem Hellblau über der Stadt, wie es ein klarer Gebirgssee nicht besser zustande gebracht hätte. Fritz hatte vor der Kirche auf seine Frau gewartet und sie zu einem Spaziergang überredet.

Es waren viele Menschen unterwegs. Alle wollten die laue Luft und den freien Tag genießen. Niemand konnte sich gar an einen so schönen Sonntag erinnern, hörte man sich auf der Straße immer wieder gegenseitig bestätigen. Man schlenderte an den Schaufenstern entlang, die endlich wieder ein paar sehenswerte Objekte bargen, den Oberen Markt hinauf und auf der anderen Seite wieder hinunter, um dann das Gleiche am Unteren Markt zu tun. Oder umgekehrt.

„Guten Morgen!", lüpfte Fritz seinen Hut in Richtung eines Mannes, der ihnen allein aus dem Rathaus entgegenkam. Es war einer seiner neuen Kunden.

„Was für ein herrlicher Tag!", grüßte dieser in gleicher Form zurück und ging vorüber. Es war der Rechtsanwalt Georg Weidner, seit kurzem neuer Bürgermeister der Stadt. Ob der nun, mit diesem Amt bekleidet, sein Kunde bleiben würde, das musste man abwarten. Nachdem die SPD bei den Kommunalwahlen im Vorjahr vier Mandate errungen hatte – auch Maria hatte für sie gestimmt, weil Hilda, beeinflusst durch ihren Mann, sie überzeugt hatte –, war er nun mit Hilfe der Koalition der Liberalen ins Amt gewählt worden. Aus dem politischen Gegner der Vorkriegszeit, dem Zentrum, war zwar die Bayerische Volkspartei geworden, aber es waren dieselben Leute gewesen wie zuvor. Und die hatten die Neumarkter nicht mehr in Verantwortung sehen wollen. Die Oberpfälzer waren keine geborenen Revolutionäre, aber sie konnten stur sein, wenn ihnen etwas nicht passte.

Maria hatte ihre Antwort auf Fritzens Frage zurückgehalten, bis niemand mehr in Hörweite war.

„Was können wir nur sagen? Die Wahrheit wird die Mama ins Grab bringen, Fritz!", klagte sie und ihr Klagen kam aus tiefstem Herzen. Sie litt darunter, ihr Gewissen mit diesem Schweigen beladen zu haben. Sie litt, ihre jüngste Schwester unter so mysteriösen Umständen verloren zu haben. Sie litt, weil eine nicht zu erklärende Schuld auf ihr lastete. Schuld gegenüber der Toten, Schuld über das Schweigen. Und Schuld gegenüber ihrem eigenen Glück. Dieses so schwer erkämpfte Glück angesichts der Umstände festzuhalten, grenzte nicht nur an Unmöglichkeit, es wuchs zu einer Ungerechtigkeit heran, die schwer zu ertragen war.

„Das werden uns deine Eltern nie verzeihen! Mit jedem Tag, den wir warten, machen wir es nur schlimmer. Wir müssen mit ihnen reden!"

Maria wusste, dass er recht hatte. Seit sie aus München zurück waren, konnte sie kaum noch etwas zu sich nehmen. Sie hatte an Gewicht verloren, ihre Wangen waren eingefallen, sie sah kränklich aus. Sie konnte diesen schleichenden Prozess selbst im Spiegel beobachten. So sollte eine jungvermählte, glückliche Frau nicht aussehen. Das dachte offensichtlich auch ihre Mutter, denn die schaute sie bei Tisch oft so merkwürdig an, und das war gar nicht gut.

Walli, die sie gleich nach ihrer Rückkehr eingeweiht hatten, sah aber auch nicht viel besser aus. Diese war sofort nach Hemau gefahren und hatte Anna aufgeklärt. Doch der Schock über die Nachricht war von einer größeren Notwendigkeit überlagert. Die Schwestern waren sich einig: Die Wahrheit musste der Mutter erspart bleiben. Sie fürchteten, dass der Verlust einer Tochter durch eine solche Todsünde deren Untergang bedeutet hätte. Immer wieder hatten sie verschiedene Varianten durchdacht, hatten sich einen

Hergang der Dinge überlegt, der nahe genug an der Wahrheit war, um erträglich zu erscheinen – wenn das überhaupt möglich war: Der erträgliche Verlust eines Kindes. Letzter Gedanke war von Anna ausgesprochen worden, die dabei ihre kleine Anni fest an sich gedrückt hatte. Aber nichts, was ihnen als akzeptable Erklärung eingefallen war, war wasserdicht gewesen. Das musste aber sein. Denn eine ans Licht tretende Lüge, und sei sie noch so sehr aus Liebe geboren, wäre zu einer noch größeren Belastung geworden.

Maria zog ihren Mann in Richtung des Unteren Tors, durch das die Straße aus der Stadt hinaus nach Nürnberg führte. Dort draußen konnten sie ungestört reden. Dort gab es keine Spaziergänger, die man ständig mit aufgesetztem Lächeln grüßen musste, als wäre das Leben selbst ein einziger Spaziergang. Alle taten sie so an diesem Tag! Dabei gab es überall genug Elend, Hunger, immer wieder Unruhen, Morde. Und Selbstmorde.

Aber vielleicht wollten die Leute auch nur noch nach vorne schauen? Viele hatten im Krieg und durch die Spanische Grippe Angehörige verloren, manche Familien, so wie die Hahns, sogar mehrere. Das schon. Jedoch nicht auf diese belastende Weise, nicht so, wie es nun die Familie Häring getroffen hatte. Den Kriegshinterbliebenen blieb wenigstens das Beileid der anderen, die Anerkennung des Staates, die Achtung und das Mitgefühl der Gesellschaft. Denen, die Angehörige durch Krankheit verloren hatten, oft die Erlösung von einer Last, zumindest jedoch eine Erklärung und der Trost des Glaubens. Ein Selbstmörder aber, der riss seine Familie unweigerlich in einen Abgrund aus Schande, Ausgrenzung und Verzweiflung. Die Todsünde traf nicht nur den Toten selbst, sondern die gesamte Sippschaft.

Maria klammerte sich fester an den Arm ihres Mannes. Wenn das in Neumarkt bekannt würde, was gäbe das für ein Gerede! Man würde sich die Mäuler zerreißen! Maria mochte es sich nicht vorstellen, aber sie tat es immer wieder, und zwar ausgiebig: Die Beschämung, die Blicke des Pfarrers während der sonntäglichen Messe, das Urteil der Kirche, die an dem Beispiel ein abschreckendes Exempel statuieren würde, die Schmach, das falsche Mitleid, die bösen Zungen, die man an jeder Ecke zischen hören würde. Ihre Mutter war auch nach all den Jahren, es mochten fast 30 sein, immer noch die *Zuogroaste*[57], deren erste Tochter man gerade noch in die katholische Ehe gerettet hatte, und deren Zweiter man es durchgehen hatte lassen, tatsächlich einen Protestanten zu heiraten! Kein Wunder, dass die Dritte eine solche Todsünde beging. Die Ausgrenzung würde die gesamte Familie hart treffen, auch Fritz und seine neue Kanzlei. Am Härtesten aber ihre Mutter.

„Wir reden zuerst mit dem Papa", entschied Maria mit diesem letzten Gedanken. „Wenn der Papa uns hilft, dann finden wir vielleicht eine glaubhafte Erklärung für die Umstände? Was er sagt, das stellt die Mama nicht in Frage".

---

[57] Dialekt: die Zugereiste, die Fremde

„Gut", stimmte Fritz sofort bei. Er schien erleichtert, dass sie sich endlich dazu durchgerungen hatte. „Gehen wir!"

„Jetzt gleich? Aber der Papa ist doch im Bärenwirt am Ausschank."

„Umso besser! Dann wird deine Mutter ihn nicht vermissen, während wir mit ihm reden."

***

„Was gibt es so Wichtiges, dass es nicht warten kann, bis ich nach Hause komme?"

Vater Häring schob die Tür zum Hinterzimmer auf und knipste das Licht an, da der Raum nur ein Fenster zu einem dunklen Innenhof hatte und beinahe völlig im Dunkel lag. In der Wirtsstube konnte man um diese Uhrzeit nicht ungestört reden. Dort brüteten die Männer beim Frühschoppen vor ihrem Bier und politisierten lautstark durcheinander und die ersten Mittagsgäste kamen auch. Die patriotischen Verbände waren in den letzten Monaten wie Pilze aus der Erde geschossen, überall im Land. In ihnen sammelten sich, so wie auch im Bärenwirt, die Gläubigen der aufgestörten Schichten. Es war dasselbe Gemisch der Meinungen und der Menschen überall. Was immer an Bruchstücken vergangener Werte und Ideologien aus dem Schiffbruch gerettet wurde, vermengte sich mit Halbwahrheiten zu verquollenen Einsichten. Es schoben sich die Interessen mannigfaltigster Gewerbe in den Raum, mit all ihren Ängsten, Nöten und Hoffnungen. Ein wunderliches Gemisch aus Bierdunst, Sonnenmythos, Magnetismus und Militärmusik erschlug die blasse Lebensangst. Träume flirrten überall. Sie wirbelten durch alle Hirne, alle Herzen. Die Bünde waren ein Symptom. Hier sammelten sich die Menschen, die sich von der Zeit verraten und betrogen fühlten. Nichts war mehr wirklich, alle Pfeiler schwankten. Die Stimmung in der Wirtstube, wie durch eine heimliche Photographie des Moments festgehalten, spiegelte im Bärenwirt, was im Großen im ganzen Land geschah.

Dem Wirt wars nur recht und auch Vater Häring beobachtete die Entwicklung mit einem Gefühl der Sicherheit im Bauch. Die Sicherheit seines Arbeitsplatzes. Zwar hatte der Hausherr unwillig gebrummt, dass Josef Häring ausgerechnet bei so viel Trubel für ein Privatgespräch nach hinten gehen müsse, hatte den Ausschank aber trotzdem übernommen.

Es war kalt in dem wenig benutzten Raum. Maria kauerte sich in die hinterste Ecke der Wandbank, die drei Seiten der kleinen Räumlichkeit einnahm. Davor standen ein paar einfache Holztische und -stühle. Der Raum war optimal ausgenutzt.

Friedrich setzte sich, schob seinem Schwiegervater, laut über den Boden kratzend, einen Stuhl hin.

„Was wir dir sagen müssen, hörst du lieber im Sitzen."

Maria wagte nicht, ihren Vater anzusehen.

„*Wos nachad?*"[58] Vater Häring ließ sich langsam nieder und seinen Schwiegersohn dabei nicht aus den strengen Augen. Er sah ihn an, als könne er ihm das Geheimnis durch Hypnose von der Zunge lösen. Sein müder, alter Rücken erinnerte an den eines abgescheuerten Buches und stand im krassen Widerspruch zu diesem zähen Gesichtsausdruck.

Fritz fingerte eine Zigarette aus einer zerknitterten Papierpackung. Es war die letzte. Er zündete sie an, zerknüllte das Papier in einer Hand zu einem kleinen Ball. Er schob die Pappkugel auf der Tischplatte hin und her, stierte auf die Bewegung seiner Hand, rauchte.

Vater Häring fixierte ihn, kerzengerade, schweigend. Abwartend. Maria schien sich für die Männer in Luft aufgelöst zu haben, und so fühlte sie sich auch: ausgefranst an allen Nähten. Aber es war ihr ganz recht. Sie fürchtete sich vor dem Anblick des Schmerzes, der sich auf dem geliebten Gesicht des Vaters zeigen würde.

Aus der Gaststube drangen die Stimmen der Gäste ins Nebenzimmer. Einer bestellte lautstark ein weiteres Bier. Der Wirt antwortete in einem selten von ihm vernommenen scherzhaften Hochdeutsch: "Kommt sofort! *Hätt' Adam bayrisches Bier besessen, hätt' er den Apfel der Eva nie gefressen!*" Man lachte.

„Wir müssen dir etwas Schlimmes sagen", begann Fritz als sich der Tumult in der Wirtsstube gelegt hatte. Er nahm einen langen, tiefen Zug von seiner Zigarette und drückte sie dann in den Aschenbecher, der genau in der Mitte des Tisches gewartet hatte.

Vater Häring starrte auf das Gefäß wie in das Zentrum des Universums. Die Zigarette war kaum zur Hälfte geraucht. Niemand drückte eine Zigarre oder Zigarette halb aus, ohne den Rest wieder einzustecken. Er verzog keine Miene, aber sein Gesicht verlor eine Nuance seiner gewohnten, trügerisch gesunden Farbe, die von der harten Arbeit auf dem Feld und im Wald herrührte. Plötzlich schien sich sein wahrer Gesundheitszustand in seine Züge zu malen. Das erschreckte Maria noch mehr als der zu erwartende nächstgesprochene Satz.

„Ist der Anna etwas zugestoßen?", wollte Josef Häring wissen. Die unglückliche Ehe der ältesten Tochter war immer wieder ein Thema in der Familie. Aus Hemau kamen selten gute Nachrichten, darüber konnten auch die Hühner, die Gänseküken und anderen Lebensmittel, die Anna immer wieder für ihre Herkunftsfamilie organisierte, nicht hinwegtäuschen.

„Nein", schüttelte Fritz den Kopf, schien fast dankbar, noch eine halbwegs gute Nachricht überbringen zu dürfen, bevor er dem armen Mann die bittere Wahrheit auftischen musste. In den Augen seines Schwiegervaters lag nun etwas Befreiendes. Aber genau das drängte Fritz dazu, den nächsten Satz schnell loszuwerden. Es musste sofort sein, bevor sich diese Erleichterung

---

[58] Dialekt: Was denn?

völlig ausbreitete. Wenn er auf dem Schlachtfeld etwas gelernt hatte, dann das: Ein rascher, harter Schlag war besser als viele ungenaue Messerstiche, die nur einen qualvollen Tod bedeuten.

„Nein, es ist Helene. Sie hat sich das Leben genommen."

Die Zeit schien wie schockgefroren.

Fritz fummelte abermals nach der Zigarettenschachtel, schien vergessen zu haben, dass er sie erst kurz zuvor zusammengeknüllt hatte.

Maria fröstelte und zog den Schal fester um sich.

Der große, kräftige Vater saß da wie in Bronze gegossen. Wie eine Statue, ein Kunstwerk, eine seiner Augenbrauen nach oben gezogen, um dort für alle Ewigkeit zu verharren. Der Mund zu einer Linie gezogen, an den Winkeln leicht nach unten. Die Wangen plötzlich eingefallen wie zusammengebrochene Hohlräume unter einem sandigen Acker. Nur die Augenlider bewegten sich, senkten sich so unglaublich langsam, dass man die Bewegung kaum wahrnahm, und so, als wollten sie die Augen für immer verschließen. In dieser Haltung verharrte er, endlos.

Zumindest kam es Maria endlos vor, denn ihre Augen waren bereits zum Bersten gefüllt, aber sie wagte es nicht, einen Laut von sich zu geben, schon gar nicht, den Tränen freien Lauf zu lassen.

Schließlich hoben sich die Lider der Statue doch wieder.

„Warum?"

Er fragte nicht nach dem Wann, nicht nach dem Wo, nicht nach dem Wie. Er fragte das. Und dabei sah er fragend seine Tochter an.

Maria erwachte zum Leben wie eine Totgeglaubte, die kurz bevor der Sargdeckel geschlossen wird, plötzlich wieder zu atmen beginnt. Doch die Worte, die aus ihr herausbrachen, gingen in heftigem Schluchzen beinahe völlig unter.

„Mei, Papa, i woas doch aned! Sie hot gsagt, dass a Kind griagt. Oda des is doch koar grund ned, so wos zmacha! Oda vielleicht wors ja ned a so? Vielleicht wors da Kindsvadder, der nachghoifa hod? Mir wissns ned!"[59]

Der Blick des Vaters lastete auf ihr, ohne dass er durch eine Geste oder ein Wort das Gewicht von ihr genommen hätte. Seine Augen schienen sich in sich selbst zurückzuziehen, jeden Kontakt zur Außenwelt abzuschneiden. Sein Gesicht vermauerte sich zu einer Wand vor dem Gesicht. Die bekannten Furchen seines Antlitzes schienen metertiefe Gräben in die vom Oberpfälzer Klima gegerbte Haut zu fräsen. Maria wollte aufspringen, ihren Vater an der Hand ziehen, ihn nicht in diese ferne Höhle entschwinden lassen. Aber sie konnte sich nicht bewegen. In Ohnmacht musste sie zusehen, wie der geliebte Vater vor ihren Augen eine Tür verschloss und den Schlüssel mit sich nahm.

---

[59] Dialekt.: Papa, ich weiß es doch auch nicht. Sie hat gesagt, dass sie ein Kind bekommt, aber das ist doch kein Grund so etwas zu tun! Aber vielleicht war es ja nicht so? Vielleicht war es der Vater des Kindes, der nachgeholfen hat? Wir wissen es nicht.

Maria schaute flehenden Blickes zu Fritz, der es aber nicht bemerkte, weil er in diesem Moment gerade die halb gerauchte Zigarette aus dem Aschenbecher fingerte und sie wieder anzündete. Er nahm einen tiefen Zug, wie um Kraft zu saugen, hielt den Rauch lange in der Lunge und ließ ihn erst ganz langsam in einem dünnen Faden wieder ausströmen.

Josef Härings Lippen bewegten sich.

Maria richtete sich mit einem „Ja?" in ihrer Bank auf.

„Ein Evangelischer?" Dabei sah er seine Tochter nicht mehr an, sondern schien die Frage kaum hörbar in die Tischplatte zu sprechen, als wolle er mit seiner Stimme eine Gravur hineinschreiben.

Fritz kniff kurz die Lippen zusammen, Maria sah es aus den Augenwinkeln. Was sie selbst unter anderen Umständen als bitteren Angriff auf ihre Liebe empfunden hätte, als etwas, gegen das sie ihren Mann und ihre Ehe hätte verteidigen wollen, zählte in diesem Moment nicht.

„Schlimmer, Papa, viel schlimmer", murmelte sie sehr leise, und doch hallte jedes ihrer Worte von den kahlen Wänden wider, als hätte sie gebrüllt. „Er hat Frau und Familie."

Das Verhängnisvollste war gesagt. Jetzt konnte sie weiterreden. Und das war auch nötig, um ihren Vater wieder aus der Höhle zu locken. Dort durfte sie ihn nicht verweilen lassen.

„Ob Familie", mischte sich Friedrich in bemüht beruhigendem Ton ein, „das wissen wir nicht. Das ist nur eine Vermutung."

Sein Schwiegervater wandte ihm den Kopf zu und nickte gemächlich. Maria und Fritz wechselten einen Blick, wie um sich gegenseitig zu versichern, das Richtige getan zu haben.

„Der Bub durfte nicht leben, und das *Madl* nimmt es sich ..." Es war ein stilles Murmeln, das die Silben wie das sanfte Plätschern eines Baches herausgurgelte.

Ohne die Augen voneinander zu lösen, wanderten diese gehörten Worte zwischen Maria und ihrem Mann hin und her, mit einem wachsenden Fragezeichen hintan, hoch wie der Raum.

„Welcher Bub?", zweifelte Maria an dem, was sie glaubte gehört zu haben. Auch Fritz sah seine Frau fragend an. Vater Häring hatte so undeutlich, ja überhaupt kaum gesprochen, dass sie bald überzeugt waren, sich geirrt zu haben. Vielleicht war es der Schock, der wirre Worte geformt hatte, die nie über seine Lippen kommen sollten. So wie man im Fieber Reales mit Eingebildetem vermischen kann, so mochte auch ein Schock sinnlose Sätze hervorbringen?

Vater Häring antwortete nicht. Er sprach nicht. Nickte vor sich hin, als bestätige er einem unsichtbaren Gegenüber Aussagen, die nur er hören konnte. Dann wieder eine Ein-Wort-Frage: „Wann?"

Maria holte tief Luft, nahm mit einem langen Atemzug Anlauf, aber nicht die Hürde der Sprache. Ihr Blick richtete sich wieder bittend auf Fritz.

„Vor drei Wochen." Friedrich sprach mit fester Stimme, wie unbeteiligt, wie vorwärtsgehend auf ein Ziel zusteuernd, das nun mal nur über schmerzhafte Schritte zu erreichen war. „Wir waren deswegen in München, Herr Papa. Wir haben nichts gesagt, weil wir erst einmal verstehen wollten, was passiert ist. Wir wollten Frau Mama nicht unnötig aufregen. Es kam ein Telegramm und das, das hat keine Auskunft darüber gegeben, und telefonisch hatten wir niemanden erreicht. Wir mussten erst einmal wissen, was passiert ist."

„Wir dachten, wir hätten Helene helfen können", fand Maria nun doch noch die Kraft zu ergänzen. Und einmal auf den fahrenden Zug aufgesprungen, konnte sie auch weiterreden. „Wir wussten ja gar nicht, was passiert war! Wir dachten, sie hat irgendeinen Ärger mit der Polizei. Es wäre doch gut gewesen, wenn wir mit ein bisschen Hilfe eine ärgerliche Angelegenheit aus der Welt hätten schaffen können. Dann hätten wir euch damit am Ende gar nicht belasten müssen."

„So? Moanst?"[60]

Diese zwei ausgestoßenen Worte straften Maria sofort ab, verwiesen sie in die Ecke wie ein Schulkind, das von der Lehrerin zur Buße an die Wand gestellt wird. Einmal hatte sie als kleines Mädchen an der Schulwand stehen müssen, so wie jedes Kind in der Klasse früher oder später einmal dort gestanden hatte. An das Vergehen konnte sie sich nicht mehr erinnern, wohl aber an die Scham und die Schande, die sie dabei empfunden hatte. Ebenso fühlte sie sich jetzt.

Fritz schob seine nächste Aussage schützend vor seine Frau, die ihren Vater mit Schmerz in den Augen um eine Verzeihung anflehte, die dieser nicht verstand.

„Helene ist in der Nacht in die Hotelküche hinuntergegangen und hat den Gasherd aufgedreht. Ein Abschiedsbrief wurde nicht gefunden. Die Polizei vermutet eine Kurzschlusshandlung. Das Mädl, das die Kammer mit ihr teilte, hat schließlich gestanden, dass sie das Telegramm heimlich geschickt hat. Sie hatte es nicht sagen wollen, weil sie gefürchtet hat, entlassen zu werden. Das Hotel wollte die Sache unter allen Umständen geheim halten, hat den Angestellten gedroht, wegen der Gäste. Aber die Polizei hat das schließlich durchschaut."

„Gas. So. Gas also", nickte Josef Häring das Gehörte ab, wie ein Kommissar einen Zeugenbericht abnickt, dem er nicht ganz glauben will.

„Man hat ihr auch die Ersparnisse gestohlen", berichtete Fritz trocken weiter, als lese er aus einem Zeitungsbericht vor. „Das Mädchen sagte auch, Helene habe eine kleine Summe angespart, für später, wenn sie einmal

---

[60] Dialekt: So? Meinst Du?

heiraten werde. Beim Koch des Hotels wurde eine ungewöhnlich große Summe Geld gefunden. Aber man konnte ihm nichts nachweisen."

„Gas", wiederholte Vater Häring, ohne auf die letzten Worte seines Schwiegersohnes einzugehen. „Ganz allein in einer Hotelküche ist sie gestorben ..."

Maria schluckte einen Schwall Tränen hinunter. Fritz vergrub sein Gesicht für einen Moment in der hohlen Hand. Offensichtlich wartete er auf den richtigen Moment, um mit seinem Bericht fortzufahren.

Plötzlich fuhr der Kopf des Josef Häring in die Höhe. *„Und des sogst mia erst etza?*[61]*"*, durchbohrte er Friedrich mit einem Blick, schärfer als jedes Messer es könnte.

Dieser presste die Lippen zusammen, fuhr sich mit Daumen und Mittelfinger über die Stirn, als könne er damit das schlechte Gewissen aus seinem Gehirn vertreiben, und nickte ein wissendes „Es tut uns leid, Vater. Wir wollten die Frau Mutter schonen, haben gehofft, dass uns eine weniger schlimme Erklärung einfallen würde, haben den passenden Moment abgewartet, um es zu sagen. Aber für so etwas gibt es irgendwie keinen passenden Moment."

Noch bevor Maria ihm zustimmen konnte, denn nichts war ihr in diesem Moment wichtiger als die Entschuldigung, die sie nur von ihrem Vater erlangen konnte, fuhr Josef Häring in ihre Richtung fort.

„Es wor ned eier Sach, des zu entscheiden! Helene is mei Kind! Meins, hert's! Des von mir und der Mama!"[62]

„Ja, du hast recht", stimmte Fritz abermals mit betonter Demut zu, hob gleichzeitig die offene Hand mit den fünf ausgestreckten Fingern wie ein Schupo auf einer Verkehrsinsel gegen seine Frau, die sich anschickte, etwas hinzuzufügen. Das Gold seines Eherings blitzte kurz auf. „Du hast recht. Wir bitten um Verzeihung. Die Situation war herausfordernd. Wir haben getan, was wir für richtig hielten. Im Nachhinein gesehen war es vielleicht falsch. Aber wir mussten handeln und haben getan, was nötig war. Rückblickend sehe ich auch, dass wir anders hätten vorgehen können. Aber konfrontiert mit einer solchen Nachricht handelt man wie im Kampf: instinktiv. Man tut, was getan werden muss, man denkt nicht weit und lang, kreuz und quer, hoch und tief, man fokussiert, man schafft Fakten."

Es mochte die Metapher des Kampfes, des Krieges, des Tötens sein, es mochte die Sprache der Männer sein, es mochte sein, was es wollte, auf jeden Fall blickten sich Schwiegersohn und -vater wissend an. Ein Wissen, das sie teilten und das Maria ausschloss. Sie schaute von einem zum anderen, verstand nicht, was diesen Waffenstillstand zwischen den beiden ausgelöst hatte. Aber dieser schien auch sie zu berühren, und das war alles, was für sie in diesem Moment zählte. Vater Häring nickte ihr ein Brummen hin.

---

[61] Dialekt: Und das sagt ihr mir erst jetzt?
[62] Dialekt: „Es war nicht an Euch, das zu entscheiden. Helene ist mein Kind! Meines, hört ihr! Das von mir und der Mama!"

„Der Polizist hat gemeint, dass ich sie lieber nicht mehr ansehen wollen soll", würgte sie einen verkorksten Satz hervor. „Aber ich habe ihr das Heiligenbildchen von der Mama und den Rosenkranz auf den Sarg gelegt. Und wir haben an ihrem Grab einen ganzen Rosenkranz gebetet, Papa!"

Fritz nickte bestätigend, obwohl ihm bis zu diesem Moment nicht bewusst gewesen war, dass all diese Gebete ein Rosenkranz gewesen waren. Zwar verstand Maria auch das in diesem Moment, aber wieder war es nicht das, was gerade wichtig war.

„Wir haben sie auf dem alten Münchner Südfriedhof begraben lassen", fuhr Fritz schließlich fort. Es gelang ihm nicht seine Erleichterung zu verbergen, dass er sich dem Ende seines Pflichtvortrags näherte. „Es gibt da einen abgetrennten Bereich, weißt du."[63]

„Einen abgetrennten Bereich ..." Die Stimme des Vaters brach ab. Er schlug die Augen auf, als hebe sich ein Vorhang. Nun stierte er der Tochter, die da lebendig vor ihm saß, fassungslos in die Augen. „Ah. So. Ah.", murmelte er langsam. Zwischen jedem Laut schluckte er.

„*Weißt scho*[64], Papa", drängte sich Maria mit leiser Stimme in seine Laute, erkämpfte sich damit einen Platz in seiner Aufmerksamkeit. „Hochwürden hätte die Helene hier bei uns ja gar nicht begraben! Wo hätten wir sie denn hier in Neumarkt *hintun* sollen? Hätten wir sie vielleicht im Wald verscharren sollen? Und dann die Nachbarn! Die hätten der Mama die Hölle auf Erden bereitet! Denk doch bloß, wie die sich alle das Maul zerrissen hätten. Dort unten in München, da hat die Helene ein stilles Plätzchen und ihren Frieden."

„Ja, so", fuhr Vater Häring mit diesen abgehackten Lauten fort, als hätte er mit einem Schlag alle Vokabeln seiner Muttersprache vergessen. „Hochwürden ..."

„Da unten in München lässt man sie in Ruhe", Maria ergriff über die Tischplatte hinweg die Hand ihres Vaters. Er ließ es wehrlos geschehen, als gehöre diese Hand nicht mehr zu seinem Körper. Er sah zu, wie seine Tochter sie ein Stück zu sich zog und drückte. „Und uns auch! Wir werden auch in Ruhe gelassen."

„Wir haben ihr im Rahmen der Möglichkeiten ein würdiges Begräbnis ermöglicht", fügte Friedrich hinzu, nachdem Vater und Tochter sich gegenseitig anschwiegen. „Auch wenn kein Priester da war, Maria hat mit ihren Gebeten alles wettgemacht!" Er schenkte seiner Frau ein flüchtiges Lächeln, als er sah, wie sie bei seinen Worten wieder feuchte Augen bekam.

„Ihr könnt Helene dort jederzeit besuchen. Und hier in Neumarkt seid ihr niemandem Rechenschaft schuldig. Die drängende Frage ist jetzt nur: Wie sagen wir das der Frau Mama?"

---

[63] Selbstmörder wurden bis zur Eröffnung der Hauptfriedhöfe im Alten Südlichen Friedhof bestattet. München hatte nicht, wie Berlin und Wien, separate Friedhöfe für Selbsttötung.
[64] Dialekt: sinngemäß: Darf ich dich daran erinnern, dass...

Als hätte er eine Pistole gezückt und sie drohend vor die Brust seines Opfers gehalten, sprang Vater Häring mit einer Armbewegung auf, die jede tatsächliche Waffe dem Angreifer aus der Hand geschleudert hätte.

„Gornix sagt's!"[65] Die Stimme des kräftigen Mannes drang fest und bestimmt durch den Raum. Er stand hoch, den Kopf gerade, das Kinn vorgeschoben, eine Hand zur Faust auf die Tischplatte gestützt. „Gar nichts sagt ihr der Mama! Sie darf das nie erfahren! Das bringt sie um!"

„Ja, aber ...?"

„Lasst's des mei Sach' sei!", wendete er sich mit festem Schritt in Richtung des Gastraumes und drückte die Klinke hinunter, als wolle er die Tür aus den Angeln heben. Vorher drehte er sich noch einmal um: „Habt's eich scho gnua eigmischt!"[66]

Damit riss er die Tür auf. Eine Welle an Bierdunst, Rauch und einem Geräuschpegel wie aus einem Festbierzelt schwappte in den Nebenraum. Aufrecht ging er an den Ausschank, nahm dem Wirt wortlos ein leeres Glas aus dessen Hand, das dieser soeben befüllen wollte.

Stoisch und ohne Regung ging er seiner Arbeit nach.

Begräbnis von der durch die IRA im November 1920 bei einem Anschlag getöteten Britischen Soldaten. Die IRA war 1919 nach der Bildung eines illegalen Untergrundparlaments in Irland gegründet worden, das einseitig die Unabhängigkeit Irlands vom Vereinigten Königreich erklärt und erneut die Irische Republik ausgerufen hatte.

---

[65] Dialekt: Gar nichts werdet ihr sagen!
[66] Lasst das meine Sache sein! Ihr habt euch schon genug eingemischt.

Die Geschichte mit dem Kamillentee
Familie Häring, Neumarkt, Dezember 1920

„Ich bin so froh, dass ich dich habe! Ohne dich würde ich das alles nicht schaffen."

Maria kuschelte sich unter den Arm ihres Mannes, der ausgestreckt auf dem Rücken lag und eine Zigarette rauchte. Sie fühlte sich in seiner Wärme unter dem dicken Federbett, das sich wie ein aufgeschichteter Heuhaufen über sie wölbte, wie ein Maulwurf in seiner sicheren Winterhöhle. Am liebsten wäre sie nie wieder aus diesem Winkel der Geborgenheit herausgekrochen. Ein Seufzer des Behütetseins entrang sich ihrer Brust. Sie schien die einzige der vier Häring-Töchter zu sein, die ein wenig vom Glück kosten durfte. Warum sie? Ihre armen Schwestern schienen vom Schicksal wenig begünstigt.

Cartoon der Englischen Zeitung Daily Harold über das Inkrafttreten des Versailler Vertrages im Dezember 1920; Text: „Komisch! Es ist mir, als höre ich ein Kind weinen!"

Anna, die für den Rest ihres Lebens an diesen alkoholabhängigen, gewaltbereiten *Krippi*[67] gekettet war, hatte kaum Aussicht auf schöne Jahre. Walli, die seit dem Anfall an Kinderlähmung damals, vor vielen Jahren, immer mehr zu hinken schien, hatte Mühe, sich gegen die zahlenmäßig überlegene Konkurrenz hübscher, gesunder Mädchen durchzusetzen, um einen Verehrer aus der überschaubaren Schar junger Männer für sich zu gewinnen. Und die Kleine, Helene, hatte am Ende das schwerste Los gezogen: Sie hatte vielleicht die Liebe gefunden, aber der Preis für ein paar Minuten Glück war für sie oder, was schlimmer wäre, für den Vater des Kindes unbezahlbar geworden. Der Gedanke ließ sie einfach nicht los, dass der Unbekannte nicht nur indirekt Schuld am Tod ihrer Schwester trug. Auch, wenn die Polizei den Fall längst als Selbstmord abgeschlossen hatte, sie konnte das nicht so einfach.

Fritz betrachtete die Schatten, die das helle Mondlicht durch das Fenster an die Decke warf, während er mit der rechten Hand rauchte und in der linken eine Haarsträhne seiner Frau spielerisch verwirbelte.

---

[67] Dialekt: Krüppel, als Schimpfwort gemeint

153

„Schuld sind deine Eltern", blies er den Rauch des letzten Zuges senkrecht in die Luft. „So ein blutjunges, ahnungsloses Ding darf man nicht allein in die Großstadt schicken! Man hätte sie aufklären müssen. Das Mädchen hatte wahrscheinlich keine Ahnung, welche Folgen es haben kann, wenn ihr ein Kerl da unten etwas zwischen den Beinen hineinsteckt."

Die Schuld der Eltern. Oder die der älteren Schwestern. Aufklärung? Was für ein Wort! Maria, Walli und Anna hatten doch selbst erlebt, dass man es allgemein ganz der Fähigkeit des Kindes überließ, Beobachtungen mit Kombinationsgabe zu verbinden, sich selbst den Lauf der Dinge zusammenzureimen. Das Leben hatte es nach und nach übernommen, ihnen das Geheimnis der Fortpflanzung zu offenbaren. Und Helene war auch nicht dümmer geboren als sie alle. Aber vielleicht naiver.

„Und wenn sie es gar nicht freiwillig getan hat?", überlegte Maria leise. Auch dieser Gedanke kam ihr nicht zum ersten Mal. Zwar hatte Helene damals bei der Hochzeit von Liebe gesprochen, aber bei dem wenigen, was sie preisgegeben hatte, konnte das auch nur ein Ausweichen gewesen sein. Schließlich war sie schon einmal nur knapp einer Vergewaltigung entgangen. Wenn Maria es sich recht überlegte, war Helene damals auf die Tanzfläche geflüchtet, damit ihre Schwestern nicht weiter in sie dringen konnten. Vielleicht hätten sie mehr insistieren müssen?

„Das hätte sie euch erzählt", wälzte sich Fritz auf die Seite, um die Zigarette im Aschenbecher auf dem Nachttisch auszudrücken. Da aber die andere Hand nicht von ihrem Haar lassen wollte, zog er unabsichtlich eine Strähne heraus. Maria zischte ein kurzes „Au" durch die Zähne.

„Oh, Verzeihung", flüsterte er. Er küsste sie als Wiedergutmachung mehrmals in ihr Haar. Sie kuschelten sich wieder unter die Decke. Fritz stützte den Kopf in die hohle Hand und sah Maria von der Seite an. „Wie kommst du darauf, dass sie es nicht freiwillig getan haben könnte."

Maria drehte ihm den Kopf auf dem Kissen zu. „Helene wusste doch, dass sich das Leben zu nehmen eine Todsünde ist! Ich verstehe einfach nicht, warum sie das getan hat? Es muss einen ganz furchtbaren Grund dafür geben."

Friedrich legte sich wieder auf den Rücken und zog sie an sich: „Glaubst du, sie wurde Opfer einer Vergewaltigung? So etwas ist tragisch, ja, aber das haben schon viele Frauen überlebt. Deswegen bringt man sich doch nicht gleich um. Außerdem hätte sie euch das bestimmt gesagt."

„Aber Fritz! Für eine Frau ist es das Schlimmste, wenn ihr Gewalt angetan wird. Über so eine Schändung zu sprechen, ist schwer, weil man sich schämt. In so einem Fall würde ich ihren Freitod zumindest verstehen!"

„Mag sein", stimmte ihr Mann zu und spielte wieder wie gedankenverloren mit ihrer Locke. Er wickelte sie in einer unaufhörlichen Drehbewegung um seinen Zeigefinger und beobachtete akribisch, wie sich das glatte Haar immer wieder seinen Bemühungen entzog. „Aber ich bin überzeugt, sie hätte sich euch anvertraut. Es wäre doch lächerlich, sich vor den eigenen Schwestern zu schämen."

Die alliierte Rheinlandbesetzung war eine Folge des Ersten Weltkriegs. Die Siegermächte besetzten die linksrheinischen Gebiete sowie drei rechtsrheinische „Brückenköpfe" um Köln, Koblenz und Mainz. Der Versailler Vertrag von 1919 befristete die Anwesenheit der fremden Truppen aber auf 15 Jahre bis 1935.

Die Verwaltung der alliierten Besatzungszonen unterstand ab 1920 der Interalliierten Rheinlandkommission mit Sitz in Koblenz. Die Besetzung sollte Frankreich Sicherheit vor einem erneuten deutschen Angriff verschaffen. Sie war auch ein Druckmittel dafür, dass Deutschland seinen Reparationsverpflichtungen nachkam.

Einige der Besatzungstruppen stammten aus den Besitzungen und Kolonien Frankreichs in Afrika. Von deutscher Seite war bereits während des Ersten Weltkrieges der Einsatz schwarzafrikanischer Soldaten in Europa durch Frankreich als Affront und „Verrat an der weißen Rasse" angeprangert worden. Der zeitgenössische Rassismus nahm „Schwarzafrikaner" kaum als Menschen wahr. Unter dem Schlagwort der „Schwarzen Schmach" rief deshalb deren Präsenz in den Besatzungstruppen in der deutschen Öffentlichkeit eine besondere Empörung hervor. Es wurden zahlreiche Plakate, Münzen, Karikaturen, Reden, Kolportage-Romane und Parlamentseingaben produziert, die ausmalten, wie schwarzafrikanische Soldaten, denen ein gesteigerter Sexualtrieb unterstellt wurde, deutsche Frauen vergewaltigten.

Maria dachte an die Schauergeschichten, die man sich aus dem Rheinland erzählte, wo die Franzosen das Volk bewusst demütigten, indem sie ganze Kompanien von Senegalesen und Arabern als Besatzungssoldaten die Deutschen überwachen ließen[68]. Erst neulich hatte sie wieder so eine menschenverachtende Karikatur gesehen, in der ein muskulöser, dunkel schraffierter Koloss mit lüsternen Kulleraugen eine verzweifelte, offensichtlich weiße Frau wegzerrte.

„Das ist nicht lächerlich, Fritz", sie entzog ihm sanft die Haarsträhne, damit er sie ansah, statt zu spielen. „Wir Frauen schämen uns nun mal. Auch wenn ihr Männer das nicht so schlimm oder gar lustig findet." Sie erzählte ihm von der scheußlichen Karikatur, die sie noch immer erschaudern ließ. „Es sind doch immer Männer, die über die elendesten Demütigungen einer Frau in

---

[68] Die Satirezeitschrift Kladderadatsch veröffentlichte am 30. Mai 1920 auf ihrer Titelseite eine Zeichnung, die einen braunschwarzen Gorilla mit französischer Uniformmütze zeigte, der eine weiße, statuenartige Frau fortschleppt. Die Bildunterschrift lautete: „Der schwarze Terror in deutschen Landen".

155

Zeitungen berichten, sie zeichnen und drucken. Je scheußlicher die Darstellung, umso mehr ereifern sie sich! Eine Frau würde ihre Schande und Schuld niemals auf diese Weise in die Öffentlichkeit tragen! Das ist unerträglich für das Opfer!"

„Familie ist nicht Öffentlichkeit", korrigierte er sie, „und unter Frauen ist das sowieso anders. Ihr erzählt euch doch alles, oder?"

Maria fühlte sich unverstanden. Das Ärgste daran war doch der Verlust der Würde, der die Betroffene für den Rest ihres Lebens brandmarkte. Jedes Wort darüber, jede Abbildung, jede Schilderung riss ihr doch erneut die Kleider vom Leib! Das nachzuempfinden, dazu war sie in der Lage. Helene mochte weder die Kraft noch die Worte aufgebracht haben, ein so schreckliches Erlebnis zu schildern. In diesem Erlebnis gefangen, die düstere Zukunft vor sich zu sehen, in der ein Kind als lebendiger Beweis ihrer Schmach sie tagtäglich daran erinnern würde, sie für jeden anständigen Mann uninteressant machen würde, das war in Marias Augen ein Grund. Nicht zuletzt das Gerede und der endlose Tadel der Kirche, die einen Stab über dem Haupt der ledigen Mutter brechen. Das wäre Grund für so eine Tat. Ein Grund, der sie entlasten würde.

„Maria, mein Kätzchen", beugte er sich über sie und strich ihr ein paar widerspenstige Haarsträhnen aus dem Gesicht. „Was dichtest du dir alles zusammen! Nun denke dir nicht solche Horrorgeschichten aus! Die Polizei hat doch gesagt: Es war eine Kurzschlusshandlung, ein Unfall. Du hättest es auch nicht verhindern können. Es hätte ebenso hier passieren können." Er küsste sie auf die Lippen. „Kurzschlusshandlungen sind seelische Unfälle, ein momentanes Fehlurteil des Geistes, Maria. Und Unfälle geschehen. Daran ist niemand Schuld."

Ein Unfall, ja, das war auch möglich. Vielleicht hatte Fritz recht und es verhielt sich so einfach, wie seine Worte klangen? Es war ein Unfall. Und an einem Unfall hatte niemand Schuld. Unfälle passierten. Dann hätten weder sie noch die Familie es verhindern können. Die Erleichterung, die sie bei diesen Gedanken überflutete, war überzeugend genug, um alle anderen Ideen gerne beiseitezuschieben.

Maria schlang ihm die Arme um seinen Hals und drückte ihn fest an sich. Tränen vermischten sich mit Küssen und tiefer Dankbarkeit.

***

Mit einer Zeitung unter dem Arm betrat Anna Häring die warme Stube. Ein kalter Windstoß folgte ihr aus dem Flur herein.

„Oma!", juchzte die dreijährige Anni und lief ihr mit ausgestreckten Armen entgegen, als hätte sie ihre Großmutter seit Ewigkeiten nicht mehr gesehen. Dabei war diese nur in der Abendandacht gewesen. Die Großmutter legte die Zeitung auf den Tisch und strich dem Kind liebevoll lächelnd über die blonden Locken. „Sei still, Annalein! Sonst weckst du noch dein Brüderchen auf!"

Der kleine Sepperl gluckste prompt von der Bank herüber. Besorgte Blicke trafen ihn von allen Seiten. Er war gerade erst hingelegt worden. An Arbeit war vorher nicht zu denken gewesen.

Anna, Walli und Maria hatten die nötigen Zutaten für ihr Vorhaben auf der Anrichte ausgebreitet und standen mit umgebundenen Schürzen, hochgesteckten Haaren, bewaffnet mit Schüsseln, Löffeln und Schneebesen, wie Soldaten beim Appell davor. Das gemeinsame Weihnachtsbacken war Annas Idee gewesen. Auf diese Weise war Mutter Häring nicht allein, während der Vater in München war. Er wurde an diesem Abend zurückerwartet, mit der schrecklichen Nachricht für die Mutter. Er war unter einem Vorwand gereist, mit seinem Neffen Andres vom Hennenhof, angeblich zu einer Agrarmesse.

Die kleine Anni
ca. 4 Jahre alt;

Viel Zeit für die Verarbeitung des eigenen Schocks hatten Marias Schwestern nicht gehabt, sofort waren sie damit beschäftigt gewesen, sich vor ihrer Mutter so natürlich wie möglich zu geben. Aus diesem Grunde war die ganze Geschichte für sie noch immer wie ein böser Traum, auch für sie selbst. Die Wahrheit war nicht greifbar, Anna und Walli hatten keine Leiche gesehen, nie Abschied genommen, kein Begräbnis erlebt. Ganz im Gegenteil: Sie sprachen und bewegten sich, als lebe Helene noch.

Es war nicht leicht, sich so zu geben, als wüssten sie von nichts, unschuldig, unwissend, lachend und scherzend sich mit Rezepten zu beschäftigen und den Anschein zu erwecken, als schwelgten sie in adventlichem Behagen. Aber wie ihr Vater waren auch sie entschlossen, den Schock für ihre Mutter so weit als möglich zu dämpfen. So etwas war keine Sünde, das war eine allgemeingültige Notlüge, wie sie auch die Kirche erlaubte. Was aber nicht bedeutete, dass sie einfach durchzuführen war. Sie waren nicht geübt im Betrügen. Und bei dem Kummer, den ihnen der mysteriöse Tod ihrer Schwester selbst zufügte, heitere Gesichter zu wahren, war alles andere als ohne weiteres durchführbar. Deshalb suchten sie frenetisch nach belanglosen Gesprächsthemen, nicht zuletzt, um sich selbst abzulenken.

„Du hast eine Zeitung gekauft?", wunderte sich Walli und deutete auf das Blatt auf dem Tisch. Ihre Mutter hatte noch nie Geld für Zeitschriften oder andere Drucksachen ausgegeben, den Kirchenanzeiger ausgenommen.

„*Na*"[69], schüttelte Mutter Häring den Kopf und ließ sich sachte auf der Bank neben dem schlafenden Kind nieder. „Das hat mir die Nachbarin in die Hand gedrückt. Ich soll es dem Josef geben, damit er den Bärenwirt überredet, es im Gasthof zu abonnieren. Das ist eine neue Zeitung", sie überprüfte noch

---

[69] Dialekt: nein

einmal mit einem kurzen Blick den Namen des Blattes, „Völkischer Beobachter, herausgegeben von einem, der sich Dietrich Eckart schreibt. Das soll ein Neumarkter sein. Ich kenne den nicht. Sagt euch der Name etwas?"

Die Töchter schüttelten den Kopf. Einen Eckart kannten sie nicht einmal nur dem Hörensagen nach. Und sie kannten nun wirklich die meisten Leute in der Kleinstadt.

Mutter Häring schubste die Zeitung über den Tisch zu ihren Töchtern, damit sie einen Blick darauf werfen konnten.

„Scheint hier geboren. Lebt aber schon lange woanders. Ich weiß auch nicht, warum sich die Nachbarin so dafür interessiert."

Macht ganze Arbeit mit den Juden![70], sprang eine fette Schlagzeile ins Gesicht. Walli griff nach der Zeitung und überflog die Titelseite. „Sinn und Lehre der Geschichte - Zwangswirtschaft und Schleichhandel - Auswucherung Deutschlands durch Ein- und Ausfuhrscheine - Dachauer Judentheater", las sie laut vor. „Lass das bloß nicht deine Freundin Hilda sehen!", warf sie das Blatt dann auf einen Stuhl. „Seien wir froh, dass dieser Eckart nicht mehr in Neumarkt wohnt. So ein Spinner!"

Maria hörte gar nicht richtig zu. Sie war angespannt und nervös wie ein Rennpferd kurz vor dem Startschuss. Draußen war es längst dunkel. Der Vater würde bald nach Hause kommen.

„Ich bringe Fritz schnell eine Tasse Tee", warf sie einen Blick auf die große Uhr an der Wand, griff nach dem Kessel, der stets mit Wasser gefüllt auf dem Herd vor sich hin simmerte, und brühte eine ganze Kanne schwarzen Tee auf. Sie beäugte kritisch die kaum gefärbte Brühe und warf noch ein paar Blätter nach. Fritz beschwerte sich häufig über ihr Gebräu; es sei nichts als gefärbtes Wasser. Dabei war Maria nur sparsam, und ihr Mann verstand nicht, dass schwarzer Tee, den man teuer kaufen musste, kein Kräutertee war. Den konnte man getrost kräftig aufbrühen, denn die Natur lieferte die Zutaten kostenlos. Aber ihr Mann war es nun einmal so gewöhnt. Er bestand auf Schwarztee, der auch danach schmeckte.

Als sie in die Stube zurückkam, stand ihre kleine Nichte auf einem Stuhl und rührte mit sichtlichem Vergnügen mit einem Kochlöffel in einer großen Schüssel. Viel Mehl war um die Schüssel herum auf der Tischplatte gelandet, weil sie die Bewegungen noch nicht recht kontrollieren konnte. Anna kratzte es immer wieder zusammen und warf es wieder hinein. Walli knetete einen anderen Teig, als wolle sie ihn erwürgen, und Mutter Häring summte ein Schlaflied, die Hand auf dem Rücken des unruhig schlafenden Buben. Im Herd

---

[70] Ausgabe vom 10. März 1920, Vorläufer war der Münchener Beobachter, dessen überregionale Ausgabe seit 1919 Völkischer Beobachter hieß. Der Nationalsozialistische Deutsche Arbeiterverein (NSDAV) kaufte Verlag. Treibende Kraft beim Kauf des hochverschuldeten Verlags war der Schriftsteller Dietrich Eckart (Neumarkt 1868-1923); Geldgeber waren einige wohlhabende Privatpersonen und vermutlich auch die Reichswehr in Bayern.

knisterte das Feuer, der Wasserkessel untermalte mit leisem Singsang die heimelige Stimmung. Die Wohnküche mit den backenden Frauen hätte kein friedlicheres Bild abgeben können, wenn nicht unter der Oberfläche die ungewisse Erwartung der unheilvollen Botschaft gebrodelt hätte.

Maria ging zum Fenster, um den erkalteten Teig für die Vanillekipferl vom Fensterbrett zu nehmen und zu verarbeiten. So war sie die erste, die den Vater durch das Gartentor kommen sah. Jetzt war es also soweit! Verstohlen bekreuzigte sie sich. Lieber Gott, hilf, dass die Mutter nichts merkt! Steh uns bei mit dieser Lüge!

Josef Häring hängte seinen Hut an die Garderobe, zog seine warme Winterjacke aus, streifte seine Stiefel ab und stellte sie zum Trocknen neben den Ofen. Er vermied jeden Blickkontakt. In seinem Sonntagsstaat sah er gediegen aus, frisch rasiert und mit neuem Haarschnitt, wie Maria bemerkte.

„Schön, dass du wieder da bist", begrüßte ihn seine Frau mit einem herzlichen Lächeln, das ihre Worte als echte Freude verriet. „Du bist sicher müde von der Reise, *gell*? Geh Walli, schenk dem Papa ein Bier ein!"

Walli ging zur Speisekammer. Maria stand wie angewurzelt am Fenster, die Schüssel in den Händen. Die kleine Anni schrie „Opa schau! Plätzchen!", zumindest hörte es sich danach an. Das schwierige Wort konnte sie noch nicht einwandfrei aussprechen. Opa Häring tätschelte ihr milde lächelnd den Kopf. Lange, viel zu lange, wie Maria fand. Zum Glück kam Walli mit dem Krug zurück und veranlasste ihn, sich zu setzen.

„Hat der Andres jetzt tatsächlich so eine neumodische Maschine gekauft?"

„Noch nicht. Er denkt an den Bulldog[71]", klappte er den Deckel seines Kruges mit dem Daumen auf und setzte an. Er nahm einen kräftigen Schluck, klappte den Steinkrug wieder zu, stellte ihn ab und sprach im selben Augenblick: „Ich muss dir etwas sagen, Anna. Es ist etwas passiert. Ein Unfall. Unsere Helene ist verunglückt."

Maria war in Angst und Schrecken, als hätte sie die Nachricht gerade selbst erst vernommen. Sie hatte nicht damit gerechnet, dass ihr Vater ihr die schreckliche Nachricht so schnell und in einem Atemzug überbringen würde.

Mutter Häring verharrte in ihrer Bewegung, ihre Hand blieb reglos auf den Rücken des schlafenden Kindes liegen. Sie verlor ihre Gesichtsfarbe an die Umgebung: „Ein Unfall?"

„Sie lebt nicht mehr, Anna." Josef Häring schaute seiner Frau kerzengerade in die Augen, als wolle er sie mit seinem starren Blick am Zusammenbrechen hindern. Dann wiederholte er seinen letzten Satz, denn seine Frau zeigte keinerlei Reaktion.

---

[71] Ursprünglich war *Bulldog* die Bezeichnung für einen stationären Einzylinder-Zweitaktmotor, dessen Aussehen eine Ähnlichkeit mit dem Gesicht einer Bulldogge hatte. Er war die Grundlage des ersten Ackerschleppers *Lanz Bulldog HL12*, der 1921 auf der DLG-Ausstellung in Leipzig vorgestellt wurde.

Die Wanduhr trieb mit lautem Ticken die Zeit vor sich her.

Walli verbarg ihr Gesicht hinter den Händen. Anna vergrub ihren Kopf in den üppigen Locken ihrer Tochter. Maria konnte nur die Augen schließen und sich noch einmal bekreuzigen. Sie betete, dass man ihr das Wissen um die Unaufrichtigkeit nicht ansehen möge. Ihre Mutter hatte Röntgenaugen, wenn es darum ging, die Geheimnisse ihrer Töchter zu entlarven. Nie hatten sie als Kinder etwas vor ihr verbergen können.

Doch diesmal schien der Schrecken der Nachricht die Töchter zu schützen. Mutter Häring sprang so heftig von der Bank auf, dass der kleine Sepperl erschrocken zusammenzuckte und sich die Äuglein rieb. Seine Schwester warf durch ihr heftiges Rühren wieder einen Teigklumpen auf den Tisch, nur dass ihre Mutter ihn diesmal nicht in die Schüssel zurückgab.

„Was redest du da?", fuhr Mutter Häring ihren Mann an. „Helene geht es gut! Sie hat doch neulich erst geschrieben!" Im selben Moment schien sie nachzurechnen, wann genau der letzte Brief von ihrer Jüngsten gekommen war. Ihr Gesicht verriet Verwirrung. Sie blinzelte mehrmals heftig, als ob sie innerlich den Kopf schüttle.

„Mama! Da!", traf Anna der vorwurfsvolle Ton der kleinen Anni, die beim Rühren innegehalten und auf den Teig auf der Tischplatte zeigte, den ihre Mutter so vehement ignorierte. Stattdessen nahm diese den kleinen Bruder auf den Arm, der, aus dem Schlaf gerissen, zu weinen ansetzte.

Vater Häring stand auf, legte den Arm um die Schultern seiner Frau und drückte sie sanft zurück auf die Bank. „Sie wollte sich spät abends einen Tee machen und hat den Gasherd nicht richtig abgedreht. Erst am nächsten Morgen fand man sie wie schlafend am Tisch."

Seine Erklärung schien auf ein unüberwindbares Hindernis zu stoßen. Mutter Häring hockte reglos da, die Hände im Schoß, die Füße wie ordentlich nebeneinander gestellte Schuhe im Regal. „Warum? Ist sie krank?"

Die Hoffnung, die in diesen Fragen mitschwang, war unerträglich. Sie erfüllte den Raum mit einer Wucht, die alle drei Schwestern die Köpfe heben ließ, sie aus ihrer schützenden Haltung riss. Maria lief ein Schauer über den Rücken. Sie erinnerte sich an eine Szene, die sie als Kind beobachtet hatte, als ihre Eltern einen Hahn schlachten wollten und dieser ihnen entwischt war. Noch ohne Kopf war er herumgeflogen und hatte sein Blut wie eine Gießkanne über das Gemüsebeet verteilt, bevor er endlich liegen geblieben war.

„Nein, tot."

„Ich bringe die Kinder ins Bett", packte Anna auch die Dreijährige, die sich sofort bitter beklagte und sich nur unter lautem Protest den Löffel mit dem Teig, an dem sie inzwischen genascht hatte, abnehmen ließ.

„Ich helfe dir", nahm Walli ihr den Buben ab, der inzwischen aufgewacht und recht unleidig geworden war, und eilte ihrer Schwester zur Tür hinaus hinterher.

Maria bedauerte, dass sie nicht selbst auf die Idee gekommen war. Sie wusste nicht, wohin mit ihren Augen. Also setzte sie sich und senkte den Kopf, so tief, dass man ihr nicht in diese verräterischen Augen schauen konnte. Nie hatte sie mehr Bewunderung für ihren Vater empfunden, als in diesem Moment. Er sprach mit stoischer Ruhe stahlharte Worte, trug sie in einer Form vor, die die grausame Wahrheit bis zur Unkenntlichkeit abmilderte. Sein eigener Schmerz schien vergraben, verschlossen, überdeckt von der Kraft, die nötig war, um seine Frau zu schützen. Die Geschichte, die er erzählte, überzeugte Maria beinahe selbst. Sie sah vor ihrem geistigen Auge wie Helene friedlich eingeschlafen auf dem Tisch gestützt dalag, die Tasse Tee zur Hälfte ausgetrunken neben sich, friedlich und unschuldig in einen tiefen, endlosen Schlaf gefallen. Das Bild war so klar, dass es sie dazu verleitete zu fragen, um welche Teesorte es sich handelte.

Ihr Vater schaute sie an, als hätte sie den Verstand verloren. Aber er antwortete mit der Gewissheit von einem, der sich in seine Lügengeschichte so gründlich hineingearbeitet hat, dass er sie selbst schon zu glauben beginnt.

„Kamille. Es war Kamillentee."

„Tot? Helene?"

Josef Häring nahm die Hand seiner Frau und setzte sich neben sie auf die Bank. Er umschloss sie mit beiden seiner Hände wie in einem Kokon. „Ja, Anna, unsere kleine Helene. Der Herrgott hat sie zu sich geholt."

Erst jetzt schienen die Worte ihres Mannes in die Mutter einzudringen. Sie starrte auf ihre gefangengenommene Hand, dann in sein Gesicht. Langsam zog sie ihrem Arm aus seinem Griff, hob sanft die Hand vor sein Gesicht, fuhr mit dem ausgestreckten Zeigefinger über die Augenbraue, die seit dem Gespräch beim Bärenwirt wie an der Stirn festgenäht nach oben gezogen verharrte.

Kamillentee! Endlich konnte Maria sich bewegen. Sie huschte zum Herd und brühte umgehend einen starken Tee aus den kleinen gelben Blüten auf, die sie nur für den Krankheitsfall ganz oben im Küchenbuffet aufbewahrten. Einen Moment zögerte sie, dann gab sie noch drei Tropfen Baldrian hinzu. Auch das Fläschchen mit dem Beruhigungsmittel war dort oben versteckt. Sie reichte die Tasse ihrer Mutter und war froh, dass diese sie wie betäubt entgegennahm, ohne zu fragen und sie anzusehen. Die Mutter schien Maria gar nicht wahrzunehmen, drückte immer wieder leise stöhnend die Hand ihres Mannes.

„Trink!", befahl dieser und deutete mit dem Kopf auf die heiße Flüssigkeit. Seine Frau gehorchte.

Es dauerte eine gefühlte Ewigkeit, bis sie die Tasse geleert hatte und die Wirkung allmählich einsetzte. Ihre Augenlider senkten sich ein kleines Stück herab und ihr Atem ging gemächlicher. Kindergeschrei drang von oben durch die Decke. Mahnende Worte der jungen Mutter von oben. Dann schrie nur noch der Kleine, dafür umso lauter.

„Ich habe ihr den Rosenkranz und dein Heiligenbildchen in den Sarg gelegt. Ich habe es in ihrer Bibel gefunden."

Josef Häring tastete sich weiter vor. Behutsam, aber deutlich. Maria stockte der Atem. Das war der am schwierigsten zu erklärende Teil. Was würde ihr Vater sagen, warum er Helene nicht hatte überführen lassen, hierher, um sie in ihrem Heimatort in der Nähe der Familie beizusetzen?

„Wann kommt sie?" Mutter Häring sprach, als lebte ihre Tochter noch. Wieder durchzuckte Maria die Erinnerung an den geköpften Hahn. Hatte ihre Mutter verstanden, was der Vater gesagt hatte?

Walli trat ein, gerade rechtzeitig, um die wiederholte Frage ihrer Mutter zu hören.

„Wann kommt Helene?"

Walli zuckte zusammen. Sie hatte wohl erwartet, dass die Geschichte schon zu Ende erzählt war, dass man über dem Berg war. Dabei standen sie gerade vor dem schroffen Abgrund, der gefährlichsten Passage. Ihre Augen waren gerötet, sie hatte geweint, war sichtlich bemüht, nicht erneut damit zu beginnen.

„Helene ist bei Gott", vermied Josef Häring eine direkte Antwort. Er ließ den Kopf hängen wie ein Kind, das einen bösen Streich beichtet. „Ich musste sie in München beerdigen lassen. Die Überführung hätte ein Vermögen gekostet. Das Geld haben wir nicht." Er fuhr sich mit beiden Händen durchs Haar, hielt der Spannung nicht mehr stand und erhob sich. Er begann im Raum auf und ab zu laufen.

Walli eilte herbei, setzte sich neben ihre Mutter und streichelte ihr über den Arm. Nun liefen ihr doch wieder stille Tränen über die Wangen. Es war nicht zu erkennen, ob Mutter Häring die Geste aufnahm. Auch ohne die dicke Wolljacke schien sie die Berührung gar nicht bemerkt zu haben.

„In München?", hauchte die Mutter und folgte mit der Bewegung ihres Kopfes der ihres Gatten durch den Raum.

„Sie hatte ein schönes Begräbnis, Anna, mit allem, was dazugehört. Wir werden so bald wie möglich das Grab besuchen", lief Josef Häring auf sie zu und ließ sich wieder auf der anderen Seite der Bank neben seiner Frau nieder. „Das verspreche ich dir!"

In einem eiskalten Schauer erstarrte Marias Rücken. Wie konnte ihr Vater nur so ein Versprechen geben? Helenes Grab lag am Rande des Südfriedhofs, in einer Ecke, in der alle Selbstmörder ruhten, für alle weithin sichtbar, abseits und vor allem ohne kirchliche Sakramente, ohne Kreuz, ohne irgendein kirchliches Emblem. Ihre Mutter würde es auf den ersten Blick erkennen!

„In München ...", murmelte die Mutter, „*mei, so weit weg!*"

„Da hat sie ihren Frieden, Anna. Ein grünes Plätzchen unter einer großen Birke. Du wirst sehen, ein schöner Ort. Und außerdem ..."

Jetzt richteten sich alle Blicke auf ihn. Auch Maria und Walli hatten nicht mit einem „außerdem" gerechnet. Im Flur waren Annas Schritte zu hören, sie kam die Treppe herunter und betrat kurz darauf die Wohnküche. Oben war es endlich still.

„Außerdem ...?", wiederholte Walli, das Wort in die Länge ziehend wie ein Gummiband, das jeden Moment zurückschnalzen konnte.

Wieder erhob sich Josef Häring und lief wie ein Wachhund an einer langen Kette durch die Stube. Schließlich blieb er abrupt stehen und warf die Arme in die Luft.

„Ihr wisst doch, wie die Leute sind! Das Madl hat es nicht verdient, dass man schlecht über sie redet. Hier *Zneimak*[72], hätten sie sich die wildesten Geschichten ausgedacht, um unsere Helene ins Gerede zu bringen, denn einen Gasunfall kann es ja nicht gegeben haben! Das wäre gar zu langweilig. Sie hätten ihr alles Mögliche angehängt! Sie hätten Schauergeschichten über sie verbreitet und Helene nie in Ruhe gelassen!"

Marias Mund war ganz trocken, so lange hatte er offen gestanden.

„Papa hat Recht", warf Anna ein, hinter sich leise die Tür schließend. Sie rettete mit diesem Einwurf das Gespräch ans Ufer, das von dem wilden Strom Marias Gedanken mitgerissen zu werden drohte. „Nichts regt die böse Phantasie der Menschen mehr an als ein harmloser Unfall. Nein, das hat Helene nicht verdient."

Maria und Walli griffen nach der Vorlage und stimmten vorbehaltlos in das Narrativ ein. Mutter Häring ließ schweigend den Blick von Tochter zu Tochter zu Mann und wieder zurück schweifen, bis endlich niemand mehr etwas sagte. Stille legte sich wie eine Glocke über sie.

Schließlich nahm Maria die Teigschüsseln und deckte jede mit einem feuchten Tuch ab. „Das machen wir morgen", entschied sie und stellte sie auf die Fensterbank in die Kälte. Niemand widersprach ihr.

Vater Häring zog ein schwarzes Buch aus seiner Umhängetasche, einen Umschlag aus der Hemdtasche und legte beides vor seiner Frau auf den Tisch.

„Das ist Helenes Bibel und das sind ihre Ersparnisse. Es ist nicht viel. Sie hat ja kaum etwas verdient. Kauf dir etwas Schönes davon als Erinnerung, Anna. Das hätte Helene gefreut."

Maria schloss gerade das Fenster, als sie diese Worte hinter ihrem Rücken vernahm. Tränen stiegen ihr in die Augen. Ihr Vater hatte wirklich an alles gedacht! Eine wasserdichte Version, die viel tröstlicher war als die Wahrheit, untermauert mit handfesten Dingen. Wahrscheinlich hatte er das Geld aus seiner Trinkgeldkasse genommen.

---

[72] Bezeichnung des Ortes der Einheimischen

Sie sah, wie ihre Mutter den Umschlag in den Händen drehte und wendete, ohne einen Blick hineinzuwerfen. Dann blätterte sie in der Bibel, schlug die Seite auf, auf der sich das Merkbändchen befand, und las mit lauter Stimme vor: „Vor allen Dingen habt untereinander beharrliche Liebe; denn die Liebe deckt der Sünden Menge zu."

Diesmal legte sich eine Stimmung wie Waldesruhe über den Raum, als hätte der liebe Gott höchstpersönlich jede Störung abgeleitet an einen weit entfernten Ort. Maria war es nie in den Sinn gekommen, nachzusehen, was ihre Schwester zuletzt in der Bibel gelesen hatte. Diese Worte klangen jetzt wie eine Botschaft aus dem Jenseits in ihren Ohren. Der Rest der Familie schien es ähnlich zu empfinden, denn allen standen Tränen in den Augen.

„Komm, Anna", reichte Josef Häring seiner Frau die Hand, „lass uns zu Bett gehen. Die Bibel kannst du mitnehmen."

Seine Frau erhob sich gehorsam wie ein Kind, das schwarze Buch fest an die Brust gedrückt. Das Beruhigungsmittel wirkte. Die Töchter standen im Raum wie die namenlose Frau Lots, zur Salzsäule erstarrt.

An der Tür drehte sich die Mutter zu ihren anderen Töchtern um und schaute sie der Reihe nach und unendlich schleppend an. Sie schien wie in ihrem Inneren verloren. Dann wandte sie sich ihrem Mann zu, der mit der Türklinke in der Hand darauf wartete, dass sie hindurchging.

„Kamillentee? Nie hat sie Kamillentee getrunken. Den mag sie doch gar nicht!"

Alter Südfriedhof München;

164

Das Jahr 1921
Europa, Neumarkt, Lausanne

Im Uhrzeigersinn: Persischer Staatsstreich, Englisch-Irischer Frieden; Rif Krieg; Russische Hungersnot 1921-22; Kronstadt Rebellion; Invasion Rote Armee in Georgien; Oppau Explosion; Tulsa Rassen Ausschreitungen;

Je weniger sich im eigenen Leben ereignet, umso mehr rücken allgemeingültige Schauplätze in den Vordergrund. Im Jahr 1921 verhielt es sich bei Familie Häring und auch Heym genau so. In der ersten Familie war man dankbar für alles, was ablenkte. In der anderen Familie füllten diese Ereignisse zumindest die Briefe zwischen den Schwestern, weil die Verlobungszeit nicht viel zu berichten hergab. Sogar das Wetter wurde zum Thema.

Der Winter des Vorjahres schlich sich also von einem Tag auf den anderen davon wie ein Dieb mit fetter Beute und der Frühling machte sich mit unaufhaltsamem Tirili und Forderungen an Deutschland breit. In der jüdischen Kaufmannsfamilie Hahn in Neumarkt wurde den Eltern Hilda und Emanuel die erste Tochter Edith Regina geboren. Franzosen und Belgier besetzten die Städte Duisburg und Düsseldorf und sicherten sich diese als Pfand für die

Zahlung der Reparationen. Eine Volksabstimmung in Oberschlesien ergab überraschend eine Mehrheit für Deutschland. Es folgte ein dritter Aufstand in Oberschlesien. Die deutschen Reparationen wurden mit 132 Milliarden Goldmark auf der Londoner Konferenz von den Siegern und gegen den starken deutschen Protest trotzdem festgelegt. Der populäre kommunistische Obermaschinist und Gewerkschafter Wilhelm Sült wurde von Polizeibeamten aus einer Vertrauensleuteversammlung heraus „in Schutzhaft genommen". Zwei Tage später starb er an den Folgen einer im Berliner Polizeipräsidium Alexanderplatz erlittenen Schussverletzung. Der Vorfall blieb ohne Konsequenzen. Im Leipziger Krystallpalast fand die erste *Deutsche Pelzmodenschau* statt und Lenin verkündete die Abkehr von der Kriegspolitik hin zur neuen Ökonomischen Politik. In Ankara trat, knapp zehn Monate nach Gründung des türkischen Parlaments, durch Mustafa Kemal Pascha die Türkische Verfassung in Kraft. Der ehemalige Großwesir des Osmanischen Reichs Talât Pascha, ein Verantwortlicher des Völkermords an den Armeniern, wurde im Berliner Exil erschossen. Der Zeppelin LZ 121 *Nordstern* machte seine Jungfernfahrt, bevor er an Frankreich ausgeliefert wurde, so wie das Schwesterluftschiff *Bodensee* an Italien. In jenem neuen Italien griffen am sogenannten *Bozner Blutsonntag* rund 400 italienische Faschisten mit Knüppeln, Pistolen und Handgranaten einen traditionellen Südtiroler Trachtenumzug an. Das einschreitende Militär beschränkte sich darauf, die Aggressoren zum Bahnhof zu eskortieren, wo sie unbehelligt abreisen konnten. Der französischen Pilotin Adrienne Bolland gelang der erste Alleinflug einer Frau über die Anden, während in München der Vorsitzende der bayrischen USPD-Fraktion Karl Gareis von einem Unbekannten ermordet wurde. In der Schweiz ging – sehr zum Entsetzen Idas – eine Kommunistische Partei aus der Fusion eines Teils der sozialistischen Linken mit den sogenannten Altkommunisten hervor.

Ida Heym entschied trotzdem, nicht mehr zurück nach Neumarkt zu gehen. Bis zu ihrer Heirat wollte sie bei der Tante in der Schweiz bleiben. Gottfried Schuler besuchte sie selten. Er war, wie angekündigt, völlig vereinnahmt von Musik und Arbeit. Ein neuer Hochzeitstermin war nicht gesetzt. Ida saß in der neutralen Schweiz wie ein Mauerblümchen, das darauf wartete gepflückt zu werden, und ihr Bräutigam schien mit dieser Situation mehr als zufrieden. Sie fühlte sich wie in einer Abstellkammer beiseitegestellt. Hin und wieder kam ihr der Gedanke, dass sie ihre Zeit mit Gottfried verschwendete.

***

Der Sommer 1921 war endlich wieder einmal das, was man unter dem Wort hinlänglich verstand. Der letzte Herbst war trocken gewesen und der Sommer tat nun das Seine dazu. Die Flüsse hatten selten niedrigen Wasserstand, so dass die Schifffahrt teilweise reduziert werden musste. Das, was an

Gewässern vorhanden war, wurde eifrig für Badeausflüge und Schwimm-
wettbewerbe genutzt. Der Reichsfinanzminister Matthias Erzberger wurde
im Schwarzwald Opfer eines politisch motivierten Fememordes. Man vermu-
tete die Organisation Consul[73] dahinter, konnte jedoch nichts beweisen. Nach
der Ermordung Erzbergers nahm ein Mitarbeiter des Vatikans Kontakt zur
Witwe Erzberger auf, um die Übergabe von sensiblen Dokumenten an die
Nuntiatur zu erreichen. Seinerzeit wurde durch einen 5:0-Sieg gegen den
Berliner FC Vorwärts 1890 der 1. FC Nürnberg in Düsseldorf zum zweiten
Mal deutscher Fußballmeister und in München ein gewisser Adolf Hitler zum
Vorsitzenden einer neuen Partei namens NSDAP gewählt. Der ungarische
Stummfilm *Draculas Tod* wurde als der erste Dracula-Film der Filmge-
schichte gezeigt. In Berlin wurde nach einem Hilfeaufruf Lenins die KPD-nahe
Internationale Arbeiterhilfe gegründet, die in Notlagen aus ihrem Spenden-
aufkommen Unterstützungen leistete. *Die drei Musketiere,* der erste große
Kostümstummfilm von Regisseur Fred Niblo, basierend auf dem gleichnami-
gen Roman von Alexandre Dumas, wurde ein großer Kinoerfolg. Das von der
United States Navy in Großbritannien in Auftrag gegebene Starrluftschiff *R38*
stürzte bei der vierten Testfahrt nahe Hull ab. Von den britischen und ameri-
kanischen Besatzungsmitgliedern überlebten fünf den Absturz, 44 starben.
Wenige Wochen danach zählte man in Ludwigshafen, hervorgerufen durch
eine Ammoniumnitrat-Explosion in der Badischen Anilin- & Soda-Fabrik
(BASF), 500 Tote und 2.000 Verletzte, während in Sowjetrussland eine Hungersnot begann, die etwa 5 Millionen Tote fordern sollte. In Worms fand ein
dreitägiges Jubiläum statt, das anlässlich Luthers Auftritt auf dem Reichstag
zu Worm 1521 gefeiert wurde. Es fand viel Beachtung unter den Protestanten
im Lande.

Ungeachtet dessen legte Martha Heym die weiße Tracht der Novizinnen
des katholischen Ordens der Dominikanerinnen im Kloster Heilig Kreuz in
Regensburg an. Ihr Bruder Achilles hatte ihr die Bewilligung erteilt, nachdem
die Tante zuvor Marthas Zusicherung gefordert hatte, dass diese sich noch im
Verlauf dieser ersten Phase jederzeit anders entscheiden können würde. Ihre
Schwester Ida hatte sich unter Tränen und mit großer Überwindung schließlich dazu durchgerungen, Marthas Willen zu tolerieren. Martha begann ein
Studium der Medizin an der Universität München und pendelte fortan zwi-
schen dem Gastkloster und Regensburg hin und her.

***

---

[73] Die Organisation Consul war eine nationalistisch ausgerichtete und antisemitisch gesinnte ter-
roristische Vereinigung während der Weimarer Republik. Die von Hermann Ehrhardt paramili-
tärische Organisation war als regional gegliederter Geheimbund aufgebaut. Sie verübte politische Morde mit dem Ziel, das demokratische System der jungen Republik zu destabilisieren, eine
Militärdiktatur zu errichten und die Ergebnisse des Ersten Weltkriegs, insbesondere den Friedensvertrag von Versailles, zu revidieren.

Karl I., letzter österreichischer Kaiser, mit Kaiserin Zita und ihren sieben Kindern; 1921;

Schon Mitte August hatte der Herbst mit erstem goldenem Laub frühe Zeichen seiner Ankunft vorausgeschickt. Mit strahlendblauem Himmel und einer selten gesehenen Farbenpracht glänzte er in diesem Jahr beispiellos mustergültig und lockte damit Künstler, Wandervögel[74] und anderes Volk scharenweise in die Natur. In Österreich unternahm Karl I einen zweiten Restaurationsversuch als Kaiser in Ungarn. Er flog mit seiner Familie nach Sopron, wo er von Freischärlertruppen erwartet wurde. Nach einem Scharmützel gab Karl auf. Er wurde daraufhin mit seiner Frau Zita an Bord des britischen Donauschiffes bis zum Schwarzen Meer und dann über Gibraltar auf die portugiesische Insel Madeira verbannt. Ebenfalls in Ungarn weilte der ehemalige König Bayerns Ludwig III auf Schloss Nádasdy in Sárvár. Er starb im Alter von 76 Jahren an Magenblutungen. Als Leichnam kam er per Zug wieder nach München zurück und wurde in der Fürstengruft der Wittelsbacher im Münchner Dom bestattet. In Genf kam ein internationales Übereinkommen zustande, das den Frauen- und Kinderhandel eindämmen sollte, während in der Karlsbader Tagung des Zionistischen Weltkongresses das jüdische Volk den Willen verkündete, mit den Arabern „im Geist der Verbundenheit und des

---

[74] Als Wandervogel oder Wandervogelbewegung wird eine 1896 entstandene Bewegung hauptsächlich von Schülern und Studenten bürgerlicher Herkunft bezeichnet, die in einer Phase fortschreitender Industrialisierung der Städte sich von den engen Vorgaben des schulischen und gesellschaftlichen Umfelds lösten, um in freier Natur eine eigene Lebensart zu entwickeln. Damit stellte der Wandervogel den Beginn der Jugendbewegung dar, die auch für Reformpädagogik, Freikörperkultur und Lebensreformbewegung im ersten Drittel des 20. Jahrhunderts wichtige Impulse setzte;

gegenseitigen Respekts" in Palästina[75] zusammenleben zu wollen. Im Hofbräuhaus München traf die Sturmabteilung der NSDAP im Festsaal auf sozialistische Arbeiter, die versuchten deren Versammlung zu sprengen. Es kam
zu einer Saalschlacht mit Verletzten auf beiden Seiten. Kurz vor Weihnachten
erhielt Albert Einstein den Nobelpreis für Physik, und das Reichsgericht verurteilte Traugott von Jagow für die Teilnahme am Kapp-Putsch zu fünf Jahren
Haft. Bei der Strafzumessung wurden dem Angeklagten, der unter dem Bann
selbstloser Vaterlandsliebe und eines verführerischen Augenblicks dem Rufe
von Kapp gefolgt sei, mildernde Umstände zugebilligt. Das Verfahren gegen
zwei Mitangeklagte wurde am gleichen Tag eingestellt. Diese drei Prozesse
waren die einzigen Strafverfahren gegen die Putschisten. Oberschlesien
wurde durch den Obersten Rat der Alliierten wie geplant geteilt. In Wien en-
dete eine Demonstration mit über 30 000 Teilnehmern gegen die galoppie-
rende Inflation mit Plünderungen und Ausschreitungen.

In Neumarkt wurde der ehemalige Exerzierplatz schließlich an die Holz-
großhandlung Pfleiderer aus Heilbronn verkauft, die ihren Unternehmens-
sitz unter diesem Namen nach Neumarkt verlegte.

Niemand aus der Familie Häring reiste nach München, um dort Helenes
Grab aufzusuchen. Mutter Häring ging häufiger denn je zur Kirche, zündete
dort auch mehr Kerzen denn je an. Sie sprach nie mehr von dem Unfall mit
dem Gas. Sie hatte nach ihrem letzten Satz, dass ihre Jüngste Kamillentee
nicht mochte, nie wieder über Helene gesprochen.

***

Die Silvesternacht war mit fuselndem Regen und um die Null Grad mäan-
dernden Temperaturen kaum als winterlich zu bezeichnen. In Berlin feierte
man in den Clubs der wachsenden Zahl an Neureichen wilde Partys. Auf dem
Dinkelsbühler Marktplatz explodierte in der Silvesternacht kurz nach Mitter-
nacht eine Bombe. Das Attentat, bei dem rund 50 Personen zum Teil schwer
verletzt wurden, galt zwei örtlichen Polizisten. In derselben Nacht brannte
das erste Goetheanum in Dornach ab. Die Brandursache blieb ungeklärt, und
in Tannhausen wurde der Stadthalter Georg Süpple Ziel eines Anschlags. Eine
„Wagenbüchse" mit explosivem Inhalt war in das Schlafzimmer der Eheleute
Süpple geworfen worden.

---

[75] Das Gebiet des heutigen Staates Israel gehörte bis 1920 zum Osmanischen Reich und wurde
nach dem Ersten Weltkrieg dem Vereinigten Königreich vom Völkerbund übertragen.

Der Segen der Kinder
Familie Häring, Neumarkt, Januar 1922

Es war ein kalter, aber sonniger Mittwochmorgen. Gegenüber, im Kolping-haus, wo einst das Notlazarett untergebracht gewesen war, herrschte reges Treiben, fast wie während des Krieges, wenn die Lastwagen mit neuen Verwundeten angekommen waren. Nur dass diesmal bunte Requisiten und allerlei Dekorationsmaterial vom Lastwagen abgeladen wurden.

Maria beobachtete die Vorbereitungen für den großen Faschingsball von der Spüle aus. Es waren noch drei Wochen bis Rosenmontag. Die Kostümbälle häuften sich. Wie gerne wäre sie mit Fritz auf diesen Maskenball gegangen! Tanzen, wie damals, als sie sich kennengelernt hatten. Der Gedanke lockte, ein paar unbeschwerte Stunden zu verleben und einfach alle Sorgen vergessen. Sie hätte Fritz schnell dafür begeistern können, das wusste sie, auch wenn das Geld für unnötige Vergnügungen zu knapp war. Deshalb war es auch besser, sie fragte gar nicht erst. Er würde ihr den Wunsch erfüllen, ungeachtet der Möglichkeiten und sie müsste es dann nur wieder vom Haushaltsgeld abknapsen. Dazu kam, dass sie sich immer noch schuldig fühlte, was sie wie ein mahnender Zeigefinger von allen Vergnügungen abhielt. Helene konnte nie wieder tanzen. So oft Fritz ihr auch versicherte, dass es nicht ihre Schuld war, dass ihre kleine Schwester sterben musste, sie wurde den Gedanken nicht los, dass sie, die Ältere, die Kleine hätte beschützen müssen.

Mit einem Seufzer der Entschlossenheit stellte sie den gespülten Milchtopf zum Abtropfen auf die Seite und tauchte das nächste Stück ins Wasser, als wollte sie ihr Sehnen nach Ablenkung darin ertränken. Selbstmord, hatte es in dem abschließenden Schreiben der Polizei geheißen, und man habe niemandem einen Diebstahl nachweisen können. Man hatte Helene ohne weitere Nachforschungen zu den Akten gelegt, ohne den Schuldigen an der Tragödie zur Rechenschaft zu ziehen. Das war der am schwersten zu ertragende Teil, und Maria war nur froh, dass ihre Mutter nichts davon wusste. So einfach abzuschließen wie der Beamte es auf dem Polizeirevier getan hatte, das konnte Maria nicht. Der Täter lief frei herum, ob Mörder oder Vergewaltiger oder einfach nur ein verantwortungsloser Kerl, er war schuldig und niemand belangte ihn. Das konnte sie nicht einfach ad acta legen!

Sie war allein zu Hause. Vater Häring war beim Bärenwirt, wo ebenfalls Vorbereitungen getroffen wurden, wenn auch für eine politische Versammlung, so doch ebenso turbulent wie ein Faschingsball. Nur anders. Die Mutter war in der Kirche, wie so oft seit dem vermeintlichen Unfall, und Walli bei einem Vorstellungsgespräch in der neu gegründeten Bleistiftfabrik Faber, wo sie sich eine gute Stellung im Büro erhoffte. Später erwartete man die gesamte Familie von der Sitt, die aus Hemau zwei neue Legehennen, zwei Gänseküken und Fische zum Räuchern aus deren Forellenzucht mitbringen wollte. Deshalb würde diesmal sogar der Mann mitkommen, was wenig Raum für persönliche Gespräche mit ihrer Schwester lassen würde. Aber die gelieferten Sachen waren wichtiger. Maria musste zusehen, dass sie das Essen vorbereitete.

In Gedanken versunken an einen Kostümball, den sie sich verboten hatte, hatte Maria mit dem Abtrocknen des Frühstücksgeschirrs begonnen, als draußen das Gartentor quietschte. Abermals spähte sie durch das kleine Fenster neben dem Hauseingang hinaus. Hilda schob mühsam einen dieser modernen Kinderwagen durch die Öffnung und versuchte gleichzeitig, das Tor in Schach zu halten, das sie wie ein fliegender Händler bedrängte. Vater Häring hatte erst vor wenigen Tagen eine Vorrichtung angebracht, die das Tor von selbst wieder schloss, weil es zu häufig offen gestanden hatte. Maria wischte sich die Hände an der Schürze ab und eilte hinaus, dankbar für die überraschende Ablenkung, die der Besuch versprach.

Im Wagen schlief die wenige Monate alte Edith Regina, in eine dicke Wolldecke gehüllt, mit einem seligen Lächeln im rosigen Gesichtchen. Ihre Mutter gab Maria schon von weitem mit dem Finger ein Zeichen, sie um Himmels Willen nicht durch ein Geräusch zu wecken. Sie hatte Lippenstift aufgetragen, sehr dezent, aber doch deutlich sichtbar. Maria fand es gewagt, so mit dem Kinderwagen durch die Gegend zu spazieren. Sie bewunderte den Mut ihrer Freundin mehr, als sie sie darum beneidete. Hilda schob ihre Tochter in eine windgeschützte Sonnenecke in der Nähe des Hauseingangs.

„Es ist noch Kaffee übrig vom Frühstück", winkte Maria ihrer Freundin zu, hereinzukommen.

Mit einem letzten Blick vergewisserte sich Hilda, dass der Kinderwagen auch wirklich an der richtigen Stelle stand und dass es die Kleine auch schön warm hatte. Dann folgte sie Maria in die Stube.

„Hier ist die Dose Brateringe, um die du mich gebeten hast. Ich habe es auf die Liste gesetzt. Es tut mir leid, aber sie sind schon wieder teurer geworden. Ich habe sie dir noch um den alten Preis aufgeschrieben. Es ist wirklich schrecklich, fast jeden Tag kommen jetzt neue Preislisten, man kommt gar nicht mehr hinterher! Und immer häufiger wird nicht einmal mehr die bestellte Ware geliefert. Ich habe dir eine Zeitschrift mitgebracht." Hilda legte beides auf den Küchentisch. Sie hatte sich angewöhnt, ihrer Freundin ab und zu abgelaufene Hefte und Modezeitschriften mitzubringen, die sie manchmal in ihrer Lebensmittelgroßhandlung auf dem Ladentisch anboten. Die Nachfrage nach solchen Dingen stieg allmählich auch in Neumarkt.

„Danke!", griff Maria interessiert nach der Illustrierten und betrachtete das Titelbild. Unter der fetten Überschrift *Mode und Heim* räkelte sich eine schlanke junge Frau in einem atemberaubend enganliegenden Badeanzug ohne Haube.

171

„*Jo, sogamoi*[76]!", seufzte Maria in einer Mischung aus Bewunderung und Bedauern, wobei nicht ganz klar war, worauf sich das Bedauern bezog. „Diese neue Bademode ist ganz schön freizügig!"

Erstaunlicherweise stimmte die Freundin in diese Mischung aus Entzücken und Enttäuschung mit einem nüchternem „Da hast du recht!" ein, wie es eigentlich gar nicht ihre Art war. Doch dann änderte sie schnell den Tonfall, als hätte sie es gerade selbst und mit Widerwillen bemerkt. „Da ist auch ein interessanter Artikel über unseren neuen Außenminister Walther Rathenau drin. Den musst du lesen! Der Mann hat vernünftige Ansichten, sagt Emanuel."

Maria legte die Zeitschrift beiseite und stellte den Kaffeepott wieder auf den Herd. „Es macht dir doch nichts aus, wenn ich den Kaffee noch einmal aufwärme, oder?"

Werbefoto Bademode 1922 von Mack Sennet, der auch Filme mit Charly Chaplin produzierte;

Hilda schüttelte den Kopf und ging zum Fenster, um noch einmal nach ihrem schlafenden Kind draußen zu sehen. Dann ließ sie sich auf einem Stuhl am Tisch nieder.

„Hast du gesehen?" Maria stellte Tassen und Milchkännchen vor Hilda auf den Tisch. „Ein großer Kostümball ..." Etwas in ihr schien zu hoffen, dass Hilda sie gegen ihren Willen überreden würde, doch auf den Faschingsball zu gehen.

Aber ihre Freundin tat nichts dergleichen. Maria wartete vergeblich auf eine Reaktion. Erst jetzt bemerkte sie die Erschöpfung in deren Gesicht. Hilda war so blass und schmal, wie sie sie in all den Jahren der enormen Belastung durch die Arbeit im Lazarett nie gesehen hatte. Tiefe Ringe lagen um ihre Augen, dunkler als die Schatten im Gesicht jenes unheimlichen Draculas, den man auf den Plakaten des Filmpalastes gesehen hatte. Hilda bemerkte den Blick ihrer Freundin und antwortete, bevor Maria fragen konnte:

„Sie schläft einfach nicht! Seit das Kind auf der Welt ist, habe ich keine Nacht mehr durchgeschlafen." Sie ließ den Kopf in die Hände fallen, als wolle sie den nötigen Schlummer gleich an Ort und Stelle nachholen. „Ja, jetzt, am Tag, da schläft sie!", deutete sie zum Fenster, hinter dem die kleine Edith Regina nicht den geringsten Laut von sich gab. „Meine Schwiegermutter kann es nicht

---

[76] Dialekt, wörtlich: Ja, sag einmal! Ausdruck für leichte Missbilligung.

unterlassen, mir ständig unter die Nase zu reiben, dass das Kind doch so brav sei! Ich müsse sie nachts nur schreien lassen, dann würde sich das schon geben. Sie sagt, ich sei schuld, weil ich immer gleich laufe, wenn sie weint. Aber wenn das Kind nachts alle weckt, dann jammert sie morgens, sie hätte kein Auge zugemacht und Emanuels Vater sei jetzt nervlich am Ende. Wie ich es auch mache, es ist nie recht!"

Maria ließ sich neben Hilda nieder, versuchte zu trösten. „Es ist nie leicht, mit Schwiegerleuten in einem Haus zu wohnen. Auch für Fritz ist es nicht einfach, hier mit meiner Familie auf so engem Raum zu arbeiten. Er wollte in seiner Heimat seine Kanzlei aufmachen, und jetzt sitzt er hier, eingeengt in diesem Haus und in unserer kleinen Stadt, und muss sich mühsam die Kunden heranziehen. Die Leute hier sind so misstrauisch gegenüber Zugezogenen!" Sie legte ihre Hand auf Hildas Arm. „Aber es werden wieder andere Zeiten kommen! *Nix hängt ollawei nur auf oar Seitn*[77]! Wir haben gerade einen Krieg überstanden. Ein paar Unannehmlichkeiten müssen wir wohl noch erdulden, bis sich die Dinge wieder einspielen werden. Vielleicht könnt ihr in ein paar Jahren ein eigenes Geschäft aufmachen, du und Emanuel?"

„Das ist doch gegen die Tradition", hob Hilda mühsam den Kopf. Sie blickte Maria mit glanzlosen Augen an. „Der Sohn übernimmt das Geschäft des Vaters, dessen Sohn dann das seine, und so weiter und so fort. Das geht zurück bis auf Abraham und hat sich seitdem nicht geändert! Sieh dir nur die Namen der Geschäfte an: Dreichlinger und Söhne, Goldschmied und Söhne, Semi Haas und Sohn ... das ist schon im Firmennamen verewigt! So solle es sein auf alle Ewigkeit."

Wie immer, wenn es um Religion und Tradition ihrer Freundin ging, konnte Maria dem nichts entgegensetzen. Sie kannte weder jüdische Regeln und noch Gebräuche. Aber wohl die Strenge und Tradition der katholischen Kirche. Und diese Strenge, die konnte sie durchaus nachempfinden. Sie stand auf, überprüfte den Kaffee auf dem Herd und befand, dass er heiß genug war, um das Gespräch mit einem wärmenden Getränk fortzusetzen.

„Hilda, ich wollte dich um einen Gefallen bitten", wechselte sie das Thema, goss beide Tassen voll und sprach weiter, während sie die Kanne zurück auf die heiße Herdplatte trug. Sie wartete keine Reaktion ihrer Freundin ab, denn sie wusste, dass ein solcher Satz auf offene Ohren stoßen würde. „Du hast doch einmal gesagt, du würdest mir die Wiege und den Kinderwagen leihen, du erinnerst dich?"

Hildas Augenlider schnellten nach oben wie eine eilig hochgezogene Jalousie[78]. Maria setzte sich wieder neben die Freundin.

---

[77] Dialekt: Nichts hängt für ewig nur auf eine Seite.

[78] Das Wort Jalousie kam schon früh aus dem Orient nach Europa. Damals waren Jalousien kunstvoll verzierte Gitter mit filigraner Musterung, die vor den Fenstern befestigt wurden. Die Muschrabîya hielten die gleißenden Strahlen der südlichen Sonne fern, erzeugten kunstvolle

„Du bist ...", aber Hilda sprach den Satz nicht zu Ende. Ihre Stimme brach.

Maria nickte heftig und freudestrahlend. Erst an diesem Morgen, gerade vor wenigen Stunden, hatte Maria es Fritz gesagt. Sie hatte ganz sicher sein wollen, bevor sie ihm die Neuigkeit eröffnete. Aber als das Blut zum zweiten Mal ausgeblieben war und sie auch sicher sein konnte, dass es sich nicht nur ein wenig verspätet hatte, hatte sie ihm die frohe Botschaft überbracht. Er war außer sich vor Freude gewesen, hatte sie herumgewirbelt und immer wieder geküsst. Noch nie hatte sie ihn so beschwingt in seinem Büro verschwinden sehen! Mit vor Liebe überschäumendem Herzen hatte sie ihm nachgeschaut, wie er ihr noch eine Kusshand zuggeworfen, bevor er die Tür hinter sich geschlossen hatte. Ihre Freundin war nun die zweite Person, der sie das freudige Ereignis anvertraute. Doch im Gegensatz zu ihrem Mann reagierte die junge Frau alles andere als hingerissen.

„Glückwunsch", murmelte Hilda, als würde sie einer Trauernden kondolieren. Die Enttäuschung, die Maria fast die Tränen in die Augen schießen ließ, wich schnell der Erkenntnis, dass mit ihrer Freundin an diesem Morgen etwas ganz und gar nicht stimmte. Das Wasser, das in deren Augen stand, war kaum zu überbieten!

„Was ist denn los, Hilda?"

„Ach Maria!" Als hätte Hilda nur auf diese Aufforderung gewartet, brach ein Damm und Tränen, Worte und Schluchzer sprudelten wie die Fontäne eines Springbrunnens hervor. Sie ließ die Arme auf die Tischplatte sinken, vergrub den Kopf darin, ihre Schultern bebten. Das Weinen wurde laut und unaufhaltsam.

„Ist etwas passiert?", beunruhigte sich Maria, aber Hildas Weinen erstickte nur einzelne unverständliche und wirre Antworten, die in die Vertiefung ihrer Arme flossen. Maria wurde nicht schlau daraus. Maria strich ihrer Freundin übers Haar und wartete darauf, dass sie sich ein wenig beruhigte. Es gelang, denn der Kopf hob sich schließlich, und ein tränennasses, gerötetes Gesicht mit verzerrtem, lippenstiftverschmiertem Mund und laufender Nase stieß einen verzweifelten Satz aus, bevor er wieder in die Schutzhaltung verschwand.

„Ich kann dir die Wiege nicht borgen, Maria!"

Jetzt überkam Maria Verwunderung. Deswegen weinte ihre Freundin?

„Geh' Hilda!", versuchte sie sich in einem versöhnlichen Lachen, „das macht doch nichts! Wenn es deiner Schwiegermutter nicht passt, dann kaufen wir eben selbst eine Wiege und einen Kinderwagen. Das wird schon gehen.

Schattenspiele im Dämmerlicht und hielten selbst bei Außentemperaturen von über 40 Grad Celsius die Palasträume angenehm, da sie nicht nur Sicht- und Sonnenschutz boten, sondern auch für Kühlung und Belüftung sorgten. Der Blick aus dem Harem der spätosmanischen Paläste in den Garten und Hof war für die Bewohner möglich. Trotzdem blieben sie vor den Blicken fremder Menschen geschützt, da der Einblick von außen verwehrt wurde.

Darüber musst du dich doch nicht so grämen! Es tut mir leid, dass ich gefragt habe. Ich hätte das nicht tun dürfen. Das darfst du dir nicht so zu Herzen nehmen!"

Wieder hob sich der Schopf, diesmal ganz, mit gleichzeitigem Kramen nach einem Taschentuch, das nicht aufzutreiben war, weshalb Hilda, wenig damenhaft, kurzerhand den Ärmel ihres Kleides über ihr Gesicht strich.

„Ach die!", schniefte sie verächtlich, „die ist mir doch egal! Es geht nicht, weil ich die Sachen selber brauche. Ich bin schon wieder in anderen Umständen! Ich bekomme schon wieder ein Kind!" Sie schrie beinahe.

„Was? Schon wieder!"

Die Überraschung war gelungen. Maria ließ sich in die Lehne ihres Stuhls sinken, während ihr Blick an ihrer Freundin heftete, die alles andere als ein glückliches Gesicht machte und diesen letzten Satz wie die Nachricht einer furchtbaren Katastrophe herausgeschrien hatte. Im Glück ihrer eigenen freudigen Erwartung gefangen, brauchte Maria eine Weile, um Hildas Reaktion zu begreifen. Die Verzweiflung, die Hilda ergriffen hatte, war ihr nicht sofort verständlich.

„Ja! Schon wieder!", keuchte Hilda. Endlich fand sie ihr Taschentuch und schnäuzte kräftig hinein. "Ich habe doch gerade erst ein Kind zur Welt gebracht und eben erst wieder mit dem Geradeauslaufen angefangen! Ich weiß ja noch gar nicht, wo mir der Kopf steht! Und jetzt werde ich schon wieder so dick und schwer und meine Beine werden erneut anschwellen und sie werden mich abermals schneiden und ich werde nie wieder schlafen und ich werde noch einmal lange nicht laufen können, geschweige denn sonst etwas. Und Emanuel ... "

Maria fiel ihr ins Wort, denn in ihrer grenzenlosen Freude wollte sie diese unschönen Dinge, die mit der Geburt eines Kindes einhergingen, gar nicht hören. Sie schwelgte noch in rosigen Liebesträumen, und da passten diese schrecklichen Schilderungen nicht hinein.

„Habt ihr denn nicht ein bisschen aufgepasst?", versuchte sie einen milden Einwand.

Hilda verzog den Mund. „Ein bisschen nützt nichts. Du weißt doch, wie die Männer sind!" Sie wischte sich den verschmierten Lippenstift ab. „Du wirst schon sehen! Für einen Mann ist die Schwangerschaft seiner Frau die größte Belastung! Die Entbehrungen, die sie ertragen müssen, sind kein Vergleich zu unseren Schmerzen!"Wenigstens munterte Hildas Sarkasmus sie selbst ein wenig auf. Sie griff nach der Kaffeetasse und kippte den lauwarmen Inhalt hinunter wie ein Russe den Wodka.

Maria nippte an ihrer Tasse, lugte dabei über den Rand. „Emanuel freut sich doch trotzdem?", versuchte sie einen positiven Gedanken in das Gespräch zu bringen, in der Hoffnung, dass der Vater nicht genauso erschrocken war über die bevorstehende zweite Schwangerschaft wie ihre Freundin.

175

„Er weiß es noch nicht", stellte Hilda die Tasse ab und sah Maria an. „Ich weiß es selbst erst seit ein paar Tagen."

„Erst seit ein paar Tagen?", überlegte Maria, „aber wie kannst du dir dann so sicher sein? Vielleicht ist es nur eine Verzögerung, eine Umstellung?"

Hilda schüttelte vehement den Kopf. „Ich weiß doch, wie es sich anfühlt, schwanger zu sein. Präzise so nämlich!"

Maria nickte verständnisvoll, auch wenn sie den Schock einer Schwangerschaft so kurz nach einer Geburt nur erahnen konnte. Dabei war es gar nicht so selten, dass Frauen innerhalb weniger Monate mehrere Kinder zur Welt brachten. Was das für eine Mutter bedeutete, darüber hatte sie sich allerdings nie Gedanken gemacht. Auch zwischen ihren Schwestern Anna und Walli lag nur ein Jahr Altersunterschied. Hatte ihre Mutter das damals genauso empfunden wie Hilda jetzt? Und war der lange Abstand zu ihrer Geburt einem solchen Schrecken geschuldet? Darüber hatte sie bis zu diesem Moment nie nachgedacht, aber nun erschien ihr das sehr schlüssig.

„Ich verstehe, dass das ein schöner Schreck für dich ist", tätschelte sie Hilda die Hand. „Aber sieh es doch mal von der guten Seite: Wir bekommen zur selben Zeit ein Kind!" Maria guckte sie aufmunternd an und drückte nun ziemlich fest die Hand ihrer Freundin. „Wir werden das zusammen durchstehen! Und später werden wir zusammen spazieren gehen, wir werden gegenseitig auf unsere Kinder aufpassen und später werden sie zusammen spielen können! Das sind doch wunderbare Aussichten!"

Hilda lächelte ein wenig gezwungen, aber sie lächelte.

„Na, siehst du!" Tatsächlich gefiel Maria die Zukunft, die sie an den Horizont gemalt hatte. „Wer hätte das gedacht? Wir beide zusammen mit dicken Bäuchen!"

Sie strich sich lachend über die Stelle, an der das Kind in ihrem Körper heranwachsen würde.

„Na ja", überlegte Hilda schon etwas befreiter, „das hört sich wirklich gar nicht so übel an. Es tröstet ein wenig, dass du auch ein Kind erwartest. Das stimmt. Und vielleicht wird es diesmal ein Max? Emanuel hat sich so einen Max gewünscht, und dann ist es doch nur eine Edith Regina geworden." Sie sah Maria fragend an. „Was wünscht sich Fritz?"

„Einen Buben natürlich", lächelte Maria und erinnerte sich an dieses erste Gespräch, „er meint, ein Mädchen als Erstgeborenes ist doch nichts Gescheites!"[79] Kaum ausgesprochen, zuckte sie aus ihrer Träumerei, als sie merkte, was sie gerade zu ihrer Freundin gesagt hatte. „Entschuldige bitte!", warf sie sofort hinterher. „Ich meine damit natürlich nicht deine Edith Regina. Sie ist ein ganz wunderbares Kind!"

---

[79] Zitat Thomas Mann gegenüber seiner Schwiegermutter Hedwig Dohm; „1919, das Jahr der Frauen"; Unda Hörner

„Doch, doch!", beruhigte Hilda sie nickend, „als zweites Kind wäre sie in der Reihenfolge schon besser gewesen. Das stimmt. Wenn der Stammhalter erst einmal gesichert ist, hat man es auch als Mutter leichter. So ist das eben."

Sie leerten ihre Tassen und stellten die Gedecke zusammen.

„Wie soll er denn heißen?", erhob sich Hilda und trug das Geschirr zur Spüle.

„Ernst", antwortete Maria wie aus der Pistole geschossen, denn es stand fest, dass ein Junge nach Fritzens Bruder in Weimar benannt werden sollte.

„Ich will ja nicht unken, aber man hat ja schon erlebt, dass das erste doch ein Mädchen wird", warf Hilda über die Schulter in die Stube, während sie mit dem Kopf einen Wink aus dem kleinen Fenster zu ihrer schlafenden Tochter warf.

„Das wissen wir noch nicht", murmelte Maria. Hilda fragte nicht weiter nach und Maria sagte auch nicht mehr dazu.

***

Auf dem Herd brodelte ein großer Topf mit Kartoffeln. Nur mit Mühe hatte Maria die Dose mit den Bratheringen geöffnet. Es war ihr ein Rätsel, warum man dafür noch keine einfachere Lösung gefunden hatte? Kriege konnte man führen, mit technischen Höchstleistungen tausende Menschen töten, aber eine Dose Heringe zu öffnen, blieb noch immer fast ein Ding der Unmöglichkeit. Eingelegte Heringe waren eine beliebte Mahlzeit in der Familie, weil sie billig und doch nahrhaft waren, doch leider kamen sie in bombenfest verschlossenen Dosen nach Bayern.

„Mama", fingerte Maria endlich einen Fisch aus der Marinade, ließ ihn abtropfen und legte ihn zusammen mit Zwiebeln und Essiggurken, die sie im Sommer eingelegt hatte, auf einen großen Teller.

„Ich muss dir etwas sagen ..."

Mutter Häring ließ die Stopfarbeit, die sie gerade an ihrem Stammplatz auf der Bank begonnen hatte, in den Schoß sinken.

„Wir bekommen ein Kind."

Ihre Mutter lächelte. "Das habe ich mir schon gedacht."

Maria erwiderte ihr Lächeln. Nicht so sehr, weil ihre Mutter — wie so oft – wieder einmal geahnt hatte, was Sache war oder weil sie die Nachricht freudig aufnahm, sondern weil sie überhaupt eine Regung der Freude zeigte. Seit dem Unfall – das war das nun eingespielte Narrativ in der Familie – war das selten geworden. Es tat wohl zu sehen, dass sie ihr diese kleine Freude schenken konnte.

Maria widmete sich wieder den Fischen. „Meinst du, der Papa wird sehr enttäuscht sein, wenn wir einen Buben nach Fritz' Bruder benennen? Der Ernst soll der Patenonkel sein. Das ist Fritz wichtig, weil er doch der Einzige in seiner Familie ist, der seit unserer Heirat zu ihm hält."

„Aber der ist doch evangelisch!"

Schon war der flüchtige Augenblick der Seligkeit vorüber, weggewischt von einer neuen Unruhe, die sich auf dem Gesicht der Mutter ausbreitete wie eine Flechte auf der Haut.

„Das Kind wird freilich katholisch erzogen, Mama", beeilte sich Maria zu erklären und versuchte dabei, recht zuversichtlich zu klingen. Natürlich hatte sie ihrem Mann sofort gesagt, dass seine Idee eben aus diesem Grund undurchführbar sei, und er habe es vor Hochwürden hoch und heilig versprochen, dass ihre Kinder katholisch getauft würden. „Wir werden Walli bitten, die kirchliche Patenschaft zu übernehmen. Ernst wird sozusagen ein weltlicher Pate."

„A soa Schmarrn! Geh, a soa neimodischs Zeigs!"[80], winkte Mutter Häring ab, aber schon wesentlich bedächtiger. „Zwei Taufpaten! Hat man so etwas schon einmal gesehen?"

„Es ist dem Fritz so wichtig, Mama! Versuch doch zu verstehen, er will seinen Bruder als Vertreter von seiner Seite mit einbeziehen." Maria richtete sich auf und legte den Kopf schief, als sei ihr gerade folgender Gedanke gekommen: „Außerdem ist es doch gut für das Kind! Es hat zwei Menschen, die über sein Glück wachen werden."

„Wenn sich dein Mann das so wünscht. Dann nennt ihr halt den Zweiten nach dem Papa", fuhr die Mutter schließlich wieder mit der Stopfnadel durch das dünne, zu flickende Tuch ihrer Handarbeit. „Es wird ihm schon recht sein."

Marias Gesicht entwich ein Zucken. An ein zweites Kind wollte sie noch gar nicht denken. War ja das erste noch nicht einmal da. Plötzlich verstand sie Hildas Tränen sehr gut. Aber wenn sich das heikle Thema der Namensgebung, bei der man niemandem auf die Füße treten wollte, aber nun mal nur ein Name zu vergeben war, und das noch zwischen zwei Religionen, die sich nicht vereinbaren ließen, auf diese Weise lösen ließ, war das eine Sorge weniger.

„Ein Mädchen wollen wir Helene taufen."

Die Nadel in der Hand der Mutter verharrte für einen Moment in der Luft, als hätte ein unsichtbarer Künstler sie genau in dieser Haltung porträtiert. In dieser Haltung, aber vor allem mit diesem Ausdruck der Entzweiung im Gesicht, der dieses seit genau vierzehn Monaten prägte. Ein kaum wahrnehmbares Kopfnicken begleitete ihre, wie ein Gebet gemurmelte Antwort: „Das ist recht so."

Dann arbeitete sie weiter, als sei nichts geschehen und das Gemälde löste sich auf.

***

---

[80] Dialekt: So ein Unsinn! So etwas Neumodisches!

Wenig später erfüllte Leben den Raum. Die Familie machte sich über die Heringe her. Die Herren des Hauses saßen an den Stirnseiten, die Frauen längs des Tisches. Walli berichtete von ihrem Vorstellungsgespräch und von den Sozialwohnungen, die die Firma Faber für ihre Arbeiter im Faberwald neben der Fabrik bauen wollte. Sie hatte sich um den Posten des Chefsekretärs beworben, aber nun lamentierte sie, dass sie es gleich bleibenlassen hätte können. Dort seien viele sehr qualifiziert dreinschauende Männer gewesen, die um denselben Posten konkurrierten. Und die Frauen, die es wie sie gewagt hatten, sich unter die Bewerber einzureihen, waren sogar bis aus Nürnberg angereist, mit Großstadterfahrung, Schreibmaschinenkenntnissen.

Anna von der Sitt geb. Häring mit ihrer Tochter Anni;

Die Familie hörte ihr zwar zu, äußerte sich dazu aber nicht. Walli stieß auf wenig Verständnis, denn sie hatte bereits eine Stellung, verdiente Geld und keiner der Anwesenden verstand, warum sie Arbeit suchte, wenn sie doch eine hatte. Wäre in diesem Moment nicht die Stubentür aufgeflogen und ein blondgelockter Wirbelwind mit dem Freudenschrei „Ooooopa!" hereingestürmt, hätte man sicher das Thema gewechselt.

Die kleine Anni warf sich Vater Häring in die Arme, ohne sich darum zu kümmern, dass der Großvater Messer und Gabel in der Hand hielt und gerade dabei war, ein Stück Fisch in den Mund zu schieben. Sie zeigte ihm stolz die große Zahnlücke, die in ihrem Lachen klaffte. Sie mochte den Großvater lieber, weil er seltener da war. Und weil er sie dann, wenn er da war, oft auf den Schultern herumgetragen hatte. Jetzt war sie zu groß dafür, aber die Erinnerung daran hatte den Grundstein für ihre Zuneigung gelegt.

Dann kam auch Anna mit dem kleinen Sepperl an der Hand herein und schloss die Tür hinter sich. Im Gegensatz zu seiner Schwester war der Kleine auffallend still. Normalerweise ahmte er alles nach, was seine große Schwester vormachte, was oft zu konkurrierenden Liebesbeweisen und damit zu Streit führte. Nicht so diesmal.

„Draußen steht der Korb mit den Küken und die anderen Sachen. Walli, kümmere dich bitte gleich darum, sonst erfrieren die *Viecher*[81]! Und hier, Maria, sind die Fische zum Räuchern", reichte sie ihrer Schwester ein in Zeitungspapier eingewickeltes Packet. „Josef ist gegangen, den Doktor holen!"

Sie setzte den kleinen Buben auf einen Schemel neben dem warmen Ofen und zog ihm die Jacke aus. Das Kind wimmerte. Anna legte ihm die Hand auf die Stirn. „Er hat Fieber. Als wir zu Hause losgefahren sind, war noch alles in Ordnung. Aber seit zwei Stunden klagt er über Bauchschmerzen und hat sich zweimal übergeben." Und zu dem Kleinen sagte sie: „Bleib schön sitzen, Sepperl!" Dann erhob sie sich und zog selbst ihren Mantel aus. Der Kleine saß da wie eine kaputtgespielte Puppe, die den Kopf hängen lässt.

Nun legte auch Mutter Häring die Hand auf die Stirn des Kindes. Sie bestätigte die Diagnose ihrer Ältesten, während die kleine Anni auf die Bank kletterte und gierig den von Maria gereichten Teller entgegennahm.

„Er wird nur eine der Kinderkrankheiten ausbrüten", richtete sich Mutter Häring auf und sprach mit gebeugtem Rücken wieder zum Kind: „Wir machen dir Wadenwickel und einen Kamillentee, ja? Dann geht's dir gleich wieder besser, Sepperl!"

Der Satz an das Kind war ein Befehl an die Frauen der Familie. Maria stand auf, Walli auch. Walli bereitete auf der Bank eine Decke und Kissen vor, in die der Kleine gebettet werden konnte, während Maria frische Leinentücher in kaltes Wasser tauchte und auswrang. Anna schob ihren kleinen Sohn behutsam vor sich her in Richtung des gerichteten Krankenbettes. Wimmernd drehte er den Kopf von der spärlichen Lampe über dem Tisch weg.

Fritz aß stoisch weiter, als ginge ihn das alles nichts an. Still beobachtete er das Geschehen um sich herum, ohne es zu kommentieren oder seine Nahrungsaufnahme zu unterbrechen.

Die Wadenwickel wurden angelegt, abwechselnd die Hand der Mutter oder der Großmutter auf die Stirn des Kindes gelegt, um die Wirkung der Maßnahme zu überprüfen, drei Löffel Kamillentee eingeflößt, ausgespuckt, wieder eingeflößt und abermals ausgespuckt. Annis Teller war schnell leer gegessen und all die Aufmerksamkeit, die dem kleinen Bruder zuteilwurde, war nun Grund genug für sie, sich ebenfalls in die Nähe des Krankenbettes zu begeben. Sie beobachtete, was an Fürsorge vor sich ging und wollte mitmachen. Das Essen der Frauen erkaltete auf den Tellern zu einem Stillleben.

Fritz erhob sich mit der Bemerkung, er habe noch eine Steuererklärung fertig zu machen, und verschwand in sein Arbeitszimmer, während Vater Häring begann, seine Pfeife zu stopften.

Josef von der Sitt trat ein. Im Schlepptau hatte er den Doktor, der bisher nur selten einen Fuß in dieses Haus gesetzt hatte. Vater Häring kannte den Mann

---

[81] Dialekt: Tiere, Mehrzahl von Vieh, umgangssprachlich häufig auf dem Land benutzt

eher vom Bärenwirt denn als Arzt. Dementsprechend bot er ihm ein Bier an, das dieser auch dankend annahm, gleichwohl er sich sofort um den kleinen Patienten kümmerte. Die Frauen traten zurück und beobachteten schweigend die Untersuchungen. Anna hielt die Hand ihres wie leblos daliegenden Sohnes, und weil seine Schwester das unbedingt auch tun wollte, drängelte sie sich vor den Arzt eng an ihren kleinen Bruder und ergriff das andere schlaffe Händchen.

„Hau ab!", zischte Josef von der Sitt die kleine Anni an und stieß sie unsanft zur Seite. „Siehst du nicht, dass du dem Doktor im Weg bist!" Eine tiefe Längsfurche hatte sich von der Nasenwurzel bis zum Haaransatz über seine Stirn gegraben wie ein Schützengraben durch die Frontlinie. „Was hat er denn, Herr Doktor? Er wird doch wieder gesund, oder?"

Walli nahm die Kleine an der Hand und zog sie zurück an den Tisch. Das Mädchen fing an zu weinen, riss sich los und lief zu ihrem Großvater, wo sie ihren Kopf in seinem Schoß vergrub.

Der Gefragte antwortete nicht, sondern ließ sich stattdessen von den Eltern den Verlauf der Symptome erklären, drückte den Jungen an verschiedenen Stellen, woraufhin er jedes Mal mit einem kläglichen Jammern antwortete, hörte Herz und Lunge ab, maß Fieber und Puls, drückte seine Finger an allen möglichen und unmöglichen Stellen in den kleinen Körper.

„Mumps", lautete die Diagnose, noch bevor er die Untersuchungen beendet hatte. Ein Aufatmen ging durch die Stube.

Jedoch nicht lange, denn der Arzt packte seine Geräte in die Tasche und blickte fragend in die Runde: „Wer in der Familie hatte das schon?"

„*Olle vier homses ghod!*[82]", gab Mutter Häring mit einem Zusammenzucken vor der Zahl in ihrer Antwort Auskunft. Die Geschichte hinter ihrer Reaktion wäre auf ihrem Gesicht zu lesen gewesen, wenn jemand in diesem Augenblick darauf geachtet hätte: Fünf wären es gewesen, aber nur vier hatten die Krankheit gehabt. Jetzt waren's nur noch drei.

„Mumps ist hochansteckend", erklärte der Doktor. „Alle anderen müssen sich fernhalten. Weiter Wadenwickel machen und löffelweise zu trinken geben. Er soll viel Hafersuppe essen und nichts Saures. Ich komme morgen früh und sehe wieder nach ihm."

Damit ging er zum Tisch, wo schon ein Glas kühles Bier auf ihn wartete. Maria hatte es hingestellt, noch ehe er mit der Untersuchung fertig war.

Josef von der Sitt setzte sich an das Kopfende des Krankenlagers und streichelte seinem Sohn über den Kopf. Anna, die zu Füßen des Kindes saß, ließ seine Hand gleichzeitig los.

---

[82] Dialekt: Alle vier hatten es.

„Das müssen alle Kinder einmal haben", erhob sie sich ein wenig beruhigter, ohne den Blick von dem kleinen Gesicht abzuwenden. „Anni hat sich vielleicht auch schon angesteckt."

„Du denkst immer nur an deinen Bastard!", zischelte ihr Mann durch die zusammengebissenen Zähne. „Unser Sepperl liegt da wie tot! Und alles, woran du denken kannst, ist, dass dein Bastard sich angesteckt haben könnte! Tu etwas, damit es deinem Sohn besser geht, verdammt nochmal!"

Maria erstarrte mit den Tellern in der Hand, die sie gerade abräumte. Sie stand wie angewurzelt in der Mitte des Raumes, den Blick geradeaus an die Wand gerichtet, obwohl diese schrecklichen Worte in ihrem Rücken ausgesprochen worden waren. Walli und ihre Mutter waren an den Tisch zurückgekehrt und senkten die Köpfe, peinlich berührt, schauten auf die kalten Kartoffeln und den Fisch auf ihren Tellern. Großvater Häring tröstete die weinende Anni und schaute jetzt nicht seinen Schwiegersohn, sondern seine Älteste mit einem bösen Augenausdruck an. Er genierte sich offensichtlich vor dem Arzt, der keine Reaktion zeigte, schweigend von seinem Bier trank.

„Musst du deinen Mann *ollerwei*[83] so provozieren, Anna!", schimpfte Vater Häring. „Siehst du denn nicht, dass dein Mann um das Sepperl besorgt ist? Kümmere dich um dein krankes Kind! Der Anni geht's doch gut! Sie schläft heute Nacht bei mir und der Mama."

Maria schluckte, setzte sich wieder in Bewegung, ging weiter an das Spülbecken. Dort stellte sie ihren vollen Teller zur Seite. Sie konnte nichts mehr essen. Schon gar keine Heringe! Ihre Kehle war wie von zwei kräftigen Händen abgewürgt. Ihr Magen rebellierte wie alle Kommunisten und Kaisertreuen zusammen. Mit der Hand vor dem Mund stürzte sie zur Tür hinaus auf den Hof, wo sie hoffte, es bis zum Außenhäusl zu schaffen.

***

Es war eine unruhige Nacht gewesen. Anna und Josef von der Sitt hatten sie auf der Bank in der Stube verbracht, rechts und links von ihrem kranken Kind. Sie hatten den Kleinen nicht in ein ungeheiztes Schlafzimmer legen wollen. Immer wieder hatte Anna die Wadenwickel gewechselt, aber das Fieber war nicht gesunken. Am Morgen hatte der kleine Patient so dicke Bäckchen wie das gemalte Kind auf einem Werbeplakat für Zwieback, das ein paar Jahre später die ganze Nation kannte. Er röchelte, schien aber zu schlafen.

Anna hatte schon Kaffee aufgesetzt, bevor jemand aus der Familie aufgestanden war. Der Duft lockte alle in die warme Wohnküche. Es war beengt im einzigen beheizten Raum des Hauses. Deshalb, und aus Rücksicht auf das kranke Kind, frühstückte die Familie schweigend. Nur das Knacken des

---

[83] Dialekt: immerzu

gerösteten Brotes zwischen den Zähnen konkurrierte mit dem Knistern des Feuers im Herd.

„Warum sind denn alle so leise?", wollte die kleine Anni wissen. Ihr Mund war ganz mit Marmelade verschmiert.

„Weil der kleine Sepperl so schwer krank ist", flüsterte ihre Mutter mit einem ängstlichen Blick auf ihren Mann, bevor dieser das Mädchen wegen dieser Frage womöglich böse zurechtweisen konnte.

Von der Sitt sprang auf und stellte seinen Kaffee mit einer solchen Wucht auf dem Tisch ab, dass die braune Flüssigkeit über den Tisch schwappte.

„Wo bleibt denn der Doktor? Der wollte doch heute Morgen wiederkommen!" Er machte einen Schritt auf seinen Sohn auf der Bank zu, der wie im Koma dalag und röchelte. Dann drehte er sich abrupt um, schnappte sich Hut und Jacke vom Haken an der Wand und stürmte hinaus. „Ich hole den Kerl!"

Kurze Zeit später, der Tisch war inzwischen abgeräumt, Fritz mit einer Kanne Tee in sein Arbeitszimmer verschwunden, Walli bereits auf dem Weg zu ihrer Arbeitsstelle, kam der Vater des kranken Kindes mit dem Doktor zurück. Er hatte ihn auf halbem Weg auf der Straße getroffen. Vater Häring trank als einziger noch eine zweite Tasse Kaffee. Mutter Häring zeigte der kleinen Anni gerade, wie man mit der Strickliesel[84] arbeitete, was diese mit Eifer befolgte und dabei immer wieder laut verkündete, dass sie für ihren kranken Bruder eine Kordel mache, damit er wieder gesund werde. Anna legte ihrem Sohn neue Wadenwickel an und berührte immer wieder seine Stirn, als ob allein das Handauflegen das Fieber senken könnte. Das Kind hatte nichts von der Hafersuppe gegessen, die der Doktor empfohlen hatte. Seine Mutter hatte Mühe gehabt, ihm überhaupt etwas Flüssigkeit einzuträufeln.

Maria wartete am Herd stehend darauf, dass das Spülwasser heiß genug werde. Es war ihre Gewohnheit, in dieser Zeit die Betten in den Zimmern zu machen, aber an diesem Morgen fühlte sie sich nicht gut. Die Übelkeit vom Vorabend war nur ihrer Mutter aufgefallen, die nichts weiter dazu gesagt hatte. Maria fürchtete wieder einen Anfall. Dabei hatte sie gerade mit großem Appetit das Frühstücksbrot verzehrt.

Diesmal wurde dem Doktor ein Kaffee angeboten, den er dankend annahm, so wie er am Abend zuvor das Bier nicht abgelehnt hatte. Maria holte tief Luft und eine der edlen Porzellantassen aus dem Schrank. Sie schwankte ein

---

[84] Eine Strickliesel ist eine kleine Vorrichtung zur Anfertigung von Strickschnüren. Die Strickliesel ist meist aus Holz gefertigt und hat eine Bohrung entlang der Mittelachse, aus deren unterer Öffnung im Verlauf des Strickens das Gestrick erscheint. An der oberen Öffnung sind vier bis acht Haken befestigt, mit deren Hilfe das Stricken vonstattengeht. Dabei wird jeweils ein Wollfaden über eine vorhandene Schlaufe gelegt und diese dann mit einer Nadel durch die Öse an der oberen Schnur vorbei über den Haken gelegt. So geht es ringsum weiter. Je mehr Haken es gibt, desto dicker wird die Schnur.

wenig, was niemandem auffiel, nicht einmal ihr selbst, denn im selben Augenblick gab der Doktor einen brummenden Laut von sich, der alle aufhorchen ließ.

„Was ist?", fuhr ihn von der Sitt sofort an. „Es ist schlimmer geworden, nicht wahr? Es ist schlimmer geworden! Tun Sie etwas!"

Wieder antwortete der Doktor nicht. Er hob das Kind in eine sitzende Position, musste es festhalten, weil es allein dazu nicht in der Lage war, versuchte, den Kopf des Kindes in die Nähe der Knie zu bringen, gab es aber schnell wieder auf, weil es nicht ging. Obwohl der Kleine schwankte, hielt er den Kopf mit eiserner Kraft gerade. Der Arzt legte ihn wieder auf die Bank, fasste den Kopf des Kindes in beide Hände, mit dem Daumen hinter dessen Ohren, hörte kurz den Herzschlag ab und nahm dann schnell das Stethoskop ab.

„Das Kind muss sofort ins Krankenhaus!", verkündete er. „Es hat sich eine Meningitis eingestellt."

Die Worte Krankenhaus und Meningitis wurden von mehreren Mündern mit dem Ausdruck großen Entsetzens wiederholt.

„Was ist das?" Von der Sitt fragte, was sich alle fragten, denn man wollte genau und ohne Fremdwort hören, dass es nicht das war, was man vom Hörensagen darüber wusste.

„Das ist eine Entzündung der Hirnhaut", erklärte der Doktor. „Es ist selten, dass sich aus Mumps eine Hirnhautentzündung entwickelt, aber es kommt vor."

Niemand in der Familie war jemals an dieser Krankheit erkrankt, aber man wusste, dass sie oft tödlich verlief. In der Stadt hatte es immer wieder Fälle gegeben, und kaum ein Kind hatte überlebt.

„Gehirnhautentzündung!" Anna schlug die Hände gegen die Wangen. Ihr Gesicht verriet eine Bestürzung, die weit über den Schrecken der Nachricht hinausging und die nur Maria zu lesen vermochte.

Annas Gebete! Maria musste sich am Spülbecken festhalten. Alles drehte sich um sie. Sie schaute zu ihrer Schwester hinüber, aber die starrte nur mit weit aufgerissenen Augen auf den kleinen Jungen hinunter. Konnte es sein, dass der liebe Gott die Gebete der Mutter erhört hatte? Konnte es sein, dass dieses wehrlose kleine Geschöpf, das da auf der Bank lag, doch die böse Veranlagung seines Vaters in sich trug und zu einem Teufel heranwachsen würde, der dann zusammen mit diesem Vater die Mutter quälen würde? Blau und grün hatte der Vater schon seine Frau geschlagen, und Anna hatte immer wieder geglaubt, diese böse Veranlagung auch in seinem Sohn zu gewahren. Sie hatte die Entscheidung in Gottes Hand gelegt und immer wieder gebetet, er möge einschreiten, wenn sie recht habe. Noch einmal einen solchen Menschen brauche die Welt nicht, sie schon gar nicht.

Sollte Gott tatsächlich deswegen auf diese Weise nun eingreifen? So, wie das kleine Sepperl dalag, wehrlos und röchelnd, ein unschuldiges Kindlein, das von einer grausamen Krankheit gequält wurde, das war einfach nicht vorstellbar! Durfte man das überhaupt denken? Nein, das durfte sie nicht einmal denken!

Maria richtete sich auf, aber wieder überkam sie der Schwindel und nun auch eine Übelkeit, die sie nicht mehr losließ. So wie sie dieser Gedankenkreis nicht mehr losließ.

„Geben Sie ihm zu trinken", warf der Doktor seine Sachen in die Tasche. „Ich werde von meiner Praxis aus einen Krankenwagen rufen und ihn abholen lassen. Sie haben kein Automobil, oder?" Während er diese Frage stellte, die an sich überflüssig war, da kaum jemand in der Stadt ein solches Fahrzeug besaß, trank er einen Schluck Kaffee aus der Tasse, die Maria ihm hingestellt hatte.

„So gehen Sie doch, verdammt noch mal!", schob ihn von der Sitt zur Tür. „Rufen Sie den Krankenwagen!"

Schnell nahm Maria dem Arzt die Porzellantasse ab, die er, von ihrem Schwager gedrängt, etwas überrascht von sich weghielt und die verdächtig auf dem Unterteller klapperte.

Anna stand wie erstarrt vor ihrem Kind, die Hände an die Wangen gepresst, und stammelte immer wieder nur: „Mein Gott! Mein Gott!"

Mutter Häring bekreuzigte sich einige Male. Vater Häring rührte so ausdauernd in seiner Kaffeetasse, als wolle er Sahne schlagen. Maria hielt sich tapfer, obwohl sie ständig fürchtete, selbst in Ohnmacht zu fallen. Aber das erlaubte sie sich in diesem Moment nicht. Die kleine Anni schaute von einem zum anderen. Instinktiv erkannte sie am Verhalten der Erwachsenen, dass etwas Schlimmes passiert war. Verängstigt schmiegte sie sich an ihre Großmutter. Mit einem lauten Krachen fiel die Strickliesel zu Boden.

„Mach nicht so einen Lärm!", wurde sie von ihrem Stiefvater angeschrien. Mutter Häring legte schützend den Arm um die kleine Anni. Doch ihr Schwiegersohn hatte sich bereits nach seiner Frau umgedreht und ging jetzt auf die Mutter los.

„Wenn der Bub stirbt, dann ist das allein deine Schuld! Denn du hast ihn nie geliebt, wie es eine Mutter tun sollte! Du hast den Buben nie geliebt! Er spürt das! Deshalb ist er jetzt krank! Du bist eine Rabenmutter, eine Hexe! Meine Mutter hatte recht! Sie hat es von Anfang an gewusst! Es ist allein deine Schuld, wenn dem Buben etwas zustößt!"

„Geh, Josef! Das reicht jetzt!", fuhr Vater Häring mit deutlicher Stimme dazwischen. „Niemand kann etwas dafür, wenn ein Kind krank wird."

Anna stand da wie erstarrt. Nur das Stottern hatte aufgehört. Sie schaute ihren Mann nicht an, sondern starrte auf ihren kleinen Sohn, als wäre sonst niemand im Raum.

„Anstatt über Schuld zu reden, solltest du beten! Bete um Gnade!", ermahnte Mutter Häring ihren Schwiegersohn in einem Ton, der so bestimmt und endgültig war, dass niemand mehr weiter etwas zu sagen wagte, nicht einmal er. „Wenn der Herrgott sich ein Kind holen will, dann holt er es sich! Merk dir das! Aber manchmal erbarmt er sich auch. Also bete, in Gottes Namen!“

Anna von der Sitt, geb. Häring mit ihrem kleinen Sohn Josef, der in der Familie „der kleine Sepperl“ genannt wurde, 1922;

Glück muss man auch haben
Berlin, Mai 1922

Erste Tankstelle, Berlin, 1922;

„Diese verfluchte Zeit", platzte Gottfried heraus, „wenn nur endlich einer käme und Ordnung schaffte! Man kann beinahe zusehen, wie alles auseinanderfällt. Und alles wird immer teurer! Wo soll das noch hinführen?"

„Aber höre einmal! Ich verstehe dich nicht! Wünschst du dir denn wieder eine Ordnung wie die alte, die alle Menschen verhärtet hat? Diese unselige Ordnung: Sie muss weggefegt werden durch den Sturm, der aus den revolutionären Herzen bricht!", konterte sein Bruder Cornelius.

Ida schaute ihren zukünftigen Schwager – als solchen betrachtete sie ihn, obwohl noch immer kein neuer Hochzeitstermin gesetzt war, und Gottfried keine Anstalten machte, endlich eine klare Entscheidung herbeizuführen, obwohl das Konzert, für das er so viel hatte proben müssen und weswegen man die Hochzeit noch einmal für ein Jahr verschoben hatte, längst stattgefunden hatte – von der Seite an. Cornelius sprach wie ein Kommunist, obwohl er investierte wie ein Kapitalist. So besaß er bereits ein Automobil, in dem Ida, Gottfried und er heute durch Berlin fuhren. Er hielt vor einer Art Litfaßsäule, nur größer und etwa vier Mal so breit und dem Unterschied, dass dieses Konstrukt nicht mit Reklame beklebt war und man außerdem in das Innere hineingehen konnte.

187

„Ist das nicht fortschrittlich?", öffnete Gottfrieds Bruder den Wagenschlag und deutete auf das runde, schmale Steingebilde, das an mehreren Stellen den Namen OLEX trug. Gottfried und Ida staunten schweigend aus dem Fond des Wagens heraus, wie zwei hineingesetzte Komparsen eines Stummfilms, die, da es ein offenes Fahrzeug war, mit Schal und Hut – letzteres musste man während der Fahrt festhalten, damit es nicht davonflog – nichts anderes zu tun hatten als im Auto zu sitzen.

„Jetzt braucht man nicht mehr mit der Milchkanne zur Apotheke zu gehen, um 5 Liter Benzin zu kaufen", winkte Cornelius einen Mann im blauen Overall heran. „Man befüllt das Automobil direkt an diesen Versorgungsstellen!"

Gottfried beobachtete, wie sein Bruder mit dem Mann im Overall verhandelte und dieser dann mit dem Einfüllen des Benzins begann. Im Hintergrund parkte ein Automobil, das offensichtlich zum Verkauf stand, davor ein älteres Ehepaar, das betreten dreinblickte. Ein junger Kerl in Anzug, Gamaschen und einem flachen Hut auf dem Kopf umkreiste den Wagen mit abfälligen Bemerkungen. Er klopfte mit seinem Spazierstock gegen die Reifen, rief laut etwas von einer „alten Karre" und „nichts mehr wert" und grinste dabei hämisch, obwohl das Auto noch recht ordentlich dastand.

„Der Lack ist keine fünf Groschen mehr wert! Ehrwürdige Klamotte. Müsste eigentlich ins Museum, was?" Er lachte mächtig über seinen Witz und schaute beifallsfreudig zu Gottfried und Ida, die er als sein Publikum erkannt hatte. Er wandte sich an den Besitzer. „Was wollen Sie denn für den Großvater haben?"

Der Mann schluckte.

„Alteisenwert, was?" meckerte der Jüngling in strahlender Laune weiter.

Der Besitzer, ein gediegener Herr, der wohl schon bessere Zeiten gesehen hatte, sah sehr betroffen aus, sagte aber noch immer nichts.

„So ein Lackaffe! Was erdreistet der sich!", murmelte Gottfried empört. „Man sollte dem braven Mann helfen! Es ist eine Unverschämtheit, wie der Schnösel sich benimmt."

Er sprach es vor sich hin, ob zu Ida oder zur Welt, das konnte man nicht erkennen, denn er redete weiter, ohne sich ihr zuzudrehen: „Wir alle, die wir im letzten Augenblick der alten Klasse geboren wurden, erleben es doch: Tag für Tag fliegen die Ideale, an die wir zu glauben gelernt haben, wie verachteter Plunder auf den Kehrrichthaufen! Über weite Gebiete der einstigen Zivilisation breitet sich die Schreckensherrschaft des Herdentriebs und der Gier aus. Die Gesellschaft, in der wir jetzt leben, ist gleichgültig geworden! Nicht nur gegen die Spitzenleistungen des Geistes oder der Musik, sondern auch gegen den menschlichen und geistigen Stil des Alltagsdurchschnitts!" Erst mit dem letzten Satz wandte er sich seiner Verlobten zu.

Ida verstand, was Gottfried sagte. Aber sie begriff es nicht. In ihrer Welt, bei ihrer Tante in der Schweiz, spürte sie nicht, dass die Ideale, wie er es nannte, davonflogen. Dort ging alles seinen geregelten Weg. In ihrem früheren

Zuhause, unter der Fuchtel ihrer Stiefmutter, da freilich schon. Da waren die Ideale bereits mit ihrer leiblichen Mutter im Grab verschüttet worden. Aus diesem Grunde betrachtete sie das, was ihr Verlobter das Davonfliegen nannte, als ein Übel, das der lieblosen Witwe zur Last zu legen sei.

Seit sie zu dieser Reise nach Berlin aufgebrochen waren, war Gottfried schlecht gelaunt. Sie hielt es für möglich, dass er es schon länger gewesen war, aber da sie ihn seit dem Konzert, das ein großer Erfolg gewesen war, nicht mehr gesehen hatte, konnte sie das nicht beurteilen. Noch am selben Abend, nach dem Empfang, hatte man ihm ein weiteres, noch wichtigeres Konzert in Aussicht gestellt. Über dieses Ansinnen waren sie beide außer sich gewesen: Gottfried, weil er sich schon als Geigenvirtuose auf großen Bühnen spielen sah, und Ida, weil sie befürchtete, dass die Hochzeit nun noch einmal in eine ohnehin offene Zukunft verschoben würde. Jedoch, von einem weiteren Konzert hörte Gottfried seitdem nichts mehr. Seine Euphorie schlug mit jedem Tag des Wartens in wachsenden Unmut um. Unmut über alles und über die ganze Welt. Obwohl er in seinen Briefen nichts davon erwähnte, hatte Ida es verstanden, denn auch sein Schweigen darüber war eine klare Botschaft. Es hatte keine Ablehnung gegeben, man hatte einfach nicht mehr mit ihm darüber gesprochen. Ida fühlte mit ihm, hoffte aber gleichzeitig, dass diese Reise nach Berlin nun Klarheit in ihre Zukunftspläne bringen würde.

„Ich finde das Automobil deines Bruders sehr schick", erwiderte sie, weil sie meinte, Gottfried könnte sich auf den, zugegebenermaßen etwas pompösen Wagen seines Bruders beziehen.

„Viel zu teuer!", winkte Gottfried mit der Hand durch die Luft. „Wozu braucht er denn so ein protziges Fahrzeug? Hier in Berlin kann man doch überall mit der Straßenbahn hinfahren!"

Cornelius bezahlte und kletterte wieder hinter das Lenkrad.

„Was wollt ihr denn heute an diesem herrlichen Tag machen?", wandte er sich an Ida, bevor er den Motor startete.

„Ich will natürlich die Stadt sehen, die in aller Munde ist!", platzte Ida sofort heraus. Unnötig zu erwähnen, dass sie anschließend in das Tanzcafé gehen würden, das ihr Schwager neu eröffnet hatte. Dafür waren sie schließlich nach Berlin gekommen, weil Cornelius sie zu diesem Anlass eingeladen hatte. Ida war froh über diesen Besuch in der Hauptstadt, denn sie hoffte, dass dies endlich die Gelegenheit geben würde, ihre Verlobungszeit zu beenden. Sie hatte nun wahrlich genug Geduld bewiesen! Wenn Gottfried sich nicht bald zu einer Heirat durchrang, musste sie der Sache wohl oder übel ein Ende setzen. Sie war nun bald vierundzwanzig und drohte als alte Jungfer zu enden, die für einen anderen Mann dann nicht mehr in Frage kam. War sie selbst zu Beginn noch recht froh darüber gewesen, dass die Hochzeit einmal verschoben worden war, hatte sie selbst Unsicherheiten zu überdenken gehabt, so hatte sich das Blatt nach der zweiten Verzögerung gewendet. Der drohende dritte Aufschub und Gottfrieds andauerndes Schweigen war zu ihrem zentralen Kummer geworden, der alle anderen Bedenken, die sie vielleicht sogar noch hätte haben können, in den Schatten stellte. So lange sie sich seiner sicher gewesen war, so lange er sie umworben hatte, hatten sie verschiedenste Bedenken gequält. Doch seitdem er begonnen hatte, diese Gelassenheit an den Tag zu legen, kreisten ihre Gedanken nur noch um diese eine Frage. Er schien sich ihrer sicher, zeigte keinerlei Eile mehr, den versprochenen Schritt zu tun. Er hielt sie fest, aber gleichzeitig seine eigenen Ambitionen für viel wichtiger. Ida hatte den Eindruck, in einer Falle zu sitzen und sie fragte sich seit langem, wie sie da hineingeraten war?

„Es gibt da eine Veranstaltung, bei der Walther Rathenau sprechen wird", äußerte Gottfried einen Wunsch, der ganz im Gegensatz zu allem stand, was Ida sich für diesen Tag vorgestellt hatte. „Das ist eine einmalige Gelegenheit, den Mann persönlich zu hören! Ich habe schon viel von ihm gelesen."

Ida drehte den Kopf zur Seite, damit Gottfried nicht sah, wie sie das Gesicht verzog. Natürlich kannte auch sie den Namen Rathenau, das war der neue Außenminister. Aber an diesem herrlichen Frühlingstag in einem verrauchten, stickigen und muffigen Raum eine trockene Rede über sich ergehen lassen zu müssen, das war geradezu eine empörende Vergeudung von Lebensfreude! Darüber hinaus hörte sich dieser Wunsch nicht danach an, dass ihr Verlobter den Rahmen schaffen wollte, über eine Hochzeit zu sprechen.

Cornelius schien nicht im Geringsten verunsichert über die Fülle der durchaus gegensätzlichen Wünsche für die kurze Zeit des Aufenthaltes seiner Gäste.

„Wir machen das so", nickte er, den Oberkörper immer noch nach hinten gewandt, „erst fahre ich euch durch die Stadt, damit ihr einen ersten Eindruck bekommt. Dann essen wir eine Kleinigkeit im Berliner Zoo. Diese Veranstaltung, die du erwähnt hast, Gottfried, die interessiert mich auch. Da treffen wir bestimmt ein paar wichtige Leute! Danach gehen wir in mein Tanzcafé und essen dort zu Abend. Na, was sagt ihr? Das klingt doch nach einem Plan?"

Ida wollte nicht ungebildet und oberflächlich wirken, ganz bestimmt nicht, denn das war sie nicht. Aber sie musste sich zwingen, ein freundliches Gesicht zu wahren. Diese Veranstaltung würde bestimmt den gesamten Nachmittag in Beschlag nehmen. Was war daran verlockend? Aber auch Gottfried schien mit dem Kompromiss des vorgeschlagenen Tagesablaufes nicht glücklich zu sein, denn er sagte gar nichts, schaute nur vor sich hin und das wenig gefällig. So ließ sie sich schnell zu einem klaren „Eine sehr gute Idee!" hinreißen, bevor Gottfried auch noch diese Halblösung mit seinem Starrsinn kaputtmachen konnte.

„Also abgemacht!", drehte sich Cornelius um. Der Motor heulte auf.
Nun gut, Ida würde diesen Tag abwarten. Wenn er schon nicht die gewünschte Wende bringen würde, dann wollte sie ihn zumindest genießen.

Ida legte die Hand auf den Hut und lachte bemüht hinaus in die Welt, die wie ein Spektakel an ihr vorbeirauschte. Das Brandenburger Tor mit der Quadriga oben auf, der Reichstag mit der Inschrift „Dem deutschen Volke", von dessen Balkon aus die Weimarer Republik ausgerufen worden war; die Prachtstraße *Unter den Linden*, die mit einer Geschäftigkeit, die ihresgleichen suchte, die Menschen vor sich hertrieb; an einem Theater wurde das Stück *Trommeln in der Nacht* von Bertold Brecht und dem Münchner Valentin angekündigt[85]; halbnackte Mädchen auf bunten Plakaten, die in Reih und Glied wie eine tanzende Armee viel Bein und Haut zeigten, dann ein irritierendes Plakat, das ein mit dem Tod tanzendes Mädchen zeigte, dessen Überschrift sie in der Kürze der Zeit nicht erhaschen konnte; dazwischen überall Kriegskrüppel, die an Ecken bettelten, oder wie hingeworfen auf dem Trottoir lümmelten und gar nichts mehr taten; immer wieder Wechselstuben und Trauben von Menschen, die sich vor den Anschlägen der aktuellen Kurse drängten, als gäbe es dort etwas umsonst.

Berlin, Potsdamer Platz, 1922;

Berlin, Schloßplatz;

Berlin, Charlottenburg, 1922;

Berlin, Etablissement Eldorado, 1922;

---

[85] Bertolt Brecht parodierte 1922 das neue Schauspiel *Trommeln in der Nacht* an den Münchner Kammerspielen, nicht in Berlin. Brecht war eng mit Valentin befreundet, den er auch als Künstler sehr schätzte.

„Was ist denn das?", deutete Ida auf einen großen, offenen Kastenwagen, der mit gut gekleideten Männern und Frauen bepackt eine Weile parallel zu ihrem Auto die Straße hinunterrollte.

„Das ist eine organisierte Stadtrundfahrt für Touristen", brüllte Cornelius, weil gerade ein lärmender Lastwagen übervoll mit Kohle beladen auf der anderen Seite an ihnen vorbeiratterte. Immer wieder fielen kleinere Brocken von der Ladefläche auf die Straße. Elend aussehende Kinder, die schnell wie Ratten zwischen den Fahrzeugen auf die Fahrbahn huschten, sammelten sie flink ein. Die Automobile hupten sie energisch weg. Es war ein groteskes Schauspiel, bei dem sich Ida entsetzte, dass sich niemand um diese Kinder zu kümmern schien. Bestimmt ereigneten sich dabei oft Unfälle, die wenig glimpflich für die Kleinen ausgehen mussten. Wo waren denn die Eltern dieser Kinderschar?

Noch in Gedanken darüber ging es schon vorbei am Botanischen Garten und dem Museum, als Cornelius die neueste Sehenswürdigkeit ankündigte: Das erste Hochhaus der Stadt. Der Borsigturm war in diesem Jahr auf dem Gelände der Tegeler Borsig-Werke, des größten Lokomotivbauers Europas, errichtet worden. Der Stolz in der Stimme von Gottfrieds Bruder konnte jedoch nicht über den Anblick der armseligen Mietskasernen hinwegtäuschen, die auf dem Weg dorthin wie Napoleons geschlagene Armee vor ihren Augen vorbeizogen. Frauen in schmutzigen Lumpen saßen auf den Stufen vor den Türen und schienen auf etwas zu warten, das nicht kommen wollte; Kinder, so mager, dass man fast durch sie hindurchsehen konnte, spielten barfuß im Dreck; Wäsche, die aussah, als müsse sie dringend gebleicht werden, hing zum Trocknen aus den Fenstern; ein säuerlicher Geruch wehte durch diese Straßen; der Hinterhof der feinen Stadt zeigte sich hier in erbarmungsloser Wirklichkeit. Der Tod selbst schien aus jeder Ritze der Gebäude zu lugen. Mit Augen, die mehr leblos als begehrlich blickten, starrten diese Siechenden ihrem vorbeifahrenden Automobil stumm hinterher.

„Mein Gott, was für ein Elend", murmelte Ida betroffen.

„Ja, es gibt immer noch sehr viel Armut im Land", nickte Cornelius. Jetzt brauchte er nicht mehr zu schreien, es waren kaum noch Fahrzeuge auf der Straße. „Aber es geht aufwärts! Man muss Geduld haben. Es wird auch bei diesen Leuten ankommen."

„Wird es?", zweifelte Gottfried.

„Ja, sicher", antwortete sein Bruder mit einer Zuversicht, die wohl auf seiner eigenen guten Erfahrung gründete. „Die Frage ist eher, ob sie es noch erleben werden. Die Leute haben keine Reserven mehr. Die Armut ist wirklich groß. Dagegen müsste natürlich dringend etwas getan werden."

„Müsste, ja. Aber der Wille, der unsere Zeit spürbar durchdringt, ist ein anderer, und der erfüllt mich mit Verzweiflung!", warf Gottfried ein. Er fuhr mit der Hand durch die Luft, als wolle er die ganze Not damit einfangen. „Das ist der Preis dieses Durchschnittsgeschmacks, dieser Vergnügungen, dieser Bedürfnisse der Massen, die sich ausgebreitet haben. Wie verachte ich das! Jede demonstrative Lebensäußerung ist von einer unleugbaren, tragischen Angst durchdrungen! Diese neue Moral weckt in mir Zweifel, dieser Technik- und Rekordwahn, der die Massen fast gänzlich befriedigt, wo aber die Verlierer gnadenlos auf der Strecke bleiben, halte ich für verhängnisvoll! Die Vertreter des Geistes und der Muse sind rar und müssen sich wie die Mönche, die sich im Mittelalter mit dem Geheimnis des Buchstabens vor den Eroberern der Vandalen versteckten, in alle möglichen Katakomben verkriechen!"

„Jetzt übertreib mal nicht!", dämpfte Cornelius seinen Eifer, während er mit dem Wagen um die Ecke bog. „Die Reparationszahlungen machen es Deutschland nicht leicht!" Er deutete auf das rote Backsteinhochhaus, das sich nun deutlich vor ihren Augen erhob. Jedes dritte Stockwerk der Industriekathedrale war durch ein Gesims geteilt, das fünfte und letzte wie eine Krone sternförmig aufgesetzt, in der Mitte wiederum ein Aufbau wie ein dunkles Hütchen. So etwas kannte man nur aus Zeitungsberichten über Amerika.

Ida kam sich vor wie ein Spielball, der von einer starken Empfindung in die nächste geworfen wurde. Kaum dem bedrückenden Eindruck der arbeitslosen Tagelöhner- und Arbeiterfamilien erlegen, bewunderte sie nun die moderne Architektur eines Verwaltungsgebäudes derselben Fabrik, die dieses Elend ausnutzte. Gottfried und Ida bestaunten schweigend die durchaus sehenswerte Architektur.

„Früher, vor dem Krieg, war weiß Gott auch nicht alles glänzend, das musst du doch zugeben!", unterbrach Cornelius das Staunen seiner Gäste. „Das alte System ist doch schuld an diesen verheerenden Zuständen! Wer hat uns denn diesen Schlamassel[86] eingebrockt?"

Das musste Gottfried zugeben.

„Außerdem gibt es durchaus gebildete Menschen in unserer Regierung, die sehr vernünftige Ansichten haben", fuhr der Fahrer fort und lenkte den Wagen wieder auf die Straße in Richtung Zoo. „Unser neuer Außenminister zum Beispiel, das hast du selbst gesagt."

„Das stimmt", unterstützte Ida ihren Schwager, „das hast du vorhin selbst gesagt."

Gottfried brummte: „Ja, der Rathenau, der ist eine Ausnahme." Und dann fügte er hinzu: „Deshalb will ich ihn auch sprechen hören."

„Das wirst du, mein Lieber!", versicherte ihm sein Bruder lachend. „Das wirst du!"

***

---

[86] Der Ausdruck hat seinen Ursprung im jiddischen "schlimmasl", was "Unglück" bedeutet. Das wiederum geht auf "masel" zurück, was "Glück" bedeutet.

Rathenau, der seit Februar unter Reichskanzler Josef Wirth zum Außenminister ernannt war, sprach in einem Volkssaal. Es gelang Cornelius und seinem Besuch nicht, im überfüllten Saal einen anderen Platz zu erhalten als einen Stehplatz an einer Säule, drei Meter vom Rednerpult entfernt. Aus der Menge der schwarz berockten Herren, die den Vorstandstisch umlagerten, sonderte sich der Minister durch die Noblesse seiner Erscheinung sofort heraus.

Als er ans Pult trat, als über dem blanken Holz der schmale edle Schädel mit der zwingend aufgebauten Stirn erschien, starb das geschäftige Gemurmel der Versammlung. Er stand sekundenlang im Schweigen, unendlich gepflegt, mit dunklen, klugen Augen und einer Lässigkeit der Haltung. Er begann zu sprechen.

Was Ida überraschte, war nicht der Ton der Stimme, er war ebenso, wie sie sich vorgestellt hatte, kühl und warm zugleich. Was sie überraschte, war das Pathos, mit dem die ersten Sätze der Rede erfüllt waren und die Unmöglichkeit zu zweifeln, dass dies Pathos echt war.

Walther Rathenau, 1921;

„Schmerz gebannt ...", sagte der Minister „... stehen wir vor der Entwirrung des oberschlesischen Dramas ..." Und er sprach diese ersten Worte leise aus, sehr eindringlich und ließ die tiefe Trauer spüren, die ihn bannte. Das Objekt dieser Trauer aber war die Verletzung des Prinzips der Gerechtigkeit. Das war es, was Ida ins Herz traf, ebenso wie es das Publikum zu treffen schien. Von diesem Moment an folgte sie den Worten dieses Mannes mit großer Aufmerksamkeit, froh darüber, dass Gottfried auf diese Teilnahme bestanden hatte. Es war das, was sie an ihm so mochte: Diese Ehrlichkeit und die damit verbundene Beharrlichkeit. Gottfried waren diese Dinge wirklich wichtig. Er verkörperte für Ida das Versprechen auf Gerechtigkeit, die sie nie gekannt hatte.

Der erste Akkord beherrschte das ganze Thema der Rede: Die Rechtfertigung der Erfüllungspolitik des Versailler Vertrages. Der Minister machte es sich nicht leicht, er sprach wie einer, der aus dem Verantwortungsgefühl seines Dienstwillens heraus um Bewusstheit rang und nun die Ergebnisse der gewissenhaften Untersuchung, die unter dem Leitstern eines absolut erkannten Ideals stand, fast zögernd vor die profanen Augen der Anwesenden breitete. Und doch musste ihm die Schlüssigkeit seiner Beweisführung die Sicherheit verleihen, es zu sagen.

„Aller Gerechtigkeit zum Hohn ...", sprach er. Unter diesem Aspekt aber, nämlich der Voraussetzung, dass es eine Gerechtigkeit gäbe, dass dieser Begriff keine Fiktion wäre, oder als Forderung nicht unsittlich, unter diesem

Aspekt freilich, war alles, was der Minister sagte, folgerichtig und geschlossen. Dieser Mann schien erfüllt von einem Ethos, das zwar nicht neu war, neu jedoch als beherrschendes Motiv im Herzen eines Staatsmannes! Und das, auf die deutsche Politik angewandt, dieser auf einmal gab, was sie lange entbehrt hatte: Fülle und Richtung und Sinn. Und Hoffnung! Hoffnung darauf, dass Zustände, wie Ida und Gottfried und Cornelius sie kurz zuvor noch gesehen hatten, in derselben Stadt, in der diese Rede nun zu hören war – und nicht nur in dieser –, vielleicht doch bessern würden.

Rathenau sprach zu Bürgern, die aufmerksam und angenehm gefesselt lauschten. Er selbst schien seinen eigenen Worten hingegeben. Er sprach geschliffen, mit einer kleinen Freude an den eigenen Gedanken. Er redete, sich seines Wertes wohl bewusst und angeregt von der Welle warmen Verständnisses, die ihm aus dem Saal entgegenschlug.

Ida konnte im Nachhinein nicht mehr sagen, wann genau jener seltsame Moment sie aufrüttelte, als sie beobachtete, wie der Minister scheinbar nur noch einem einzelnen Menschen zusprach. Einem gepflegten, jungen Mann, mit einem Erscheinen wie ein Offizier, der dicht neben ihnen unbeweglich an der Wand lehnte, die Arme über dem Brustkorb verschränkt, mit einem Gesicht, das augenlos erschien. Unwillkürlich folgte auch Ida dem Blick zu diesem Mann an der Wand. Dass das menschliche Denken polar sei, sprach der Minister zu ihm hin. Und, dass Mut und Furcht gegensätzliche Elemente ein und derselben Uhr seien, bemühte er sich aufzuzeigen. Doch je mehr er an den Mann hinredete, umso müder schien der Redner zu werden. Dieser Kerl lauschte ohne Reaktion.

Als die Rede zu Ende war und der Beifall verebbt, drängte sich der stoische Zuhörer mit dem Granitgesicht an dem von Männern umringten Minister vorbei nach draußen.

„Vielleicht fehlt mir die Erfahrung", wandte sich Ida mit leuchtenden Augen an ihren Verlobten, „ich habe noch nie einen so wichtigen Mann in der Wirklichkeit sprechen hören, aber man glaubt ihm jedes Wort! Und er sagt genau das, was man doch hören will! Es muss sich etwas ändern und zwar genauso, wie er es beschrieben hat. Und dabei drückt er sich so gebildet aus! Findest du nicht?"

„Ich freue mich, dass es dir gefallen hat", lächelte Gottfried jetzt sogar. Er legte ihr den Arm um die Schultern und führte sie durch das Gedränge in Richtung Ausgang. „Ich wünschte, es gäbe mehr von seiner Sorte! Wer seine Texte liest, könnte glauben, dass die unsichtbare Welt des Geistes doch realer ist als alles, was Menschen sehen und hören können. Wenn es dich interessiert, ich kann dir ein Buch von ihm geben."

Wie freute er sich, weil ihr diese Rede gefallen hatte! Ida nickte zwar, aber politische Bücher zu lesen, das ging ihr doch zu weit. Aber sie wollte Gottfried nicht enttäuschen, dessen Augen eine Leidenschaft ausstrahlten, die er nur während des Konzerts gezeigt hatte. Eine Leidenschaft, die ihm seither gefehlt hatte.

Ein Stich durchzuckte sie. Gottfried war der Leidenschaft fähig! Das hatte sie jetzt zum zweiten Mal deutlich gesehen. Dass er sie für ihre Beziehung nicht entfachen konnte, lag somit an ihr. Er hatte zu Beginn mehr in ihr gesehen, als sie war. Er hatte mit der Zeit erkannt, dass sie seiner glänzenden Vorstellung von ihr auf Dauer nicht standhalten konnte. Er hatte sie zu einer Ikone gemacht, deren Maske über die Zeit gebröckelt war. Bestimmt war das der Grund seines Zögerns.

„Geht schon vor, ich komme gleich nach!", wanzte sich Cornelius indes an einen Herrn heran, der in der Traube hing, die sich um den Minister scharte.

„Wer war der Mann, den der Minister so direkt angesprochen hat?", versuchte Ida ihre Erschütterung mit einem Ablenkungsmanöver zu verbergen. Sie hatte Gottfried Jahre ihrer Jugend geschenkt, hatte gewartet, gezweifelt, gehofft, Geduld bewiesen. Sie hatte es sich nicht leicht gemacht mit dieser Verlobung. Nur um jetzt vor dieser Erkenntnis einzubrechen!

Gottfried schlenderte mit ihr zum geparkten Wagen.

„Der Mann schien mit dem, was er gehört hat, überhaupt nicht einverstanden zu sein", sprach Ida indes laut weiter, als sei sie voll bei der Sache.

„Er hat nur zu einem Besucher gesprochen?", wunderte sich ihr Verlobter, „das ist mir gar nicht aufgefallen. Zu wem denn?"

„Aber der stand doch direkt neben uns!"

„Der Minister hat doch bei so einer Rede ganz andere Dinge im Kopf, als das Sprechen zu einem Einzelnen!" Gottfried nahm sie wieder in die Arme und lachte sie an wie ein Vater sein Töchterchen, das felsenfest behauptet, es habe den Osterhasen gesehen. „Was ihr Frauen euch manchmal einbildet!"

Ida gab sich geschlagen. Es war ihr unmöglich, eine parallele Debatte auf diesem Niveau aufrechtzuerhalten, während sie eine Einsicht ertrug, die sie bis ins Mark erschütterte.

Es dauerte eine Weile, bis Cornelius wieder zu ihnen stieß. Er lachte über das ganze Gesicht. Sein Gespräch schien gut verlaufen zu sein.

„Dieser Rathenau ist eine Vereinigung von Kohlepreis und Seele!"[87], öffnete er den Wagen und ließ Ida und Gottfried wieder in den Fond klettern. „Das ist genau das, was unser Land jetzt braucht!" Der Motor brüllte auf. Er hatte das Gaspedal etwas zu fest durchgetreten. Doch dann fuhr er umso sanfter an. „In seinem Brotberuf hat er vor dem Ersten Weltkrieg an der Spitze der AEG[88]

---

[87] Zitat: Schriftsteller Robert Musil.
[88] Die AEG-Aktiengesellschaft war einer der weltweit größten Elektrokonzerne. Das 1883 von Emil Rathenau in Berlin gegründete Unternehmen stellte neben Produkten für die elektrische Energietechnik Haushaltsbedarf, Geräte zur Elektrogebäudeheizung, Straßenbahnen, Elektro- und Dampflokomotiven sowie Kraftfahrzeuge her. Der AEG-Konzern musste 1982 Insolvenz

versucht, Industrie- und Bankkapital zu verschmelzen, und dafür steht er immer noch. Das ist eine Politik, die manchen nicht gefällt. Das passt ins Klischee des gewissenlosen Geldjuden!"

„Aber er hat doch immer Haltung für Deutschland gezeigt!", widersprach Gottfried. „Ich habe gelesen, dass er damals, als im August 1914 das große Sterben auf den Schlachtfeldern begonnen hat, trotz aller Anfeindungen stramm national geblieben ist. Auch als Gerüchte kursierten, dass die Juden in den Schützengräben besonders gerne zuerst verheizt wurden und, er als Jude, das hätte übelnehmen müssen."

„Davon habe ich nichts gesehen! Du etwa?", widersprach Cornelius. „Es sind doch alle in den Schützengräben verreckt! Ich würde eher sagen, man hat die Kleinen verheizt und die Großen verschont."

„Richtig, richtig", stimmte Idas Verlobter zu und überhörte die angefügte leise Bemerkung seines Bruders: „Daraus sollte man lernen, besser man gehört zu den Großen!" Gottfried schien in Gedanken an einen unpolitischen, aber schmerzlichen Ort zurückzukehren, denn er verfiel in düsteres Schweigen und drehte den Kopf zur Seite.

Auch Ida erinnerte sich. An Dinge aus dem Lazarett. An unschöne Dinge. Aber sie wollte sich diesen Tag nicht auch noch durch traurige Erinnerungen verderben lassen. Deshalb schob sie ihren Arm unter Gottfrieds und stieß ihn liebevoll an. „Ich bin jetzt sehr hungrig, du nicht auch?"

Nicht ihr Verlobter, sondern der Gastgeber antwortete. „Ich habe uns einen Tisch reservieren lassen. Ihr könnt bestellen, was ihr wollt. Es geht aufs Haus!"

**

Cornelius' Café war gut besucht. Kellner eilten mit beladenen Tabletts zwischen der Kuchentheke und den besetzten Tischen hin und her. In einer Ecke untermalte eine kleine Combo mit Hintergrundmusik die Caféhausatmosphäre. In der Mitte der Tische befand sich eine kleine Tanzfläche, die aber noch leer war. Zum Tanzen gab die Musik keinen Anlass. Rundherum an den Wänden barg eine Galerie ebenfalls Tische. Von diesen Plätzen aus hatte man freien Blick nach unten auf das Geschehen.

Cornelius hatte den mittleren Tisch direkt vor der Freifläche reserviert. Dort saß man mitten im Geschehen. Als Besitzer des Lokals wurde er entsprechend hofiert. Der stellvertretende Geschäftsführer, der ihn an diesem Tag vertrat, brachte persönlich die bestellten Speisen und den Sekt.

Ida war begeistert. Sie nahm sich vor, den Anlass zu genießen. Wann hatte sie dazu schon je die Gelegenheit gehabt? Sie wollte sich ablenken. Morgen

---

anmelden und wurde 1985 von der Daimler-Benz AG übernommen.

war früh genug, um sich ernsteren Gedanken zu überlassen. Morgen würde sie mit Gottfried sprechen. Nun hatte sie sich so lange falschen Hoffnungen hingegeben, da fiel ein Abend mehr auch nicht mehr ins Gewicht? Morgen.

Das Café Moritzplatz, Oranienstraße; Berlin, 1922;

Von dieser Art von Etablissement hatte Ida bisher immer nur gehört, sie selbst war noch nie in einem Lokal wie diesem zu Gast gewesen. Mit Argusaugen betrachtete sie die Aufmachung der Gäste. Vornehm saßen die Damen in gediegener Garderobe, die Herren wie bei der politischen Veranstaltung in schwarzem Frack, die jungen Männer in hellen, schmal geschnittenen Anzügen, und einige der Mädchen saßen fiebernd und wartend in fliesenden Kleidchen mit Fransen und Trägern über den Schultern so dünn, dass man meinte, sie seien fast nackt.

"Sag mal, woher hast du denn das viele Geld?", wollte Gottfried von seinem Bruder wissen. Die Frage schien ihm schon lange auf der Zunge gebrannt zu haben, denn kaum hatten sie sich gesetzt, brach sie nun aus ihm heraus. „Das Automobil und alles, das muss doch ein Vermögen gekostet haben!"

Cornelius zuckte gelassen mit den Schultern. „Ein bisschen gespart, ein bisschen mit Devisen spekuliert, ein bisschen von der Bank, zugegebenermaßen, das Meiste von der Bank, aber vor allem: Die richtigen Leute kennen!"

„Wie du das sagst", schüttelte Gottfried leicht den Kopf, „als ob das nichts wäre!"

„Das Geld ist noch das geringste Problem", winkte sein Bruder ab. „Es wird jeden Tag weniger wert, und das so schnell! Also auch die Schulden, die du hast. Bei dieser Inflation bezahlt sich das fast von selbst!" Er lachte. "Das andere Drumherum, das ist die tatsächliche große Herausforderung! Die

Genehmigungen und die Räumlichkeiten in der richtigen Lage überhaupt zu erhalten, das sind viel schwierigere Dinge, das sage ich dir!"

„Deine Zuversicht möchte ich haben!", antwortete Gottfried trocken. Ida dachte, das würde sie sich auch wünschen, dass Gottfried ein wenig von dem Optimismus seines Bruders hätte. Dieses Vertrauen in die Zukunft war so wohltuend! Wie konnten Brüder nur so verschieden sein?

„Woher kennst du denn die richtigen Leute, wie du sie nennst?" Obwohl die Frage von Gottfried kam und in einem Ton vorgetragen wurde, der berechtigte Zweifel erkennen ließ, war es doch genau die gleiche Frage, die auch Ida gerade hatte stellen wollen.

„Glück!" Erneut zuckte Cornelius die Achseln. „Glück muss man auch haben im Leben! Als ich einmal in einer Wechselstube Devisen umtauschte, äußerte ich gegenüber einem Herren neben mir einen Verdacht, den ich schon länger hegte. Ich hatte nämlich beobachtet, dass der Kerl hinter der Glasscheibe zwar so tat, als würde er telefonieren, um den aktuellen Kurs zu erfragen, dabei aber oft seine Finger auf der Gabel des Telefons lagen. Ich vermutete, dass er auf diese Weise Geld abzweigte. Deshalb habe ich immer sehr darauf geachtet, dass er das bei mir nicht macht, und er hat es auch nicht gewagt, weil ich ihn mit Adleraugen beobachtet habe. Es stellte sich heraus, dass der Mann, dem ich den Tipp gegeben hatte, ein Angestellter des Finanzministeriums war und dass die Wechselstube tatsächlich betrog. Eines Tages bestellte mich der Finanzminister zu sich und bedankte sich persönlich bei mir. Die hatten eine ganze Bande festgenommen, die anscheinend zu einer geheimen Organisation gehörte und von dem Geld Waffen gekauft haben, weiß der Kuckuck wofür? Auf diese Weise finanzierte die sich zum Teil. Stellt euch das einmal vor!"

„Was du nicht sagst!" Ida bekam fast eine Gänsehaut, als sie das hörte. Wie beiläufig aß sie ihren Teller leer, ohne groß auf den Geschmack zu achten, obwohl das unhöflich war und obwohl sie das Essen trotzdem lobte. Aber das ganze Geschehen hier an diesem Ort, diese Erzählung und ihre Bemühung, nicht ihren eigenen traurigen Gedanken zu erliegen, waren einfach zu viel, als dass sie auch noch auf das Essen hätte achten können.

„Das ist ja unerhört!", empörte sich dagegen Gottfried. „Man sollte doch meinen, dass in einer Bank oder Wechselstube ehrliche Menschen sitzen!" Wieder schüttelte er den Kopf, offenbar fühlte er sich in seiner Meinung über diese verkommenen Zeiten sehr bestätigt.

„Sieh es doch einmal so", beugte sich Cornelius zu ihm, „das ist doch der beste Beweis dafür, dass das Sprichwort stimmt: Ehrlich währt am längsten. Die Kerle sitzen jetzt im Knast und ich bin, dank dieser Zufallsbegegnung, Besitzer eines feinen Tanzlokals in Berlin-Mitte!"

„So gesehen ..."

„Darauf stoßen wir an!", hob Ida ihr Glas. Sie wollte schon die ganze Zeit endlich von dem Champagner trinken. Die Flüssigkeit verlor bereits das Perlen, so lange hatten sich ihre Tischnachbarn unterhalten, ohne darauf zu achten. Der Champagner würde es ihr leichter machen. „Auf die Ehrlichkeit! Der heutige Tag hat uns viele Erkenntnisse beschert!"

„Auf die Ehrlichkeit!" Sie tranken, Ida nahm den größten Schluck. Cornelius schenkte ihr nach. Gottfried schaute mit einem Ausdruck der Missbilligung im Gesicht zu.

In diesem Moment begann die Kapelle mit einer schmissigen Musik. Mit einem juchzenden Aufschrei stürmten die jungen Leute auf die Tanzfläche und warfen wie wild ihre Waden in die Luft, sodass die Fransen der Mädchenkleider nur so durcheinanderwirbelten. Ida hatte schon von diesem neuen Tanz gehört. Mit einem lauten Lachen, das zwar gar nicht damenhaft und ein wenig aufgesetzt war, aber in der Lautstärke unterging, beobachtete sie die Bewegungen der übermütigen Paare.

„Hast du auch Lust zum Tanzen?"

Ida drehte sich erstaunt um. Die Frage war tatsächlich an sie gerichtet, aber sie kam nicht von Gottfried, was sie überrascht hätte, sondern von seinem Bruder, was sie wiederum nicht überraschte.

„Aber ich kann das da doch gar nicht", schüttelte sie den Kopf. Sie sagte das eine, wollte aber das andere.

„Charleston ist nicht schwer", versicherte ihr Cornelius, stand auf und reichte ihr die Hand. „Ich bin auch kein Experte, komm, mach es mir einfach nach!"

Ida wagte erst gar nicht, einen Blick auf Gottfried zu werfen, weil sie befürchtete, dass dieser mit Miesepetermiene ihr nachdrücklich davon abraten würde. Schneller als dieser reagieren konnte, erfasste sie die Hand seines Bruders und ließ sich auf die Tanzfläche ziehen. Ida stellte fest, dass ein enger Rock für diesen Tanz eher hinderlich war. Verständlich, dass die Mädchen kürzere Kleider mit sehr beweglichen Fransen trugen. Sie raffte ihren Rock ein wenig in die Höhe.

In den 20-igern begann die Lust am Tanzen wie man es aus den Filmen kannte;

Dabei schaute sie möglichst nicht an ihren Tisch hinüber. Dafür erwartete sie später eine Standpauke, aber das schob sie von sich, wie sie alles, was mit ihrer Verlobung jetzt zu tun hatte, weit von sich schob. Sie begann sich tatsächlich zu amüsieren, viel zu gut, um sich davon abhalten zu lassen. Es war erleichternd.

Cornelius war wirklich kein Experte in diesem Tanz, er machte belustigende Bewegungen, verglichen mit den Könnern um sie herum. Sie lachten schrecklich über sich selbst. Die anderen Paare stimmten in das Gelächter ein, ohne sie jedoch auszulachen.

Durstig und erschöpft kehrten sie nach drei Tänzen an den Tisch zurück. Ida ließ sich außer Puste auf ihren Stuhl fallen und leerte ihr Glas erneut in einem Zug. „Gottfried, das solltest du auch mal probieren! Es ist sehr befreiend!"

Sie wusste, dass ihn das provozieren musste. Aber darauf keine Rücksicht mehr nehmen zu müssen, war so entlastend, dass es ihr beinahe gleichgültig war. Sie ließ sich nichts anmerken, dass sie nun eine Strafpredigt in der Art erwartete, dass eine anständige Frau so etwas nicht tat, dass sie doch nicht so ein leichtes Mädchen sei wie diese Flittchen dort, dass er enttäuscht von ihr sei, und-und-und ...

Doch ihr Verlobter hielt ihr keine Anstandsrede. Im Gegenteil: Er machte ein ziemlich verzweifeltes Gesicht.

„Dazu bin ich zu ungelenkig", senkte er den Kopf.

„Ach was", winkte Cornelius ungeduldig ab, „schau mich an! Ich bin die Lachnummer auf dem Parkett!"

„Lass mich! Das ist nichts für mich!" Gottfried stieß beinahe das Tischchen um, als er aufsprang. „Entschuldigt mich!" Er stürmte in Richtung Abort davon. Ida und sein Bruder konnten ihm nur noch hinterher schauen. Ida entfuhr ein Seufzer.

„Was stellt er sich immer so an!", wetterte Cornelius. „Wie damals auf dem Fußballplatz! Immer muss er den Spielverderber abgeben. Aber wir sind doch keine Kinder mehr, ich bitte dich! Ich werde ihm gehörig den Kopf waschen, wenn er wiederkommt! So was Dummes!"

„Bitte nicht", besänftigte ihn Ida und zog Cornelius an den Tisch, um sich zu setzen, denn er stand immer noch da und schaute erzürnt in die Richtung, in die sein Bruder davongestürzt war. „Das ist halt seine Natur. Er kann nichts dafür. Dafür hat er andere Qualitäten."

„Du verteidigst ihn auch noch?"

Eigentlich sollte sie über Gottfrieds Verhalten verärgert sein, und ein bisschen war sie es auch. Aber ein anderes Gefühl überwog: Der traurige Ausdruck in Gottfrieds Augen, als sie vom Tanzen zurückgekommen war, hatte sie berührt. Gegen die Lockerheit seines Bruders kam er nicht an. Er war in seinem ernsten, tiefsinnigen Wesen gefangen. Er war ein Gefangener seiner Prinzipien, seiner so hochgehaltenen Werte, seiner Ideale, denen sie nicht standhalten konnte. Das war tragisch für sie, Ida, aber es war noch tragischer für ihn selbst.

Man spielte einen Shimmy und weder Cornelius noch Ida hatten deshalb einen Grund, noch einmal zu tanzen. Das war nun wirklich zu viel des Guten. Gottfried war auch nicht der Einzige, der hinausgegangen war. Die gediegeneren Gäste verließen nach und nach das Lokal. Deren Plätze nahmen dafür hereinströmende junge Leute ein. Es vollzog sich eine Art Schichtwechsel: Die Kaffeetrinker gingen, die Vergnügungssuchenden kamen.

Der Geschäftsführer trat an ihren Tisch und bat den Inhaber kurz hinter die Kulissen. Es gab Ärger. Er wollte den Koch entlassen. Cornelius entschuldigte sich, dass er Ida einen Moment alleine lassen musste.

Gottfried hatte dies wohl beobachtet, denn kaum war sein Bruder gegangen, stand er wie der Geist aus der Wunderlampe plötzlich wieder vor Ida. Diesmal ließ er keine Zeit verstreichen, rückte seinen Stuhl näher an den ihren und ergriff energisch ihre Hand. Seine Augen funkelten sie in einer Art an, dass sie nicht wusste, ob aus Wut oder doch Erregung.

„Ida! Ich will nicht länger warten! Ich will, dass wir einen Termin für unsere Hochzeit festlegen, und zwar sofort! Hier und jetzt!"

Kommen und gehen
Familie Häring, Neumarkt, Juni 1922

Man musste schon eine tief gläubige Christin sein, wenn man durch die Ereignisse der letzten Wochen und Monate nicht in Zweifel gestürzt werden wollte. Es war einfach zu viel, was wie eine Sturmflut über die Familie und die Welt hereingebrochen war. Es schien, als wollte Gott jetzt nachholen, was der Krieg nicht erledigt hatte. Helenes rätselhafter Tod hing noch immer wie ein verwischter Schatten über dem Haus, und nun hatte der Herrgott sich auch noch das kleine Sepperl geholt.

Ob sein Vater zu wenig, seine Mutter zu viel gebetet hatte, wer mochte das beurteilen? Diese Frage stellten sich in der Stille ihres Herzens nur zwei Menschen: Maria und Anna. Jede für sich. Josef von der Sitt verurteilte. Walli zweifelte. Mutter Häring nahm hin. Vater Häring auch, tröstete unnötigerweise die kleine Anni. Für sie saß das Brüderchen nun auf einer Wolke, spielte eben dort oben. Der Himmel war gut und so wirklich wie alles, das sagten die Erwachsenen immer, also war die Welt für sie in Ordnung. Sie konnte nicht verstehen, warum die großen Menschen so ein Aufhebens darum machten, und je mehr sie dies zeigte, umso böser wurde sie von ihrem Stiefvater zurechtgewiesen, bis auch sie weinte, wenn auch aus anderen Gründen. Sie musste deshalb in Neumarkt eingeschult werden, weil von der Sitt kein lebendes Kind um sich herum ertragen konnte. Die Tochter seiner Frau schon gar nicht. Seiner Meinung nach war das falsche Kind gestorben.

Von diesem Tag an war Annas Ehe in einen Zustand übergegangen, den man als das Einfrieren einer Hölle bezeichnen konnte. War die Nähe ihres Mannes zuvor nicht angenehm gewesen, so zog er sich nun auf eine fast noch bedrohlichere Weise von ihr zurück. Er ging häufiger als sonst auf die Jagd oder zu seinen Fischteichen, und wenn er abends das Wirtshaus besuchte, hockte er stumm wie einer seiner Karpfen vor dem Bier und starrte auf das Perlen der goldenen Flüssigkeit. Das Kartenspiel mied er, und man ließ ihn damit auch in Ruhe. Er bewegte sich durch die Welt wie unter Glas. Glas, das er aber jederzeit mit einem Schlag durchbrechen konnte. Die Hülle schützte ihn, nicht seine Umgebung. Für Anna und den Rest der Familie strahlte er dieselbe Bedrohung aus wie zuvor, nur jetzt war er lautlos, schlich herum wie eine große Raubkatze.

Maria wollte sich nicht mit dem Warum beschäftigen, aber die Frage ließ sich nicht verdrängen. Welche Schuld hatte ihre Familie auf sich geladen, dass sie so bestraft wurde? Sie wollte nicht denken, dass ihr Vergehen, einen Protestanten geheiratet zu haben, dahintersteckte? Dass die anderen auf diese Weise für ihr Glück büßen mussten? Sippenhaft war eine biblische Regel, hieß es nicht, dass die Schuld der Väter über Generationen gesühnt wurde? Warum also nicht auch die der Tochter in der Gegenwart?

Der Herrgott hatte auch seinen Stellvertreter auf Erden, Benedikt XV geholt, aber der hatte fast vierundzwanzigmal länger leben dürfen als der kleine Sepperl. Nicht geholt hingegen, weder vom Herrgott noch vom Teufel — letzterer hätte den Blausäure-Attentätern sicher besser nach dem Sinne gestanden — hatte er den Politiker Philipp Scheidemann[89]. Wie passte das alles zusammen? Es passte nicht. Nie zuvor in ihrem Leben war Maria mit so viel Ungerechtigkeit konfrontiert worden. Und das, obwohl es hieß, Gott sei gerecht. Es musste also eine Schuld vorhanden sein. Nur so wurde das Ungerechte zum Gegenteil.

Maria hatte mehr Zeit über diese Dinge gründlich nachzudenken, als ihr lieb war. Jedenfalls, so lange es die Schmerzen zuließen. Seit Stunden – sie konnte nicht mehr sagen, wie viele es inzwischen waren – lag sie allein auf einer Bahre in einem bis zur Decke gekachelten Raum, der die Atmosphäre eines Schlachthauses ausstrahlte. Ihr Bauch ragte wie ein gestürzter Gugelhupf vor ihren Augen empor. Immer wieder durchzuckte sie ein Schmerz, der sie wie ein Dolchstoß durchbohrte und unerträglich in ihr wütete.

Niemand kümmerte sich um sie. Von Zeit zu Zeit, und die schien ihr sehr lang, kam eine Hebamme herein, griff ihr zwischen die Beine so tief in den Leib, dass Maria jedes Mal aufschrie, nur um zu verkünden, dass es noch nicht so weit sei. Die Hebamme war eine Klosterschwester, die einer Schwalbe gleich herein- und hinausflatterte. Zweifelsohne verstand sie ihr Handwerk. Ihr Gesicht – das war alles, was man von ihr sah – trug die Jahre der Erfahrung in seinen Zügen. Doch war sie immer nur auf der anderen Seite des Geschehens gestanden und zeigte deshalb wenig Mitgefühl. Vor allem nicht, seit ihr zu Ohren gekommen schien, dass der Vater des Kindes, das sie auf die Welt bringen sollte, ein Protestant war. Ein evangelisches Kind aus einer katholischen Frau herauszuholen schien ihr weniger der Fürsorge wert, als einen neuen Katholiken in die Gemeinschaft der Gläubigen dieser Welt zu bringen. Aber vielleicht war das ihr Anteil an Buße, den Maria für ihr Vergehen leisten musste?

„Wie lange wird es noch dauern?", wagte sie beim abermaligen Erscheinen der Schwalbe bange die Frage.

Ein verächtlicher Seitenblick durchbohrte sie fast noch mehr als der Schmerz. „Es ist hineingekommen, jetzt muss es auch wieder heraus!" Die Schwester wandte sich schon der Tür zu, drehte sich aber noch einmal um, um Maria die niederschmetternde Mitteilung zu machen, dass sie noch nicht einmal mit der Arbeit begonnen hatte.

Und zum Weibe sprach er: Ich will dir viel Schmerzen schaffen, wenn du erwarten wirst; du sollst mit Schmerzen Kinder gebären, und dein Verlangen soll

---

[89] Am 4. Juni 1922 unternahmen Mitglieder der Organisation Consul ein Blausäure-Attentat auf den sozialdemokratischen Politiker Philipp Scheidemann. Er überlebte durch einen glücklichen Zufall.

nach deinem Manne sein, und er soll dein Herr sein. Und erst recht, wenn der Mann evangelisch ist! Das war Mose, genau: Mose! Auch, wenn der letzte Satz nicht ihm zugeschrieben werden konnte, sondern eine gedankliche Ergänzung Marias war, so passte er doch sehr gut. Ein solches Verlangen, wie es wohl gemeint war und wie Maria es in diesem Augenblick zum ersten Mal zu verstehen glaubte, empfand sie gerade überhaupt nicht. Ganz und gar nicht. Wäre *der Manne* da gewesen, um ihre Hand zu halten, um ihr diesen Schmerz erträglicher zu machen, dann hätte sie vielleicht anders empfunden. Aber das ließ man nicht zu, und sie war sich sicher, dass Fritz das auch nicht gewollt hätte, und wahrscheinlich war das auch gut so, denn er hätte sie womöglich mit seiner Gegenwart nur belastet, statt ihr zu helfen. *Der Manne* der Oberpfalz saß zu diesem Anlass für gewöhnlich im Bärenwirt, betrank sich unter dem Mitgefühl seiner Geschlechtsgenossen und wartete darauf, als stolzer Vater eines Sohnes von ihnen beglückwünscht zu werden. Fritz war nicht so. Er spielte Schach, wünschte sich aber auch einen Jungen. Sie wollte ihm ja gerne einen Sohn schenken, aber einen katholischen! Doch nie im Entferntesten hätte sie vermutet, dass es so schmerzhaft sein würde. Die Worte der Bibel hatten es nicht annähernd erahnen lassen. Und ihre Mutter hatte sie auch nicht gewarnt.

Abermals bäumte sich Maria unter einer Wehe auf, die heftiger war als alle bisherigen. Übelkeit überkam sie, ihr Magen rebellierte. Sie konnte sich nur schnell auf die Seite drehen und auf den Boden übergeben. Erschöpft sank sie wieder auf die Bahre. Die Schwalbe würde sie jetzt gewiss schelten. Aber was hätte sie tun sollen?

Sie rappelte sich hoch und sah sich um, ob etwas in der Nähe war, mit dem sie den Boden hätte aufwischen können. Aber da war nichts außer einem weißen Metallschrank, in dem vermutlich medizinische Utensilien aufbewahrt wurden. Es roch säuerlich. Draußen war es schon dunkel. Wie spät mochte es sein? Sie setzte sich auf und starrte über ihren Bauch hinweg auf ihr Erbrochenes, über dem ihre Füße baumelten. Schade um das gute Essen.

„Ja, was machen Sie denn da!", schalt die bekannte Stimme, und schon drückten zwei starke Hände sie energisch an den Schultern zurück auf die Bahre. „Liegen bleiben! Was haben Sie denn getan? Man sehe sich diese Schweinerei an! Das kommt davon!"

Maria war nicht nach Widerspruch zumute, zumal die Wehe, die sie jetzt durchbohrte, eine der heftigsten bisher war. Die Hebamme rief nach einer Schwesternschülerin, die den Boden aufwischen sollte, griff ihr zum wiederholten Mal an den Muttermund, direkt in die Pein hinein. Maria machte eine impulsive Bewegung, weg von dem Schmerz, aber das hatte zur Folge, dass ihre Beine die Frau auf die Seite stießen.

„Jetzt stellen Sie sich nicht so an!", insistierte die Schwalbe vehement. „Sie führen sich auf, als wären Sie die erste Frau, die ein Kind zur Welt bringt! Halten Sie still, wenn ich meine Arbeit tun soll!"

Maria presste eine kaum hörbare Entschuldigung zwischen den zusammengebissenen Zähnen hervor. Dass dieses Kind sich zierte, auf die Welt zu kommen, war das ein Wunder? Vielleicht würde es nie herauskommen und auch sie schließlich fortholen? Sie wäre nicht die erste Mutter, die im Kindbett starb. Wenigstens würden diese schrecklichen Schmerzen dann endlich aufhören!

„Na, wer sagt's denn! Jetzt tut sich was", verkündete die Hebamme mit einem triumphierenden Blick in den Augen, ganz so, als wäre es ihr Verdienst, dass sich der Muttermund geweitet hatte.

***

Am 8. Juni 1922 erblickte der kleine Ernst Naubert in Neumarkt und nach 36 Stunden Qual für seine junge Mutter endlich das Licht der Welt. Seine Eltern badeten in einem Meer von Glück. Auch Maria, denn der Herrgott hatte sie verschont und ihr Leiden wohl als Buße angenommen.

Wenige Tage darauf kam abermals kein Maximilian Hahn zur Welt, sondern eine Anneliese. Die Eltern verbargen ihre Enttäuschung hinter der Tatsache, dass das Mädchen mit sieben Pfund ein kräftiger Brocken war.

Am 24. Juni 1922 erlosch in Berlin das Leben des um Deutschland verdienten Walter Rathenau. Das Volk ertrank über den Tod dieses Mannes, der die personifizierte Hoffnung der gesamten Nation gewesen war, in einer Sintflut des Grauens und des Entsetzens.

***

Wie der frische Sommerwind selbst wehte Walli durch das Gartentor herein. Das neue, geblümte Kleid, luftig und leicht, verbarg ihre kleine Behinderung hervorragend, und das staffierte sie mit, an ihr selten gesehenen, Selbstbewusstsein aus. Gleich nach der Taufe war sie geschwind zu ihrem Arbeitgeber gelaufen, um sich ihr Gehalt abzuholen. Trotz der Feier des Tages: Das musste sein.

„Jetzt wird uns, Gott sei Dank, der Lohn wöchentlich ausbezahlt", verkündete sie den Besuchern am Kaffeetisch unter dem Apfelbaum und unterbrach damit ungestüm die Plauderei des Bruders aus Weimar, der gerade von der Neuanstellung eines gewissen Wassily Kandinsky als Lehrer am Institut Bauhaus berichtete. „Und man muss schon aufpassen, dass man das Geld so schnell wie möglich in etwas umwandelt, was von bleibendem Wert ist, *gell*? Denn schon Morgen kann es nur noch die Hälfte wert sein. Deshalb habe ich mir zur Feier des Tages dieses Gewand gekauft." Sie hatte das Kleid am Vortag erstanden und es jetzt, nach Erhalt des Geldes, sofort bezahlt. Denn seit dem

Attentat auf den Außenminister schien mit ihm auch die Hoffnung auf eine gute Zukunft in Deutschland gestorben. Der Vorfall hatte die Mark in den Abgrund gestürzt[90]. Gegenüber dem Dollar hatte sie mit einem Schlag fünf Prozent verloren, ein Zusammenhang, den der Normalbürger zwar nicht sofort begriff, der aber auf den Preistafeln vor den Geschäften, die von der oft verwischten Kreide schon ganz weiß waren, schmerzlich spürbar wurde.

Walli drehte sich vor den bewundernden Blicken der Kaffeegäste, dass der Rock sich unter dem Windhauch aufblähte wie ein Ballon. Glücklich ließ sie sich unter dem Beifall der Anwesenden auf die Bank sinken. Ihr kleiner Neffe, dem als Täufling der Besuch aus Weimar galt, lag im neuen Kinderwagen im Schatten und schlief. Er hatte die gesamte kirchliche Feier hindurch geplärrt, besonders als das Wasser über sein Köpfchen gegossen worden war. Jetzt war er davon völlig erschöpft. Die Tauffeier fand im familiären Rahmen statt, und da das Wetter so gut mitspielte, war die Tafel im Garten aufgestellt worden. Hochwürden hatte die Einladung unter einem Vorwand abgelehnt, das war offensichtlich, aber nicht unerwartet. Obwohl der drei Wochen alte Ernst nun offiziell katholisch war, blieb dessen Vater noch immer evangelisch und die Mischehe der Eltern dem Kirchenmann ein stechender Dorn im geistlichen Auge. Der Platz des Pfarrers am Tisch blieb also leer, was auch den Nachbarn nicht verborgen bleiben würde, und so wurde der Stuhl schließlich von Vater Häring wieder ins Haus getragen, weil Mutter Häring vorher keine Ruhe geben wollte. Auch die Familie von der Sitt war der Feier ferngeblieben, weil der Anblick eines gesunden, kräftigen Buben zu schmerzhaft war. Es fehlten auch der Onkel Wolfgang mit Familie, und Andres; die einen hatten eine Hochzeitsfeier auszurichten, der andere musste das Heu einfahren, weil man schon wieder Regen erwartete. Auch, wenn eine Taufe wichtig war: Es gab Dringenderes.

Sommerlicher, bürgerlicher, friedlicher, aber vor allen Dingen trügerischer hätte die Szenerie dennoch nicht sein können. Maria litt. Nicht nur ihre Hochzeit war ganz anders verlaufen als sie es sich als junges Mädchen erträumt hatte, sondern nun auch noch die Taufe ihres ersten Kindes. Hochwürden hatte kein Lächeln für den kleinen Ernst übriggehabt, obwohl er nun zur Gemeinde seiner Schäfchen gehörte. Der Schmerz darüber saß viel tiefer als alles, was sie bisher von dieser Seite erfahren hatte. Ihre Entscheidung, einen Protestanten zu heiraten, hatte ihr armes, unschuldiges Kindlein getroffen. Maria ahnte, dass der arme Junge im Religionsunterricht, bei der Kommunion, bei der Firmung, kurzum ein Leben lang für ihre Entscheidung büßen würde. Und sie, die Mutter, konnte nichts dagegen tun. Sie konnte ihn nicht davor schützen, im Gegenteil, sie war schuld daran.

---

[90] Ende August sank der Wert nochmals 61 Prozent, am Jahresende waren es 93 Prozent.

„Das ist nur recht und billig", nickte der Onkel aus Weimar lange und bedächtig. Gleichwohl er nur der weltliche Pate war — den Täufling hatte Walli über das Becken gehalten —, behandelte man Ernst Naubert aus Weimar als den wahren Gevatter und mit all dem gebührlichen Respekt der Rolle. „Das sollte der Staat auch für uns tun! Wir Beamten bekommen unser Gehalt immer noch nur am Ende eines Monats. Dadurch wird der Regierung zwar Geld gespart, aber wir können uns bald gar nichts mehr leisten. Uns galoppiert das Geld förmlich vor der Nase davon!"

„Und wie!", stimmte seine Frau eifrig zu, brach ein Stück ihres Kuchens mit spitzen Fingern ab und schob es in den Mund. „Beinahe täglich werden die Lebensmittel teurer! Es ist diese Sache mit dem Mord ja an sich schon schlimm genug, ganz furchtbar! Aber dass das Attentat solche Folgen für uns normale Bürger haben würde, das hätte doch niemand erwartet."

„Aber ganz im Gegenteil! Natürlich hat man das erwartet", erwiderte ihr Mann vehement. „Es ist doch genau das, was die Attentäter mit diesem Anschlag bezweckt haben! Fünf Kugeln haben die Hoffnung ganz Deutschlands zerfetzt! Rathenau hätte der Weimarer Republik zu Reputation verhelfen können. Er war der große Hoffnungsträger der deutschen Demokraten. Und genau das machte ihn zur Zielscheibe dieser Mörder! Dass dieser Mann sehr fähig war, dass er viele Fäden in der Hand hatte, das haben diese Leute sehr wohl erkannt."

„Es gab ja schon mehrere Anschläge auf hochrangige Politiker", gab Vater Häring zu bedenken. „Hatte er denn keinen Personenschutz?"

„Natürlich", gab Ernst sofort weiter Auskunft. „Es waren drei Polizisten zu seinem Schutz abgestellt. Aber der Außenminister erlaubte sich eine Haltung gegenüber der alltäglichen Gefahr, die ich — aus heutiger Sicht betrachtet —, irgendwo zwischen Nonchalance und Ignoranz ansiedeln würde. Es heißt, er habe noch kurz vor seinem Tod die ‚Kerls‘ nach Hause geschickt, weil es seiner Meinung nach eine Sache des Schicksals sei."

„Er wusste halt, dass eine höhere Macht entscheidet, der Mensch kann nichts beeinflussen", warf Mutter Häring ein und schaute dabei mit der Miene einer Wissenden in die Runde; eine Geste, die die Familienmitglieder Häring die Augen senken ließ, die der Besuch aus Weimar aber nicht zu lesen verstand.

Ernst Naubert echauffierte sich: „Deshalb ist es geradezu bedrückend zu sehen, wie leicht es für die Täter war, diesen Mann zu ermorden!"

„Weißt du denn etwas Genaueres über den Verlauf der Ereignisse?" Obwohl Fritz diese Frage gestellt hatte, schauten nun alle am Tisch den Paten mit großem Interesse an. Natürlich hatte man von der Bluttat in der Zeitung gelesen. Die ganze Welt war darüber in nie gesehenem Aufruhr gewesen. Gleich danach hatte es Sonderausgaben über Sonderausgaben geregnet, aber die Berichte hatten wenig Hintergründe verraten. Manche, wie der Völkische

Publizist, der Neumarkter Eckart titelte, forderten das Volk sogar mehr oder weniger deutlich dazu auf, startbereit an den Waffen zu warten. Worauf blieb allerdings unklar. Der Bärenwirt hatte dieses Blatt als Leseexemplar in der Gaststube aufgenommen, weil der Herausgeber ein Neumarkter war. Aber die Menschen waren im ganzen Land auf die Straße gegangen. Wie damals, als sie für Brot und Milch gekämpft hatten, hatten sie diesmal ihrem Entsetzen Ausdruck verliehen. Man fahndete noch immer nach den Tätern, die über Warnemünde nach Schweden hatten fliehen wollen, es aber anscheinend nicht geschafft hatten. Ein junger Student war kurz nach dem Anschlag verhaftet worden, weil er sich seiner Beteiligung lauthals gerühmt hatte. Er sang zwar wie ein Vögelchen, aber außer den Namen einiger Mittäter schien auch er nicht viel zu wissen.

Ernst Naubert räusperte sich. „Nun, ich hatte Gelegenheit, einen Zeugenbericht zu lesen", zog er noch mehr Interesse auf sich, als er ohnehin schon genoss. Sogar Mutter Häring hob das Antlitz.

„Der 24. Juni war ein Tag, an dem einige Regenwolken am Himmel hingen, vielleicht erinnert ihr euch? Der Chauffeur, fuhr das Cabriolet trotzdem mit offenem Verdeck. Auf dem Weg zum Auswärtigen Amt bemerkte der Fahrer, dass sie verfolgt wurden. Es kamen zwei Wagen die Königsallee heruntergefahren. Im vorderen saß auf dem Rücksitz Rathenau, im hinteren zwei Herren in langen Ledermänteln und Lederkapuzen, ihr wisst schon, solche, die gerade noch das Gesichtsfeld freilassen. Der große Wagen drängte den kleineren ab. Als der einzige Insasse des ersten Wagens schaute, um zu sehen, ob es zu einem Zusammenstoß kommen würde, beugte sich der Herr im feinen Ledermantel vor, nahm eine lange Pistole und zielte auf den Herrn im anderen Wagen. Der Schießende habe ein gesundes, offenes Gesicht, so ein Offiziersgesicht gehabt, sagten die Zeugen. Die Schüsse krachten sehr schnell, so schnell wie ein Maschinengewehr. Als der eine mit dem Schießen fertig war, stand der andere auf, zog eine Eierhandgranate ab — und warf sie in den anderen Wagen. Der Chauffeur hielt an und schrie um Hilfe. Der fremde Wagen raste davon. Im selben Augenblick explodierte die Handgranate. Die Zeugen rannten alle sofort hin, aber heute weiß man, dass Rathenau schon tot war."

Die Stille am Tisch war absolut. Man hörte die Insekten laut summen. Man konnte meinen, in einem Bienenstock zu sitzen.

„Die Fähigkeiten, mit denen die drei Männer das Attentat ausführen konnten, stehen in einem geradezu grotesken Missverhältnis zu denen ihres Opfers! Wirklich grotesk! Das Wissen, wie man eine Waffe und ein Automobil bedient, reichte aus, um Geschichte zu schreiben!"

Eine dicke Hummel brummte über dem Nusskuchen in der Mitte des Tisches, musterte unschlüssig die Umgebung und flog dann weiter, weil die Blüten des üppig blühenden Flocks am Zaun doch verlockender waren. Maria war die erste, die wieder Worte fand, vor allem, weil ihr Neugeborenes in diesem Moment ein undefinierbares Wimmern von sich gab und sie einen besorgten Blick in den Kinderwagen warf.

„Was geht nur in den Köpfen dieser Männer vor?!", kam sie zurück an den Tisch, nachdem sie das Leinentuch zum Schutz gegen Wespen wieder sorgfältig über die Öffnung des Kinderwagens gelegt hatte. „Haben die nicht genug vom Krieg? Können sie denn nichts anders mehr als morden?"

Fritz machte ein nachdenkliches Gesicht, schien einer Erinnerung nachzuhängen, die seinen Augen einen dunklen Glanz verlieh. „Die Attentäter waren Offiziere des Kaiserreichs, eine Laufbahn, die, soviel ich weiß, auch Rathenau einschlagen hatte wollen, die ihm, nebenbei gesagt, als Jude aber nicht offen gestanden hatte. Offiziere a.D.[91] also … . Es gibt einige, die sich von ihrer so glänzenden Rolle der Vergangenheit nicht lösen können."

Fritz Naubert mit seinen Brüdern: links Ernst Naubert mit Frau Helena aus Weimar;
rechts Emil Naubert mit Gattin;

"An dieser Rolle ist nach dem Krieg nichts mehr glänzend", warf Vater Häring ein.

"Eben drum!" Letzteres kam wieder von Ernst.

Maria schenkte allen der Reihe nach Kaffee nach, reichte jedem, der nicht nein sagte — und das war nur Walli — ein zweites Stück, diesmal Erdbeerkuchen mit einen Schlag Sahne, ein Luxus, den man sich zur Feier des Tages gönnte.

---

[91] außer Dienst

„Das sind keine Dummköpfe", fuhr Ernst fort. „Die Täter gehören der Organisation Consul an, von der ihr sicher schon gehört habt. Dafür gibt es Beweise."

„Der Geheimbund des ehemaligen Marineoffiziers Hermann Erhardt?", überlegte Fritz, der im Gegensatz zu den Damen am Tisch mit diesem Namen etwas anzufangen wusste. „Der wurde von den Männern, die mit ihm gekämpft hatten, als sehr hart und verwegen beschrieben. Man hat damals an der Front immer wieder von ihm gehört und auch von der Elitetruppe, die er geführt hat."

Sonderausgabe der Zeitschrift „Vorwärts", in der die Bevölkerung nach dem Mord an Rathenau aufgerufen wird, bereit bei den Waffen zu stehen, 1922.

"Genau der! Und der hat nach dem Krieg und dem Sturz der Monarchie begonnen, ehemalige Soldaten um sich zu scharen mit dem Ziel, die neue Demokratie zu zerstören!", ergänzte sein Bruder.

„Aber diese Freikorps haben doch zum Beispiel im Baltikum ständig weitergekämpft, ganz im Sinne Deutschlands, wie es schien. Offiziell wurde das immer abgestritten, aber man stellt sich doch die Frage, woher sie die Mittel dafür hatten?"

„Richtig, richtig", Ernst gabelte drei Erdbeeren auf, die von seinem Kuchenstück auf den Teller gerutscht waren, „so, wie die Kommunisten und andere Interessengruppen auch von irgendwem finanziert wurden. Unser Land ist noch immer der Spielball verschiedener Interessensgruppen. Aber dann, als die Siegermächte den Freicorps ein für alle Mal ein Ende setzten, dann haben diese Männer ihre Energie darauf gerichtet, unsere neue Demokratie im Keim zu ersticken, bevor sie erblühen konnte. Für Erhardt und die Seinen war ein Mann wie Walther Rathenau das Böse schlechthin! Das zeigt, wie vorurteilsbeladen dieses Milieu der Organisation Consul ist! Und dieses Attentat ist in seiner Tragweite nicht zu unterschätzen, sage ich euch!"

„Ja, aber ... was wollen die denn? Wollen die wieder einen König oder einen Kaiser?" Maria war mehr als sonst von der Diskussion erschüttert. Seit der Geburt kam es immer wieder vor, dass sie plötzlich in Tränen ausbrach, dass selbst kleine, alltägliche Missgeschicke, wie das Umstoßen eines Milchglases, wie es an diesem Morgen geschehen war, sie völlig aus der Fassung brachten.

„*An Kini? Ah, geh!*[92] Die Zeit kann man nicht aufhalten. *Wos gscheng is, is gscheng, und des kann koaner ungscheng macha!*“[93]

Schweigend, als hätten sie der Bäuerin einen solchen Gedanken nicht zugetraut, schaute der Besuch aus Weimar Mutter Häring an. Auch Maria und Walli betrachteten ihre Mutter. Wie so oft hatte diese wieder einmal zweideutig gesprochen. Alles, was sie in letzter Zeit von sich gab, trug immer diese Nuance einer anderen Bedeutung. Das war früher nicht so gewesen. Eine Entwicklung, die ihre Töchter beunruhigte.

„Ob die wieder einen Kaiser wollen? Ich glaube nicht“, überlegte Fritz an seine Frau gewandt. Er versuchte sie sichtlich zu beruhigen. „Vielleicht wollen sie die alten Werte bewahren und ein bisschen mehr Gerechtigkeit?“

„Gerechtigkeit!“ empörte sich Maria. War es gerecht, dass ihre kleine Schwester sterben musste und der Staat sich weigerte, die mysteriösen Umstände aufzuklären? War es gerecht, dass ein kleines Kind wie der Sepperl nicht leben durfte? War es gerecht, dass ihr unschuldiges Kind leiden musste, weil sein Vater nicht katholisch war? „Kein noch so edler Zweck kann diese Mittel heiligen! Ich verstehe euch Männer einfach nicht!“

„Na, erlaube mal!“, wehrte Fritz ab, „du kannst uns doch nicht mit diesen Mördern in einen Topf werfen!“

Sein Bruder war wohl der Meinung, dass eine Beruhigung der Gemüter angebracht sei, denn mit betont ruhiger Stimme erläuterte er seine Sicht der Dinge.

„So wie ich es verstehe, will diese Organisation eine soziale Revolution nach ehrenhaften Werten und nicht die Versklavung des Geldes, wie sie es nennen. Das ist es, was sie unserer Demokratie vorwerfen, dass sie nur nach den Gesetzen des Profits funktioniert. Und das muss man leider zugeben! Dagegen müssen wir natürlich arbeiten und dafür sorgen, dass wir das wieder ins Gleichgewicht bringen.“

„Das wollen die Kommunisten doch auch?“ Diese Frage stellten Walli und Ernsts Frau Helena gleichzeitig wie aus einem Mund und lachten sich laut an, als hätten sie einen gelungenen Scherz gemacht.

„Aber die Kommunisten singen die Internationale! Proletarier der Welt, vereinigt euch!“, erklärte Fritz sofort. „Und wo bleiben da die anderen? Die Nichtproletarier? Nicht jeder will schließlich unbedingt so einer werden, oder?“

„Was das Internationale betrifft“, meldete sich Ernst wieder zu Wort, „da sind sich die Kommunisten mit unserer Republik einig: Man muss die ganze Welt denken. Aber die Regeln des Kapitalismus lehnen sie entschieden ab. Und darin stimmen sie wiederum mit der Organisation Consul überein! Die

---

[92] Dialekt: Einen König? Ach, komm!
[93] Zitat Shakespeare, Macbeth, „What is done is done and cannot be undone“; dt.: was geschehen ist, ist geschehen und kann auch nicht ungeschehen gemacht werden.

aber lehnen das Globale ab, sie wollen deutsche Werte, das, was sie im Kaiserreich in der Armee verherrlicht haben. Am deutschen Wesen soll die Welt genesen, wenn es schon Welt sein muss."

"Wenn sich alle an Gottes Gebote halten würden, bräuchte man keinen von denen."

Wieder ein Satz aus dem Mund von Fritzens Schwiegermutter, der alle verstummen ließ, wenn auch aus unterschiedlichen Gründen.

„Das hat in der Vergangenheit auch nicht recht gut funktioniert", lachte Fritz in der offensichtlichen Absicht, die Stimmung etwas zu entzerren. „Der Staat muss schon lenken, liebe Schwiegermama. Sonst hätten wir Anarchie. Und das will ja nun auch keiner."

„Weil die Menschen in ihrer Gier dem Teufel aus der Hand fressen!" Mutter Häring ließ sich nicht von ihrer Meinung abbringen. „Nur deshalb!"

Vater Häring holte seine Pfeife hervor und begann mit dem Stopfen derselben. Er wusste, dass es keinen Sinn hatte, sich mit seiner Anna auf Glaubensdiskussionen einzulassen. Da konnte man nur verlieren. Er warf seinem Schwiegersohn einen beschwörenden Blick zu, den Fritz sogar auffing und der ihn zum Schweigen brachte.

Vielleicht war es aber auch die kleine Anni, die ihn in diesem Augenblick mit einem "Onkel Fritz" am Ärmel zupfte. Bisher hatte sie sich, ganz in ihr Spiel vertieft, neben dem Kinderwagen ihres neuen Vetters mit ihrer Puppe beschäftigt. Die lag nun achtlos im Gras.

„Hat der Liebe Gott den kleinen Ernst geschickt, damit ich jemanden zum Spielen habe, weil er sich doch das kleine Sepperl geholt hat?" Ihr Gesichtchen verriet sehr tiefgründige Gedankengänge. Fritz, sowohl von der Frage als auch von der Störung überrascht, antwortete schlicht und offensichtlich ohne weiter über den Hintergrund der überraschenden Frage nachzudenken: „Ja. Vielleicht."

„Warum hat er dann nicht gleich das Sepperl dagelassen? Dann hätte er sich nicht die Mühe machen müssen, ein neues Baby zu schicken? Das wäre viel einfacher gewesen und niemand hätte so viel weinen müssen?"

Fritz tätschelte ihr lächelnd den Kopf: „Ja, da hast du wohl recht."

Die kleine Anni runzelte die Stirn, zufrieden darüber, dass sie mit ihrer Schlussfolgerung richtig zu liegen schien, aber gleichzeitig auch verwirrt, dass der Liebe Gott die Dinge wirklich kompliziert gemacht hatte. Aber sie fragte nicht weiter.

Genau in diesem Moment war hinter dem Turm der Johanneskirche ein tiefes Grollen zu vernehmen. Wie auf Kommando hoben sich alle Köpfe und drehten sich in diese Richtung. Noch war der Himmel blau, noch wehte ein laues Lüftchen. Doch ein riesiger Schatten über der großen Kirche kündigte bereits ein böses Sommergewitter an.

„Jessesmariaundjosef[94]*! Das ist kein gutes Zeichen!"*, unkte Mutter Häring, schüttelte den Kopf und wiederholte es noch einmal.

„Das ist nur ein Gewittersturm, mehr nicht", winkte Fritz ab. Er mochte diese abergläubischen Weissagungen seiner Schwiegermutter nicht, die seiner Meinung nach in krassem Widerspruch zu ihrer tiefen Gläubigkeit standen.

Maria beeilte sich, den Kinderwagen ins Haus zu schieben.

„Lasst uns lieber reingehen", entschied Fritz dann doch, weil sich alle in Aufbruch befanden, wie aufgeschreckte Ameisen, in deren Haufen man hineinstochert. Während seine Schwiegermutter als einzige noch immer in den Himmel starrte, brachten alle anderen in einiger Unordnung und nicht minderer Eile alles ins Haus. Aus der Höhe fuhr urplötzlich ein heftiger Windstoß herab. Mutter Häring stand schließlich als Letzte auf, jedoch nicht ohne ihre Worte noch einmal, wie eine böse Ahnung zu wiederholen. Kurz darauf brach draußen ein Sturm los, dass man meinen konnte, die Welt ginge unter. Es wurde dunkel wie in tiefster Nacht.

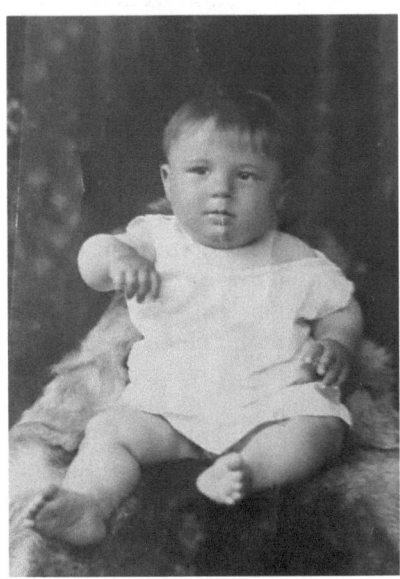

Der kleine Ernst Naubert, ca. 9 Monate alt;

Weil das Neugeborene aus Leibeskräften schrie, ging Maria mit ihm ins Schlafzimmer, um es zu stillen. Es war noch nicht an der Zeit, aber sie wusste nicht, was sie sonst tun sollte.

Walli räumte Kuchen und Kaffeegeschirr weg und holte stattdessen Bier, Brot, Wurst, Käse und was der Garten an Frischem hergab hervor. Niemand war wirklich hungrig, aber man aß doch ein wenig, in der Hoffnung, so das Gewitter zu überdauern. Schließlich war auch das geschafft, und der Regen hörte so plötzlich auf, wie er gekommen war. Die ersten Vögel zwitscherten, als wäre es Morgen. Auch sie hatten die Dunkelheit für Nacht gehalten.

---

[94] Dialekt: Jesus, Maria und Josef

***

Liebste Ida,

ich will Dir von einer Erfahrung berichten, die ich heute machen musste, und die mich in einen argen Gewissenskonflikt stürzt. Ich brauche Deinen Rat. Ich versuche es Dir so zu erzählen, wie ich es erlebt habe:

„Schwester! He! Sie da! Kommen Sie mit!"

Ich drehte mich zu der energischen Stimme um. Ich stand vor einem Aushang an der Wand neben dem Schwesternzimmer im Regensburger Krankenhaus und suchte meinen Namen auf der Liste, die mir meine Einsatzstation verraten würde. Ich war eine von vier Medizinstudenten, für die an diesem Tag ein Praktikum beginnen sollte.

„Nun halten Sie keine Maulaffen feil! Kommen Sie schon!"

Ohne auch nur einmal im Schritt anzuhalten, lief ein Arzt mittleren Alters im wehenden weißen Kittel bereits auf das Ende des Flurs zu. Sein Befehl war unmissverständlich an mich gerichtet. Sonst war niemand auf dem Gang. Und der Ton, in dem er mir befahl, ihm zu folgen, war genau der, den ich noch aus dem Lazarett kannte und der nur eines bedeuten konnte: Einen Notfall.

Ich schulterte meine Tasche und sputete dem Doktor hinterher, der bereits durch eine große Schwingtür verschwunden war. Es war noch sehr früh am Morgen, die Schwestern waren gerade auf ihrem ersten Rundgang durch die Zimmer und dabei, die schwachen Patienten aus dem Schlaf zu reißen. Ich hatte Mühe, mit dem Arzt Schritt zu halten. Wie der Komet, der den Heiligen Drei Königen voraus schwebte, eilte er immer weiter, ohne sich auch nur einmal nach mir umzusehen. Kaum jemand begegnete uns auf unserem Wettlauf durch die langen, leeren Korridore zur Notaufnahme. Ich schaffte es nicht, ihn einzuholen.

Als endlich auch ich durch die Schwingtür trat, hatte er bereits Handschuhe und Mundschutz übergestreift und stand vor einer Trage, auf der eine bewusstlose Frau lag. Zwei Sanitäter informierten ihn in knappen Worten.

„Hände waschen und anziehen! Worauf warten Sie?", warf er mir ungeduldig über die Schulter zu, ohne seine Aufmerksamkeit vom Bericht der Sanitäter abzulenken.

Ich tat, wie mir geheißen. Kurz darauf trat ich, verschleiert wie eine orientalische Haremsdame, neben ihn. Die Ohnmächtige sah übel aus. Ihre Lippen waren aufgeplatzt, die Augen dunkelviolett, blutverklebt und verschwollen, über einer Augenbraue quer über der Stirn klaffte eine schlimme Platzwunde, Haar und Gesicht war blutverklebt, ein Ärmel ihres Kleides hing zerfetzt herunter.

„Subdurales Hämatom! Bereiten Sie alles vor!", wendete der Arzt den Kopf der Frau vorsichtig wie eine überreife Melone. Offensichtlich davon ausgehend, dass ich wüsste, was zu tun sei. Doch davon war ich weit entfernt! Ich weiß zwar, dass es sich bei einem subduralen Hämatom um eine Blutansammlung im

215

Gehirn handelt, aber woher sollte ich wissen, was nun zu tun war? Ich bin doch noch Studentin!

Als ich ihn unschlüssig ansah, fuhr er zornig herum: „Wir müssen ein Loch in den Schädel bohren! Ist es denn nötig, ihnen jeden einzelnen Handgriff zu erklären? Die Instrumente! Sofort!"

Ich gehorchte, ohne so recht zu wissen, was genau für ein Werkzeug zu diesem Zweck benötigt wurde. Ich griff nach Vermutung in die Ansammlung von Besteck. Im Lazarett hatten wir nie eine solche Auswahl gehabt, wir hatten mit dem Dürftigen gearbeitet, das vorhanden gewesen war. Hier lag eine ganze Flotte an Instrumenten, sauber aufgereiht und manche zum Verwechseln ähnlich!

Ich schickte ein stilles Stoßgebet zum Himmel: „Lieber Gott, lass mich das richtige Werkzeug wählen!" Mit zitternden Händen hielt ich ihm schließlich das Tablett hin. Er griff zu.

„Halten Sie den Kopf fest! Und wehe, Sie bewegen ihn auch nur einen Millimeter!"

Wie durch einen Tunnel zurück in die Kriegszeit katapultiert, verfiel ich in einen Zustand der Entschlossenheit, ein stoisches Funktionieren ohne Denken. Meine Konzentration galt nur noch dem verwundeten Kopf in meinen Händen, die nun ruhig und verlässlich ihre Aufgabe erfüllten. Mochte dieser Rüpel mich auch noch so sehr schelten und anbrüllen, auf keinen Fall durfte ich doch das Leben dieser armen Frau aufs Spiel setzen, nur weil ich nicht in der Lage war, seine verbale Attacke abzuwehren.

Die weitere Arbeit geschah in Schweigen. Es war kein schöner Anblick, Ida, das kann ich Dir sagen! Ich erspare Dir Details. Endlich legte der Doktor die Geräte zur Seite und blickte in die Höhe.

"Reinigen Sie den Rest!" Dieses Mal war seine Stimme so ruhig, dass es fast schon freundlich klang. Ich tupfte der Frau vorsichtig das Gesicht ab. Ermutigt durch die neue Stimmung, wagte ich sogar eine Frage, die mich schon die ganze Zeit beschäftigt hatte.

„Was ist der armen Frau geschehen?"

„Angeblich ist sie die Treppe hinuntergefallen", streifte der Arzt seine Handschuhe ab. Er war schon auf der anderen Seite des Raumes und begann mit dem Waschen seiner Hände.

Ich betrachtete die Verletzungen kritisch. „So sieht es meiner Meinung nach aber gar nicht aus", wagte ich dann doch laut zu bedenken zu geben. Schließlich hatte der Arzt das Wort „angeblich" benutzt, es war also nicht meine Diagnose, sondern seine. Ich schloss daraus, dass er es auch nicht glaubte.

Der Doktor zuckte fatalistisch mit den Schultern. „Lassen Sie die Frau auf die Intensivstation bringen. Beten Sie für sie! Das können Sie doch gut."

Ich überging die Bemerkung. Inzwischen kam das Gesicht der Patientin unter all dem Blut allmählich zum Vorschein. Und dann traf mich beinahe der Schlag!

Ich kannte diese Gesichtszüge, Ida! Das war die schwangere Frau aus Nürnberg, der wir damals in die Klinik geholfen hatten! Du erinnerst Dich? Die Braut im Zug nach Regensburg, deren Bräutigam einen so schlechten Eindruck auf uns gemacht hat! Es war die Schwester der Maria Häring aus dem Neumarkter Lazarett! Die kennst Du doch auch?

„Herr Doktor", stammelte ich, ganz überwältigt von dieser Erkenntnis, „sollte man nicht der Familie Bescheid geben?"

„Ihr Gatte wartet draußen", trocknete er die Hände und warf das benutzte Tuch in einen Korb neben dem Waschbecken. „Ich muss ihm jetzt sowieso Bericht erstatten."

„Dem Gatten? Ja, aber ... "

Ich senkte den Kopf, denn der Arzt, die Hände in den Taschen seines Mantels, sah mich mehr als mürrisch an: „Aber was?"

„Wahrscheinlich ist er es doch gewesen, der sie so zugerichtet hat!", platzte ich heraus und ich fand sogar den Mut, ihm dabei direkt in die Augen zu sehen. Es war schließlich zu erwarten, dass der Täter alles tun würde, um seine Hände in Unschuld zu waschen. Er würde wohl kaum die Familie des Opfers über seine Misshandlung an deren Tochter informieren. Das durfte man doch nicht geschehen lassen!

„Wahrscheinlich", nickte der Arzt matt. „Aber wir wissen es nicht. Und er ist der nächste Angehörige. Vielleicht ist sie ihren ehelichen Pflichten nicht nachgekommen oder war hysterisch? Weiber zeigen dazu ja Neigung. Manchmal ist eine Standpauke angesagt. Aber der Mann hat es natürlich übertrieben. Das wird er inzwischen selbst gemerkt haben, schließlich hat er sie hergebracht. Er kann froh sein, wenn es gut ausgeht. Ich habe meine Arbeit getan. Es liegt jetzt in den Händen ihres Chefs, was daraus wird." Dann lachte er sogar, hielt es wohl für lustig, was er als nächstes sagte: „Sprechen Sie mit ihm! Sie haben da bessere Beziehungen als ich!"

Ida, Ich will gar nicht darauf eingehen, was ich in diesem Moment empfunden habe. Aber das Entscheidende war, dass mir klar wurde, dass der Arzt nicht gewillt war, noch etwas weiter zu tun. Und wenn die Frau die Nacht nicht überlebt, kann sich ihre Familie sich nicht einmal verabschieden!

Ich danke Dir, Idalein! Das ‚Gespräch' dieses Briefes an Dich hat mir wie immer sehr geholfen. Jetzt sehe ich klar. Ich weiß jetzt, was ich zu tun habe. Als Studentin darf ich mich nicht in die Verantwortung des Arztes einmischen. Aber als Christin habe ich andere Pflichten. Und genau diesen Pflichten will ich doch mein Leben widmen! Es kann sein, dass sie mich von der Universität werfen. Aber das darf mich doch nicht davon abhalten, das zu tun, was richtig ist, oder etwa nicht?

Ich umarme Dich, Deine Martha

Die erste Nacht
Ida und Gottfried Schuler, Neumarkt, Juli 1923

Das Jahr 1922 war so ereignisreich zu Ende gegangen, wie das neue 1923 begonnen hatte. Ein gewisser Howard Carter hatte das ungeplünderte ägyptische Grab eines Königs, Tutanchamun, entdeckt und war damit weltberühmt geworden. Das Deutschlandlied war zur Nationalhymne avanciert, ein Schriftsteller namens Hermann Hesse hatte mit seinem Buch ‚Siddhartha' einen beachtlichen Erfolg erzielt, die Uraufführung des ersten Tonfilms mit dem Titel ‚Die Brandstifter' hatte für Furore gesorgt, und Frankreich besetzte das Ruhrgebiet, weil Deutschland mit 1,5 % der Zahlungen im Rückstand war.

Schlangestehen vor einem Lebensmittelgeschäft, um schnell zu kaufen,
was zu haben war, bevor das Geld noch mehr an Wert verlor, 1923;

Ida und Gottfried hatten sich auf einen Hochzeitstermin im Sommer geeinigt. Die Leidenschaft, mit der ihr Verlobter in Berlin schließlich auf eine Heirat gedrängt hatte, hatte Ida von den Füßen und alle Bedenken hinweggefegt.

Seitdem waren sie mit Vorbereitungen beschäftigt gewesen, die sich mehr als schwierig gestaltet hatten. Der Schock über den Tod Walther Rathenaus hatte zu einem drastischen Wertverfall der Mark und zu einer Hyperinflation geführt. Das tägliche Leben war in einen neuen Rhythmus versetzt worden. Lebensmittelgeschäfte ließen nicht mehr anschreiben und hielten Waren zurück. Hausfrauen kauften, was ihnen in die Hände fiel, nur um das Haushaltsgeld möglichst schnell loszuwerden. Spekulanten, die Zugang zu Devisen hatten, kauften für Pfennigbeträge Immobilien, Land, Getreide und Material, um es nach wenigen Tagen mit enormen Gewinnen wieder zu verkaufen. Was immer man für Idas und Gottfrieds Fest bestellte, kurz darauf musste man schon wieder umdisponieren, weil die Waren nicht mehr zur Verfügung standen oder der Preis unbezahlbar geworden war. Ein Stück Fleisch kostete bald

57.000 Mark, ein Dollar 160.400 Mark. Eine unachtsam abgestellte Schub-
karre mit Geld (auf diese Weise musste man zum Krämer um die Ecke) ris-
kierte gestohlen zu werden, wobei die gebündelten Scheine zurückgelassen
wurden. Am Tag der Hochzeit von Ida und Gottfried wurde der Vertrag von
Lausanne verabschiedet und die Türkei als international anerkannter souve-
räner Staat in die Völkergemeinschaft aufgenommen. Etwa 1,5 Millionen
Menschen christlichen oder christlich-orthodoxen Glaubens mussten die
Türkei verlassen. Umgekehrt mussten etwa 350.000 Menschen muslimi-
schen Glaubens ihre griechische Heimat aufgeben.

Doch all diese Ereignisse waren für die Familien Heym und Schuler kurz
vor der Hochzeit kein Grund zur Aufregung gewesen. Es hätte nicht viel gefehlt, und Gottfried hätte auf seiner eigenen Hochzeit selbst Violine gespielt.
Weder die wiederholten Einwände von Ida, noch ihre Bitten, noch ihre Dro-
hungen, dass sie gewiss nicht allein vor den Traualtar treten werde, noch die
mit Nachdruck vorgetragenen Einwände der beiden Familien hatten ihn von
dieser Idee abbringen können. Am Ende hatte der Pastor mit seinem energischen Veto Erfolg, weil dieser dem Bräutigam klarmachte, dass bei aller Liebe
zur Musik die Zeremonie vor Gott doch Vorrang habe.

Die Hochzeit fand in Neumarkt statt, weil die Familie Schuler nicht geschlossen nach Lausanne hätte reisen können, was Ida mehr zugesagt hätte.
An den Ausgaben für das Fest wurde nicht gespart. Weniger, weil sich die Familie Heym schämte, keine standesgemäße Hochzeit auszurichten, sondern
weil es allgemein übliches Verhalten geworden war, kein Bargeld in Händen
zu behalten. So schritt Ida in einem Brautkleid nach der neuesten Mode an
der Seite ihres Bruders Achilles durch den Korridor, den die beiden Familien
bildeten, zum Traualtar, zu ihrer Linken die zahlreich vertretenen Geschwister der Familie Schuler, zu ihrer Rechten einige wenige Angehörige der Familie Heym, die ihre zahlenmäßige Unterlegenheit durch mehr Standesdünkel
ausglichen. Die Trauzeugen Cornelius und Martha saßen gemeinsam in der
ersten Bank.

Achilles übergab Idas Hand in die ihres zukünftigen Bräutigams, der Pfarrer sprach die wenigen und doch so bedeutsamen Worte, die diesen nach so
langer Überlegung getroffenen Lebensentschluss für immer besiegelten, die
Damen der Familien – mit Ausnahme der Witwe Heym – verdrückten eine
Träne der Rührung, und schon schritt das Brautpaar wieder dem Kirchenpor-
tal zu. Ida wusste gar nicht, wie ihr geschah, so schnell war alles vorüber.
Lange hatte sie gehadert und gezögert, war von zärtlichen Gefühlen in Zaudern verfallen, und nun war der Schritt in wenigen Augenblicken getan. Ein
Augenblick der Leidenschaft, ein kleiner von Gottfried ausgehender Funke
hatte genügt, sie wieder umzustimmen. Ebenso wie er sie durch sein Verhalten zuvor gezwungen hatte, loszulassen, hatte er im letzten Moment seine
noch vorhandene Macht genutzt, es wieder rückgängig zu machen. Wie hätte

sie sich auch anders entscheiden sollen? Es war insgeheim ihr sehnlichster Wunsch gewesen, endlich zu heiraten und eine eigene Familie zu gründen. Sie war schon vierundzwanzig und drohte als alte Jungfer der Familie zur peinlichen Last zu werden. Natürlich hätte sie Gouvernante oder Lehrerin werden können, aber dazu hatte Ida nie große Lust verspürt. Sie konnte sich vorstellen, ihre eigenen Kinder zu erziehen, aber fremde? Dafür war sie nicht geschaffen. Und als Gottfried sie an jenem schicksalhaften Abend in Berlin entgegen allen Erwartungen so vehement vor die Wahl gestellt hatte, da hatte sie seine Zuneigung klar erkannt. An jenem Abend hatte sie sein Wesen verstanden, hatte begriffen, dass er kein Don Juan der oberflächlichen Art war, sondern einer, der stetig voranschritt, um sein Ziel zu erreichen. Für ihn musste der Boden bereitet sein, bevor er ihn betrat. An diesem Abend war ihr gedämmert, dass sie ihn lesen lernen musste. Da Gottfried von sich selbst glaubte, ein Mann von großer Klarheit zu sein, wovon er jedoch in Idas Augen weit entfernt war, musste sie die Fähigkeit entwickeln, seine Absichten so wohlwollend verständlich zu machen, wie sie gemeint waren, aber selten zum Vorschein kamen.

So empfand Ida an diesem Tag ihrer Heirat Glück, auch wenn es keine überschwängliche Seligkeit war. Sie hatte einen braven Mann ergattert, der sie respektieren und für sie sorgen würde, und mit seinem Fleiß, der durchaus vorhanden war, und ihrer Mitgift würden sie ein gutes Leben führen können. Sie war endlich frei von dem stets drohenden Einfluss der Stiefmutter und freute sich auf ein eigenes Heim, in dem sie die Herrin sein würde.

Sie fühlte sich so glücklich, dass sie für einen Moment sogar wieder in das alte Hoffnungsmuster verfiel, dass auch Martha, animiert durch Idas Schritt, an ihrer eigenen Entscheidung vielleicht doch noch zweifeln könnte. Aber das war nicht von Dauer, denn schon beim anschließenden Mittagessen erzählte ihre Schwester mit leuchtenden Augen, wie glücklich sie mit ihrem Medizinstudium sei und wie wunderbar ihr Leben in der Gemeinschaft des Klosters. Sie witzelte sogar: "Gott sei Dank hast du endlich geheiratet. Noch länger und ich hätte es nicht zu eurer Feier geschafft! Wenn ich erst einmal richtig in die Klostergemeinschaft eingetreten bin, darf ich das Kloster nicht mehr verlassen." Es war das erste Mal, das Ida von einer Art Akzeptanz durchdrungen wurde. Vielleicht, weil sie ihr eigenes Leben nun so klar vor sich sah?

Die Feierlichkeiten fanden beim Bärenwirt statt, wo man für die Gesellschaft das Nebenzimmer reserviert hatte. Das Gasthaus war zwar nicht die erste Wahl gewesen, aber da das viel noblere Café Kainz weder Mittag- noch Abendessen anbot, musste man sich mit einer weniger standesgemäßen Umgebung begnügen. Es war ein bisschen beengt, aber man aß gut bürgerlich. Für den Kuchen sorgten traditionsgemäß die Frauen der Familien. Jede hatte etwas Selbstgebackenes mitgebracht. So war der Tisch wie in der feinsten Konditorei mit verschiedenen Torten und Kuchen gedeckt, und das

Brautpaar konnte sicher sein, dass später gut gefüllte süße Teller an Familie und Nachbarn weitergegeben werden konnten. Auch das war ein Gebot der Tradition. Es war eine gelungene Hochzeit, die jedoch ein jähes Ende nehmen sollte.

Die Damen der Familien arbeiteten gerade emsig wie die Bienen an der Gestaltung der zu verteilenden Kuchenteller, und das Brautpaar begab sich in die gut besuchte Gaststube, um auch den Angestellten des Wirtshauses einen solchen zu überreichen. Dort saß in einer Ecke des Raumes eine große Stammtischrunde beisammen und diskutierte. Es schienen Vertreter der örtlichen Linken zu sein, denn man sprach viel über das schreckliche Attentat und ließ keinen Zweifel daran, dass die Mörder den Tod mehr als verdient hatten. Auf der anderen Seite lärmten mehrere junge Männer, die anscheinend von einem Jagdausflug zurückkamen und mit allerlei Gewehren und Waffen gekommen waren. Ida hörte deutlich, was der Stein des Anstoßes für das Drama werden sollte, und auch sie und Gottfried wandten sich empört zu dem Redner um, der lachend einen Witz erzählte, den das ganze Lokal mithören musste, so lautstark gab er ihn zum Besten.

Hochzeitsfoto
Ida und Gottfried Schuler 1923;

„Als Rathenau in den Himmel kam", jaulte der Erzähler schon bevor er seinen Vortrag überhaupt begonnen hatte, „traf er dort den Erzberger. Das müssen wir mit einer Flasche Wein feiern, sagte der Erzberger und rief den Petrus herbei. Aber Petrus schüttelte den Kopf und meinte, er dürfe keinen Wein ausschenken, weil der Wirth[95] noch nicht da sei!"

Die vermeintlichen Jäger feixten über die Pointe und klopften sich etwas übertrieben vor Lachen auf die Schenkel.

„Was erdreisten Sie sich!", schrie einer am Stammtisch, und drei sprangen gemeinsam mit ihm empört auf. Ein anderer fügte aufgebracht hinzu: „Ihr Lumpenpack!", und ein dritter wurde deutlicher: „Dreckskerle!"

---

[95] Karl Joseph Wirth war von Mai 1921 bis November 1922 Reichskanzler;

„Schweinehunde! Ich schlage euch das Wort zurück in euren dreckigen Schlund!", brüllte es sogleich vom Tisch der Lachenden, wo das Lachen selbst plötzlich verstummt war.

Noch bevor der Wirt und sein noch argwöhnisch beobachtender Schankmeister Josef Häring reagieren konnten, gingen die Kontrahenten aufeinander los. Ida sprang mit einem spitzen Schrei zur Seite, denn einer der Jäger wäre beinahe über sie hinweggerannt. Gottfried packte sie und zog sie in den Nebenraum, wo die Hochzeitsgäste erschrocken aufschauten. Die Damen schrien, und Gottfried schlug gerade noch rechtzeitig die Tür zu, als von der anderen Seite auch schon ein Stuhl dagegen krachte. Von dort hörte man Poltern und Brüllen, dazwischen die energischen Stimmen des Wirtes und des Personals, die vergeblich versuchten, dem Treiben Einhalt zu gebieten.

„Was sind wir auch in dieses unsägliche Lokal gegangen!" hörte man Witwe Heym laut jammern, ein Satz, der sicher auch manch anderem durch den Kopf gehen mochte, aber niemand stimmte dem zu. Allgemeiner eiliger Aufbruch war die Folge. Man drängte zum kleinen Hinterausgang, der aber nur in einen dunklen Hof führte, aus dem es kein Entkommen gab. Alles strömte wieder in den Raum zurück. Gottfried und Cornelius hatten einen Stuhl unter die Türklinke geklemmt, damit keiner der Raufbolde auf die Idee kam, sich auch noch im Nebenzimmer zu prügeln. Auf der anderen Seite war die Schlägerei in vollem Gange. Man hörte Schmerzens- und Wutschreie, Holz splittern, Gläser zerschellen, und dann: Ein Schuss. Im Nebenraum fuhren die Menschen zusammen und blieben steif wie ein Stock stehen, die Augen geweitet, als wären sie getroffen worden. Man lauschte mit klopfendem Herzen. Auch draußen war es plötzlich und sehr unheimlich still geworden.

„Die Polizei ..." flüsterte Gottfried, mit dem Ohr an der Tür, als gäbe es in der Gaststube eine geheime Versammlung zu bespitzeln. Dann richtete er sich erleichtert auf: „Gott sei Dank! Die Wachtmänner sind da!"

Die Damen ließen sich mit einem Seufzer der Erleichterung auf ihre Plätze sinken, die Kleineren suchten an deren Schultern Schutz, die Herren gaben sich männlich und standen selbstbewusst mit erhobenen Köpfen da, als hätten sie ohnehin die ganze Zeit gewusst, dass es so enden würde.

„Nein, was für ein elendes Lokal!", klagte Witwe Heym abermals und tupfte sich die Stirn mit einem Tuch. „Niemals hätte man hierherkommen dürfen!"

„Als Brautmutter hättest du durchaus mehr Einfluss nehmen können, meine Liebe", brachte Tante Géneviève sie schließlich zum Schweigen, was allgemein anerkannt wurde.

Vor der verbarrikadierten Tür war wieder ein Poltern und Durcheinanderrufen zu hören, aber diesmal war es das unmissverständliche Zeichen der Staatsgewalt, die die Übeltäter zusammentrieb.

„Was für ein bitteres Ende für unseren großen Tag!", legte Gottfried mit einem noch bittereren Zug um den Mund den Arm um seine frisch gekrönte Braut.

„Na, da haben wir aber ein Leben lang was zu erzählen!", scherzte Ida und blickte mit einem auffordernden Lachen in die Runde ihrer Gäste. „Es kann nicht jeder sagen, so eine Hochzeit gehabt zu haben! Bei weitem nicht jeder!"

Zum ersten Mal in ihrem Leben trat etwas aus ihr hervor, das sich wie ein Gefühl von Stärke manifestierte. Die Stärke nämlich, in Situationen, die alle verzweifeln ließen, wie ein Sonnenstrahl, der durch düstere Gewitterwolken bricht, den Blick auf die humorvolle Seite zu richten. Martha, die neben ihr stand, betrachtete ihre Schwester eine Weile aufmerksam, als sehe sie sie zum ersten Mal. Dann lachte sie laut mit, und allmählich lockerte sich dadurch auch die allgemeine Stimmung.

***

Ida saß in einem neuen, frisch gestärkten Leinennachthemd im Bett des besten Zimmers im Bärenwirt, die Decke bis zum Kinn gezogen. Sie hatten noch keine passende Wohnung gefunden, aber Gottfried hatte den Hochzeitstermin deswegen nicht noch einmal verschieben wollen. Er hatte Standhaftigkeit bewiesen und Ida damit, dass sie mit ihrer Entscheidung richtig lag.

Ida hatte sich blitzschnell ausgezogen und das Nachthemd übergestreift, während Gottfried auf der Toilette im Flur war. Sich vor ihm auszuziehen, war ihr als das größte Problem dieser Nacht erschienen. Aber als sie jetzt so im Bett saß und auf die Tür blickte, durch die er jeden Moment kommen würde, schlug ihr das Herz bis zum Hals. Tante Géneviève hatte ihr beim Abschied mit einem Lächeln und einem „Du weißt schon, Idalein, die Hochzeitsnacht!" geraten, sich Gottfried einfach anzuvertrauen. Aber da hatte die Tante sie diesmal überschätzt. Ida wusste nicht. Sie hatte sich zwar so gegeben – alles andere war zu peinlich! – aber jetzt bedauerte sie, nicht doch weiter nachgefragt zu haben. Freilich hätte sie auch ihre Schwester fragen können, aber die hatte schließlich auch noch nie erlebt, wie es ist, verheiratet zu sein. Eine Mischung aus Neugier, Spannung und Angst machte sich in ihr breit.

Gottfried schlich auf Zehenspitzen ins Zimmer.

„Wir müssen leise sein! Das ganze Haus schläft schon. Der Wirt hat die Gaststube nach der Schlägerei abgeschlossen", flüsterte er. Er nahm einen Kleiderbügel aus dem Holzschrank und hängte sorgsam seine Jacke auf. Dasselbe tat er mit dem Hemd, das er sauber über einen anderen Bügel zog. Das Unterhemd faltete er über die Lehne des Holzstuhls, der neben dem Tischchen stand. „Zum Lüften", erklärte er ihr. Dann zog er das bis zu den Knien reichende Nachthemd über seinen nackten Oberkörper. Erst anschließend knöpfte er die Hose auf und hängte sie mit noch größerer Sorgfalt und mit Bügelfalte ebenfalls über den Kleiderbügel unter die Jacke. Er arbeitete gewissenhaft, als gelte es, einer militärischen Inspektion standzuhalten.

Ida hatte ihm dabei nicht zusehen wollen, weil es ihr unangenehm war, aber wo sollte sie hinschauen? Sie hätte sich nicht vor seinen Augen so ausziehen können, ohne kompromittierende Einblicke zu gewähren.

Er kroch zu ihr unter die Decke und rutschte sofort auf ihre Seite. Ida versteifte sich mit einem „huch!", als sie seine kalten Hände auf ihrem Oberschenkel spürte.

„Endlich sind wir allein", flüsterte er ihr ins Ohr. Seine Stimme war so rau, wie sie sie noch nie gehört hatte, und sein Atem so heiß, als hätte er in diesem Moment gerade frisch aufgebrühten Tee getrunken.

„Bist du nicht müde?", versuchte sie, überhaupt etwas zu sagen. Sie konnte sehen, dass er es nicht war. Er brummte nur und fuhr weiter mit der Hand ihren Oberschenkel auf und ab.

„Willst du nicht das Licht ausmachen?", stieß sie ihn leicht an, als er keine Anstalten dazu machte.

„Von mir aus", drehte er sich zur Seite und löschte die Lampe auf dem Nachttisch. Mit Schrecken musste Ida feststellen, dass es dadurch nicht besser wurde. Die völlige Dunkelheit raubte ihr den letzten Rest von Sicherheit.

Er rutschte noch näher an ihren Körper heran. Sie spürte etwas Hartes an ihrem Schenkel, so hart, dass sie sich zu wundern begann. Aber nicht lange, denn als er ihr das Nachthemd hochschob, wunderte sie sich darüber noch mehr. Sie zog es auf der anderen Seite wieder herunter. Sie hatte erwartet, dass er sie küssen würde. Das war es doch, was Brautpaare taten? Küsse, die viel tiefer gingen als im Film und die, wenn sie richtig ausgeführt wurden, Kinder zeugen konnten. Aber Gottfried tat nichts dergleichen. Er küsste sie nicht.

Gottfried schien also auch nicht recht zu wissen, was er tun musste! Die Tante hatte wohl auch ihn überschätzt. Ida überlegte, ob es an ihr war, das zu tun? Musste die Frau den Mann zuerst küssen, um ihm zu signalisieren, dass es jetzt erlaubt war? Warum hatte ihr das niemand gesagt? Aber der Pastor hatte in seiner Predigt gesagt, die Frau solle sich unterordnen, und er hatte Gottfried doch offiziell erlaubt, die Braut zu küssen. Also: nein. Außerdem, in jedem Film wurde das so dargestellt. Es war immer der Mann, der die Frau in die Arme nahm und sie küsste.

In diesem Moment rollte sich Gottfried mit seinem ganzen Körper über sie und drückte mit seinem Gewicht ihre Schenkel auseinander, bis sie den Gegenstand direkt zwischen ihren Beinen spürte und das Harte auch noch in ihren Körper eindringen wollte. Mit der Kraft des Schreckens, der ihr durch die Glieder fuhr, richtete sie sich ruckartig auf die Ellbogen und dann zur Seite auf. Gottfried landete auf dem Bauch, das Gesicht in dem Federbett, das sie ihm auch noch über den Kopf schlug, als sie sich von ihm freimachte und aus dem Bett sprang.

„Was machst du denn da?", rief sie dabei vorwurfsvoll und viel lauter, als sie es beabsichtigt hatte.

Gottfried kämpfte sich aus den Federn und blickte verwirrt auf seine junge Frau, die wie das Ewige Gericht selbst vor dem Bett stand und ihn mit in die Hüften gestemmten Fäusten vorwurfsvoll ansah. Nach einer Weile schien er zu verstehen, setzte sich auf und schüttelte scherzend den Kopf.

„Aber Ida", lachte er etwas herablassend, wie Ida fand, „das macht man doch so!"

Ida ließ die Arme sinken. Ihre Stirn war völlig in Falten gelegt und ihre Augenbrauen so zusammengezogen, dass sie sich fast über der Nasenwurzel trafen.

Gottfried streckte den Arm nach ihr aus und wollte sie vorsichtig fassen, aber sie wich einen Schritt zurück. Daraufhin erhob er sich aus dem Bett und wollte auf sie zugehen, doch Ida schlüpfte mit der Gewandtheit eines Eichhörnchens hinter den Stuhl, über den er sein Unterhemd gebettet hatte. Mit den Händen auf der Lehne hielt sie diesen zwischen sich und ihm, behielt ihn dabei im Blick wie ein Fechter seinen Gegner. Gottfried versuchte zwei Annäherungen, fand aber immer wieder den Stuhl zwischen sich und seinem Ziel, so dass er sich schließlich aufrichtete und nun seinerseits die Hände in die Hüften stemmte.

„Also wirklich, Ida!" Seine Stimme wurde ernst. „Bei Gott! So geht das nicht! Du musst mir schon vertrauen, dass ich weiß, was ich tue!"

„Da bin ich mir aber nicht so sicher."

Als sie sich auch davon nicht beirren ließ, schien er seine Taktik zu ändern. Er setzte sich auf die Bettkante.

„Wenn du nicht willst, dann lassen wir es heute Nacht."

Er sagte es in einem Ton, der keinen Zweifel an seiner Enttäuschung offenließ, und Ida fühlte sich dadurch nun nicht erleichtert, sondern eher schuldig. Das wiederum ließ sie erst recht wie einen Stock stehen bleiben.

Erst jetzt schien Gottfried wirklich von seinem Plan abzulassen, denn er seufzte. „Willst du denn keine Kinder?"

Ida zog eine Schnute, blieb aber, wo sie war. Sicher war sicher. Natürlich wollte sie Kinder. Deshalb hatte sie ja auch erwartet, dass er sie küsste!

„Ich finde es entzückend, dass du nicht weißt, wie das geht", lächelte Gottfried erhaben und nickte ihr aufmunternd zu. „Das zeigt mir, wie rein du bist und dass ich ein braves Mädchen geheiratet habe."

Ida richtete sich auf und legte den Kopf leicht schräg. Das stimmte zwar, aber sie hätte diese Unwissenheit nicht als einen liebenswerten Zug ihres Wesens bezeichnet. Sie kam sich dumm und naiv vor angesichts seiner Worte, die sich wie ein Kompliment anhörten, sich jedoch anders anfühlten. Trotzdem machten sie sie tatsächlich ein wenig lockerer, aber wohl eher deswegen, weil auch er eine entspanntere Haltung eingenommen hatte.

„Vertrau mir, Ida", fuhr er fort, als er merkte, dass seine Rede ein wenig Wirkung zeigte. „Es ist die Aufgabe des Mannes zu wissen, was in der Hochzeitsnacht zu tun ist. Du als Frau musst nur Vertrauen haben! Das ist alles. Mehr brauchst du nicht zu tun! Überlass das mir!"

Da der Inhalt dieser Worte mehr oder weniger dem entsprach, was auch der Pastor und die Tante gesagt hatten, entschloss sich Ida tatsächlich, einen Schritt auf ihn zuzugehen. Vielmehr schob sie den Stuhl zur Seite, bewegte sich aber immer noch nicht in Richtung des Bettes.

Er wiederholte seine Worte über das Vertrauen, das zu schenken sei, über die wichtige Aufgabe des Mannes in dieser Nacht, über die schlichte Passivität der Frau dabei, die sie doch völlig von jeder Verantwortung entbinde. Was auch immer geschehen würde, es wäre allein seine Schuld, wenn es nicht so laufen würde, wie der liebe Gott es gewollt hatte. Er streckte ihr den Arm entgegen, und sie ergriff schließlich zögernd seine Hand.

Diese erste Nacht ihrer Ehe verbrachte Ida damit, so ruhig wie möglich dazuliegen und immer wieder zu denken:

„So ist das also ...“

Ereignisse des Jahres 1922 im Uhrzeigersinn: Irisch-Englischer Friedensvertrag, Entdeckung Grabmal Tutanchamun durch Howard Carter, Vertrag der Sowjetunion, Mussolinis Marsch auf Rom, erste Sitzung United Nations, Brand der Smyrna, Vallenar Erdbeben;

Nachwort

Im Folgemonat auf Idas und Gottfrieds Hochzeit scheiterte die Regierung Cuno bei den Verhandlungen mit Frankreich und trat zurück. Es wurde eine große Koalition unter Stresemann gebildet.

Die letzten Monate des Jahres waren mit Separatisten-Unruhen, Streiks, Teuerungskundgebungen und Sachwerten erfüllt. Je mehr man von den Sachen sprach, desto gleichgültiger wurden sie. Schwere Lebensmittelausschreitungen waren jetzt überall die Regel. Die Menschen rechneten in diesem Herbst in Bündeln statt Scheinen. Geld wurde in Schubkarren transportiert, Bündel als Heizmaterial zweckentfremdet, die Rückseite als Schmierpapier benutzt. Das Inflationsgeld wurde im wahrsten Sinne des Wortes "Spielgeld". Im Juni hatte ein Ei 800 Mark gekostet, im Dezember bereits 320 Milliarden; der Preis für einen Liter Milch kletterte von 1440 Mark in diesem Zeitraum auf 360 Milliarden, ein Kilo Kartoffeln von 5000 auf 90 Milliarden Mark, eine Straßenbahnfahrt von 600 auf 50 Milliarden Mark. Ein Dollar entsprach im Juni noch 100.000 Mark, im Dezember 4,21 Billionen Mark. Über Nacht waren alle, oft jahrelang angesparten Rücklagen weggeschmolzen. Es war damit die deutsche Bevölkerung, die die Lasten und Schulden des Ersten Weltkriegs schließlich bezahlte. Saniert waren dagegen die Schuldner. Wer sich etwa 1921 für ein Haus oder anderen Grundbesitz verschuldet hatte, der war über Nacht seine Schulden los. Gemäß dem Grundsatz "Mark = Mark" konnten Kredite, die bei einem stabilen Kurs aufgenommen worden waren, mit entwerteter Währung zurückgezahlt werden. Andres Häring profitierte davon mit seinem aufgenommenen Kredit für den Anbau von Gerste; Cornelius Schuler profitierte mit dem für das Tanzcafé. Größter Profiteur war jedoch der Staat. Durch die Inflation nahm sich die Regierung das Geld von den Bürgern.

Im September wurde in Neumarkt eine erste Ortsgruppe der NSDAP gegründet, die bereits am Deutschen Tag, am 23. September, öffentlich auftrat. Der Wegzug aktiver Parteigänger aus Neumarkt führte jedoch dazu, dass die nationalsozialistische Bewegung vor Ort bald wieder zerfiel.

Der gebürtige Neumarkter Dietrich Eckart sollte sich wegen Ausfällen gegen den Reichspräsidenten Friedrich Ebert vor Gericht verantworten. Dem entzog er sich durch Flucht nach Obersalzberg. Unterstützung erhielt er von Christian Weber, der mit Bruno Büchner, dem Wirt der Pension Moritz, befreundet war, und dem SA-Führer Ernst Röhm, Stabshauptmann der bayerischen Armee. Röhm organisierte schließlich Eckarts Flucht nach Berchtesgaden. Eckart und sein Freund Hitler verkehrten in Obersalzberg unter Tarnnamen: Dr. Hoffmann und Herr Wolf.

Anmerkungen zum Roman

Der Roman basiert auf Tatsachen und wirklichen Ereignissen. Die Geschichten könnten sich so oder ähnlich abgespielt haben. Die Ereignisse der Familien stammen aus überlieferten Erzählungen und Fotografien, Daten aus dem Geburts- und Sterberegister, bzw. aus Quellen, die unter Quellen genannt sind. Die Namen der Protagonisten, Namen von Politikern, der Freundin Hilda und der jüdischen Familien sind authentisch, Namen von Nebenfiguren sind teilweise frei erfunden. Manche Ereignisse wurden zeitlich verschoben, um die Erzählung des Romans schlüssiger zu machen. Aus Gründen einer flüssigen Erzählung wurden einige Änderungen und Ergänzungen vorgenommen, die hier erklärt sein sollen.

o   Die Familie Heym lebte nicht in Neumarkt i.d. Opf, sondern in Fribourg, Schweiz. Die Familie Häring in Neumarkt, die Familie Schuler in Augsburg. Die Familien lernten sich erst später kennen.

o   Das Motiv der Martha Heym für den Eintritt in ein Kloster ist nur vage bekannt. Aus Erzählungen von Ida Heym, spätere Schuler, ist jedoch überliefert, dass die Entscheidung ihrer Schwester mit einem im Krieg gefallenen Verlobten eng verbunden war.

o   Martha Heym studierte in Berlin Medizin, und nicht, wie im Roman dargestellt, in München. Es ist unbekannt, zu welcher Zeit und unter welchen Umständen. Das Studium wurde vermutlich nicht im Kloster begonnen.

o   Die geschilderte Situation des Erbes der Familie Heym ist ein Romanelement. Vater Heym war Direktor einer großen Brauerei in Fribourg in der Schweiz. Die Familie war jedoch nicht Besitzer der Brauerei. Es entspricht aber den Tatsachen, dass Martha und Ida eine stattliche Aussteuer von der Tante in Form von Schweizer Goldfranken erhielten.

o   Die Untervermietung der Zimmer im Hause Heym ist ein Romanelement, das stellvertretend für den sozialen Abstieg des alten Bürgertums in dieser Zeit steht. Es ist unbekannt, ob Vater Heym vor Idas Heirat verstarb. Ida Heym lebte bis zu ihrer Heirat in einem gut-bürgerlichen Zuhause in Fribourg in der Schweiz. Es ist jedoch zu vermuten, dass sie wegen des schlechten Verhältnisses mit der Stiefmutter das Zuhause gerne verließ und in eine Ehe flüchtete.

o   Lissy Heym war vermutlich eine leibliche Tochter der Eltern Heym und nicht, wie im Roman dargestellt, Tochter der Stiefmutter und somit Halbschwester von Ida und Martha. Dasselbe könnte auch für Walthy gelten. Der Altersunterschied zwischen den älteren und den jüngeren Heym-Kindern, und der frühe Tod der Mutter (genaues Datum ist unbekannt), lässt die Vermutung jedoch zu, dass es sich bei den Jüngeren um Halbgeschwister handeln könnte.

o   Der Aufenthalt der jüngeren Schwester Idas, Lissy, in einem Mädchenpensionat in Koblenz ist ein Romanelement.

o   Cornelius Schuler hat tatsächlich sein erstes Café in Berlin eröffnet, jedoch im Berliner Zoo und erst Jahre später; die zeitliche Vorverlegung ist ein Romanelement. Er führte später auch die Stuttgarter Wilhelma-Gastronomie, zwei Jahrzehnte die des Karlsruher und Münchner Zoos.

o   Idas und Gottfrieds Hochzeit fand nicht in Neumarkt, sondern vermutlich in Augsburg statt. Die aus heutiger Sicht wenig glaubwürdige Unwissenheit Idas über sexuelle Vorgänge entspricht den Tatsachen. Sie hatte dies später der Autorin gegenüber selbst erwähnt.

o   Der schwere Zusammenstoß zwischen bewaffneten schwarz-weiß-roten Provokateuren und linksgerichteten Arbeitern in Neumarkt ereignete sich tatsächlich. Es war wohl auch die allgemeine Furcht vor der Bedrohung des Kommunismus', die neben alter Gesinnung aus der Kaiserzeit zu einer Rechtslastigkeit der Justiz geführt hat. Es wurden 25 Linke vor Gericht gestellt und zu Gefängnisstrafen zwischen 3 und 25 Monaten verurteilt. Keiner der anderen Seite musste sich verantworten, obwohl auch zu dieser Zeit Waffenbesitz untersagt war.

Lion Feuchtwanger schreibt in seinem Roman ‚Erfolg‘ über die weltweite Justiz dieser Zeit: In jenen Jahren nach dem großen Krieg war über den ganzen Globus hin Justiz mehr als sonst politisiert. In China wurden während des Bürgerkriegs Beamte aller Dienstgrade, sofern sie unter der besiegten Regierung gedient hatten, von dem jeweils siegreichen Regime um alle möglichen nicht begangenen Verbrechen willen nach Richterspruch gehängt oder erschossen. In Indien verurteilten wegen gewisser Aufsätze und Bücher höfliche, imperialistische Richter unter tiefer Verneigung vor der Überzeugungstreue und dem Edelmut der Beschuldigten aufgrund fragwürdiger, formaljuristischer Argumente Führer der nationalen Bewegung zu langjährigen Gefängnisstrafen. In Russland wurden Anhänger des zaristischen Systems von bolschewistischen Richtern wegen vermutlich nicht begangener Spionage, auf dass die Gegner eingeschüchtert würden, hingerichtet. In Rumänien, Ungarn, Bulgarien wurden jüdische und sozialistische Angeklagte nach possenhaften Gerichtsverfahren zu tausenden erschossen, gehängt, auf Lebenszeit im Kerker eingesperrt um nicht bewiesener Straftaten willen, während Nationalisten nach erwiesenen Straftaten entweder nicht belangt oder freigesprochen oder zu geringfügiger Strafe verurteilt und amnestiert wurden. In Italien wurden Anhänger der an der Macht befindlichen Diktatur trotz erwiesener Mordtaten freigesprochen, Gegner dieser Diktatur nach geheimen Verfahren verbannt und für verlustig ihres Vermögens und ihrer Ansprüche erklärt. In Frankreich wurden Offiziere der am Rhein stehenden Besatzungsarmee nach Tötung von Deutschen freigesprochen, Pariser Kommunisten, die bei Zusammenstößen verhaftet worden waren, um nicht erweislicher Gewalttätigkeiten willen auf Jahre ins Gefängnis gesperrt. In England erging es ähnlich irischen Nationalisten. Einzelne starben im Hungerstreik. In Amerika wurden Mitglieder eines nationalistischen Clubs, die unschuldige Farbige gelyncht hatten, freigelassen. Eingewanderte Italiener, Kommunisten, wurden um eines angeblichen Mordes willen trotz glaubhaft gemachten Alibis von den Geschworenen einer mittelgroßen Stadt zum elektrischen Stuhl verurteilt.

o   Es ist nicht bekannt, ob Maria Häring tatsächlich eine Verlobungsreise zu ihren Schwiegereltern gemacht hat. Jedoch entspricht es den Tatsachen, dass sie Zeit ihres

Lebens nie wieder dort zu Besuch war. Friedrich Naubert reiste nur alleine, bzw. mit seinen Söhnen Ernst und Josef dorthin, seine Frau Maria begleitete ihn nie. Seine Familie hatte das Bauernmädchen nie als Schwiegertochter akzeptiert.

o   Der Name des im Schlossweiher ertrunkenen Onkels Häring ist nicht mehr bekannt. Er war Mitglied der Leichten Kavallerie, die in Neumarkt stationiert war, bevor die Garnison 1909 nach Bayreuth verlegt wurde. Er kam tatsächlich auf diese Weise ums Leben.

o   Walli Häring litt an einer Behinderung am Bein. Es ist nicht bekannt, ob dies ein Geburtsfehler war oder erst in späteren Jahren auftrat, wie im Roman geschildert.

o   Es entspricht den Tatsachen, dass Kresenz Wagner aus Donaustauf als Hausmädchen bei der jüdischen Familie Hahn diente.

o   Es entspricht den Tatsachen, dass die Familie Mutter Anna Häring den Selbstmord der Tochter Helene verheimlichte und man deswegen an der Version des Unfalls festhielt. Vater Josef Häring war jedoch von Anfang an eingeweiht gewesen und nicht, wie im Roman geschildert, erst nach vier Wochen informiert worden. Die Mutter hat das Grab der Tochter niemals besucht. Es lässt die Vermutung zu, dass sie den Selbstmord geahnt hatte.

o   Es ist ungeklärt, ob Achim Naubert ein Bruder von Fritz Naubert war (wie im Roman dargestellt) oder der Onkel, somit Bruder seines Vaters. Dass dieser aufgrund seiner Liaison mit einer Tänzerin von der Familie ausgeschlossen war, ist jedoch eine Tatsache.

Stammbaum der Familien

Familie Häring

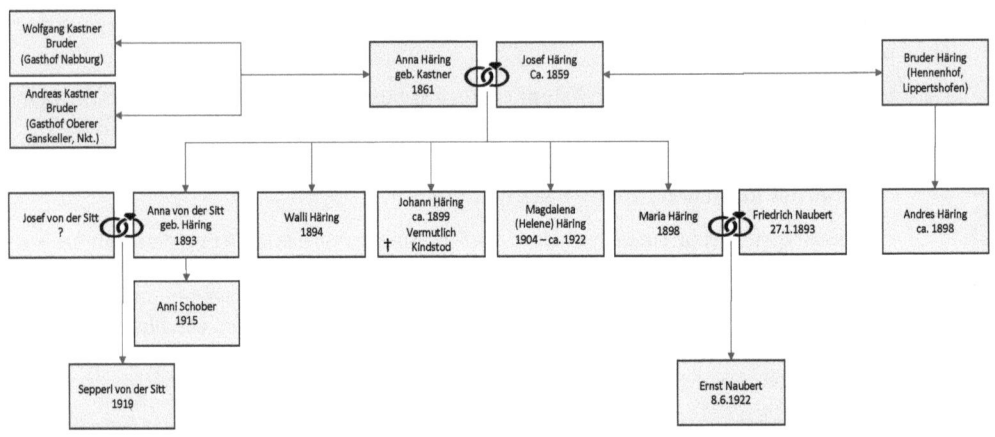

Familie Naubert

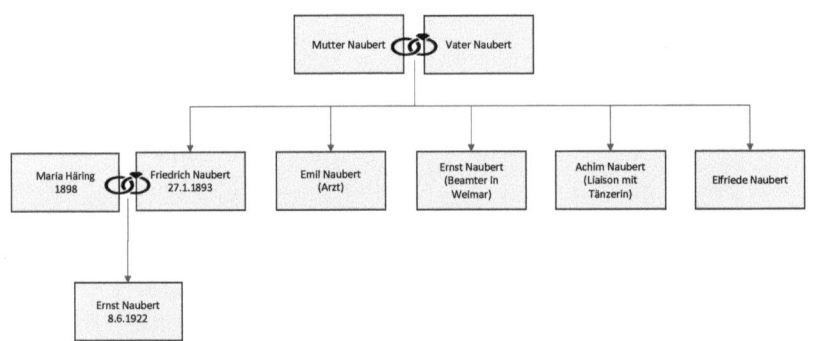

Familie Heym

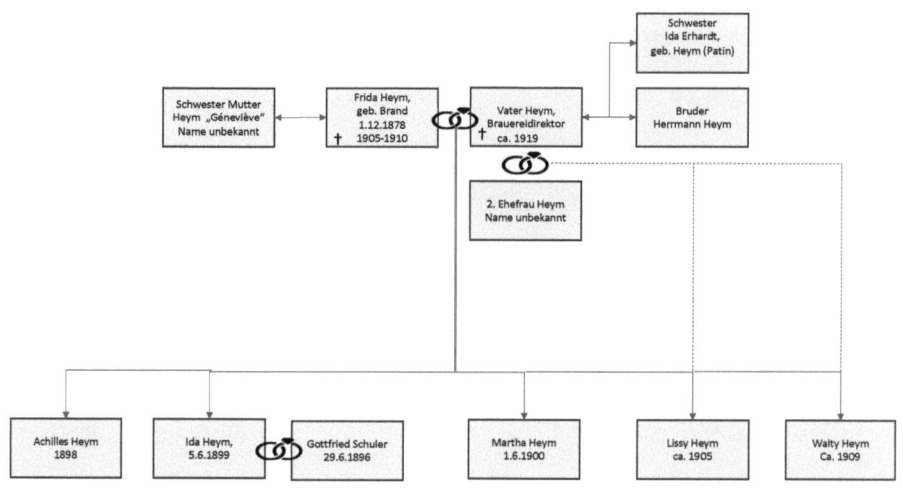

Familie Schuler

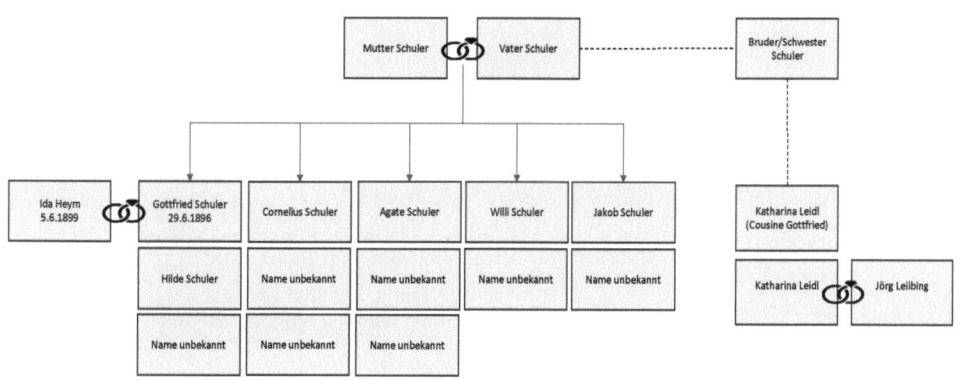

Familie Hahn

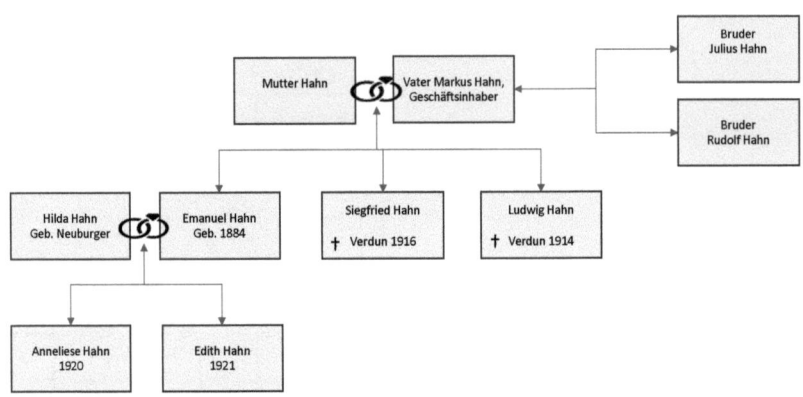

Quellen

Geschichten und Hinweise über jüdische Familien in Neumarkt sind folgenden Quellen entnommen:

o Jüdisches Leben in Neumarkt und Sulzbürg; Hans Georg Hirn, Historischer Verein Neumarkt
o https://stolpersteine-guide.de/map/biografie/2276/familie-hahn-oberer-markt-5

***

Hinweise über Gebäude, Geschäfte und Fotografien entstammen neben überlieferten Erzählungen folgenden Quellen:

o Alte Ansichten und Bilder aus Neumarkt i.d. Opf. Herbert Heinrich, MK-Verlag; Erscheinungsjahr: 1979
o Die Stadt vor der Zerstörung, Neumarkt i.d. Opf.; Frank Präger; Sutton Verlag GmbH; 2020;
o Shutterstock Fotogalerie

***

Informationen bezüglich früherer Handhabung einer Beisetzung bei Selbsttötung in München sind durch die freundliche Unterstützung der Friedhofsverwaltung München bekannt.

o Städtische Friedhöfe München, Waldfriedhof, Lorettoplatz 3, 81377 München;

***

Geschichtliche Hinweise und Ereignisse sind folgenden Quellen entnommen:

o Gordon Brook-Shepherd; „Zita, die letzte Kaiserin"; Heyne Sachbücher Verlag.

o „Höhenrausch", Das kurze Leben zwischen den Kriegen; Harald Jähner; Rowohlt Verlag, Berlin; 2022;

o Der Kapp-Putsch im März 1920; LEMO;
https://www.dhm.de/lemo/kapitel/weimarer-republik/innenpolitik/luettwitz-kapp-putsch-1920.html

o Dr. Michael Schneider; „Der Generalstreik gegen den Kapp-Lüttwitz-Putsch im März 192"; Friedrich-Ebert-Stiftung;
https://library.fes.de/pdf-files/adsd/17568.pdf

o Auswirkungen des Kapp-Putsches auf Bayern;
https://www.historisches-lexikon-bayerns.de/Lexikon/Brigade_Ehrhardt,_1919/20#Weiterf%C3%BChrende_Recherche

- Landwehrschießen in München am 26.9.1020:
  https://www.historisches-lexikon-bayerns.de/Lexikon/Erstes_Landes-schie%C3%9Fen_der_bayerischen_Einwohnerwehren,_1920

- „Verliebt – Verlobt – Verheiratet"; Wandel der Hochzeit im 20. Jahrhundert; Dr. Veronika Jüttemann (Hg.), Westfälischen Wilhelms-Universität Münster, 2009;

- Ehe und Scheidung in den 20-iger Jahren;
  https://www.scheidung.de/scheidungsnews/die-neuen-frauen-kommen-ehe-und-scheidung-in-den-20er-jahren.html;

- Die Rechte der Frau in den letzten 100 Jahren:
  https://www.humanresourcesmanager.de/arbeitsrecht/diese-rechte-haben-frauen-in-den-letzten-100-jahren-errungen/;
  https://ww1.habsburger.net/de/themen/frauen-im-krieg

- Kriegsgefangene im Ersten Weltkrieg:
  Die Erinnerung an den Bau der Murmanbahn;
  https://erinnerung.hypotheses.org/2506

- München unter der Regierung Kahr 1920:
  https://www.sueddeutsche.de/muenchen/muenchen-geschichte-weimarer-re-publik-1.5306547

- Informationen zum Verlauf der Hyperinflation:
  https://www.planet-wissen.de/geschichte/deutsche_geschichte/weimarer_re-publik/pwiediehyperinflationvon100.html

- Ultimatum der Entente zum Friedensvertrag:
  https://www.bundesarchiv.de/aktenreichskanzlei/1919-1933/01a/feh/feh1p/kap1_2/kap2_247/para3_1.html

- Geschichtliche Ereignisse aus dem Jahr 1921:
  https://de.wikipedia.org/wiki/1921

- Details über die Ermordung Walter Rathenaus sind folgenden Quellen entnommen:„Freicorps – Die Geächteten"; Roman über Freikorpskämpfe und Organisation Consul, Ernst von Salomon; Unitall Verlag;

  https://www.welt.de/geschichte/article239502101/Walther-Rathenau-Fuenf-Kugeln-zerfetzten-die-Hoffnung-Deutschlands.html

***

Andere Inspirationen, Schilderungen aus Krieg, gesellschaftlichen Lebens, Zitate wurden in Anlehnung an folgende Literatur verarbeitet:

- Josef Roth; „Die Kapuzinergruft"; dtv Verlag, 6. Auflage 2010;

- Josef Roth; „Hotel Savoy"; Anaconda Verlag, 2013;

- Maria Beig; „Rabenkrächzen"; Suhrkamp; 1983;

- Ernst von Salomon; „Freicorps, die Geächteten"; Roman über die Freicorps-kämpfe und Organisation Consul 1918-1923; Unitall Verlag, Schweiz; Nachdruck Originalausgabe von 1930;

- Siegfried Kracauer; „Georg"; Roman, Suhrkamp Verlag; erste Auflage 2013;

- Lion Feuchtwanger; „Erfolg"; Roman, Aufbau-Verlag Berlin und Weimar; Auflage 1989;

***

Danksagung

Großen Dank an viele Zeitzeugen, deren Nachkommen aus Familie und Bekanntenkreis, die private Ereignisse und Fotos für diese Romanserie zur Verfügung gestellt haben, und die Erlaubnis gaben, persönliche Erfahrungen der Familie in dieser Buchserie zu verarbeiten.

Meiner Schwester Nicola Lahner, geb. Naubert danke ich für die Hilfe bei der Recherche im Kirchenregister zu fehlenden Familiendaten, sowie für historische Aufnahmen aus St. Johann und Neumarkt.

Herzlichen Dank gebührt besonders Herrn Dr. Präger des Historischen Vereins Neumarkt, der mit Informationen und Bildmaterial meine Recherchen immer wieder intensiv unterstützt hat.

Das Schicksal der besseren Schwester
Buch 1 (1916-1917)
Das Erbe der Frauen

Taschenbuch/E-Book
ISBN: 9798854867443

Illustrierte Ausgabe/E-Book
ISBN: 9783769368482

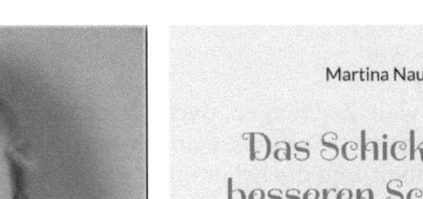

Im Jahr 1916 sind Ida Heym und Maria Häring knapp achtzehn Jahre alt. Es ist das Einzige, das sie gemeinsam haben. Denn beide Mädchen wachsen in verschiedenen Welten auf, obwohl sie in derselben Stadt und in derselben, sich rasant verändernden Zeit leben. Ida, die Bürgerstochter aus wohlhabendem Hause hat wenig mit der Bauerntochter Maria zu tun. Und doch kreuzen sich ihre Wege durch die Wirren des Ersten Weltkrieges. Die jeweiligen Schicksale ihrer geliebten Schwestern vor Augen, deren Leben in jeweils völlig andere Bahnen gezwungen wird als sie es wünschen, lehrt sie, schnell erwachsen zu werden.

Ehre und Ehrfurcht
Buch 2 (1918 – 1919)
Das Erbe der Frauen

Taschenbuch/E-Book
ISBN: 9798864057810

Illustrierte Ausgabe/E-Book
ISBN: 9783769317664

Im Jahr 1918 sind Ida und Maria knapp zwanzig Jahre alt, ihre Jugend geprägt vom Krieg und einem Leben mit wenig Vergnügungen. Die heimkehrenden Soldaten tragen den Krieg nach Hause. In der Kleinstadt Neumarkt beobachtet man wie aus der Distanz, was im Land passiert. In der Familie Heym wächst die Angst einer Entwicklung wie in Russland, während Familie Häring den Zusammenbruch des Königreichs Bayern in Orientierungslosigkeit erlebt. Inmitten dieser wirren Zeiten verliebt sich Maria Hals über Kopf in den Soldaten Friedrich. Ida ist über ihren Verehrer Gottfried zunächst irritiert, dann geschmeichelt, bis sie sich in einer Rolle wiederfindet, auf die sie im Grunde nicht vorbereitet ist.

Zeit der Weichenstellung
Buch 3 (1920-1923)
Das Erbe der Frauen

Taschenbuch/E-Book
ISBN: 9798324636944

Illustrierte Ausgabe/E-Book
ISBN: 9783769355987

Im Jahr 1920 sind Maria und Ida bald 21 Jahre alt. Trotz einiger Neuerungen, die den Frauen mehr Rechte gebracht haben, besteht das Patriarchat fort, die Vormundschaft für die jungen Frauen geht nahtlos vom Vater auf den Ehemann über. In dieser Zeit werden sowohl im Land als auch im Leben der jungen Frauen die Weichen für die Zukunft gestellt. Marias und Fritzens Liebe trotzt allen Widerständen. Sie heiraten. Während Maria lernen muss, sich ihr Glück im Sturm der Ereignisse zu bewahren, wird die Trauung von Ida und Gottfried immer wieder verschoben. Nach einem Streit flüchtet Ida völlig verunsichert in die Schweiz. Der Tod des Vaters raubt ihr die Sicherheit der bürgerlichen Familie. Erst eine Reise nach Berlin bringt endlich die Entscheidung. Die Hochzeitsnacht entpuppt sich dann als eine Komödie.

Erwachen der ewigen Vergangenheit
Buch 4 (1923 - 1932)
Das Erbe der Frauen

Demnächst

Die Jahre der Weimarer Republik sind für Ida und Maria die Jahre der Familiengründung. Doch die goldenen Zwanziger im wilden Berlin spiegeln sich nicht im Rest des Landes wider. Marias und Idas Kinder werden in eine Welt der Unruhen, der harten Arbeit, der aufkommenden radikalen Werte geboren. Während Ida ihr Glück in den ersten Ehejahren kaum fassen kann, erkennt Maria bald, dass sich das Versprechen auf eine bessere Zukunft an der Seite ihres bürgerlichen Mannes nicht erfüllt. Kaum scheint ein Hindernis überwunden, taucht eine neue Herausforderung auf. Gefangen im herrschenden Patriarchat, steht Maria dennoch wie ein Fels in der Brandung. Doch dann droht ein unerwartetes Ereignis die Familie zu entzweien. Und auch Ida muss feststellen, dass ihr Glück auf wackeligen Beinen steht. Was früher das Dienstmädchen erledigte, ist nun die Aufgabe der Ehefrau. Während sie durch eine Fehde mit ihrer Stiefmutter abgelenkt ist, bröckelt unbemerkt das Fundament ihrer Existenz.

Ferner von der Autorin erschienen:

Massimiliano
Dolce Vita auf leisen Pfoten
Buch 1

Taschenbuch/E-Book
ISBN: 9781549894930

Illustrierte Ausgabe/E-Book
ISBN: 978-3748166931

Es scheint ein eigenwilliger, aber liebenswerter Kater zu sein, der sein neues Zuhause bei der deutschen Lisa sucht, die für ihre Firma drei Jahre in Italien arbeiten wird. Doch während die junge Frau nach ihrer Ankunft mit den ersten praktischen und kulturellen Unterschieden zu kämpfen hat, entpuppt sich das kluge Tier als römischer Hausgeist in Designeranzug und Sonnenbrille. Massimiliano verfolgt, ganz Kater, seine eigenen Ziele und setzt dabei, ganz Hausgeist, seine über zweitausend Jahre entwickelten Fähigkeiten geschickt ein, um Lisas Liebesleben nach seinem Gusto zu gestalten. Eine humorvolle Liebeskomödie in Italien mit spritzigen Dialogen über kulturelle Missverständnisse, in welcher ein eleganter Hausgeist als Kater im Designeranzug herumspukt.

Massimiliano
Verliebt in Bella Italia
Buch 2

Taschenbuch/E-Book
ISBN: 9781983344312

Illustrierte Ausgabe/E-Book
ISBN: 978-3748192923

Die bis über beide Ohren verliebte deutsche Lisa ist mit ihrem neuen Leben und ihrer neuen Liebe in Bologna überglücklich, als eine geheimnisvolle Nachricht sie in den Süden des Landes, in das einst durch den Vulkanausbruch verschüttete Pompeji lockt. Während sich dort die Ereignisse überstürzen und Lisa und der charmante *Carabiniere* Marco mit kulturellen Unterschieden in ihrer deutsch-italienischen Beziehung kämpfen, spinnt der *geist*reiche Kater Massimiliano seine Fäden, um die beiden in seine ganz eigenen Pläne zu verwickeln. Eine humorvolle Beziehungskomödie in Italien mit spritzigen Dialogen, in welcher ein eleganter Hausgeist als Kater in Designeranzug herumspukt.

Massimiliano
Rezept für Liebe piccante
Buch 3

Taschenbuch/E-Book
ISBN: 9781796650327

Illustrierte Ausgabe/E-Book
ISBN: 9783734785115

Endlich darf die deutsche Lisa nach dreimonatiger Trennung ihren italienischen Traummann wieder in die Arme schließen. Doch das verliebte Paar kann seine Frühlingsgefühle in Bologna kaum genießen. Eine Überraschung nach der anderen stürmt auf die beiden von deutscher und italienischer Seite ein. Sogar der *geist*reiche Kater Massimiliano kann dem Treiben nicht entkommen, obwohl er selbst gehörigen Anteil an manchem Durcheinander hat. Die frische Liebe wird ernsthaft auf die Probe gestellt. Eine humorvolle Beziehungskomödie in Italien mit spritzigen Dialogen, in welcher ein eleganter Hausgeist als Kater in Designeranzug herumspukt.

Spiele der Tiere
Fabeln für Erwachsene
auf Basis der Spiele-Theorie der
Transaktionsanalyse

ISBN: 9783753435374

**Märchenwelt der
Transaktionsanalyse**
Märchen für Erwachsene
zur Entwicklung
der Persönlichkeit
ISBN: 978-3-7431-6319-5

„Spiele der Tiere" ist eine Sammlung neuer Fabeln für Erwachsene nach der Spiele-Theorie der Transaktionsanalyse (TA). Die Geschichten sind leicht verständlich, kurz und in traditionellem Stil gehalten. Die Erzählungen behandeln ausschließlich das Thema der psychologischen Spiele nach Eric Berne (teilweise auch Gefühlsmaschen). Die Fabeln erzählen anschaulich und verständlich verschiedene Beispiele von typischen Maschen und Spielen Erwachsener, deren vorhersehbares, ungutes Ende, und auch, wie man aus dieser Dynamik aussteigen kann. Sie vermitteln auf diesem Wege eine Botschaft, die der Leser auch ohne Vorkenntnisse der TA auf sich wirken lassen kann.

Diese Sammlung neuer Märchen in traditionellem Stil ist für alle Erwachsenen, die die Entwicklung der Persönlichkeit als einen nie abgeschlossenen Prozess betrachten. Die unterhaltenden Erzählungen basieren auf der Lehre der Transaktionsanalyse (TA) und vermitteln eine Botschaft, die der Leser auch ohne Kenntnisse der TA auf sich wirken lässt. Jede Geschichte ist in sich abgeschlossen. Doch sie fügen sich zu einem großen Gesamtbild zusammen, da sie in einem Königreich spielen und die verschiedenen Figuren in den Märchen immer wieder auftauchen. Die Erzählungen brechen auf sanfte Weise mit traditionellen Rollenvorbildern, ohne die Faszination der historischen Figuren zu verlieren.

Weiß der Kuckuck,
wie der Hase läuft
Tiergeschichten für Kinder
über Streit und Versöhnung

ISBN: 9783753463834

Kleine
Feigheiten
Geschichten zum Nachdenken und
Nachfühlen für Erwachsene

ISBN: 9783751972895

Warum transportiert ein Hai einen kleinen Hund auf seinem Rücken? Wer hat jemals ein fleißiges Faultier gesehen? In diesem Buch ist es so. Aber die Tiere haben Ideen. Doch vielleicht hast ja auch du noch einen Einfall und kannst ihnen helfen? „Weiß der Kuckuck, wie der Hase läuft" ist ein Kinderbuch zum Vorlesen und Besprechen. Die Fabeln erzählen von Streit zwischen Tieren, wie sie sich wieder versöhnen und daraus lernen. Die Geschichten eignen sich gut, um in Gruppen mit Kindern darüber zu diskutieren. Es geht um Verantwortung für das eigene Verhalten. Die Geschichten sind ausgewählte Fabeln aus dem Sachbuch zur Spieletheorie der Transaktionsanalyse „Spiele der Tiere".

Wie würde unser Leben verlaufen, wenn es die kleinen Feigheiten nicht gäbe? Diese Momente, in denen wir davor zurückschrecken zu tun, was richtig ist, wir eine neue Erfahrung zulassen könnten? Wenn wir uns nicht aus einem Impuls heraus abschirmen würden? Wenn wir überlegt und bewusst handeln könnten? Nicht aus abgewogenem Risiko, sondern aus dem Grund, den Mut dafür aufbringen zu können, aus der eigenen Komfortzone zu treten. Dieses Buch ist eine Aneinanderreihung von Kurzgeschichten in den späten siebziger Jahren, zum Nachdenken und in sich gehen, über Personen, die unterschiedlicher nicht sein könnten und doch etwas gemeinsam haben.